L'ÎLE
DE BORNHOLM

DE LA MÊME AUTEURE

L'Enfant Étoile, Fleuve Éditions, 2021 ; Pocket, 2022
Le Papillon de verre, Fleuve Éditions, 2022 ; Pocket, 2023
Le passé doit mourir, Fleuve Éditions, 2023 ; Pocket, 2024

KATRINE ENGBERG

L'ÎLE DE BORNHOLM

Traduit du danois
par Catherine Renaud

fleuvenoir

Titre original :
Isola

Fleuve Éditions
92, avenue de France – 75013 Paris
serviceclients@lisez.com

ISBN : 978-2-265-15761-3

Dépôt légal : juillet 2024

L'Île de Bornholm est une œuvre de fiction.

Toute ressemblance avec des faits ou des circonstances réels serait fortuite.

Pour Laura Höger,
Ma sœur et alliée adorée.

Ce fut le bruit qui le réveilla. Un rythme saccadé, comme une locomotive lancée à pleine vitesse. Il tenta de se replonger dans le sommeil, mais le vrombissement dans ses tympans l'obligea à émerger. Il s'agita avec inquiétude et ressentit une douleur fulgurante à l'arrière du crâne. Ses paupières semblaient soudées et quand il essaya de lever une main pour les frotter, elle refusa de bouger.

C'est un cauchemar, pensa-t-il, *un de ceux où je rêve que je suis éveillé. Dans un instant, je vais me réveiller pour de bon, et la journée va commencer*. Il se répéta cette phrase comme un mantra, mais même dans sa tentative de reprendre le contrôle, il savait que quelque chose ne collait pas.

Doucement, il ferma le poing et, à son grand soulagement, sentit ses doigts réagir. Mais ce soulagement fut de courte durée. Un serre-câble lui entaillait les poignets. Il était ligoté.

Il cligna des yeux et se força à les ouvrir. Sa vision était voilée comme à travers la lentille grasse d'un objectif d'appareil photo. Allongé sur le côté, il ne percevait qu'une faible lumière et, au loin, des arbres. Une forme qui ressemblait à une silhouette. Où était-il ?

La dernière chose dont il se souvenait, c'était de s'être garé sur un bas-côté herbeux. Sous un ciel bleu-noir, il avait marché dans les hautes herbes, longeant plusieurs bâtisses, mouillant les jambes de son pantalon. Il avait franchi la porte d'un grand bâtiment… *Et après ?*

La douleur irradiait à l'arrière de son crâne et l'empêchait de réfléchir. Le vacarme lui ôtait toute possibilité de concentration. L'avait-on assommé ?

Il mobilisa toutes ses forces pour relever la tête et regarder en direction de ses pieds. Une de ses chevilles était également attachée. Non loin de la semelle de ses chaussures, une faible lumière clignotait en rythme avec le bruit assourdissant et, dans un instant de lucidité, il comprit de quoi il s'agissait. Une scie industrielle en marche. Il se dirigeait vers elle.

Un cri couvrit le grincement strident de la scie. Plusieurs secondes s'écoulèrent avant qu'il ne réalise que c'était le sien. Il tira sur les serre-câbles, en vain. Il était irrémédiablement attaché, à la merci de la lame, qui n'était plus maintenant qu'à cinquante centimètres de ses pieds. Pris de panique, il se jeta d'un côté et de l'autre, ses épaules se cognant contre le support qui se trouvait sous lui et du sang s'écoula de la blessure sur sa tête. Il devait être possible de se libérer un bras en se contorsionnant.

Si seulement il voyait correctement, il pourrait peut-être détacher le lien en plastique autour de ses mains et arrêter la scie. Mais il ne pouvait rien faire. C'était la fin.

Il appela à l'aide, d'un hurlement bestial, sans obtenir de réponse.

LUNDI 18 NOVEMBRE

CHAPITRE 1

Au premier coup d'œil, la valise semblait tout droit sortie d'un vieux film. Grande, carrée, avec des renforts aux coins, une large poignée et des fermoirs en métal rouillé, elle gisait au milieu de buissons de symphorine blanche dénudés. La terre humide avait décoloré le cuir et décollé les autocollants d'hôtels de Trondheim et Hanovre.

Anette Werner, enquêtrice au département de la Criminelle de Copenhague, se redressa et contempla l'aire de jeux du parc Østre Anlæg au pied de la petite colline. Le sommet formait un plateau, avec des bancs qui faisaient face à un arbre solitaire, dont la silhouette se détachait sur les nuages bas dans le ciel. Les enfants évitaient généralement de monter là-haut. Souvent, des gens y laissaient des seringues et des préservatifs par terre, et il valait mieux ne pas s'en approcher.

Au milieu de cette butte, le directeur du Central de la police judiciaire appelait les techniciens de la Scientifique et les médecins légistes. Ses épaules étaient remontées jusqu'à ses oreilles, si bien que dans son dos, son imperméable en laine formait une bosse. De chaque côté du plateau, des escaliers de pierre descendaient la pente, tous deux barrés par des rubalises à rayures qui claquaient dans le vent. L'un des deux jeunes agents qui avaient appelé des renforts montait la garde près de l'escalier le plus éloigné.

Anette se tourna à nouveau vers la valise, écarta une branche dégoulinante et s'accroupit dans les fourrés à côté de l'autre agent. Le sol boueux entre les buissons laissait apparaître les racines des arbustes environnants, dont les feuilles jaunes pendaient mollement. Elle faillit perdre l'équilibre et se rattrapa à l'épaule de l'agent.

— Qui l'a trouvée ?

— Des élèves de CP de Krebs', l'école privée. Ils aiment jouer dans l'aire de jeux quand ils sont en récréation, et ils sont montés ici, même s'ils ne sont pas censés le faire. La valise était encore couverte de terre, mais un des coins dépassait.

Le jeune agent montra l'angle en haut à droite de la valise.

— Un renard peut-être ?

— Probablement. Les enfants sont allés chercher leur institutrice qui s'est alarmée de l'odeur et a appelé le 112.

La puanteur. Anette huma la terre humide et la pourriture de l'automne. Les feuilles mortes étaient déjà en train de se transformer en humus et des champignons apparaissaient. Un doucereux relent de viande en décomposition se dégageait parmi ces effluves de novembre.

— Quand nous sommes arrivés, nous avons précautionneusement retiré la terre autour de la valise avec l'intention de l'ouvrir, mais… (Le jeune agent s'interrompit en se raclant la gorge, mal à l'aise.) Eh bien, ça ne fait pas très longtemps que j'ai terminé l'école de police, et on n'oublie pas aussi vite l'odeur d'un cadavre.

Anette lui jeta un coup d'œil.

— Alors elle n'a pas été ouverte ?

— Nous avons juste un peu soulevé le couvercle, puis nous vous avons appelés.

— Parfait.

Des cris d'enfants montaient de l'aire de jeux. L'agent se tortilla nerveusement.

— Nous n'avons pas encore eu le temps de mettre en place un véritable cordon de sécurité, nous n'étions que deux jusqu'à ce que vous arriviez.

— J'entends le frottement des combinaisons des enfants tellement ils sont proches de nous.

Sa propre fille Gudrun venait d'en recevoir une nouvelle pour l'hiver, en taille deux ans, bleu ciel avec des nuages blancs. Ses boucles blondes se coinçaient dans la fermeture éclair chaque fois qu'elle insistait pour la remonter elle-même. Hier, Gudrun, la combinaison et Svend étaient partis pour une semaine de vacances chez sa belle-sœur à Kerteminde. Ils avaient commencé à lui manquer dès que la voiture avait disparu au coin de la rue de leur quartier résidentiel.

Anette sortit une paire de gants en latex de sa poche et les enfila.

— Je vais juste ouvrir la valise pour confirmer ce que c'est et ne pas mettre toute la machine en route inutilement.

— Je n'ai vraiment pas le moindre doute, protesta l'agent en essuyant du dos de sa main son nez qui coulait.

Anette fit glisser ses mains sous le bord du couvercle et sentit le bout de ses doigts picoter. Il ne gelait pas encore, pas même la nuit, mais l'air était saturé de cette humidité danoise si caractéristique qui, en hiver, pénétrait les os et engourdissait les extrémités.

Les charnières grincèrent et elle entendit l'agent à côté d'elle retenir son souffle. Au fond du compartiment se trouvait un corps. La peau était d'un violet brunâtre avec des taches blanches de moisissure et il fallut une seconde à Anette pour reconnaître la forme d'un être humain. Il n'y avait qu'un bras et une jambe. Une moitié de tête était coincée dans un coin.

Elle détourna instinctivement le regard du cadavre. Le ciel au-dessus d'elle était gris, et l'air chargé de fines gouttes d'eau. La puanteur était accablante. Un son guttural échappa au jeune agent. Anette se dépêcha de refermer le couvercle avant qu'il ne vomisse.

*

— Car tu es né poussière…

Le prêtre enfonça sa pelle dans un tas de terre et en jeta doucement sur le cercueil blanc, tout en repoussant ses lunettes sur son nez avec l'index de son autre main.

— … et tu retourneras en poussière. De la poussière tu ressusciteras.

Le petit groupe réuni autour de la tombe restait immobile sous la bruine. Jeppe Kørner entoura Esther de Laurenti de son bras et sentit son corps frêle frissonner sous le tissu de son manteau. Sa main sur son épaule était encore douloureuse d'avoir porté le cercueil. Jeppe passa en revue les autres personnes présentes aux funérailles et se demanda pourquoi les enfants n'étaient pas venus. À part Esther et lui-même, il n'y avait que quelques anciens collègues et vieilles connaissances. Les trois enfants manquaient à l'appel, et qui sait combien de petits-enfants et d'arrière-petits-enfants. Perdus de vue depuis un orageux divorce de nombreuses années auparavant et jamais réconciliés. Pas même pour un dernier au revoir.

Gregers n'avait pas laissé de trace particulière sur terre.

Lorsque le pasteur prononça le Notre Père et lut la bénédiction, Jeppe sentit sa gorge se serrer. Il ressentait une profonde tristesse pour l'insignifiance de Gregers comme pour la sienne, pour l'existence éphémère de chacun dans ce monde. Les médecins avaient découvert le cancer du poumon au printemps et abandonné le traitement au milieu de l'été. Désormais au seuil de l'hiver, ils enterraient Gregers Hermansen, typographe retraité, colocataire d'Esther et père de trois enfants qui étaient sortis de sa vie.

Esther s'était occupée de lui jusqu'à la fin – elle avait réussi à le garder à la maison, pour lui éviter de se retrouver à l'hospice. Jeppe était incapable de concevoir à quel point cela avait dû être difficile, mais sa silhouette auparavant déjà menue avait encore rétréci, et il voyait plus de gris strier ses cheveux teints au henné.

Sur le chemin va sans peur

Car Jésus est devant toi…

Les voix du groupe résonnaient misérablement entre les pierres tombales.

Jeppe ne sentait plus ses orteils dans ses chaussures neuves lorsqu'ils se séparèrent, mais Esther ne fit que quelques mètres avant de se tourner vers lui. Jeppe la prit dans ses bras et la laissa pleurer contre sa poitrine jusqu'à ce qu'elle s'apaise.

Ils continuèrent ensemble en direction de la sortie du cimetière la plus proche, côte à côte sur les allées goudronnées longeant cyprès et anges de pierre.

— Pas de veillée funèbre ?

Elle secoua la tête.

— J'ai appelé Jacob, son fils aîné, mais la famille « ne souhaitait pas y participer ». Et je ne connais pas les anciens collègues de Gregers, alors je n'avais personne pour qui l'organiser.

Jeppe acquiesça en silence, puis lui sourit.

— Il n'y a pas un restaurant juste là, sur Tagensvej ? Je t'offre le déjeuner.

Elle s'était habillée de couleurs vives, comme à son habitude, avec un manteau de laine bleu et un chemisier en soie orange, mais son visage était sombre.

— On peut aussi simplement boire un café, comme on veut, ajouta Jeppe.

— Je ne dirais pas non à un verre de vin, même s'il est tôt.

— Alors c'est ce qu'on va prendre.

L'établissement était haut de plafond et lumineux, avec de grandes baies vitrées donnant sur la rue et des chaises de café viennoises aux tables en marbre très rapprochées. À l'exception d'un serveur somnolent, l'endroit était vide. Ils prirent place près de la fenêtre. Le serveur s'étira et alla leur chercher des menus.

— Je ne suis pas sortie depuis que Gregers est tombé malade. Et maintenant…

Jeppe s'apprêtait à dire quelque chose sur la vie qui pouvait encore être belle, mais s'arrêta. La dernière chose dont les personnes en deuil ont besoin, c'est qu'on leur rappelle que le monde continue à tourner inlassablement, indifférent à leur malheur.

Le serveur posa les cartes sur la table et se mit à présenter les plats du jour. Jeppe l'interrompit.

— Nous allons commencer par une bouteille de vin rouge de la maison et un peu d'eau, merci. Après, nous envisagerons peut-être le déjeuner.

Jeppe laissa le serveur disparaître derrière le bar avant de prendre la main d'Esther.

— Ça a dû être difficile pour toi de t'occuper de lui toute seule.

Elle sourit.

— Une aide-soignante venait tous les jours, alors j'avais des pauses. Ça a été plus dur pour Gregers que pour moi. D'être aussi dépendant des autres.

— Tout de même…

— Tu sais à quel moment ça a été difficile ? (Son regard vacilla vers la rue un bref instant.) Quand il n'y a plus eu d'espoir. Après la tomographie à l'hôpital de Herlev, lorsqu'ils ont détecté des métastases au niveau du cerveau, et que ce n'était plus qu'une question de semaines. Jusque-là, je crois que j'ai bien réussi à me battre et à maintenir le moral de Gregers, même quand il ne pouvait ni manger ni dormir. Mais ce diagnostic nous a brisés tous les deux. Comment garde-t-on le moral, face à la fatalité ?

Un bouchon métallique fut dévissé. Le serveur versa le vin dans leurs verres, posa bruyamment la bouteille sur la table et s'empressa de partir avant qu'ils n'aient le temps de lui rappeler l'eau qu'il avait oubliée.

Jeppe sortit une plaquette d'ibuprofène de sa poche et avala discrètement deux comprimés avec une gorgée du vin rouge tiède et médiocre.

— En réalité, nous sommes tous en train de mourir, essaya-t-il.

— Oui, mais nous nous *croyons* immortels. C'est ce qui nous fait traverser toutes les épreuves qui n'ont pas de sens : d'une façon ou d'une autre, nous croyons que la mort ne nous touchera pas. Dès qu'il y a une date de fin, la vie devient complètement absurde. Surtout lorsqu'on souffre.

Sa voix se brisa sur les derniers mots.

— Est-ce qu'il souffrait beaucoup ?

Esther but avec précaution, comme si elle avait peur de lâcher son verre si elle ne faisait pas attention.

— Parlons d'autre chose, Jeppe. C'est nouveau, cette barbe ? Ça te va bien.

— Tu trouves ? (Il caressa avec fierté la pilosité sur son visage.) C'est surtout de la paresse. Je ne l'ai jamais laissée pousser avant.

Elle pencha la tête.

— Dis-moi, tu profites de ton congé ?

— Oui, je crois… Pour l'instant, ni la police ni Copenhague ne me manquent.

Jeppe se demanda si c'était bien vrai. Il avait pris l'habitude de donner la même réponse sans y faire attention. Depuis le mois de mai, il était en congé sans solde de son poste d'enquêteur au département de la Criminelle. Et en août, il avait sous-loué son appartement à un sympathique couple de personnes âgées, qui lui envoyaient régulièrement des messages pour lui dire combien ils appréciaient la vie en ville et la vue sur Nyhavn.

— Mais bûcheron ? N'est-ce pas... Je veux dire, ça semble un peu radical pour un inspecteur chevronné de partir ainsi couper des arbres sur une île à cause d'une peine de cœur. Presque un peu...

— Cliché ? Peut-être, oui. C'était l'idée de ma mère, elle connaît le voisin du propriétaire de l'exploitation forestière, sinon je n'y aurais jamais songé. Mais quand on est fatigué de tout et qu'on veut se vider la tête, il n'y a rien de mieux que le travail physique acharné. C'est bien payé en plus, alors j'aurai les moyens de voyager après. Ce n'est que temporaire.

Esther but une gorgée de vin et contempla avec agacement le fond du verre approcher.

— Sara et toi, vous êtes encore en contact ?

— Non... (Jeppe voulut s'expliquer, mais sentit que prononcer le nom de son ex-petite amie et consœur lui faisait toujours mal.) De toute façon, j'ai réduit mes échanges avec les collègues. Je n'ai pas besoin de savoir ce qu'il se passe dans le nouveau super-commissariat.

— On peut quand même dire que Sara est plus qu'une simple collègue ?

— Hmm. (Jeppe versa du vin dans le verre d'Esther. Il avait à peine touché au sien.) Tu viens toujours avec moi sur l'île cet après-midi ? Je prends le ferry de 16 h 30.

Esther acquiesça.

— Qu'est-ce que tu veux faire là-bas, déjà ? demanda Jeppe en revissant le bouchon sur la bouteille.

— Tu te souviens de la biographie sur laquelle je travaillais au printemps ? Margrethe Dybris, anthropologue primée et véritable icône dans certains cercles. Elle m'avait elle-même contactée il y a quelques années par l'intermédiaire d'un collègue commun à l'université – j'ai été très honorée de son intérêt pour moi. Malheureusement ça n'a jamais rien donné, sans que je puisse me l'expliquer, et puis elle est décédée avant que je n'aie le temps de la rencontrer. Mais j'imagine que c'était son souhait que ce soit moi personnellement qui écrive sa biographie.

Esther sourit et eut l'air apaisée, son front plus lisse et le coin de ses yeux moins tiré.

— Margrethe a fait des recherches sur les rituels mortuaires du monde entier et était une féministe avant-gardiste. Elle est restée célibataire, même si elle a eu différents « amis », elle a adopté seule deux enfants et s'est installée à Bornholm dans les années 1970, et y a vécu jusqu'à sa mort, il y a deux ans. J'ai correspondu avec sa fille maintenant adulte qui m'a proposé de découvrir sa maison à Bølshavn en y séjournant quelques jours.

— Est-ce une bonne idée de le faire maintenant ?

Esther haussa une épaule et la laissa retomber, désemparée.

— Les enfants de Gregers vont venir vider sa chambre demain. Je n'ai pas très envie d'y assister.

— Ah, bien sûr, dit Jeppe avant de regarder sa montre. J'ai une course à faire en ville, mais je peux passer te prendre chez toi à 14 heures ?

— Parfait, merci. Je dois juste faire ma valise et laisser Doxa à ma voisine du dessus qui a promis de s'occuper d'elle pendant mon absence. Je serai rentrée d'ici la fin de la semaine, je pense.

Le serveur surgit près d'eux, une assiette de petites couronnes à la vanille dans les mains. Elles semblaient fraîchement sorties du four.

— Servez-vous. Le chef s'entraîne à faire des biscuits de Noël. Vous avez l'air de personnes ayant besoin de vous faire un peu dorloter.

Il posa l'assiette devant eux et disparut à nouveau. L'odeur des pâtisseries maison s'éleva et envahit la pièce. Jeppe en prit une et sourit par-dessus la table, mais le regard d'Esther ne croisa pas le sien.

CHAPITRE 2

— Redis-moi juste ce qu'on attend ?

Anette tira avec agacement sur l'élastique qui retenait une charlotte chirurgicale sur ses cheveux. Sur la table en acier devant elle était posée la valise en cuir qui contenait la moitié de cadavre attendant d'être autopsiée. Une lampe puissante faisait rougeoyer la peau sombre et tachetée du corps comme les braises d'un feu éteint.

De l'autre côté de la table se tenait le technicien J. H. Clausen, un appareil photo reflex à la main, avec lequel il avait déjà pris au moins une centaine de photos. À côté de lui, un technicien médico-légal et le professeur Nyboe, médecin légiste, qui venait de terminer les prélèvements d'échantillons de peau et qui maintenant lui lançait un regard agacé par-dessus son masque.

— Comme je l'ai dit, il faut d'abord relever les empreintes digitales du défunt, avant que nous puissions soulever le corps et poursuivre les examens. Le technicien en dactyloscopie est en route. C'est ce qui arrive lorsque nous pratiquons une autopsie en urgence, tout est un peu précipité. En temps normal, nous n'aurions dû procéder que demain.

— À quoi doit-on cet honneur alors ? demanda Anette, non sans consulter ostensiblement sa montre.

— Ça ne m'arrange pas demain, répondit Nyboe en rabattant son masque sous son menton, ma femme et moi fêtons nos noces d'argent et nous avons soixante-cinq invités pour le petit-déjeuner.

— Félicitations !

— Merci.

Anette regarda dans la valise, impatiente de se mettre au travail. Au cours de ses dix années d'enquêtrice, elle avait déjà croisé à plusieurs reprises des morceaux de cadavres et autres démembrements, mais elle n'avait encore jamais vu la moitié d'un être humain. Et encore moins dans le cadre d'une enquête qu'elle devait elle-même diriger. Elle montra la cuisse du cadavre.

— C'est quoi, ce truc blanc ?

— La partie enflée ? La peau est devenue pâteuse à cause de la décomposition, de l'humidité et des variations de température. La victime a dû rester dans cette valise un bon bout de temps. Pas assez longtemps pour qu'il n'y ait plus du tout de chair, mais plusieurs semaines, peut-être même plusieurs mois.

Un jeune homme en blouse verte et charlotte sur la tête apparut près de la table. Il fronça le nez avant de remonter son masque sur ses poils de barbe naissants.

— Putain, c'est quoi ce bordel ?! Je peux commencer tout de suite ?

— On ne jure pas ici ! intima Nyboe au technicien en dactyloscopie tout juste arrivé. Et, oui, nous n'attendions plus que toi. Mais doucement, la peau se détache !

L'expert en empreintes digitales souleva la main gauche du cadavre et entreprit de rouler les doigts l'un après l'autre sur un tampon encreur puis sur une feuille de papier.

— Il n'y a qu'une seule main ?

— Oui, tu t'en tires à bon compte aujourd'hui. Tu as fini ? demanda Nyboe en faisant un pas vers la table.

Le technicien en dactyloscopie hocha la tête et disparut. Nyboe attacha son tablier en plastique et enfila une nouvelle paire de gants.

— Allez, on soulève !

Le technicien médico-légal s'avança, et ensemble ils soulevèrent délicatement le demi-cadavre hors de la valise pour le poser sur la table en acier, en position couchée. Clausen mit la valise sous scellés dans un plastique blanc et recommença ensuite à prendre des photos, pendant que Nyboe mesurait la dépouille avec un mètre ruban et enregistrait les résultats dans son dictaphone. À intervalles réguliers, le technicien tournait le corps pour que Clausen puisse le saisir sous tous les angles. Nyboe continuait à marmonner ses observations sur d'éventuelles blessures par arme blanche, fracture du crâne ou orifice de balle.

Anette, qui s'était reculée de quelques pas pour ne pas gêner la procédure, tendait le cou pour tout observer. Même si le cadavre se trouvait dans un état de décomposition avancée, et que ses muscles et ses organes étaient depuis longtemps devenus gris et mous, il constituait encore un excellent objet d'étude anatomique. Le visage divisé en deux le long de l'os nasal, la cage thoracique ouverte et le bassin coupé en son centre. Les restes d'un scrotum indiquaient qu'il s'agissait d'un homme, mais, à part cela, il était difficile de se faire une impression de la personne. L'orbite était vide, et dans la bouche, derrière les reliquats d'une rangée de dents, seul un moignon de ce qui avait été une langue était encore présent.

— Il est là-dedans depuis au moins six semaines, maximum douze. Je pourrai être plus précis lorsque nous aurons examiné les organes, mais le décès se situe quelque part entre les deux, dit Nyboe avant de faire un signe de tête en direction du technicien médico-légal. Commençons les examens internes !

Le technicien détacha la peau du visage à l'aide d'une incision derrière l'oreille et ouvrit la boîte crânienne, si bien que la moitié de cerveau put être transférée dans un bol en acier sans l'endommager davantage. Ou plutôt, versée. Pour les yeux inexpérimentés d'Anette, il avait l'air liquide. Le technicien continua en retirant le cœur, la rate, et les autres organes du corps, pour les peser dans des bols en acier.

— Comment allons-nous l'identifier si ses empreintes ne sont pas enregistrées ? demanda Anette. Avec ses dents ? Une dentition partielle suffit-elle ?

— Je n'en suis pas certain, nous devons voir avec l'odontologiste ce qu'il est capable d'obtenir à partir d'une radiographie et d'une IRM. Nous prélèverons aussi un échantillon d'ADN du fémur pour nos généticiens. Cela leur prendra quelques jours. Mais dans tous les cas, les résultats doivent pouvoir être comparés avec quelque chose avant d'être utilisés.

Nyboe parlait sans lever son visage du nez du cadavre, sur lequel il braquait une petite lampe torche à la lumière vive.

— Nous allons chercher parmi les personnes de sexe masculin portées disparues ces trois derniers mois, déclara Anette et nous aurons de quoi avoir une base de travail. Peux-tu nous renseigner sur son âge ?

Nyboe se redressa et pouffa.

— Pour l'instant, j'ai du mal à établir des éléments aussi basiques que la couleur de la peau et des cheveux, tant la décomposition est avancée. Mais d'après son apparence physique générale, je dirais qu'on parle d'un homme adulte, qui ne montre pas encore de signes de vieillesse, du type arthrose, prolapsus, opération de la hanche… Je dirais entre trente et cinquante ans pour rester prudent.

— Merde, ça m'aide pas beaucoup.

— Désolé, dit Nyboe avant de se pencher à nouveau et de piquer le demi-nez avec une petite aiguille en métal. En revanche, il a un beau trou dans sa cloison nasale, qui pourrait bien indiquer une consommation excessive de cocaïne. Nous pourrons le voir dans les organes quand nous les aurons sous le microscope.

Nyboe rejoignit le technicien qui était toujours en train de peser les organes et notait les résultats sur un tableau blanc avec des marqueurs noirs et rouges.

Anette s'approcha du cadavre. Une tête de taille normale, une mâchoire puissante, une corpulence moyenne, pour autant qu'elle puisse en juger. Mais coupé en deux.

— De quoi est-il mort ?

Nyboe s'arrêta, le marqueur en l'air, et lui jeta un coup d'œil.

— Il a été scié en deux.

— Arrête, Nyboe ! De quoi est-il vraiment mort ?

Il soupira.

— Pour l'instant en tout cas, il n'y a aucun signe d'autre traumatisme, mais il est trop tôt pour déduire quelque chose de définitif.

— Attends un peu ! s'exclama Anette en montrant le corps. Es-tu vraiment en train de me dire que cet homme était en vie lorsqu'il a été scié en deux ?

— Oui, Werner, j'en ai bien peur.

*

Esther ouvrit la porte de son appartement sur Peblinge Dosseringen sans un regard pour la petite plaque au-dessus de la sonnette. Cela faisait six mois qu'elle était devenue trop douloureuse à lire, parce que Esther savait qu'elle serait bientôt obsolète.

Esther de Laurenti & Gregers Hermansen

Désormais réduit à un troublant cinquante pour cent. Un appartement entier pour la moitié de sa population, comment était-ce possible ?

Doxa arriva, ses pattes cliquetant sur le parquet, et l'accueillit d'un jappement paresseux, avant de se retirer dans son panier dans la cuisine. Les jours où le carlin aboyait et sautillait autour d'elle chaque fois qu'elle rentrait étaient révolus depuis bien des années.

— Il n'y a plus que toi et moi maintenant, ma chérie.

Esther s'efforça d'assimiler ces mots. La mort était aussi difficile à concevoir que la fin de l'univers. Désormais, Gregers n'irait plus leur chercher des petits pains pour le petit-déjeuner le samedi ou voler les mots croisés dans le journal du week-end. Il ne se plaindrait plus jamais de l'odeur de l'ail dans la poêle et du volume sonore lorsqu'elle mettait du Puccini.

Elle remplit une valise d'articles de toilette et de vêtements pour quelques jours et la posa dans le couloir. Puis ouvrit le frigo, mais elle n'avait toujours aucun appétit. Elle avait une heure à tuer avant que Jeppe ne vienne la chercher, et pouvait tout aussi bien boire un verre de vin supplémentaire.

Cela faisait longtemps qu'elle ne s'était pas lâchée. Lorsqu'on s'occupe d'un patient dépendant, on ne se saoule pas. Mais dorénavant, elle n'avait plus personne pour qui rester sobre. Le bouchon de liège sauta du goulot avec un soupir de compassion.

Gregers se serait moqué d'elle et l'aurait traitée d'alcoolique mondaine s'il avait été à la maison.

— Mais tu n'es plus là, mon ami, alors je bois ce que je veux.

Esther pencha la tête en arrière et avala le ripasso à grandes gorgées. C'était aussi un soulagement qu'il soit mort. Avait-elle le droit de le penser ?

Un soulagement de ne plus avoir à s'occuper du bassin et du tensiomètre, de la machine à oxygène, du pilulier et du lit médicalisé que l'aide-soignante avait installé dans la chambre de Gregers. Les crises de douleur n'allaient pas non plus lui manquer, les jambes enflées et la constipation qui le poussaient à faire le tour de l'appartement, car il ne supportait plus d'être torturé par son propre corps. Et surtout pas les paniques nocturnes, lorsqu'il croyait que la mort arrivait et que la terreur les tenait éveillés tous les deux. Elle pouvait encore voir son regard vide dans l'obscurité et entendre sa respiration haletante. Aussi loin d'être prêt à rencontrer sa fin que n'importe qui.

Non, la maladie et la mort ne manqueraient pas à Esther. Mais Gregers… Était-ce Bukowski qui avait écrit que la solitude pouvait être la plus belle chose au monde ?

Peut-être, quand on était jeune et dynamique, aimait-on se retrouver seul au sommet d'une montagne ou dans un village de pêcheurs écossais. Mais pas quand on était une dame de soixante et onze ans, qui avait perdu tous ceux qui lui étaient proches.

— Qui me reste-t-il ? demanda-t-elle à Doxa dans son panier. Qui s'occupera de moi si je tombe malade ?

La question résonnait comme un écho entre les murs blancs. Il fut un temps où elle avait eu des collègues, des petits amis, des invités à dîner, un cercle de connaissances qu'elle voyait régulièrement, et sur qui elle pouvait compter. Mais tant de choses s'étaient perdues dans les couches qui forment un quotidien bien rempli. Bien rempli avec quoi, toutefois ? Qu'est-ce qui pouvait être plus important que les personnes auxquelles on tient ?

Elle vida son verre et la table de la cuisine se mit à pencher. Quand avait-elle vu Frank et Lisbeth pour la dernière fois, par exemple ? Ou ce bon vieux Bertil ?

Esther attrapa le médaillon à son cou, rappel constant de la plus grande perte de toutes. Un pendentif en or, avec une date gravée, le 18 mars 1966, en souvenir du bébé qu'elle avait porté alors qu'elle n'avait que dix-sept ans, à qui elle avait donné naissance et qu'elle avait abandonné. Sous la pression de ses parents, forcée de donner son enfant illégitime à l'adoption. Aurait-elle dû défier ses parents, aurait-elle pu agir différemment ?

Elle s'était posé ces questions d'innombrables fois pour tenter de ne pas avoir de regrets. La réponse n'était pas claire. Il restait la conséquence, la douloureuse vérité : Esther n'avait personne.

Elle n'avait jamais eu d'autre enfant, ne s'était jamais mariée, et ses amis les plus proches étaient morts ou oubliés.

— Je t'ai toi, murmura-t-elle en direction du panier du chien et s'entendit renifler en le disant. Et puis j'ai Jeppe et mon livre.

Elle alla jusqu'à son bureau couleur pétrole et contempla les piles de papiers, les articles imprimés et les photographies sur les études anthropologiques de terrain de Margrethe Dybris en Indonésie et en Afrique centrale. Une fine couche de poussière s'était déposée dessus depuis que Gregers était tombé malade et qu'elle avait dû interrompre son travail sur son livre. L'idée de recommencer ses recherches semblait à présent dénuée de sens. *Pourquoi écrire un livre que personne n'attend, alors que votre meilleur ami est mort ?*

Parce que le travail constituait la seule chose qui lui permettait de tenir debout.

CHAPITRE 3

Les néons au plafond s'allumèrent dans un clignotement frénétique et révélèrent un monde de verre et de hêtre plaqué. Anette laissa la porte du bureau qu'elle partageait avec Jeppe ouverte derrière elle, afin que le bourdonnement des collègues remplisse la pièce de vie. Elle jeta son sac sur la double table de travail et accrocha son manteau sur le dossier de la chaise de Jeppe. Elle alla se chercher une tasse de café avec un supplément de sucre et la posa à côté des deux autres, sales, qu'elle n'avait pas encore débarrassées. *Ça ne serait jamais arrivé si Jeppe avait été là*, se rappela-t-elle en allumant son ordinateur. La méticulosité obsessive de son partenaire absent était l'un de ses traits de caractère qui ne lui manquaient absolument pas. En revanche, elle devait encore s'habituer au vide.

Dans POLSAS, le programme informatique interne de la police danoise où étaient regroupées toutes les informations sur les affaires en cours et celles closes, elle trouva le rapport enregistré par le directeur du Central au sujet de leur demi-mort, qu'elle compléta avec ses propres notes et des photos de l'autopsie.

Mode de décès : homicide, écrivit-elle avant d'hésiter sur la façon de formuler la suite. *Cause du décès : blessure occasionnée par scie industrielle, suivie d'une hémorragie artérielle. Seule une moitié du corps a été retrouvée (la gauche).*

Cela devrait suffire. Ses collègues comprendraient de quoi il s'agissait, elle n'avait pas besoin de s'étendre sur les détails sanglants.

— Tu es prête ?

La voix rauque de la commissaire principale fit sursauter Anette. CP, de son surnom, se tenait dans l'embrasure de la porte, le regard sérieux derrière des paupières lourdes.

— Il est 16 heures, ils t'attendent dans la salle de réunion. J'y ai apporté l'écran plat, pour que tu puisses projeter des photos. Laisse-le là après, je m'en servirai peut-être pour la conférence de presse demain matin.

— Merci, CP, dit Anette en sauvegardant ses ajouts et mettant son ordinateur en veille. Un instant, je dois juste…

Elle attrapa son sac et faillit renverser sa tasse de café par terre.

— Nerveuse ?

Une paire de petites boucles d'oreilles scintillait sur les lobes de CP. Des turquoises peut-être, quelque chose de coloré, mais discret.

— Nan, pas du tout ! Allons-y !

Anette se leva et termina nonchalamment son café avant de partir. Sa supérieure la suivit avec un petit hochement de tête.

Le sol du nouvel hôtel de police était recouvert d'une sorte de linoléum gris, qui, au contact des semelles en caoutchouc des enquêteurs, produisait un fort couinement. CP et Anette avancèrent en silence, essayant d'ignorer le bruit de leurs chaussures. Elles ouvrirent la porte de la salle de réunion et furent accueillies par neuf paires d'yeux accompagnées d'un murmure diffus qui s'éteignit rapidement.

CP prit la parole.

— Je suppose que vous êtes tous au courant de la découverte d'une moitié de cadavre dans le parc Østre Anlæg ce matin. C'est l'inspectrice Werner qui va diriger l'enquête, elle va maintenant vous débriefer l'autopsie et répartir les tâches de chacun.

Pendant qu'elle parlait, Anette regardait ses collègues. Sara Saidani, avec ses boucles noires tirées en une queue de cheval serrée, arborait une expression sombre. Pâle et sérieuse en toutes circonstances, qu'est-ce que Jeppe avait bien pu lui trouver ?!

Sur le siège voisin, Torben Falck, mûr pour la retraite, se tenait penché en avant, appuyé sur ses coudes, si bien que son imposante bedaine s'écrasait contre la table et que les épaules de son vieux veston embrassaient ses oreilles. À côté de lui étaient assis les deux jeunes agents qu'elle avait rencontrés dans le parc, flanqués de cinq autres collègues en uniforme qu'elle n'avait encore jamais vus.

La sensation inhabituelle qu'elle ressentait au niveau de son diaphragme augmenta, sa bouche et ses lèvres étaient sèches.

— Inspectrice Werner ?

Anette se rendit compte que CP l'appelait et que ce n'était pas la première fois. Elle se plaça à côté de sa chef.

— Merci, CP, et bienvenue à tous. Avez-vous tous lu le rapport ? (Des hochements de tête parcoururent la salle.) Bien, alors vous savez déjà que nous avons entre les mains une affaire vraiment horrible. Le meurtre est particulièrement brutal, et le corps était enterré depuis si longtemps que de nombreux indices sont détruits et l'identification est compliquée. Les médecins légistes ont estimé que le décès datait de dix à douze semaines et que le cadavre est resté dans la valise enfouie sous terre la majeure partie de ce temps. Ce qui signifie que l'auteur l'a placée dans le parc Østre Anlæg fin août ou début septembre. (Anette s'éclaircit la gorge et regarda les agents.) Ceux qui ont procédé au porte-à-porte, avez-vous découvert quelque chose d'utile ?

Un des agents en uniforme prit la parole.

— J'ai rassemblé les déclarations des témoins que nous avons réussi à recueillir pour l'instant. Nous nous sommes concentrés dans un premier temps sur tous ceux qui accèdent quotidiennement au parc – les gardiens, les jardiniers, les employés des deux musées qui le bordent – mais, jusqu'à présent, personne n'a rien vu d'inhabituel.

Saidani se manifesta.

— N'est-ce pas étrange qu'une grosse valise puisse rester enterrée pendant des semaines dans un parc de Copenhague, sans que personne ne la remarque ?

— Les buissons où elle était cachée sont denses et recouvrent un talus, répondit Anette, alors ce n'est pas un endroit où les gens passent. Ce que je ne comprends pas, c'est comment le meurtrier a réussi à transporter la valise dans le parc en ayant tout le loisir de l'enterrer sans se faire remarquer. Ça s'est probablement passé la nuit, non ?

Des hochements de tête parvinrent des rangées de chaises, et l'agent en uniforme reprit la parole.

— Nous avons commencé à sonner aux portes de Stockholmsgade où les riverains ont vue sur le parc. Le problème, c'est que ça a eu lieu il y a longtemps. En général, les gens ne se souviennent pas de ce qu'il s'est passé plusieurs mois auparavant. Un des habitants a pourtant affirmé avoir remarqué une camionnette suspecte durant l'automne.

— Suspecte comment ?

— Elle était garée tard le soir avec ses phares allumés, comme si elle attendait ou guettait quelqu'un. Le riverain a même appelé la police la nuit du 10 septembre, car il craignait qu'il ne s'agisse de cambrioleurs en repérage.

— Et ? demanda Anette dans l'expectative. Qu'avons-nous fait alors ?

L'agent pencha la tête sur le côté avec regret.

— Rien, j'en ai bien peur. Aucun rapport n'a été rédigé.

Anette soupira. Cela aurait été trop beau pour être vrai.

— OK. Restez sur cette piste, voyez si quelqu'un d'autre a vu cette camionnette.

— Compris !

— Falck, vérifie avec Clausen à quel moment lui et les autres techniciens de la Scientifique auront quelque chose à nous dire sur la valise.

Falck cligna d'un œil et enfonça ses pouces sous ses bretelles à pois.

— Saidani, tu recherches tous les cas de disparition d'hommes âgés de trente à cinquante ans. Tu te concentres sur la capitale et sa région, mais inclus tout le pays.

— Il peut tout aussi bien venir de Suède, d'Allemagne ou de n'importe où en Europe, ce n'est pas très loin en voiture, protesta Sara.

— Tant que nous n'avons ni signe particulier ni témoignage direct, nous sommes obligés de restreindre notre périmètre et de croiser les doigts pour qu'il soit danois.

Saidani baissa les yeux, comme si elle vérifiait quelque chose sur son écran devant elle. Ou qu'elle n'était pas satisfaite des consignes données. Anette choisit de croire que c'était la première option.

— Falck, renseigne-toi aussi auprès des collègues de la Lutte contre le crime organisé, vois s'ils sont au courant de méthodes d'assassinat avec une scie. Il est possible qu'il s'agisse de crimes en bande organisée. Un problème de rivalité entre trafiquants de drogue, qu'est-ce que j'en sais ?

Anette reçut un petit hochement de tête de CP et sentit le nœud dans son estomac se défaire lentement. Bien sûr qu'elle était capable de diriger une enquête sur un homicide, l'équipe n'allait même pas remarquer l'absence de Jeppe.

— C'est tout pour l'instant. Rappelez-vous : tout doit être consigné au fur et à mesure dans le rapport, les nouveaux éléments sont à me transmettre directement. CP s'occupe de la presse, alors vous renvoyez les journalistes vers elle. Ah, et le plus évident ! (Anette leva ses deux index en l'air et les joignit devant son visage.) Nous avons trouvé la moitié d'un corps. Ce qui signifie que l'autre moitié est là, quelque part.

*

Devant sa voiture, une file de phares arrière rouges guida Jeppe sur le ponton du ferry, en bas de la rampe et sur le quai du port de Rønne. Il était à peine 18 heures, mais l'obscurité s'était abattue depuis longtemps comme un lourd duvet d'hiver sur Bornholm. Les premières décorations de Noël étaient déjà accrochées aux lampadaires et éclairaient solitairement les rues humides et désertes.

— Tu connais le chemin pour aller à Bølshavn ? demanda Esther en réprimant un bâillement sur le siège passager.

La voiture sentait la chaleur corporelle et le vin rouge.

— C'est presque sur la route d'Allinge, ça ne prendra qu'une demi-heure, acquiesça Jeppe.

Ils roulèrent en silence, passant le hameau de Knudsker et la zone forestière d'Almindingen au centre de l'île, où Jeppe travaillait. Il suivit les courbes familières et les collines jusqu'à ce qu'ils atteignent la côte nord.

— C'est au 21, Bølshavn, marmonna Esther en montrant du doigt les plaques des habitations. Là c'est le numéro 29, ça doit être un peu plus loin de ce côté de la route.

— Est-ce que ça pourrait être celle-ci ?

Ils s'arrêtèrent devant une maison blanche à colombages dont les fenêtres étaient éclairées et descendirent de voiture. Une femme d'une cinquantaine d'années ouvrit la porte d'entrée verte et vint à leur rencontre. Elle était petite et vive, avec une chevelure brune ondulée striée de gris et un visage souriant.

— Esther de Laurenti ? Je suis Ida Dybris, bienvenue.

Pendant qu'elles se saluaient, Jeppe sortit la valise d'Esther du coffre et la déposa sur le seuil.

— Bien, je vais vous laisser. Esther, on s'appelle demain, d'accord ? Et n'oublie pas que je ne suis qu'à une demi-heure de route, si tu as besoin de moi.

Il la serra dans ses bras, reprit le volant et poursuivit son chemin vers la localité la plus au nord de Bornholm, Allinge-Sandvig. C'était là qu'il avait passé tous ses étés, au Strandhotel, jusqu'à ce qu'il ait seize ans et qu'il annonce à sa mère qu'il n'avait plus envie de venir en vacances avec elle. Rétrospectivement, ces étés lui apparaissaient comme la dernière période simple de son existence, comme des bulles d'harmonie dans une enfance par ailleurs moyenne. *Mais c'est ainsi que nous tenons nos souvenirs*, pensa-t-il alors qu'il roulait devant le minigolf en bas de la colline et se garait à côté des petits hangars en bois rouge sur le port : *à bout de bras, si bien qu'ils baignent dans une lumière non critique et nous permettent de mépriser le présent.*

Il attrapa un sac en papier sur le siège arrière, verrouilla la voiture et remonta la colline, jusqu'à ce qu'il atteigne la maison rouge de pêcheur d'Orla, au numéro 6. De la lumière sortait à flots des petites fenêtres à meneaux, quelqu'un était donc à l'intérieur. *Où irait-il, de toute façon ?* pensa Jeppe en frappant à la porte d'entrée peinte en bleu.

Il entendit la radio s'éteindre et des pas traînants s'approcher, avant que le visage ridé d'Orla n'apparaisse à la hauteur de la poignée. L'odeur habituelle de conserve de poisson et de litière humide déferla sur Jeppe avec le sourire d'Orla.

— C'est toi, Jeppe ? (Les boucles grises formaient une auréole ébouriffée sur sa tête ; il plissait les yeux.) Tu as pu attraper le ferry, tant mieux. Ah, les filles sont lâchées. Entre vite avant qu'elles ne s'échappent !

Jeppe referma la porte derrière lui et retira son manteau, baissant la tête dans le vestibule au plafond bas. Il sentit quelque chose passer sur son pied.

— Houlà, attention où tu marches. Je crois que Jane est venue te souhaiter la bienvenue. À moins que ce ne soit Harriet. A-t-elle des oreilles blanches ?

Jeppe regarda la rate qui s'était arrêtée à ses pieds, l'air de réfléchir à ce qu'elle allait faire.

— Oui.

— Alors c'est Harriet, ce n'est encore qu'un bébé. Je vais les remettre dans leur cage maintenant.

Orla se pencha maladroitement vers le sol. L'animal agita les oreilles et accourut pour se laisser soulever dans la main d'Orla qui se dirigea vers l'une des deux cages dans la salle de séjour. C'était là qu'il gardait les six femelles sur un total de quinze rats apprivoisés. Il déposa doucement Harriet sur une échelle. Elle se mit aussitôt à monter et descendre, et le bruit attira presque instantanément le reste de ses congénères qui se glissèrent dans la cage à leur tour.

— Sont-elles là toutes les six, tu les vois, Jeppe ?

Orla posa le front tout contre les barreaux de la cage.

— Elles sont là. Tu peux fermer.

Orla ferma le couvercle de la cage, se redressa et sourit à nouveau.

— Eh bien, comment s'est passé l'enterrement ?

Avant que Jeppe n'ait le temps de répondre, il tendit la main vers le canapé.

— Attends, viens t'asseoir, tu dois être fatigué. Je vais chercher de quoi nous requinquer.

Il se dirigea vers un petit secrétaire en acajou et attrapa une bouteille de Four Roses, qui trônait à côté d'une photo de mariage en noir et blanc d'Orla et de sa défunte femme.

Il remplit deux verres à moitié de bourbon et les porta de ses mains tremblantes jusqu'à la table basse. Il s'assit dans son fauteuil inclinable élimé.

— Maintenant, on peut se détendre. Comment ça s'est passé à Copenhague ?

— Aussi bien que possible selon les circonstances. C'était une bien triste histoire, pour être honnête. Les propres enfants de Gregers ne sont même pas venus lui dire au revoir.

Jeppe but une gorgée de bourbon et sentit l'épuisement le gagner. De la journée, du voyage, de la vie.

— Personne ne mérite cela. Mais *toi* tu étais là. Et ton amie. Alors il n'est pas parti seul.

Orla retira les pieds de ses pantoufles et agita ses orteils dans un mouvement qui ressemblait à des exercices destinés à relancer sa circulation veineuse.

— As-tu entendu parler de cette moitié de cadavre qu'ils ont trouvée dans un parc, là-bas ? C'est passé en boucle aux infos tout l'après-midi.

— Une moitié de cadavre ?

— Oui, découpé en deux dans le sens de la longueur et jeté dans une valise, répondit Orla, l'air tout autant dégoûté que passionné.

L'instinct de Jeppe s'éveilla. On n'avait pas été enquêteur pendant douze ans sans que cela ne laisse de traces. La vigilance d'un policier ne faisait que s'aiguiser avec le temps. Mais ce n'était plus son travail. Il réprima sa question suivante avec une gorgée de whisky et attrapa le sac en papier.

— J'ai trouvé le titre que tu m'avais demandé. Tiens !

Le visage d'Orla s'éclaira.

— Ah, tu as eu le temps, comme c'est gentil de ta part, merci. (Il prit le paquet et sortit l'ouvrage.) *Les Folles Aventures du vrai Robinson Crusoé*, de Diana Souhami, j'ai hâte. Tu veux me le lire ?

Il tendit le livre à Jeppe.

Lorsque Jeppe avait emménagé dans la maison voisine en août, Orla avait été le premier à l'accueillir avec un café et des gâteaux. Jeppe avait ensuite pris l'habitude de passer voir le retraité solitaire quand il rentrait du travail. Le plus souvent pour une simple conversation rapide, mais, de temps à autre, il restait et lisait à voix haute les livres qu'Orla avait du mal à déchiffrer. Et même si au début il le faisait surtout pour Orla, cet arrangement leur convenait bien à tous les deux. Il n'y avait pas tant de choses à faire le soir à Sandvig si on n'aimait ni regarder la télé ni aller au bistrot local.

— On peut remettre ça à demain ? La journée a été longue. (Jeppe finit son verre.) En fait, je crois que je vais me rentrer.

— Bien sûr, mon ami. Tu trouveras la sortie tout seul, n'est-ce pas ?

Orla lui fit un clin d'œil et souleva le livre jusqu'à son nez.

Jeppe quitta la maison d'Orla, tourna le visage vers la brise marine salée avant de se diriger vers le numéro 4. Il sortit la clé de sa poche, mais resta un instant debout devant la porte d'entrée. Le noir du ciel, profond, reflétait sur l'eau des ombres qui l'attiraient et l'effrayaient tour à tour. Parfois, lorsqu'il était seul, il était submergé par l'envie de marcher dans l'obscurité et de se laisser engloutir.

CHAPITRE 4

Esther posa sa valise sur le couvre-lit fleuri avec un soupir d'épuisement. La chambre d'amis se trouvait au premier étage de la vieille maison et il ne fallait pas être beaucoup plus grand que le mètre soixante-cinq d'Esther pour se cogner la tête contre le plafond bas. La seule source de lumière dans la pièce était une lampe à l'abat-jour mal fixé, sur la table de nuit, et elle ne faisait pas le poids face à l'obscurité de novembre. La maison était belle, bien qu'un peu délabrée, et l'aménagement intérieur se caractérisait par des choix bon marché, qui privilégiaient l'intellect sur l'esthétique. Au sens propre du terme.

La plupart des murs étaient recouverts de lettres, notes, cartes postales, dessins, enveloppes, pense-bêtes et salutations, le tout accroché avec des punaises et décoloré par le temps. Esther songea qu'elle pourrait lire toute l'histoire de la famille rien qu'en se promenant entre ces murs.

— Vous comprenez, maintenant, pourquoi j'ai suggéré que vous veniez voir la maison ? demanda Ida dans l'embrasure de la porte. Ça en dit plus sur ma mère que n'importe quel livre ou article qu'elle a écrit.

Esther s'approcha d'une invitation colorée à une soirée théâtrale à Rønne.

— La maison a-t-elle toujours été comme ça ?

— Toujours, répondit Ida en riant. Ma mère était du genre à écrire ses lettres à la main et à les envoyer par la poste à l'ancienne, même après avoir commencé à travailler sur ordinateur. Elle aimait le côté tactile des lettres, même si mon petit frère et moi en avions honte lorsque nos amis venaient nous rendre visite. Toutes ces notes sur les murs, ça faisait tellement hippie, par rapport aux beaux intérieurs chez les autres. Suivez-moi, je vais vous montrer le reste.

Elles descendirent les marches grinçantes jusqu'au rez-de-chaussée. Ce dernier, tout aussi bas de plafond que l'étage, avait de petites fenêtres qui gardaient les vents marins à l'extérieur. Entre les murs recouverts d'étagères de livres ou d'une épaisse couche de lettres, il régnait une odeur de renfermé ; les meubles, usés, étaient passés depuis longtemps du stade du douillet à celui où la plupart des gens les auraient jetés.

Elles s'installèrent avec précaution sur des chaises aux assises trouées, devant la table bancale de la salle à manger ; Ida ouvrit une bouteille de merlot et en versa dans des verres à eau. Esther avait déjà la tête lourde du vin qu'elle avait bu plus tôt dans la journée, mais refuser aurait été impoli.

— Voilà plus de deux ans que votre mère est décédée, comment se fait-il que vous n'ayez pas vendu la maison ?

— Nous avons essayé, mais après quelques mois sans aucun repreneur, nous l'avons retirée du marché, et Nikolaj a décidé d'y emménager. Autant qu'il vive ici jusqu'à ce que nous puissions nous en débarrasser.

Tout en parlant, Ida rassembla ses cheveux en un chignon sur la nuque. Elle était mince avec les traits fins, mais possédait les épaules et les bras solides d'une personne qui avait fait du sport toute sa vie. Ses yeux bleus s'ourlaient d'un début de réseau de rides du sourire. *Elle a l'air gentille*, pensa Esther. *Intelligente et gentille*.

— A-t-il changé quelque chose dans la maison ?

— Pas le moins du monde, tout est exactement comme lorsque ma mère était en vie.

Le visage d'Ida changea d'expression, un bref instant, puis elle sourit à nouveau.

— Mon petit frère est… comment dire… Ce n'est pas un homme d'intérieur. Avoir un endroit où il peut vivre à peu de frais lui suffit. De mon côté, je réside à Copenhague avec mon mari, Adam, et nos deux enfants, donc pour moi cela n'a aucune importance qu'il soit ici ou non. Si seulement il pouvait s'occuper un peu plus de la maison…

Elle jeta un coup d'œil aux toiles d'araignées et aux fissures sur les murs dues à l'affaissement du bâtiment, puis soupira.

— C'est en fait la raison pour laquelle Nikolaj et moi avons convenu que je devais venir maintenant : il nous faut effectuer quelques petites réparations et préparer la maison pour l'hiver. Et c'est parfait que vous ayez accepté de vous joindre à nous.

— Si je peux aider…

Ida éclata de rire.

— Non, ce n'est pas ce que je voulais dire. Vous devez juste vous imprégner de toute l'atmosphère et écrire le meilleur livre possible sur notre mère. C'est ce qu'elle aurait souhaité.

Elle souleva la bouteille de vin d'un air interrogateur en direction d'Esther.

— Non, merci, je crois que j'en ai assez bu pour aujourd'hui, dit Esther, et les deux femmes se levèrent. Où est votre frère ?

— Je ne sais pas vraiment.

Ida se dirigea vers la petite cuisine au carrelage bleu fleuri et à la hotte en cuivre terne, et commença à déballer deux sacs de courses.

— Il était prévu depuis longtemps que je vienne cette semaine, mais je ne lui ai pas parlé dernièrement. Mon frère aime bien faire une virée de temps à autre.

— Une virée ? demanda Esther.

— Il aime traîner avec une bande à Allinge, qui fait la fête en toute occasion. (Ida ferma un placard et sourit à Esther.) Vous ne devez en aucun cas vous en inquiéter. Venez, je vais vous montrer le bureau de ma mère.

Tout en traversant la maison, Ida chercha à tâtons les interrupteurs. La cuisine se cachait à gauche de la porte d'entrée, derrière l'escalier qui menait au premier étage ; sur la droite, se trouvaient trois pièces en enfilade : la salle à manger, le salon et puis le bureau. Un plafonnier au-dessus de la table de la salle à manger diffusait une lumière blafarde, mais dans le salon aucune des lampes ne s'allumait. La pièce, presque vide, avait l'air délabrée, avec une épaisse couche de poussière sur l'unique fauteuil et des sacs poubelles noirs remplis dans un coin.

Dans la partie la plus éloignée de la maison, elles atteignirent le bureau où Esther put distinguer les contours d'une baie vitrée donnant sur l'eau. Ida réussit à trouver une lampe qui fonctionnait, et une grande table de travail apparut dans l'encorbellement des larges fenêtres, placée de façon à avoir une vue dégagée sur la mer. Des piles de livres et de papiers jonchaient la table, le sol et toutes les surfaces planes de la pièce. Ici aussi, les murs étaient recouverts de lettres, dessins et cartes postales, et à droite de la baie vitrée, une affiche rouge et vert pour les scieries de Bornholm brillait entre des feuilles de papier blanc.

Ida se dirigea vers un radiateur et l'alluma.

— Faites comme chez vous ! La maison est remplie de souvenirs, et vous avez ma bénédiction pour tout regarder. Ma mère n'y aurait vu aucun inconvénient.

— N'y a-t-il rien de tout ceci qui soit… trop privé ?

Esther fit doucement glisser ses doigts sur une pile de copies carbone de lettres manuscrites posées sur le bureau.

— Ma mère n'était pas du genre à avoir des secrets. Je crois qu'elle a conservé toutes les lettres qu'elle a reçues, et beaucoup d'entre elles sont accrochées aux murs. Quand elle-même écrivait ses lettres, elle mettait en général un papier carbone en dessous pour en garder une copie. Lisez tout ce que vous voulez, et si vous tombez sur quelque chose qui vous semble sensible, revenez vers moi ou Nikolaj avant d'écrire dessus. Est-ce que cela vous convient ?

— Ça me semble bien, dit Esther qui parcourut les premières lignes sur le haut de la pile. Ça ressemble à une lettre. Adressée à « Mon E. ».

Ida se pencha et regarda.

— Elias, le collègue et *ami* de ma mère. (Elle mit des guillemets sur le mot.) Ils se sont mariés lorsqu'elle a voulu avoir des enfants. À l'époque, il était difficile d'adopter en tant que femme célibataire, mais ils n'ont jamais vécu ensemble et ont divorcé peu après l'adoption de Nikolaj. J'ai toujours suspecté que leur mariage n'était que de pure forme, mais ma mère refusait de s'exprimer à ce sujet. Vous croyez que vous pourriez éclaircir ce point pour nous ?

— Alors Margrethe avait peut-être quelques secrets malgré tout…

Ida éclata encore de rire. Elle semblait être une personne particulièrement joviale.

— C'est possible. Quel dommage que vous n'ayez pas eu le temps de la rencontrer, vous vous seriez tout de suite entendues. C'est elle qui vous a demandé d'écrire sa biographie ?

— Non, elle n'est pas allée aussi loin. Elle a pris contact avec moi par l'intermédiaire d'un collègue, mais pour une raison que j'ignore, elle ne m'a jamais répondu par la suite.

— Était-ce par mail ? Ma mère n'était pas très à l'aise avec le numérique, en particulier les dernières années de sa vie. Mais concernant sa biographie posthume, tout ira bien, et je suis sûre que ma mère depuis son nuage, ou l'endroit où elle se trouve maintenant, regarde tout ça avec satisfaction. (Ida sourit chaleureusement.) Je vais sortir des draps et faire nos lits. Vous n'avez qu'à rester ici et explorer aussi longtemps que vous le souhaitez. Ah, et puis, nous pouvons peut-être nous tutoyer ! Tu peux m'appeler Ida.

Elle quitta la pièce et monta au premier étage.

Esther resta debout près du bureau, humant l'odeur des vieux livres, de la poussière et de l'humidité. Dehors, les vagues s'écrasaient en rythme sur les rochers, et elle eut d'un coup l'impression que l'obscurité avait des yeux. Que quelqu'un ou quelque chose l'observait à travers la baie vitrée éclairée. Que ces yeux voyaient tout alors qu'elle, ne voyait rien.

C'est absurde ! Elle repoussa cette pensée et s'enfonça dans le vieux fauteuil de bureau. Dans cette maison, Margrethe Dybris avait vécu et travaillé les quarante-cinq dernières années de sa vie. S'il y avait un endroit où Esther pouvait en apprendre davantage sur cette femme qui l'attirait tant, mais qu'elle n'avait jamais réussi à rencontrer, c'était bien ici.

Elle caressa les accoudoirs en bois du fauteuil – certains endroits étaient lisses, d'autres rugueux –, et elle rapprocha la pile de copies de lettres.

Bølshavn, mercredi 11 janvier 2017

Mon E.,

J'ai longtemps repoussé ce moment. Au risque de paraître trop sentimentale, j'écris pour te faire mes adieux. Et pour t'expliquer. Mes forces s'amenuisent. La fin approche, mais ce n'est pas grave.

C'est l'hiver, le froid et l'obscurité règnent ; dehors, tout est gelé. C'est une période de l'année propice aux adieux. L'aide à domicile a du mal à venir à cause des congères et je ne chauffe que dans la cuisine et la chambre. Ce sera un soulagement de lâcher prise. Je suis prête à mourir, quoi que cela signifie, mais d'abord je dois confesser mes péchés, comme on dit.

J'espère que j'aurai le temps de tout coucher sur le papier avant qu'il ne soit trop tard et que tu me liras avec mansuétude.

Si je regrette une chose dans cette vie, c'est d'avoir déménagé à Bornholm – ou que nous n'en soyons pas partis à temps. Je croyais fermement que c'était la bonne chose à faire, qu'en m'installant ici avec les enfants, je pourrais leur donner une enfance heureuse et sûre. Si j'avais su à l'époque ce que je sais aujourd'hui, nous ne serions jamais venus ici. Mais je ne peux pas changer le passé ni faire en sorte que les choses évoluent différemment, quand bien même je le souhaiterais. Il est possible que j'aie échoué en tant que personne et en tant que mère, mais peut-être pourras-tu comprendre mes choix, voire, me pardonner ?

Esther tourna la page, mais le dos était vierge. Il devait manquer une feuille. Elle chercha dans le sommet de la pile, mais ne trouva que des copies de lettres destinées à d'autres amis et collègues, certaines joyeusement adressées à « Professeur Untel », d'autres plus familières à « Ma chère Argy », voire « Mon bien-aimé », « Ma bien-aimée » suivi d'un surnom. « Elias », « Mon bon vieux Palle », « Minette », « E. » et « A. »… Margrethe ne semblait pas s'être laissé enfermer par les conventions d'appellations rigides.

D'après une estimation rapide, il y avait environ deux cents lettres devant elle, pêle-mêle. La grande majorité adressée soit à Elias, soit à cette « Argy », le reste étant généralement brèves et de nature plus professionnelle : des promesses de participation à des conférences, des réponses négatives à des jubilés d'étudiants et autres correspondances qui ne présentaient pas d'intérêt immédiat.

Esther les tria, puis classa les lettres personnelles par ordre chronologique, en plaçant les plus anciennes sur le dessus. Il était difficile de déchiffrer les copies maculées qui noircissaient ses doigts, mais au bout d'une heure, elle avait trouvé la première lettre que Margrethe avait écrite après son arrivée à Bornholm.

Esther poussa un soupir de satisfaction. Elle était lancée. Elle sortit son carnet de notes et commença à lire.

Bølshavn, vendredi 3 août 1973

Chère Argy,

Nous voici arrivés. Enfin ! La traversée à bord du M/S Kongedybet depuis Havnegade à Copenhague jusqu'à Bornholm n'aurait pas pu mieux se passer. Une fois que toi et Jørgen nous avez aidés à transporter les valises dans la cabine, et nous avez serrés contre vous, nous sommes restés sur le pont pour aussi dire au revoir à la ville. Les enfants étaient fatigués, mais comprenaient malgré tout la solennité de ce moment. Ida se tenait près de la rambarde, bien droite dans son manteau de laine, saluant les tours de la ville. Nikolaj somnolait, accroché à moi, mais, réveillé par le feu d'artifice au-dessus de Tivoli, il a fini par crier avec un tel ravissement que les gens le montraient du doigt et riaient. Notre ville nous a fait un bel adieu, c'était émouvant. Maintenant, une nouvelle ère nous attend.

Tôt le matin suivant, le ferry a accosté au port de Rønne, et nous avons pris la direction de la côte nord dans la 2 CV qui était si lourdement chargée qu'elle ne parvenait presque pas à monter les côtes. J'ai bien sûr réussi à me perdre, mais nous avons fini par arriver et avons été accueillis par notre nouveau voisin d'en face, Finn, qui nous a remis la clé.

Finn ressemble à une star de cinéma avec sa moustache, ses dents blanches et ses manières de gentleman. Il a ouvert les bras comme un vendeur de voitures ou peut-être plutôt comme le dirigeant d'une secte religieuse. « Bienvenue ! » a-t-il crié en faisant tourner Ida dans les airs. Elle s'est tout de suite entichée de lui, glissant sa main dans la sienne pour entrer avec lui dans la maison. Nikolaj, plus méfiant, est resté avec moi.

La maison est magnifique ! Peinte en blanc, colombages et toit de chaume et le plus beau jardin verdoyant, avec une vue sur les rochers et la mer Baltique. Mon propre figuier ! Où, dans ce pays, une mère universitaire célibataire pourrait-elle se l'offrir ?

Il y a pas mal de travaux à faire, mais je dois prendre les choses comme elles viennent. Pour l'instant nous devons d'abord atterrir, déballer nos affaires et nous assurer qu'Ida puisse bien aller à l'école lundi. Elle se réjouit la pauvre puce, et j'hésite à lui raconter combien je me suis moi-même ennuyée à l'école. Être plus douée que la moyenne est à la fois une bénédiction et un fardeau.

Je commence mon nouveau poste de professeur d'histoire et de religion à Rønne Statsskole dans deux semaines. Le lycée n'avait pas d'autres candidats et ils m'ont engagée, même si je n'ai pas la formation pédagogique requise.

Comme tu le sais, c'est redescendre de nombreux échelons de mon échelle de carrière après ma position à l'Institut d'anthropologie. Mais honnêtement, je suis fatiguée des fractions masculines marxistes qui préfèrent tout théoriser à mort plutôt que d'écouter une enseignante compétente. Les étudiants ne s'intéressent pas à l'ethnographie, et je ne supporte plus de me battre. Au lieu de cela, je me concentre sur le fait de demander un financement avec Elias, toujours employé à l'Institut, afin de pouvoir continuer mes études sur le terrain et poursuivre mes recherches. Je me moque du prestige, et le salaire d'enseignant ici est suffisant pour assurer une bonne vie à notre petite famille. L'air frais, les forêts, les champs, de l'espace à n'en plus finir. L'enfance que je n'ai jamais eue.

La nature est tellement différente ici par rapport au reste du Danemark, moins amicale et attirante. Ici, elle est brute et rude, balayée par le vent, et j'adore cela.

Les rochers devant la maison sont une aventure en soi. Nikolaj, sauvage et intrépide, veut sans cesse les escalader. Il est toujours furieux quand je vais le chercher, et se jette par terre, hystérique. Ce garçon finira par avoir des ennuis un de ces jours !

Finn est passé pour le déjeuner avec du hareng fumé maison et une bouteille de snaps glacé, distillé à partir de baies qu'il a lui-même cueillies le long de la côte – j'ai oublié leur nom. À Copenhague, je n'aurais jamais toléré ce genre de visite inopinée, mais ici, c'est agréable. Finn se sent bien chez nous, il est intelligent et drôle, et je n'ai aucun mal à me détendre en sa compagnie. Après le déjeuner, il est resté assis à table, Ida sur les genoux, sa chemise à moitié déboutonnée, et il a raconté comment Bølshavn vient de « Bødlens Havn » qui signifie « le port du bourreau ». Il a été nommé d'après le bourreau Haagen Nielsen, qui, à la fin du XVIIe siècle, exécutait les criminels par pendaison ou par décapitation à la hache. Ça a peut-être l'air désagréable, mais c'était ainsi.

Et maintenant, je vais préparer le dîner !

Ta Margy

*

Anette coinça le téléphone entre son épaule et sa joue, tout en tartinant deux tranches de pain de seigle avec du pâté de foie et en essayant de garder les chiens à distance avec ses pieds. C'était une bonne chose que Svend, à l'autre bout du fil, ne puisse pas voir ce qu'elle avait l'intention de manger. Pour lui, toute autre chose qu'un repas chaud fait maison était du gâchis.

— Je suis désolée, chéri, mais CP m'a demandé de diriger l'enquête sur la moitié de cadavre retrouvée dans la valise, je ne pourrai pas vous rejoindre finalement.

Svend gémit, mais elle savait que son agacement n'était pas trop profond. Il connaissait la routine.

— Tu vas manquer le château d'Egeskov, le trampoline et les voitures de collection, je dis juste ça comme ça.

— Peut-être, mais demain j'aurai le droit d'enquêter sur une vieille valise ensanglantée avec Clausen et les autres techniciens de la Scientifique.

Anette porta son assiette sur la table, suivie de près par leurs trois borders collies.

— C'est plus ton truc en fait, dit Svend – elle pouvait entendre son sourire dans sa voix. Avez-vous une idée de l'identité du corps ?

— Non. Nous n'avons qu'un seul témoignage, à propos d'une camionnette près d'Østre Anlæg. Il y a deux agents qui font le tour du quartier ce soir pour voir si quelqu'un d'autre en sait davantage.

— Passionnant, fit Svend, sur un ton qui manquait de sincérité. Tu veux dire bonne nuit à Gudrun ? J'allais la coucher quand tu as appelé.

Anette eut sa fille à l'oreille.

— Maman ?

La voix était si claire et joliment enfantine que le cœur d'Anette se serra.

— Coucou, ma chérie ! Comment vas-tu ?

Gudrun ne répondit pas.

— Tu me manques beaucoup, tu sais. C'est bien chez ta tante ?

— Maman ?

— Je suis là, ma chérie. C'était amusant sur le trampoline ?

— Tu peux baisser ta voix d'une octave, rigola Svend. Elle vient de repartir regarder Peppa Pig.

— Elle s'est enrhumée ? Je trouve qu'elle a l'air d'avoir le nez plein.

— Peut-être un peu.

— Tu as pris sa température ? Rappelle-toi de lui donner du paracétamol pédiatrique si c'est ça... Elle n'aime pas le goût, alors il faut...

— Je gère, l'interrompit Svend doucement.

Bien sûr qu'il gérait, il se débrouillait sans doute mieux qu'elle-même ne le ferait. Il partageait davantage de temps avec leur fille qu'elle, du moins par périodes. Anette se mordit la lèvre et résista à l'envie d'en dire davantage.

— Embrasse-la pour moi, et passe le bonjour aux autres. Bonne nuit.

— Bonne nuit, ma chérie. Et rappelle-toi, tu es la meilleure chose qui me soit arrivée !

Elle sourit et raccrocha. Leur façon de se dire au revoir était la même depuis plus de vingt ans. Elle remplissait toujours sa poitrine d'un bourdonnement qui représentait sa définition du bonheur. Elle était la « meilleure » de quelqu'un, rien ne pouvait être plus beau.

Anette alluma l'ordinateur et avala goulûment ses tartines, tout en parcourant le rapport de POLSAS et les dernières notes insérées.

18/11 19 h 12 :

Peter Ingerslev, résident au 43, Stockholmsgade, 4e étage à droite, déclare avoir vu une camionnette bleu clair avec un logo sur le côté à plusieurs reprises à partir du 1er septembre et durant tout le reste du mois. Observations faites aussi la nuit. Il ne se souvient pas du nom, mais est certain que c'était une entreprise de construction. Il pense qu'il y avait aussi un slogan incluant le mot « plaquiste ». Ne se souvient de rien d'autre.

Témoignage recueilli par l'inspecteur Jensen.

Plaquiste ?

Anette tapa le mot dans son moteur de recherche et fut récompensée par un nombre de vidéos de travaux à faire soi-même, où de sympathiques hommes en chemises à carreaux expliquaient comment des rails de métal et des plaques de plâtre se transformaient en cloison sans la moindre difficulté. Ça n'avait pas l'air si compliqué.

Elle hésita avant de taper les mots « scie » et « meurtre » avec l'envie d'expliquer à l'algorithme qu'elle n'était pas une fétichiste criminelle assoiffée de sensations. La recherche aboutit comme elle s'y attendait à une série d'affaires de meurtres où les corps étaient démembrés. Anette parcourut les articles à propos de gants ensanglantés, de scies à main et de meurtriers amateurs qui laissaient des traces aussi claires que la Voie lactée avant de fermer les onglets dans un soupir impatient.

L'homme de la valise n'avait pas été tué et démembré post-mortem avec une scie à main, mais coupé en deux dans le sens de la longueur alors qu'il était encore vivant.

Tout en mâchant, Anette envisagea ce que cela pouvait potentiellement signifier. Un acte brutal de vengeance dans le milieu des gangs ou une blague grossière qui aurait mal tourné ?

Nyboe n'avait encore rien voulu dire de précis sur l'arme du crime, à part qu'il s'agissait d'une tronçonneuse ou d'une scie industrielle très puissante.

Un meurtre à la tronçonneuse. Voilà qui ressemblait à un de ces films d'horreur qui sortaient toujours pendant les vacances de Noël pour contrebalancer l'ambiance. C'était absurde.

L'écran de l'ordinateur s'éclaira à l'arrivée d'un mail de Saidani. Anette repoussa son assiette recouverte de miettes de pain de seigle et l'ouvrit.

Salut, Werner,
Voici le récapitulatif des personnes disparues.
Le nombre de personnes disparues dans le pays entre le 15 août et aujourd'hui est de 322, dont 316 cas résolus, parce que les disparus se sont manifestés. Des six cas restants, il s'agissait pour quatre soit de femmes, soit de

personnes âgées souffrant de démence, ce qui ne laisse que deux cas susceptibles de nous concerner :
Jan Søgård, 52 ans, célibataire, sans enfant, habitant au 11, Solbærvej à Næstved, enseignant au collège Ellebækskolen. En congé maladie pour cause de stress depuis la rentrée scolaire et n'a pas répondu aux messages depuis. Vu pour la dernière fois début juillet. Signalé disparu le 3 novembre par la direction du collège. Pas de parent proche, aucune activité téléphonique ou sur sa carte de crédit depuis le 3 août.
Bo Winther Tjørnelund, 29 ans, célibataire, sans enfant, habitant au 17, Viktoriagade, rez-de-chaussée gauche, Copenhague V, employé comme comptable dans une entreprise de construction, L'Expert-Plaquiste. Vu pour la dernière fois le 5 septembre. Signalé disparu par ses parents. Aucun contact avec sa famille, aucune activité téléphonique ou sur sa carte de crédit depuis le 5 septembre.
S.

Anette répondit à la jeune femme d'approfondir ses recherches pour en découvrir plus sur ces deux personnes disparues et de faire en sorte que des brigades canines fouillent les espaces verts les plus proches du lieu de la découverte du corps pour tenter de retrouver l'autre moitié. Elle parcourut à nouveau le message de Saidani.

L'Expert-Plaquiste ? Le nom de l'entreprise sur la camionnette qui avait été vue près d'Østre Anlæg contenait apparemment le mot « plaquiste ». Anette chercha et trouva le site Internet. Une entreprise spécialisée dans les nouvelles constructions, en particulier les cloisons, tout à la fois pour les entreprises et les particuliers, dont l'adresse était à Vanløse. Elle leur écrivit un mail pour leur demander de la contacter le plus rapidement possible, puis elle fit dérouler une galerie de photos de chantiers et de rénovations. Sur une des photos, une camionnette bleu clair portant le nom de l'entreprise sur la portière latérale était garée devant une maison recouverte d'échafaudages.

Anette fit une capture d'écran avant de poursuivre. La photo suivante montrait la moitié d'une cloison en plâtre dans un vaste local qui manifestement faisait l'objet d'une importante rénovation. Des planches en bois étaient empilées au sol, des rails de métal partout, et le long d'un mur se trouvait un grand établi.

Anette agrandit l'image et sentit la chair de poule se répandre entre ses omoplates. À l'extrémité de l'établi, une poignée robuste en plastique et des dents en métal gris dépassaient du bord. La lame d'une grande scie industrielle.

MARDI 19 NOVEMBRE

CHAPITRE 5

Walked when I shoulda run, Ran when I shoulda walked, And don't I know it, And don't I know it[1]...

Les paroles de Jamie Woon tournaient obstinément en boucle dans la tête de Jeppe, rivalisant avec le rugissement de la tronçonneuse. Il fredonnait en chœur, ayant depuis longtemps renoncé à éteindre la bande-son intérieure qui accompagnait ses pensées au quotidien. Une petite partie de lui avait espéré que le calme de la forêt lui aurait apporté le calme dans son esprit, mais cela s'était malheureusement avéré être le contraire : la paix autour de lui offrait un espace encore plus grand dans sa tête pour davantage de bruit. En revanche, il ressentait un bien-être presque enfantin à broyer ses pensées avec le merlin et la tronçonneuse en frappant et sciant.

Il sortit un coin à fendre métallique du seau et le plaça dans le sapin de Douglas à l'aide de son merlin, pour qu'il disparaisse dans le sillon laissé par la tronçonneuse. À chaque coup, l'arbre répandait un nuage d'odeur de forêt, comme s'il

1. « J'ai marché, quand j'aurais dû courir. Couru, quand j'aurais dû marcher. Et ne m'en parle pas. Et ne m'en parle pas... », extrait de la chanson *Shoulda*. Toutes les références citées sont détaillées en fin d'ouvrage. *(Toutes les notes et les traductions des chansons sont de la traductrice.)*

voulait rappeler à son assassin qu'il avait vécu plus longtemps et accompli plus de choses que lui.

Jeppe reprit la tronçonneuse et retira la sécurité. Même à travers ses protections auditives et le juke-box incorporé dans son lobe frontal, il entendait ses collègues scier à tout va à proximité. Aujourd'hui, ils abattaient des arbres dans la zone de Segen, dans la partie ouest d'Almindingen. Même s'ils y étaient depuis l'aube, ils devaient se dépêcher d'abattre les arbres que le garde forestier avait marqués de sa griffe de bûcheron, avant que la nuit ne commence à tomber, vers 3 heures de l'après-midi.

La nuit dernière, Sara était venue le voir en rêve. Elle lui avait crié dessus et l'avait regardé avec mépris. Son corps se souvenait douloureusement à quel point elle lui manquait. *Qu'est-ce que je fais ici ?* se demanda-t-il avant de noyer la réponse dans le vrombissement strident. Quand quelque chose ne va pas dans la vie, il n'y a rien d'autre à faire que de la mettre en pause. Abattre la forêt, un arbre à la fois. Pour l'instant, c'était la seule chose dont il avait à se préoccuper.

— *Coffee ?*

— Putain ! Andrzej, tu ne dois pas me surprendre comme ça quand la tronçonneuse est en marche ! Combien de fois je dois te le dire ?

Jeppe relâcha le bouton et se tourna vers son collègue polonais qui lui tendait un gobelet isotherme avec un large sourire. Andrzej ne parlait que le polonais et la communication entre eux consistait essentiellement en des gestes et expressions du visage. Leur patron, Louis Kofoed, avait expliqué qu'Andrzej en avait eu assez de fumer du porc chez lui à Rosnówko et qu'il était venu tenter sa chance à Bornholm. Il prétendait qu'Andrzej était désormais satisfait de couper des arbres pour la petite entreprise forestière de Louis, qui fournissait la matière première aux scieries de l'île.

Jeppe se demanda si Andrzej avait de la famille en Pologne et s'il prévoyait d'y retourner un jour. Il accepta le café, et souleva la visière de son casque pour souffler dessus.

— Merci. Tu as fait combien d'arbres ? demanda Jeppe en comptant d'un air interrogateur sur ses doigts.

— *Small*, répondit Andrzej en tapotant de la main un mètre ruban accroché à sa ceinture.

Il désigna la cime de l'individu que Jeppe était en train d'abattre.

— *Tree, okay ?*

Jeppe leva les yeux sans comprendre ce que voulait dire son collègue. Il lui arrivait de se sentir seul ici sur l'île, mais ce n'était pas comparable au fait d'être un étranger dans un endroit où l'on ne comprenait même pas la langue.

Une branche craqua et Louis Kofoed apparut dans la clairière derrière eux. Il dirigeait leur équipe de trois et était le seul d'entre eux à être né et avoir grandi sur l'île, un fait qu'il ne manquait pas de leur rappeler constamment. Il était aussi le seul qui refusait d'avoir une visière à son casque, parce que cela faisait « fille ». À la place, il s'était laissé pousser un ongle de petit doigt très long, dont il se servait pour retirer les copeaux de ses yeux.

— C'est quoi ce bordel, vous faites une pause-café sans moi ?

Jeppe reçut une grosse claque sur l'épaule si bien que son café déborda sur ses chaussures de sécurité. Louis n'était pas particulièrement grand ou musclé, mais il avait ce regard particulier que Jeppe reconnaissait comme celui qu'ont les hommes avec lesquels il valait mieux ne pas se fâcher dans un bar. Louis n'avait peur de rien ni de personne, et certainement pas d'un flic de Copenhague.

— Vous vous faites des papouilles, c'est pour ça que je ne peux pas me joindre à vous ? (Le visage de Louis se fendit d'un sourire qui révéla une incisive gris-noir, dont le nerf avait manifestement abandonné depuis longtemps.) On ne peut pas tourner le dos cinq minutes sans que vous ne commenciez à vous bécoter.

Jeppe laissa passer l'insinuation.

— Andrzej essaye de me demander quelque chose, mais je ne comprends pas ce qu'il veut dire. Un truc de mesure.

— Il demande si tu es sûr que la hauteur jusqu'à la cime est bonne, répondit Louis sans hésiter. Il a l'air un peu court. S'il y a beaucoup de branches, il y a beaucoup de nœuds, ce qui signifie que la qualité est merdique.

— Mais l'arbre était marqué !

— Le garde forestier marque tous les arbres qu'il veut voir partir. Ton boulot, c'est de choisir ceux qui rapporteront le plus d'argent. Pigé ? (Il se moucha vers le sol et s'essuya le nez sur sa manche.) Un arbre-A vaut cinq fois plus qu'un arbre-C. C'est pas sorcier, Kørner.

Jeppe vida son gobelet et le rendit à Andrzej avec un hochement de tête.

— L'arbre est suffisamment haut, la qualité est bonne et je vais l'abattre maintenant. Alors, à moins que vous ne vouliez le câliner, vous feriez mieux de vous tirer.

D'un air de conspirateur, Louis frappa Andrzej sur l'épaule.

— Ah, on a énervé le gars de Copenhague, il ne lui en faut pas beaucoup, hein ?! Après, tant que tu abats les bons arbres, je ne m'en mêlerai plus.

Il sortit un canif usé de sa poche arrière et le déplia.

— Regarde ça, Kørner, un petit conseil : pour aller un peu plus vite, tu n'as qu'à bloquer le frein de la chaîne avec ton couteau pour que la tronçonneuse ne s'arrête pas. Comme ça, tu peux couper d'une main et te gratter le cul de l'autre.

Son rire se répercuta vers la cime des arbres, et Andrzej sourit maladroitement. Jeppe rabattit sa visière, souleva la tronçonneuse et la mit en marche.

*

— La lame de la scie a traversé le corps le long de la colonne vertébrale du coccyx à la tête. Comme je l'ai dit, l'entaille est irrégulière, ce qui prouve qu'il s'agit d'une scie motorisée très puissante. (Nyboe se racla la gorge dans le combiné.) La victime était morte avant que la lame n'atteigne le cœur, mais avant ça… Il était probablement conscient lorsque la scie a tranché les parties génitales et la région abdominale. Je ne me souviens pas d'avoir jamais rien vu de tel.

— Moi non plus, répondit Anette. J'ai cherché sur Internet hier, mais je n'ai pas trouvé un seul cas de personne découpée vivante.

— C'est une horrible façon de tuer quelqu'un. Et sacrément salissante en plus. La scène de crime doit être recouverte de sang, de poussière d'os et de morceaux de tissu cérébral de la taille d'une tête d'épingle.

— Putain, c'est dégueulasse !

Anette fit une grimace à Falck, assis sur le siège passager à côté d'elle. Ils étaient garés le long du trottoir devant le 17, Viktoriagade dans le quartier de Vesterbro et attendaient les parents du porté disparu Bo Tjørnelund, qui avaient accepté de leur ouvrir son appartement.

— Rappelle-toi que c'est d'un être humain dont nous parlons, Werner ! (Nyboe déglutit, avalant probablement une gorgée de ce café amer qu'il buvait tout le temps.) Clausen et ses techniciens sont en train de faire des moulages des parties osseuses et de les comparer au microscope pour en savoir davantage sur la lame de la scie. L'épaisseur, le matériau, la taille des dents, etc. Nous examinerons également si la lame était propre, ou s'il y avait des traces d'autres matériaux dessus. Tout cela peut nous aider à découvrir le lieu du meurtre.

— Merci, Nyboe. Quel est le calendrier prévu pour les résultats de ces tests ?

— Nous les avons mis en priorité absolue, alors j'espère d'ici quarante-huit heures. Je t'appelle quand j'ai du nouveau.

Il raccrocha.

Anette regarda l'écran du téléphone. Svend avait envoyé un message disant que Gudrun avait de la fièvre, rien de grave, mais qu'il lui avait donné des analgésiques en attendant de voir comment ça évoluait. L'estomac noué, elle rangea le téléphone dans sa poche. Il ne lui manquait que cela au milieu d'une affaire de meurtre : de s'inquiéter en plus pour la santé de sa fille.

Falck se mit à glousser tout seul et elle se tourna vers lui à temps pour voir son énorme ventre sautiller joyeusement sous sa chemise à carreaux.

— Qu'est-ce qui te fait rire, Falck ?

— Rien, je pensais juste à quelque chose de drôle. Villads, l'aîné de mes petits-fils qui a cinq ans, a commencé à raconter des blagues. (Il remua ses sourcils gris et broussailleux.) Comment est mort le Capitaine Crochet ?

Anette gémit de résignation, mais Falck ne l'entendit pas.

— Il s'est curé le nez avec la mauvaise main ! C'est plutôt mignon, non ?

— C'est une blague de papa !

— Oui, oui, oh ! lala !

Falck se redressa sur son siège et leva les yeux au ciel, un peu vexé.

Anette refoula sa colère. *Jeppe gardait toujours son sang-froid lorsqu'il dirigeait une enquête.*

— Qu'ont dit les collègues de la Lutte contre le crime organisé à propos du meurtre ?

— Que ça ne correspond à rien, répondit Falck. Les gangs qui sévissent à Copenhague en ce moment se tirent dessus à bout portant ou à travers les vitres des voitures. Ils ne se découpent pas à la scie en laissant des morceaux de corps dans de vieilles valises.

— Hmm. (Elle consulta sa montre.) Il est 9 h 10, ils sont en retard. On pouvait pourtant croire qu'ils soient là à l'heure pile. Ne sont-ils pas inquiets pour leur fils ?

Falck regarda dehors comme pour s'assurer que le trottoir était bien vide, et grommela sans conviction.

— Nyboe dit que ça a dû générer un sacré bordel, continua Anette. Où utilise-t-on une scie industrielle tout en arrivant à nettoyer la scène du crime avant que quelqu'un ne la voie ?

— L'Institut médico-légal ? dit Falck en riant, mais il s'arrêta aussitôt en voyant l'expression d'Anette. Non, sérieusement, que dirais-tu d'un abattoir ? Ou un magasin de bricolage, tu sais, où ils scient des planches et des plans de travail à la demande pour les gens.

— Tu veux dire que notre victime aurait été tuée dans le magasin de bricolage du coin ?

— Ou dans une casse avec de la ferraille et des épaves de voitures à l'extérieur.

Falck ajusta l'une de ses bretelles à pois. D'abord, elle était trop courte, ensuite trop longue, puis il finit par renoncer.

— Tu regardes trop de films, Falck. On n'utilise pas de scie industrielle pour des voitures.

Anette aperçut deux personnes qui descendaient la rue vers le numéro 17.

— Les voilà.

Anette et Falck sortirent de la voiture et allèrent à la rencontre du couple. Ils se présentèrent et les suivirent à l'intérieur de l'appartement du rez-de-chaussée sur la gauche sans rien ajouter.

Ils avaient l'air jeunes, trop jeunes pour être les parents d'un homme de vingt-neuf ans, et bronzés, comme s'ils venaient de rentrer de vacances au soleil.

— Alors, voilà l'appartement. Je vais allumer.

C'est la mère de Bo, Beate Tjørnelund, qui prit la parole. Elle était vêtue d'un trench-coat avec une doublure à carreaux, une grande paire de lunettes de soleil relevée sur sa tête.

— Mais il n'y a rien à découvrir ici. Comme nous l'avons dit, nous sommes passés plusieurs fois.

— Quand avez-vous été en contact avec votre fils pour la dernière fois ?

— Il est venu chez nous pour prendre le café le 5 septembre. Pour mon anniversaire. (Beate rabaissa ses lunettes de soleil sur les rides de son front et les repoussa à nouveau comme un bandeau.) Depuis, plus rien. Nous avons appelé mille fois, mais son téléphone est éteint.

Ce qui s'ajoutait à son absence d'activité numérique, avec ses cartes de crédit non utilisées et ses médias sociaux muets. D'après le rapport de Saidani, Bo avait disparu de la surface de la Terre.

— Et personne n'a eu de ses nouvelles, quelqu'un qu'il fréquentait ou ses amis ?

Les coins de la bouche de Beate s'affaissèrent et elle eut immédiatement l'air plus âgée.

— Bo n'est pas en couple en ce moment. Ses amis ne savent rien, nous les avons tous appelés.

— Vous nous permettez de faire un petit tour ?

Beate hocha la tête et s'assit sur le canapé à côté de son mari, en gardant son manteau. La pièce dans laquelle ils se trouvaient semblait servir à la fois de salle à manger et de salon, sans fioritures. Une table avec quatre chaises, un canapé et un grand écran plat. Pas d'étagère, rien sur les murs, aucun bibelot. Anette fit signe à Falck de la suivre et entra dans la seconde pièce de l'appartement, qui comprenait un lit, une commode en pin et une grande armoire.

— Tu prends la commode, je regarde dans l'armoire.

Elle ouvrit les portes en stratifié blanc. Des jeans, des T-shirts, des vêtements ordinaires de tous les jours, en nombre restreint. Anette ne dénombra que trois paires de chaussettes.

— On pourrait facilement avoir l'impression qu'il manque des vêtements. À moins que l'homme ne soit plutôt spartiate. Tu as trouvé quelque chose ? Un ordinateur, par exemple ?

— Rien. Aucun billet d'avion pour la Guyane ni de collection de fausses barbes non plus. (Falck s'accroupit devant la commode et gémit sous l'effort.) Ici il y a quelques papiers, à première vue rien d'intéressant pour nous, mais je vais les parcourir pour être sûr.

Anette retourna auprès des parents, qui étaient maintenant assis aux deux extrémités du canapé.

— Aviez-vous trouvé son passeport ? demanda-t-elle.

— Non.

L'enquêtrice resta debout, à les observer. Ils regardaient chacun dans une direction opposée, mais aucun d'eux vers elle. Le père, les coudes sur ses cuisses, le visage tourné vers le sol, comme s'il avait abandonné, et la mère qui s'agitait nerveusement, mal à l'aise. Ils étaient tous les deux silencieux. Si la propre fille d'Anette avait disparu, elle crierait et hurlerait, poserait des questions et aurait des exigences jusqu'à ce qu'elle la récupère.

— Avez-vous une idée d'où il pourrait être ?

Beate cligna des yeux, crispée. Anette se rappela que les gens réagissent tous différemment en cas de crise.

— Au début, nous croyions qu'il avait eu un accident. On entend parler de ces jeunes qui sortent en ville et qui tombent dans le port, en rentrant chez eux. Mais maintenant, nous ne savons plus.

Mais nous, peut-être que si, pensa Anette.

— Je suis obligée de vous poser une question désagréable. Probablement rien qui ne vous ait pas déjà été posé lors des entretiens précédents, mais pas agréable malgré tout. (Elle baissa le menton, puis regarda la mère en face.) Bo pourrait-il s'être trouvé mêlé à quelque chose de stupide ? Avait-il des amis dans le milieu criminel ? Des dettes de jeu peut-être ?

Cela fit se redresser le père. Ses joues étaient cramoisies, sans doute d'être resté si longtemps la tête baissée.

— Bo a fait sa première tournée de journaux à treize ans, parce qu'il voulait économiser. Pas pour acheter une Game Boy ou ce genre de bêtises, mais pour suivre un cours en ligne en investissement. À treize ans ! Il rendait visite à sa grand-mère tous les vendredis en rentrant de cours, jusqu'à ce qu'elle meure. Mon fils était délégué de classe et chef scout, c'est un bon garçon. Ce n'est pas un criminel, il a juste disparu !

— Chéri !

Beate posa une main sur le bras de son mari.

— Je suis fatigué d'entendre toujours ce même refrain. Toutes ces insinuations. Au lieu de faire votre travail pour retrouver notre fils.

Il se remit à regarder le sol.

Beate se rapprocha de lui et caressa son dos de manière apaisante.

— L'incertitude commence à nous ronger. Maintenant, nous aimerions juste avoir des réponses.

— C'est tout à fait compréhensible. J'espère vraiment que nous pourrons vous en dire plus très bientôt.

Falck revint dans la pièce et fit une petite moue à l'adresse d'Anette qui signifiait que les papiers dans la commode n'avaient rien donné. Il se plaça à côté d'elle, les mains devant lui, si bien que son ventre reposait sur ses avant-bras, et respira bruyamment. Anette ne se souciait pas de ce genre de choses d'ordinaire, mais, en tant que chef d'équipe, l'évidente mauvaise forme de Falck la montrait sous un mauvais jour. L'essoufflement de son coéquipier irritait son système nerveux et elle dut se retenir de pousser un soupir agacé.

— Je voudrais vous demander la permission d'envoyer une équipe de la police scientifique pour faire des prélèvements ici, dans l'appartement. Nous avons aussi besoin de prendre contact avec le dentiste de Bo.

Anette vit les parents échanger un regard, comme si c'était quelque chose dont ils avaient déjà parlé. Puis ils acquiescèrent. Anette leur serra la main en guise d'au revoir.

— Nous vous recontacterons. Merci de nous avoir accordé du temps.

En chemin vers la voiture, Anette demanda à Falck de prendre le volant, afin qu'elle puisse envoyer un mail à Saidani pour lui dire de contacter les techniciens de la Scientifique. Ils auraient pu s'en charger eux-mêmes puisqu'ils allaient se rendre au Centre national de criminalistique et de criminologie, mais l'organisation de ce genre de rendez-vous devait suivre un certain protocole. De plus, elle voyait à sa montre qu'ils avaient le temps de faire un détour avant de retrouver Clausen. Elle tapa son message et appuya sur la touche d'envoi, tandis que Falck se débattait encore avec sa ceinture de sécurité.

— Falck, écoute ça. Bo était employé comme comptable dans une entreprise de construction qui s'appelle L'Expert-Plaquiste. Curieusement, leur camionnette est bleu clair, avec le nom de l'entreprise affiché sur le côté. Elle correspond à la description de celle qui a été vue dans le quartier d'Østre Anlæg. Eh, tu t'en sors ?

— Je n'arrive pas à trouver ce fichu truc !

Anette tendit la main et attacha la ceinture en un clic. Falck grommela et démarra le moteur.

— Attends ! Nous avons une petite heure avant notre rendez-vous au CNCC, je vais appeler L'Expert-Plaquiste pour savoir si le patron peut nous parler maintenant. L'entreprise est située à Vanløse, mais ils ont un chantier à Kødbyen en ce moment, sur le site des anciens abattoirs à Vesterbro. Dis, tu m'écoutes ?

— Oui, oui ! dit Falck en levant un index épais vers le GPS. Tu as dit Hillerød ?

CHAPITRE 6

Le sommeil ne relâcha son emprise sur Esther qu'au moment où le pâle soleil d'hiver perçait à l'horizon. Il était 9 h 30. La nuit dans l'étrange chambre d'amis avait été agitée, et elle avait beaucoup remué. Même si elle savait que son hôtesse dormait juste à l'autre bout du couloir, elle avait eu le sentiment d'être seule dans la maison et avait combattu l'envie d'aller vérifier que Ida était bien dans sa chambre. Le grincement des boiseries l'avait réveillée, ou peut-être étaient-ce les cris des mouettes au-dessus de la mer. Dans l'obscurité, leurs plaintes ressemblaient aux pleurs d'un nouveau-né et laissaient Esther le cœur battant.

Elle se leva, rassembla ses affaires de toilette et des vêtements propres, puis se rendit dans la salle de bains au carrelage vert des années 1970. Elle entendait le bruit des assiettes et de la machine à café au rez-de-chaussée, et se rappela avec un pincement au cœur qu'elle vivait désormais seule à Copenhague. La douche chassa son chagrin ainsi que les derniers vestiges de sommeil. Dix minutes plus tard, lorsqu'elle descendit dans la cuisine, elle se sentait étonnamment d'attaque pour le petit-déjeuner. En fait, elle avait même faim.

— Bonjour ! Tu as bien dormi ?

Ida leva les yeux de son assiette et lui sourit. Elle avait attaché ses longs cheveux en chignon et son visage n'était pas maquillé. *Malgré ses rides, elle a l'air reposée, presque jeune*, pensa Esther en s'asseyant.

— Oui, merci, pas trop mal. Ça sent délicieusement bon ici.

— J'ai eu envie de faire du pain. Sers-toi ! Et s'il te manque quelque chose, tu peux te servir dans le frigo.

Esther se versa du café dans une épaisse tasse en céramique et prit un petit pain brioché encore tiède dans la panière.

— Ton frère est bien d'accord pour que je m'installe ici quelques jours ? Je ne voudrais pas…

— Nikolaj est vraiment cool pour ce genre de choses. De plus, c'est autant ma maison que la sienne. (Ida dévissa le couvercle d'un pot de confiture.) Tu devrais goûter ça. Un vieil ami de ma mère, Finn Sonne, fait toujours de la confiture de fraises en juillet, pour qu'on puisse profiter des saveurs de l'été lorsqu'il fait froid et sombre au-dehors. (Elle mâcha, songeuse.) Il habitait dans la maison d'en face quand j'étais petite. Au fait, as-tu commencé à lire les lettres ?

— Oui, merci. La plupart sont destinées à Elias, mais aussi à une certaine Argy… Qui est-ce ?

— Ma tante Arendse. Elle et ma mère s'appelaient mutuellement Argy et Margy. Argy vit à Copenhague avec son mari, Jørgen, je les vois souvent.

Esther hocha la tête, la bouche pleine de confiture de fraises.

— C'est bon, n'est-ce pas ? demanda Ida, avec joie. Je crois que je vais faire un tour en voiture après le petit-déjeuner. Nikolaj n'est toujours pas rentré à la maison et il ne répond pas à mes messages ni au téléphone. Je vais aller le voir sur son lieu de travail. Ça lui ressemblerait bien d'avoir changé de numéro sans me le dire.

— Il fait quoi, dans la vie ?

Esther eut un petit frisson en mangeant les fraises qui avaient vraiment le goût de l'été et des nuits claires.

— Mon frère n'a pas de boulot fixe, mais la dernière fois que je lui ai parlé, il allait donner un coup de main à Hedegaarden. C'est une ferme qui fait de l'élevage bio et qui possède son propre abattoir. D'ailleurs, il y a de la viande qui provient de la ferme dans le congélo que nous pouvons manger ce soir. Je crois que c'est un morceau de paleron.

— Ça a l'air délicieux. Nous pourrions faire un bœuf bourguignon.

Ida sourit.

— Exactement ! Un bon plat mijoté, voilà ce dont on a besoin par un temps pareil. Je ferai des courses en rentrant. Ça ne te dérange pas si je te laisse seule pendant tout ce temps ?

— Absolument pas. Je vais juste m'installer dans le bureau et lire. J'irai peut-être faire un tour pour voir le village dans la journée. (Esther avala une nouvelle bouchée de pain avec son café et s'éclaircit la gorge.) Et toi, as-tu lu les lettres de ta mère ?

— Eh bien, j'ai essayé juste après sa mort, mais c'était trop tôt. (Ida se leva pour laver son assiette, qu'elle plaça à sécher sur l'égouttoir.) Ma mère ressentait des émotions à foison et était parfois très envahissante. Je crois qu'elle tenait beaucoup à mon frère et à moi, même si elle pouvait partir loin de nous pendant des mois pour voyager, y compris lorsque nous étions très jeunes, sans penser à la façon dont cela nous affectait. Je ne sais pas tout à fait comment l'expliquer, mais elle était à la fois incroyablement aimante et très égocentrique. Alors si elle adopte un ton un peu tragique dans ses lettres, tu peux t'en détacher un peu.

— D'accord, c'est noté.

— J'espère que je n'ai pas l'air de dire du mal de ma mère ? Ce n'est pas mon intention.

Esther secoua la tête.

— Je crois que je comprends.

— Bien. (Ida s'essuya les mains dans un torchon et prit son sac sur le dossier de la chaise.) On se voit dans quelques heures. Travaille bien !

Esther finit de manger et débarrassa, elle se servit une autre tasse de café qu'elle apporta dans le bureau. À la lumière du jour, la pièce semblait plus accueillante, même si le délabrement et la saleté se voyaient davantage. Un film de poussière recouvrait les meubles et le long des murs pendaient des câbles électriques d'où apparaissaient des fils de cuivre dénudés. L'odeur de renfermé était plus forte aujourd'hui, presque douceâtre, et Esther ressentit un besoin immédiat de tout jeter, nettoyer, et de laisser la maison respirer à nouveau.

Elle hésita devant la fenêtre, mais se souvint que ce n'était pas à elle de faire le ménage.

Depuis la baie vitrée, la vue sur la mer prenait tout son sens. Il n'y avait que cinquante mètres jusqu'aux vagues qui frappaient les rochers gris rosé et les noircissaient là où se rencontraient l'eau et la pierre.

Elle posa sa tasse et inspecta les étagères. Elles comprenaient des ouvrages d'anthropologie, des articles universitaires, mais aussi une bonne collection d'œuvres littéraires de fiction à la fois anciennes et récentes, qui allait de Homère et Joyce à Hustvedt et Sayers, apparemment sans aucun système de classement.

Mais ce qui l'intéressait avant tout, c'étaient les lettres : Margrethe Dybris en dialogue avec ses collègues, ses amis et ses enfants. Esther regarda les piles de papier et pensa aux quelques biens de Gregers que ses enfants, devenus des étrangers pour lui, triaient en ce moment même, à l'appartement de Copenhague. Apprécieraient-ils cet héritage, se souviendraient-ils de lui avec ou se contenteraient-ils de tout jeter ?

*

Bølshavn, mardi 7 mai 1974

Cher Elias,

En mai, il n'y a pas de plus bel endroit au monde que le Danemark, et pas de plus bel endroit au Danemark que Bornholm. Je sais que tu n'es pas d'accord – que tu choisirais toujours le Serengeti ou l'île Célèbes –, mais je maintiens ma position !

Les lilas de mon jardin fleurissent dans toutes les nuances de violet, répandant un parfum merveilleusement capiteux aux alentours, les fleurs du châtaignier brillent comme des bougies et les nuits sont d'un bleu si doux. Nous avons trouvé de l'herbe de la Saint-Jean dans la forêt et nous l'avons plantée dans les fissures de la clôture en pierre. Et les tomates de la petite serre ont l'air de donner une récolte décente.

Nous allons bien ! C'est une annonce étrangement pompeuse à faire, mais c'est ce que j'écris aux gens et – à part quelques petits bémols – c'est la vérité. La vie est devenue plus restreinte, mais ce n'est pas aussi effrayant que je le pensais. Je conduis les enfants à l'école et au jardin d'enfants de Rønne le matin (quand la 2 CV daigne démarrer, mais c'est l'un des petits bémols), et je vais les rechercher quand j'ai moi-même terminé mes cours de la journée. Nous faisons les courses sur le chemin du retour, puis ils jouent dans le jardin ou sur le port avant que nous ne préparions le repas du soir ensemble. Ida est devenue très douée pour préparer les boulettes de viande même si elle vient tout juste d'avoir huit ans.

Ici, en été, la vie repose en grande partie sur des plaisirs simples. Les enfants ont le droit de descendre seuls au port et de patauger au bord de l'eau, là où ce n'est pas profond. Nikolaj ne sait pas encore nager, mais Ida s'occupe bien de lui. De cette façon, j'ai un peu de temps pour travailler. Je corrige surtout les devoirs scolaires, mais quand les vacances arriveront, je te promets de continuer à étudier notre demande de financement pour nos recherches ! Bientôt, les enfants seront assez grands pour que je puisse les quitter pendant de plus longues périodes, et alors, nous deux nous pourrons retourner sur le terrain. J'ai discuté avec le directeur Henriksen de la possibilité de prendre un long congé l'année prochaine ou la suivante, et il n'y est pas opposé. D'ailleurs, il semblait enthousiaste, curieux même, mais il ne se passe pas grand-chose sur le plan académique ici sur l'île. Je lui ai expliqué en quoi consistait ton projet, comment il est plus général et concerne les traditions ethnologiques d'une région – les conditions sociales, les pratiques culturelles et religieuses – alors que le mien porte plus spécifiquement sur les rites mortuaires, et comment, lorsque nous voyageons ensemble, nous pouvons nous séparer pour que tu interroges les hommes et moi les femmes, ce qui nous permet de pouvoir dresser un tableau plus complet de la situation. Pendant que je parlais, j'ai été prise, je dois l'admettre, d'une violente envie de partir.

Le croirais-tu : depuis l'arrivée d'Ida il y a presque huit ans, je ne suis pas allée au-delà des frontières du pays ! On a beau vous le répéter, rien ne vous prépare à la façon dont les enfants absorbent tout votre temps et, en fin de compte, votre liberté. On reçoit avec joie de l'amour en retour, mais être parent, c'est aussi une perte, même si personne ne veut l'admettre. Le fait qu'ils pourront bientôt se passer de moi pendant plusieurs semaines me rend un peu de souffle. La blanchisseuse locale, madame Agger, a promis de s'occuper d'eux quand je partirai. Moyennant rémunération bien sûr, mais elle est fiable et compétente, alors cela devrait marcher.

À ce propos, il est stimulant de voir si clairement l'éventail d'une société sur cette petite île. Les vieilles familles aisées, les pêcheurs, les nouveaux arrivants créatifs venus du continent et les naufragés qui passent entre les mailles du filet et atterrissent au bas de l'échelle. Ce n'est pas différent du reste du pays, mais c'est tellement petit, ici, que tout le monde se connaît et se croise constamment. Il faut venir ici pour le vivre !

Les voisins d'en face, la famille Sonne, appartiennent à la « *noblesse* » de *Bornholm. Ils sont propriétaires de la plus grande scierie de l'île depuis trois générations et sont suffisamment riches pour mener des projets de bienfaisance en faveur des moins fortunés et faire don de la totalité ou de la moitié de leurs revenus annuels à leur communauté religieuse locale. Finn se déplace dans une Ford Mustang rouge, la même que celle qu'Elvis a offerte à son beau-frère. Peut-être le véhicule le plus ridicule qu'on puisse avoir sur une île de cette surface, mais c'est aussi le plus envié. Ma théorie est qu'il compense le parangon de vertu qu'est sa femme, ce qui semble un peu désespéré. Mais amusant. Surtout quand ils roulent ensemble et que Dorthe, assise sur le siège passager, semble planer sur le revêtement en cuir.*

Finn m'a emmenée au lac Opal dans cette voiture le week-end dernier et je dois avouer que j'ai apprécié la vitesse et le vrombissement du moteur. Et la compagnie, bien sûr.

Elle est bien gentille, Dorthe, mais ce n'est pas mon genre. Une belle fille, une mère au foyer, qui regarde de travers la mère célibataire qui travaille que je suis. Finn a longtemps essayé de nous rapprocher, ne serait-ce que pour le bien de nos petits garçons. Jusqu'à présent, sans succès. Elle est venue pour le café la semaine dernière, sa robe boutonnée jusqu'au menton, des pâtisseries entre les mains. Elle m'a parlé à voix basse de sa congrégation, qui m'attend à bras ouverts, et s'est enquise nerveusement du père de mes enfants.

Nous ne serons jamais amies.

Ida en revanche a ramené une nouvelle camarade de l'école l'autre jour, une fille de pêcheurs d'Årsdale, dont les cheveux étaient tellement emmêlés dans son cou qu'ils ressemblaient à un casque allemand M16 datant de la guerre. Elle parlait dans un dialecte si prononcé que je la comprenais à peine, et quand je lui ai offert un biscuit du placard, elle en a pris deux sans dire merci. Mais elle a eu la gentillesse d'inclure Nikolaj dans leur jeu, même si Ida n'avait pas envie qu'il participe. Il a bien sûr fini par adorer la fille et lui a accordé un de ses rares câlins lorsqu'il a été temps pour elle de rentrer chez elle. Même sa grande sœur n'en reçoit pas. Sans parler de sa mère.

Allons, le travail m'appelle !

Amitiés,

Margrethe

*

La Passat gris métallisé n'avait pas atteint Vesterbrogade qu'Anette perdait déjà patience face à la conduite bien trop lente de Falck.

— Gare-toi ! Stop !

— Ah bon ? Oui, mais...

Falck mit son clignotant droit et traversa les voies en diagonale, si bien que les autres automobilistes furent contraints à la fois d'appuyer sur leurs freins et leurs klaxons. Dès que la voiture fut arrêtée sur la piste cyclable, Anette fusa hors du siège passager, fit le tour de la voiture et ouvrit la portière du conducteur.

— On échange, c'est moi qui conduis ! Si le reste de la journée doit se dérouler à ce rythme, je serai morte avant le déjeuner.

Falck grommela et s'extirpa de son siège.

— On va bien à Øksnehallen, n'est-ce pas ? C'est bien là que le patron travaille ?

— C'est toi qui leur as parlé, non ? lui rappela Falck.

Anette accéléra et prit la direction de Kødbyen, l'ancien quartier des abattoirs.

— L'Expert-Plaquiste, siffla-t-elle, appartient à un homme du nom de Flemming Lykke. J'ai échangé avec sa femme, Nille ou Mille, qui s'occupe de répondre au téléphone. C'est une petite entreprise familiale avec trois plaquistes à plein temps, dont leur fils et deux apprentis.

— Plus un comptable qui a disparu.

— Exactement. Le disparu Bo Winther Tjørnelund était leur comptable à temps partiel. Nille dit qu'il a arrêté de venir travailler du jour au lendemain. Elle n'a aucune idée de ce qu'il est devenu.

Cinq minutes plus tard, Anette garait la voiture devant la façade en briques brun clair de Øksnehallen. Le marché centenaire aux bestiaux de Kødbyen servait aujourd'hui de centre de conférences et d'espace d'expositions. Des marchés aux puces luxueux succédaient à des festivals de bière et des fêtes d'entreprises, mais pour l'heure, le grand espace était apparemment vide. « EN TRAVAUX », indiquait une pancarte écrite à la main, scotchée sur les vitres de l'entrée principale verrouillée. Mais, sur le côté du bâtiment, une porte plus petite s'ouvrit sans problème.

À l'intérieur, des lucarnes en bois incurvé laissaient filtrer depuis le toit la faible lumière du jour sur le sol carrelé et les colonnes blanches du hall. De l'autre côté de l'espace de cinq mille mètres carrés, une grande zone était cloisonnée par des bâches en plastique suspendues en longues bandes depuis le plafond. Il s'en échappait le bavardage publicitaire d'une station de radio. Anette se dirigea vers le son, Falck la suivant de près.

Derrière le rideau de plastique se trouvaient des murs de plâtre inachevés, leurs ossatures métalliques encore apparentes, comme si on construisait un labyrinthe. Le sol était recouvert d'une épaisse couche de poussière, parsemé çà et là de règles et d'outils électriques dont les cordons d'alimentation étaient enchevêtrés. Anette continua d'avancer jusqu'à la radio, qui avait commencé à jouer un tube pop américain parlant de manger du gâteau au bord de l'océan. Quelqu'un sifflait sur la mélodie.

Elle contourna encore un mur inachevé et atteignit une sorte de petite pièce où l'on avait empilé en gros tas des plaques de plâtre. Quatre lampes puissantes se reflétaient sur le plastique de protection de tous les côtés. Au milieu trônait l'établi qu'elle avait vu sur Internet et, autour de lui, trois hommes en combinaisons blanches.

— Je peux vous aider ?

C'était le plus âgé des trois qui avait posé la question. Il avait des cheveux blancs coupés court et un teint qui témoignait d'une forte consommation de viande.

— Flemming Lykke ? Anette Werner, de la Police de Copenhague. (Elle tendit la main vers lui.) Mon collègue, Torben Falck, me rejoint dans un instant. Pourrions-nous vous poser quelques questions à propos de votre comptable, Bo Tjørnelund ?

— Oui, bien sûr. (Il déplaça son cutter dans sa main gauche et la salua d'une poigne qui n'appartenait qu'aux travailleurs manuels.) Patrick, éteins la radio ! Nous ne pouvons pas vraiment vous proposer de vous asseoir, à moins que vous ne vouliez vous installer sur le placo ?

Elle secoua la tête.

Falck apparut enfin de derrière l'un des murs à moitié terminés, semblant avoir couru un cent mètres. Il fit un signe de tête à la ronde et se posta à côté d'Anette.

— Voici mon fils, Patrick, et Kenny, un de nos nouveaux apprentis. Hein, Kenny ? (Flemming Lykke pointait son index vers lui.) Vous l'avez trouvé ? Bo, je veux dire ?

— Malheureusement non. Vous n'avez pas eu de ses nouvelles ?

— Pas depuis début septembre. Il ne répond pas non plus à son téléphone. C'est sacrément bizarre.

Flemming Lykke pinça les lèvres, pensif.

— Depuis combien de temps travaille-t-il dans l'entreprise ?

— Deux ans. Mais seulement trois jours par semaine, il avait aussi d'autres clients.

Anette prit note.

— Est-il un bon comptable ?

Il n'y eut pas de réponse. Elle leva les yeux de son bloc-notes et vit Flemming hausser les épaules dans un geste vague.

— Il était excellent.

Était. Passé. Anette regarda le fils.

— Et vous n'avez aucune idée de l'endroit où il peut se trouver ?

— Probablement à Miami, putain de salopard !

Il avait chuchoté les mots dans un souffle bas, presque inaudible.

— Patrick !

Flemming se tourna vers lui.

— À Miami ? Que voulez-vous dire ? interrogea Anette en s'approchant du fils du plâtrier qui se tenait raide, les bras croisés. Vous savez quelque chose ?

— Patrick ! On ne veut pas d'ennuis.

Flemming rentra rageusement la lame du cutter dans son manche et le jeta sur l'établi. Patrick baissa la tête vers le sol.

Anette se tourna vers Falck.

— Peut-être serait-ce mieux de poursuivre cette conversation au commissariat. Qu'en dis-tu, Falck ?

— Tout à fait !

— Non, ce n'est pas nécessaire, trancha Flemming en échangeant un long regard avec son fils. Les gars, faites une pause clope. On reprend dans dix minutes.

Patrick partit sans demander son reste, et Kenny, qui avait visiblement senti la mauvaise ambiance, se précipita à sa suite.

Une fois qu'ils furent partis, Flemming sourit benoîtement à Anette.

— Veuillez excuser mon fils, il est jeune et a un tempérament à la hauteur. (Il soupira.) Quelques semaines après la disparition de Bo, on s'est aperçus qu'il avait emporté de l'argent. Une belle somme.

— Combien ?

— Cent cinquante mille couronnes. Nous sommes une petite entreprise, alors ce genre de choses, ça se remarque. Patrick est furieux, Bo est un de ses vieux copains, alors on croyait bien sûr qu'on pouvait lui faire confiance.

— Un détournement de fonds ? fit Anette en le regardant d'un air sceptique. Pourquoi ne l'avez-vous pas signalé à la police ?

Flemming ne sourcilla pas.

— Oh !

Anette sourit. De l'argent au noir, facile à voler, parce que le patron ne pouvait pas porter plainte. Qu'il le veuille ou non, Flemming venait de se voir attribuer un mobile de meurtre en or.

— Une des camionnettes de votre entreprise a été vue dans la Stockholmsgade à Østerbro cet automne. Le soir et le week-end aussi. Avez-vous eu un chantier qui nécessitait de travailler vingt-quatre heures sur vingt-quatre ?

Flemming lui rendit son sourire en coin.

— Ce doit être une erreur. Nous travaillons ici depuis les vacances d'été, et nous n'avons qu'une seule camionnette.

— Une erreur ? Pourtant, la camionnette a été vue par plusieurs témoins !

— Je ne suis pas au courant.

— Qui y a accès ?

Anette soutint son regard. Son sourire avait disparu.

— Moi-même et mon fiston. Nous ne nous en servons que pour le travail, alors si quelqu'un prétend l'avoir vue le soir, ce n'était pas notre camionnette.

— Je vois.

Elle s'approcha de l'établi et s'accroupit devant la scie. La fine poussière formait une pellicule sur toutes les surfaces de l'outil, elle passa un doigt dessus.

— Combien de fois nettoyez-vous ici, sur le chantier ?

— … Nous balayons chaque jour. Que voulez-vous dire ?

— Vous lavez la scie ?

Il fronça les sourcils.

— Non, nous ne nettoyons pas la lame de la scie, pourquoi le ferions-nous ?

— Elle pourrait s'encrasser. (Anette se leva et se frotta les mains.) Voici ma carte, au cas où vous ou votre famille vous rappelleriez autre chose que vous auriez envie de partager avec nous.

CHAPITRE 7

Les aboiements des chiens résonnaient entre les arbres et firent vibrer les vitres du pick-up japonais loué par Jeppe. Il avala la dernière bouchée de son sandwich, descendit de voiture et salua avec réserve les deux labradors noirs qui suivaient le propriétaire de la scierie, Finn Sonne, où qu'il aille. Ils sautaient avec enthousiasme et posaient leurs pattes boueuses sur ses vêtements.

— Descendez, les filles, venez ici !

Les chiennes obéirent aussitôt et coururent rejoindre leur maître. Finn arriva dans son habituel bleu de travail, qui ne révélait aucunement le fait qu'il était un homme extrêmement riche. Sa grande taille, son allure élancée et ses yeux bleu clair le faisaient paraître plus jeune que les presque quatre-vingts ans que Jeppe savait qu'il avait. Ses cheveux étaient encore fournis, et une fière moustache apportait à son visage une allure mondaine. Le seul signe d'âge apparent était la courbure naissante de son torse, qui raccourcissait son cou et poussait ses épaules vers l'avant.

— Bonjour, désolé de te déranger en plein déjeuner. Jeppe, c'est ça ?

— Jeppe Kørner, bonjour. Et pas de problème, j'avais fini.

— Bien, bien. (Finn frappa sa cuisse et les chiennes s'assirent aussitôt à ses pieds.) Tout va bien ? Qu'est-ce qu'il a, ton casque ?

— Ma visière s'est détachée du côté gauche, c'est un peu énervant. Louis n'en a pas en réserve, mais ça ira.

— J'ai un casque de rechange à la scierie que tu peux emprunter. Tu n'as qu'à passer le prendre à l'occasion. (Finn regarda par-dessus son épaule.) Est-ce que je peux te demander de klaxonner pour moi ? Je dois parler à Louis.

Jeppe ouvrit la portière, tourna la clé de contact et appuya plusieurs fois sur le klaxon – le signal dont l'équipe se servait quand ils devaient se rassembler. Il entendit les tronçonneuses s'arrêter quelque part dans la forêt. Les chiennes se mirent à gémir et à s'agiter, puis Jeppe vit la fille de Finn apparaître entre les arbres. Camille Sonne aidait son père à diriger la scierie. Elle avait aussi développé une ligne d'assiettes en chêne, qui, d'après ce qu'on disait, avaient valu à l'entreprise et à l'île une renommée internationale dans les cercles de design.

Elle avait la taille et la silhouette autoritaire de son père, mais là s'arrêtait la comparaison. Où il était blond, elle était brune, où il était dur, elle était douce.

Quand elle s'approcha, les chiennes ne parvinrent plus à se contrôler et coururent à sa rencontre. Camille ne leur prêta pas attention.

Jeppe en revanche eut le droit à un regard intense, qui dura plusieurs secondes. Ses lèvres s'écartèrent en un petit sourire.

— Salut, Jeppe.

Elle alla jusqu'à lui, si près qu'il crut un instant qu'elle avait l'intention de l'embrasser. Au lieu de cela, elle l'observa impassiblement, comme si elle savait quelque chose de lui qu'il ignorait. Son parfum se mêlait aux odeurs de la forêt, le jasmin et le bois humide. Les paumes de Jeppe se mirent à picoter.

— Salut, Camille.

— Comment ça va, le flic ? Tu t'es habitué à la forêt ou tu t'ennuies ?

Elle lui fit un clin d'œil insolent et appela les chiennes à elle sans attendre la réaction de Jeppe, avant de continuer dans la forêt, les deux labradors courant autour de ses jambes.

Finn tourna le regard en direction d'un bosquet de mélèzes, d'où sortirent Andrzej et Louis, avec chacun leur tronçonneuse à la main et leur casque sous le bras.

Finn sourit à Jeppe.

— Peut-être que toi et Andrzej pouvez prendre une tasse de café et vous réchauffer dans la voiture pendant que je parle à Louis…

C'était formulé comme une suggestion, mais cela ressemblait plus à un ordre.

Jeppe fit signe à Andrzej de monter dans son pick-up et s'installa lui-même sur le siège conducteur, avant d'augmenter le chauffage et de sortir son thermos.

— Pause-café.

Il tendit une tasse à Andrzej qui la prit à deux mains. Les cheveux de celui-ci étaient trempés de sueur. Jeppe se versa une tasse et but tout en observant les autres à travers le pare-brise. Ils se tenaient un peu plus loin pour discuter, Louis le visage tourné vers la voiture de Jeppe. Il avait l'air stressé.

Jeppe baissa discrètement la vitre.

— C'EST ton problème !

La voix de Finn avait un accent tranchant. Ce qu'il dit ensuite disparut dans le bruissement des arbres. Finn posa la main sur le dos de Louis et se pencha vers lui. Ce dernier hocha la tête, les yeux rivés au sol.

Puis Finn lui donna deux tapes sur l'épaule et se dirigea vers la voiture de Jeppe.

— Bon courage, les gars ! Il paraît qu'il va neiger.

Finn s'enfonça dans la forêt, dans la même direction que celle que Camille avait prise avec les chiennes. Andrzej vida sa tasse de café et souleva son casque en jetant un air interrogateur à Jeppe.

— Oui, on ferait mieux de s'y remettre !

Jeppe sortit et se dirigea vers Louis, qui était toujours en train de fixer le sol de la forêt.

— De quoi s'agissait-il ?

Louis souleva brusquement la tête, paraissant avoir oublié qu'il n'était pas seul. Puis son visage se fendit d'un sourire de défi.

— À ton avis ? On est en retard. Vous êtes trop lents et les scieries commencent à se plaindre. Si seulement vous pouviez suivre mon rythme. Je suis si rapide que je devrais recevoir une médaille dorée avec mon nom, sur un ruban en putain de soie.

Louis fit un pas sans conviction, puis ramassa sa tronçonneuse.

— Allez, on se bouge…

Jeppe contempla sa frêle silhouette disparaître dans la forêt et prit son propre équipement sur le plateau du pick-up. La tronçonneuse, le casque et le seau avec les coins à fendre. Cette conversation n'avait pas porté sur les résultats de l'équipe. Même si Louis essayait de donner l'impression d'avoir le dessus, Jeppe avait eu le temps de voir sa réaction. Il était nerveux.

*

— On va dans la salle du sang.

Le technicien Clausen déverrouilla une porte et la tint ouverte pour Anette Werner et Torben Falck. La lumière s'alluma automatiquement et se refléta sur les tables en acier et le linoléum brillant comme un miroir.

— La salle du sang ? répéta Falck en regardant autour de lui d'un air sceptique.

Le CNCC, le Centre national de criminalistique et de criminologie, venait d'être rattaché au service de Cybercriminalité et s'était installé à Glostrup dans un bâtiment moderne qui servait de quartier général, pas très différent des nouveaux bureaux des enquêteurs à Teglholmen. Les techniciens se trouvaient désormais dans un carré de briques gris clair construit autour d'une cour intérieure, comme une version Minecraft de l'ancien hôtel de police de Kampmann au centre de Copenhague. Un toit plat et des fenêtres allongées donnaient au bâtiment une expression dédaigneuse qui suggérait « Barrez-vous » plutôt que « Vous êtes les bienvenus ».

— La salle du sang est une salle d'examen où nous analysons les traces de sang, Falck. Depuis que nous avons regroupé l'étude des traces physiques et numériques sous un même toit, nous avons pu optimiser considérablement la collaboration entre les services grâce à l'informatique. (Clausen se redressa et eut l'air très jeune dans son T-shirt noir portant l'inscription « TECHNICIEN DE LA POLICE » sur le dos.) On a ainsi commencé à développer une nouvelle méthode d'analyse avec le département de la chimie médico-légale, afin de pouvoir déterminer l'âge des traces biologiques. TraceAge, vous en avez probablement entendu parler.

— Bien sûr, répondit Anette qui n'avait aucune idée de ce que c'était. Cela fait plaisir de savoir que vous êtes contents de votre nouvel environnement. J'aimerais pouvoir en dire autant.

Le sourire de Clausen creusa ses rides jusqu'à la racine de ses cheveux.

— TraceAge est une des choses les plus passionnantes qui soient arrivées à la Police scientifique depuis des années. Rendez-vous compte : on va bientôt pouvoir dater les traces de sang et les empreintes digitales. Vous voyez, la biodégradation du sang ressemble à la décomposition des aliments, par exemple…

— Clausen ! l'interrompit Anette en regardant sa montre. La valise !

— Ah oui, bien sûr. Elle est là-bas. Nous avons fait tous les prélèvements nécessaires, mais mettez quand même un masque et des gants, par précaution.

Il sortit une table en acier sur roulettes d'un coin et retira la couche de plastique protecteur.

Clausen fit claquer les serrures pour soulever le couvercle de la valise marron clair, désormais dépourvue de son horrible contenu. La doublure en papier beige ornée de petites feuilles était couverte de taches brun rouille. Une profonde odeur d'automne s'en dégageait et se répandait sur la table.

— Pour commencer par l'essentiel, nous n'avons trouvé les traces que d'un seul groupe sanguin sur la valise, qui correspond à celui de la victime. Après tout ce temps passé dans la terre, il n'y a ni empreinte digitale, ni autres traces biologiques. Les taches que vous voyez là sont du sang et des fluides corporels. (Clausen les montrait du doigt.) Le meurtre lui-même a provoqué une violente hémorragie ; malgré le fait qu'on ne saigne plus lorsque le cœur s'arrête de battre, avec une si grande blessure, il était impossible d'éviter la présence de sang à l'intérieur de la valise. Et selon mon estimation, la valise a été enterrée relativement rapidement, maximum deux-trois jours après la mort.

— OK, cela confirme pour l'instant ce que Nyboe a dit. (Anette tira avec agacement sur son masque qui la chatouillait sous le nez.) Pourquoi est-ce que l'agresseur a placé le corps dans une valise en cuir ?

— Pour une raison pratique, je dirais. Un corps est grand et encombrant, mais découpé et réparti sur deux valises, cela devient plus facile. Je parie qu'on trouvera la deuxième moitié dans le même état.

— Mais c'est prendre un grand risque que de le laisser dans un parc en pleine ville, dit Falck en glissant ses pouces sous ses bretelles. Pourquoi ne pas aller au Fælledparken, beaucoup plus vaste, ou dans un autre endroit désert ?

— Oui, ça me paraît étrange à moi aussi, remarqua Anette, penchée sur la valise.

De près, elle sentait un vague relent de cave par-dessus l'odeur de forêt.

— C'est quoi, les rayures sur le fond ?

— Bien vu, Werner ! dit Clausen, comme s'il était fier d'elle. La valise s'est trouvée sur un fond grillagé, peut-être pendant son transport jusqu'au parc Østre Anlæg. Les liquides corporels, qui se sont infiltrés à travers le cuir, ont laissé ces larges traits.

Anette se redressa.

— Tu peux nous en dire davantage sur la provenance de cette valise ?

— Je vais même faire mieux que ça : je peux vous dire exactement où elle a été achetée !

Clausen rayonnait. Il referma le couvercle et montra les autocollants qui ornaient l'extérieur de la valise.

— C'est un objet ancien, je dirais entre soixante et quatre-vingts ans, et il a l'air d'avoir été utilisé comme valise pour un théâtre lors des tournées ou quelque chose de ce genre. Il n'y a pas de nom de fabricant, alors je ne sais pas qui l'a confectionnée à l'époque.

Clausen souleva la valise avec précaution pour la retourner, et une petite étiquette orange apparut.

— Mais je sais au moins qu'elle a été achetée dans cette boutique.

Anette plissa les yeux et lut à voix haute.

— « Olsker Antik. Vingt-cinq couronnes. » Ça doit faire un paquet d'années.

— Oui, aujourd'hui il faudrait probablement ajouter un zéro ou deux.

— Tu sais où c'est ?

— Eh oui ! (Clausen reposa la valise sur la table en acier.) C'est un vieil antiquaire connu dans le village Olsker, sur l'île de Bornholm.

— À Bornholm ?!

Falck s'éclaircit la gorge.

— Nous ferions mieux d'appeler le centre d'investigation local.

— Oui, dit Anette en sortant son téléphone de sa poche et en commençant à chercher la liste de ses contacts. À moins que…

— À moins que quoi ?

Elle porta le téléphone à son oreille et sourit à Falck.

— Je sais exactement qui peut passer chez Olsker pour se renseigner.

CHAPITRE 8

— Qu'est-ce que tu veux que je fasse ?

Anette éclata d'un rire si fort que le micro grésilla.

— Détends-toi, mon petit Jeppe, tu n'as qu'à passer à la boutique, leur montrer la photo de la valise et voir s'ils s'en souviennent !

Jeppe sortit un paquet de cigarettes de la poche de son manteau en nylon doublé, qui gardait le froid à l'extérieur et la sueur à l'intérieur, et en alluma une. Il essayait de se limiter à cinq par jour ; celle qu'il allumait vers 15-16 heures, à la fin de sa journée de travail, était la meilleure. Lorsqu'il inhalait la fumée, que celle-ci lui brûlait la gorge, il atteignait l'équilibre parfait entre l'ouvrier forestier en bonne santé et le policier raté, ce qui lui donnait l'impression de se sentir le plus lui-même. Un homme avec des hauts et des bas, mais surtout de la distance. Loin du conformisme et de la crise existentielle, loin de la vie de père de famille, loin de la pensée de Sara.

Il expulsa un épais nuage entre ses lèvres.

— Tu es au courant que je suis en congé, n'est-ce pas ? Je suis sûr qu'il y a d'excellents collègues à Rønne qui attendent avec impatience que tu les appelles pour leur déléguer ce genre de tâches passionnantes. Tu veux que je te cherche leur numéro sur Google ?

— Arrête un peu ! Tu sais aussi bien que moi que si je dois impliquer le centre d'investigation de Bornholm, je dois d'abord passer par les voies officielles, et ça prend du temps. S'il s'avère qu'il y a quelque chose, c'est ce que je ferai, bien sûr, mais pour l'instant, nous avons juste besoin de savoir si ce brocanteur se souvient de cette valise. Ça te prendra cinq minutes.

Jeppe s'appuya contre son pick-up et contempla la cime des arbres, bientôt invisible dans le crépuscule de l'après-midi. Ce n'était pas comme s'il avait mieux à faire.

— D'accord, je vais passer me renseigner.

— Je savais que je pouvais compter sur toi. (Elle rit à nouveau, si bien que Jeppe dut éloigner le téléphone de son oreille.) Dis-moi, quand auras-tu fini de jouer au bûcheron ? Tu nous manques, à l'hôtel de police.

Il éteignit sa cigarette contre son talon, s'installa derrière le volant et jeta le mégot dans le cendrier. Sa nuque était douloureuse et ses mollets brûlaient après sa journée de travail.

— Envoie-moi les photos et l'adresse et j'y vais tout de suite. Passe le bonjour à tout le monde !

Jeppe démarra la voiture et raccrocha. Au même instant, un SMS d'Esther arriva, l'invitant à dîner à Bølshavn le soir même. Il lui envoya un « oui, merci » et reposa le téléphone sur le siège à côté de lui. Olsker, il pouvait y être en vingt minutes. Il sortit lentement du chemin forestier et accéléra une fois qu'il atteignit l'asphalte. Son portable bourdonnait en rythme avec les photos qu'Anette lui envoyait. Un rythme qui lui rappelait les premières lignes d'une vieille chanson.

Whoa, Black Betty, bam-ba-lam, Whoa, Black Betty, bam-ba-lam, Black Betty had a child, bam-ba-lam, The damn thing gone wild, bam-ba-lam[1].

---

1. « Whoa, Betty Noire, bam-ba-lam. Whoa, Betty Noire, bam-ba-lam. Betty Noire avait un enfant, bam-ba-lam. Ce putain de gosse est devenu sauvage, bam-ba-lam. », extrait de la chanson *Black Betty*.

La forêt se transforma en champs et les champs en villages, dont une maison sur trois ou quatre était éclairée. Il croisait de rares fois une voiture et devait se ranger sur le bord de la route étroite, mais il n'aperçut sinon aucun autre signe de vie. Même si l'île était verte, et pas recouverte de neige, elle lui rappelait la fois où il avait passé deux semaines en solitaire à Ilulissat au Groenland.

Olsker Antik s'avéra facile à trouver. La boutique se tenait sur la route principale dans une maison en bois peinte en blanc, à la façade tapissée de plaques et autres vieilles pancartes. Le trottoir était encombré d'étagères, de chaises et de paniers remplis de vieilles chaussures, de jouets et de magazines. Jeppe se gara devant la boutique et se faufila avec précaution entre les nombreux objets pour atteindre l'entrée cachée sous une cible de fléchettes et une guirlande clignotante.

Il n'y avait aucun client, mais la boutique était tellement noyée d'objets que cela attisa sa claustrophobie. Réparti sur deux étages, tout ce qui avait été jeté ou abandonné sur l'île ces quarante ou cinquante dernières années se dressait le long des murs ou jonchait le sol. Des poupées au visage pâle et aux membres manquants, des verres pour toutes les boissons imaginables, des lampes à huile aux abat-jour de verre coloré et des porte-manteaux ensevelis sous des fourrures mitées. Jeppe eut l'impression que l'on pouvait détruire des objets valant des milliers de couronnes d'un seul mouvement de bras trop enthousiaste. Cela lui rappela les innombrables marchés aux puces où son ex-femme l'avait traîné à l'époque, un week-end sur deux. Il en avait détesté la moindre minute.

— Je peux vous aider ?

La voix provenait d'un endroit derrière une étagère pleine de porcelaine et d'argenterie ternie dans des paniers en plastique. En la contournant, Jeppe découvrit une femme d'un certain âge, vêtue de plusieurs couches de laine grise, installée à un comptoir.

— Vous cherchez quelque chose en particulier ou vous regardez simplement ?

Jeppe sortit son téléphone.

— Bonjour. Je cherche une valise comme celle-ci. Elle viendrait de votre boutique. Vous la reconnaissez ?

La dame souleva la paire de lunettes accrochée à une chaîne dorée autour de son cou, la mit sur son nez et se pencha en avant.

— Pour une valise vieille comme ça, vous devez monter à l'étage. En haut de l'escalier sur la droite, c'est notre rayon bagages.

— Euh, je suis ici pour m'enquérir spécifiquement de cette valise qui se trouve sur la photo. Elle porte une étiquette de prix de votre boutique, je voudrais savoir si elle a bien été achetée ici.

La femme se pencha à nouveau sur le téléphone et plissa les yeux. Puis elle se redressa et appela :

— Aage ! Aage, viens voir une minute !

Un vieil homme avec une grande barbe grise arriva en boitant depuis l'arrière-boutique. Il salua Jeppe d'un signe de tête et s'assit sur une chaise près du mur.

— C'est mon genou. Il se bloque toujours quand il fait humide et froid.

— Un brouillard givrant et du vent en même temps, expliqua la femme. C'est souvent comme ça juste avant la première neige. Même si quelque chose me dit que nous avons eu notre dernier véritable hiver dans ce pays. Maintenant, il n'y a plus que de la pluie de novembre à mars. Je peux ?

Elle tendit la main vers le téléphone et Jeppe le lui donna pour qu'elle puisse montrer la photo à son mari.

Le visage de ce dernier toucha presque l'écran avant de s'élargir d'un sourire.

— Oui, bien sûr, c'est une des valises servant aux tournées que nous avions acquises lorsque le Théâtre Royal avait organisé une braderie à Copenhague. Je crois qu'il y en avait quatre en tout. Tu ne t'en souviens pas, chérie ?

— Mon Dieu, ça doit bien faire trente ans. (Elle se tourna vers Jeppe.) En quoi vous intéresse-t-elle ?

Jeppe trouva plus sage de répondre à sa question par une nouvelle.

— Alors elle vient de Copenhague ? Vous sauriez dire la date exacte à laquelle vous les avez eues ?

Le couple se regarda, Aage se grattant la barbe.

— Eh bien, nous avons la boutique depuis 1988, ça devait donc être vers cette époque-là.

— Et il y en avait quatre ? Vous souvenez-vous qui les a achetées ?

— Elles ont été vendues par paires, mais à qui exactement…

— Est-ce que Jacob Wulff n'en a pas acheté deux ? intervint sa femme.

— Non, c'était celles recouvertes de tissu du Théâtre de Rønne. (Aage sonda Jeppe, un pli sur le nez.) Est-ce important ?

— En fait oui. Très important, même.

— Hmm, fin quatre-vingt, début quatre-vingt-dix, nous n'avions pas encore notre caisse enregistreuse ; ce n'est que lorsque le fisc a insisté que nous en avons acheté une. Jusque-là, nous tenions des livres de comptes manuscrits, et nous les avons toujours quelque part.

Il lança un coup d'œil interrogateur à sa femme qui croisa les bras sur la poitrine et le regarda de travers par-dessus ses lunettes.

— Oh, arrête, chérie, après tout, on n'a rien d'autre à faire en hiver. Je peux bien aller vérifier puisque ce jeune homme le demande si gentiment. C'est plus amusant que de faire des mots croisés.

— Mille mercis, ce serait vraiment d'une grande aide. Vous pouvez me joindre à ce numéro ! (Jeppe écrivit ses coordonnées sur un bloc posé sur le comptoir.) Et sinon j'habite dans la maison à côté de celle d'Orla Klostermann à Allinge-Sandvig, la plupart des gens le connaissent.

— Orla Klostermann, oui, bien sûr, il est originaire de Pedersker. Vous savez ce qu'on dit… (Aage se caressa la barbe et réprima un rire.) Il y a trois sortes de personnes sur Bornholm : les bons, les mauvais, et puis ceux de Pedersker, ha, ha !

Jeppe entendit son gloussement l'accompagner jusqu'à la voiture.

*

Esther marchait sur les rochers le long de la côte sans réfléchir où elle posait les pieds. Comme une enfant qui laisse son instinct la guider et son corps prendre le contrôle. De doux coussins de mousse d'un vert tendre et d'un jaune criard accueillaient ses pieds quand elle enjambait les petites flaques et les tas d'excréments d'animaux.

Au bord de l'eau, le granit brillait comme de l'émeraude, et sur la rive, au milieu de la bruyère et de l'herbe, des bovins Highlands au pelage d'hiver la contemplaient paresseusement. Un peu plus haut, des arbres tordus à feuilles caduques poussaient à la lisière des rochers abrupts, et elle avait l'impression d'avoir été transportée sur une île sous les tropiques. Sauvage, rude et solitaire. Cela l'effrayait un peu.

Un vol d'oiseaux migrateurs tardifs survolait la mer en rase-mottes. Esther s'arrêta et, pendant un bref instant, elle se sentit aussi libre et insignifiante que lorsqu'elle se tenait sous les étoiles par une nuit sans nuages. Mais les oiseaux partirent, l'instant passa, et le chagrin la submergea à nouveau. Gregers.

Elle découvrit un sentier qui traversait une zone clôturée où paissaient des moutons, et laissa son esprit vagabonder vers le livre qu'elle voulait écrire. Elle n'avait pas prévu de lire les lettres de Margrethe Dybris, mais d'un autre côté, pourquoi était-elle venue si ce n'était pour mieux connaître l'anthropologue ?

Pendant qu'Esther délibérait avec elle-même, l'obscurité s'installait sur Bølshavn, lentement et en s'excusant, comme si le mois de novembre était conscient que des journées si courtes n'étaient pas raisonnables. Les contours des touffes d'herbe jaune, des rochers et des arbres isolés s'estompaient, et Esther se souvint qu'il n'y avait pas de lumière artificielle ici. Il n'était que 15 h 15, mais dans peu de temps le sentier se transformerait en un piège pour ses chevilles. Mieux valait reprendre le chemin de la maison.

Elle chercha la route principale et poussa un soupir de soulagement lorsqu'elle sentit à nouveau l'asphalte sous ses pieds. Elle parcourut les derniers kilomètres jusqu'au centre du village à pas rapides, si bien que son cœur battait la chamade et que des perles de sueur se formaient sur sa lèvre supérieure. Elle ne croisa personne sur la route et aucune voiture ne la dépassa non plus. Bornholm en hiver était vraiment l'antithèse des nuées de touristes de l'été.

À une centaine de mètres de la maison, elle aperçut une voiture garée devant. D'abord, elle crut que c'était Ida qui était enfin rentrée, mais quand elle s'approcha, elle se rendit compte qu'il s'agissait d'une tout autre voiture. Celle-ci était plus vieille et, pour autant qu'elle puisse voir, grise et non bleue comme celle d'Ida.

Quelqu'un était venu en visite. Pourtant, la maison était plongée dans l'obscurité.

Esther ralentit, mais son cœur tambourinait de plus belle dans sa poitrine.

— Bonjour, il y a quelqu'un ?

Sa voix était faible et hésitante ; elle toussa de manière démonstrative et ouvrit le portillon.

Aucune réaction.

Elle pénétra dans le jardin, puis s'arrêta brusquement. Elle voyait des ombres bouger au loin, et elle entendit des pas.

— Qui est là ?!

Une silhouette surgit de l'obscurité et s'approcha d'elle. Esther resta clouée sur place.

— Bonjour, dit une voix d'homme, claire et rauque, qu'elle ne reconnaissait pas. Je ne savais pas qu'il y avait quelqu'un à la maison.

Un homme pas très grand, d'une quarantaine d'années et vêtu d'un bleu de travail, s'avança dans la lumière.

— Je voulais récupérer quelque chose que Nikolaj m'avait emprunté.

— Qui êtes-vous ? demanda Esther en essayant de respirer calmement.

— Et vous, qui êtes-vous ? rétorqua-t-il avec un sourire, révélant une hygiène dentaire douteuse. Je m'appelle Louis. Je suis un ami de Nikolaj qui habite ici, mais vous, je ne vous ai jamais vue auparavant.

— Je m'appelle Esther de Laurenti et j'écris un livre sur la mère de Nikolaj. Sa grande sœur, Ida, m'a invitée.

— Un livre, eh bien, eh bien… (Il fit un signe de tête approbateur.) Vous ne pourriez pas me laisser entrer ? Je dois juste aller chercher un outil dont j'ai besoin.

Esther hésita. Seule dans une maison étrangère, avec un inconnu, sur une île au milieu de nulle part.

— Je pense plutôt que vous feriez mieux de revenir un autre jour, lorsque Ida sera là. Ce n'est pas chez moi…

Il pencha sa tête sur le côté.

— Je dois juste récupérer quelque chose, ça ne prendra que deux minutes.

Esther prit une profonde inspiration et parla résolument.

— Non, je suis désolée ! Mais je peux vous donner le numéro d'Ida, comme ça vous pourrez l'appeler et décider d'un rendez-vous.

Louis la regarda sans répondre. Le silence qui régna entre eux s'étira et se transforma en menaces tacites dans la tête d'Esther. Alors qu'elle s'apprêtait à se répéter, simplement pour combler le vide, il enfonça ses mains dans ses poches et repartit vers sa voiture. Trente secondes plus tard, il était hors de vue.

Esther resta debout dans l'allée du jardin, soudain nerveuse à l'idée de rentrer dans la maison. Le vent se faufilait sous son pantalon, un frisson glacé qui parcourut sa colonne vertébrale jusqu'à ses cheveux courts dans sa nuque. Elle resserra son manteau autour d'elle et essaya de voir à l'intérieur, mais le crépuscule était devenu nuit noire et la maison était complètement sombre. Elle avait l'air abandonnée et n'offrait aucune protection.

Des phares balayèrent dans sa direction depuis le sommet de la colline. Elle reconnut la Volkswagen bleue d'Ida et se laissa envahir par le soulagement.

Son hôtesse se gara, coupa le moteur et sortit.

— Esther, qu'est-ce que tu fais là, dehors ?

— Je viens juste de rentrer d'une promenade. Tu es partie longtemps…

Ida prit deux gros sacs sur le siège passager et s'approcha d'Esther. Elle avait l'air d'avoir eu une longue journée.

— J'ai fait les courses, pour avoir de quoi tenir plusieurs jours. (Elle sortit une clé et ouvrit la porte d'entrée.) Mais je n'arrive toujours pas à joindre mon frère. Sur son lieu de travail, ils ne savent pas où il est. J'ai fini par aller au poste de police de Rønne pour signaler sa disparition.

Elle alluma la lumière et entra. Esther la suivit.

Dans la cuisine, Ida posa les sacs et s'affala sur une chaise. Une ride verticale lui barrait le front.

— J'ai besoin d'un verre de vin.

— Je m'en occupe. (Esther sortit la bouteille et leur en versa à toutes les deux.) Qu'a dit la police ?

— C'est justement ça ! Ils ont dit… (Ida s'interrompit pour boire une gorgée de vin et soupira, épuisée.) Ils n'ont pas voulu prendre ma plainte. Ils ont dit qu'ils connaissaient mon frère, et que je devais juste me calmer et attendre. Qu'il allait sûrement réapparaître bientôt.

— Et tu es d'accord avec ça ?

— Ils ont dit d'appeler si quelque chose indiquait qu'il avait des problèmes. (Ida reposa le verre et se frotta le visage si bien que ses joues rougirent.) Ils pensent qu'il rentrera bientôt à la maison.

— Tu crois qu'ils ont raison ? demanda Esther prudemment.

— Je n'en sais rien. Je viens si peu à Bornholm, Nikolaj et moi ne sommes plus proches depuis de nombreuses années, alors je ne sais pas ce qu'il fabrique. Mais ma visite avait été arrangée bien avant les vacances d'été, et je la lui avais rappelée par plusieurs textos. Et je suis sûre qu'il aurait donné la priorité à ma venue, même si autre chose s'était présenté.

Ida secoua la tête.

— Un de ses amis est passé juste avant que tu reviennes. Louis ?

Ida plissa les yeux.

— Louis Kofoed, je l'ai déjà rencontré. C'est lui qui coupe les arbres sur l'île. Il est un peu plus jeune que mon frère, mais ils ont apparemment des projets communs de temps à autre. Je ne lui fais pas trop confiance, je dois l'admettre.

— Il voulait entrer dans la maison. Il a dit que Nikolaj lui avait emprunté un outil qu'il voulait récupérer, et il m'a demandé de lui ouvrir. Je ne l'ai bien sûr pas fait. J'aurais dû lui demander s'il savait où se trouvait Nikolaj, mais j'ai oublié.

Ida digéra l'information en silence, avant de reprendre :

— Si mon frère a des ennuis, qu'est-ce que je dois faire, bon sang ?

Esther posa sa main sur celle d'Ida.
— Je connais quelqu'un qui pourrait peut-être t'aider.

*

Bølshavn, vendredi 18 avril 1975

Mon Argy qui me manque !

Crois-le ou non, on m'a offert un poste de professeur à Berkeley ! Une femme de trente-six ans en congé illimité vient de se voir offrir un poste pour lequel la plupart des anthropologues donneraient leur bras droit. Elias a raconté que l'Institut est en pleine effervescence… Je déborde de fierté. Et de joie !

C'est bien sûr le prix qui a conduit à cette offre. L'honneur que m'a fait la célèbre American Anthropological Association pour mon livre n'est accordé qu'à très peu d'Européens. Malgré mon exil sur Bornholm, j'ai réussi à me faire remarquer au niveau international. Non pas que ce soit quelque chose qui impressionne les gens d'ici, mais je peux quand même garder la tête haute dans la salle des professeurs.

Elias est fier de moi et demande quand je vais partir. Je dois me ressaisir et lui dire que je n'accepterai pas cette offre.

J'y ai beaucoup pensé. Non, c'est un euphémisme. Tu me connais, je n'ai pas fermé l'œil depuis que la lettre est arrivée en mars. Tu parles d'un cadeau d'anniversaire ! À bien des égards, l'ambition d'une vie, que je ne comptais pas atteindre avant de nombreuses années. Et c'est bien là que le bât blesse.

Le moment est mal choisi, les enfants sont trop petits. J'espère qu'on ne croit pas que je suis trop protectrice, mais je n'ai pas le cœur à les déraciner à nouveau, aussi peu de temps après notre arrivée ici. Et pour nous rendre dans un tout autre pays, avec des coutumes étrangères et une autre langue.

Ida est en CE1 et a trouvé des camarades de jeu qu'elle apprécie. Nikolaj n'a que quatre ans et se réveille toujours la nuit parce qu'il a peur du noir.

Je ne peux tout simplement pas m'y résoudre. Je suis obligée d'espérer que cette proposition reviendra quand ils seront plus grands. Sinon, j'irai mendier à l'Institut de Copenhague dans quelques années pour voir si je peux donner quelques cours deux ou trois jours par semaine, pour partager mon temps entre l'île et la ville. Entre les enfants et ma carrière.

Alors je dis non à Berkeley, mais oh, comme cela occupe mon esprit !

Autre chose qui l'occupe – et tu dois être encore plus patiente avec moi –, c'est notre voisin d'en face. Finn Sonne. Ce n'est pas de l'amour, ne t'inquiète pas, il est trop étroit d'esprit pour cela – un homme d'affaires aux larges épaules et aux pensées étriquées. Il va à l'église le dimanche et tient ses comptes en ordre. Il n'empêche que l'attraction est aussi puissante qu'elle est réciproque. Et peu pratique. Il est marié et vit avec sa femme et ses enfants juste de l'autre côté de la rue et nous connaissons tous le dicton : on ne doit pas faire ses besoins là où l'on mange. C'est un peu le bazar. Mais le choix sur cette petite île n'est pas le même qu'à Copenhague et une personne a des envies à assouvir. Finn est beau et fort, et moi qui ai toujours aimé la poésie et l'intellect, je trouve cela étonnamment rafraîchissant d'avoir un vrai mâle. C'est juste pour le plaisir.

Je dois juste m'assurer que cela n'affecte pas les enfants.

Toi et Jørgen avez-vous passé un bon réveillon ? Et comment vont mes vilains neveux ? Fais-leur un câlin de ma part et dis-leur que je leur dois un cadeau de Noël.

Avec tout mon amour,

Margy

*

Anette prit une bouchée de sa pizza La-Mafia au pepperoni et vit des filaments de fromage fondu se balancer comme des ponts suspendus entre sa bouche et le triangle de pâte dans sa main. Pendant qu'elle mâchait, elle se rendit compte qu'elle n'avait pas dîné correctement depuis le départ de Svend et Gudrun pour Kerteminde, trois jours plus tôt. Au quotidien, c'était toujours lui qui cuisinait, et elle le taquinait souvent en lui disant que c'était par la sauce tomate et les plats mitonnés qu'il montrait son amour. Cette pensée déclencha un pincement aigu de nostalgie. Elle n'était pas habituée à être séparée de sa famille plusieurs jours d'affilée et cette sensation la gênait autant qu'une paire de nouvelles chaussures : ce n'était pas seulement désagréable, c'était aussi inhabituel.

Elle jeta la croûte dans son assiette qu'elle repoussa, ainsi que les pensées à propos de son compagnon et de sa fille. Pour l'instant, elle dirigeait une affaire de meurtre en solo pour la première fois, et elle devait juste se convaincre que c'était un soulagement d'être seule à la maison en cette période.

Elle leva les yeux et fit un signe de tête à Saidani et Falck. Ils n'avaient pas été difficiles à convaincre d'organiser le débriefing du jour à la pizzeria locale.

— Pendant que vous finissez de manger, je peux vous parler de ce que nous avons découvert sur la valise, commença-t-elle en essuyant la tomate de ses lèvres avec une fine serviette en papier. Kørner s'est renseigné auprès du brocanteur de Bornholm et la valise a bien été achetée là il y a environ trente ans.

Ce n'était pas tout à fait dans les règles d'impliquer un collègue en congé, mais Anette n'avait pas l'intention de justifier ses méthodes.

— Ils ont eu quatre exemplaires de ce modèle, et les propriétaires du magasin essayent maintenant de trouver la date à laquelle ils ont été vendus, et à qui. Mais il y a un lien avec Bornholm.

— Ça ne veut rien dire, protesta Falck. Ma femme et moi allons à Bornholm chaque été, et bon sang ce qu'on ne rapporte pas comme merdes de tous les antiquaires et autres marchés aux puces de l'île ! La valise peut avoir été achetée et vendue dix fois depuis qu'elle était sur Bornholm.

— C'est pour ça qu'il est quand même intéressant d'enquêter pour savoir si Bo Tjørnelund, ou quelqu'un qu'il connaît, a l'habitude de s'y rendre. Ses employeurs, par exemple. Si Bo a détourné une grosse somme à l'entreprise, on pourrait bien s'imaginer…

— Qu'ils l'aient scié à mort ? Non ! (Saidani haussa le ton.) Ça ne colle pas avec le mode opératoire du meurtre. Est-ce qu'un plaquiste irait scier en deux son comptable parce qu'il a piqué dans la caisse ?

— On se calme, Saidani, dit Anette en regardant par-dessus son épaule.

Saidani avait un tempérament fougueux de nature, mais Anette ne pouvait s'empêcher de se demander si la raison de son échauffement n'était pas d'avoir impliqué Jeppe dans l'enquête.

Saidani but son eau minérale et revissa soigneusement le bouchon. Le silence s'installa à la petite table en plastique de la pizzeria, seul Falck continuait à mâcher bruyamment sa calzone.

Saidani rompit le silence. Elle semblait s'être calmée.

— Vous croyez qu'il était éveillé quand…

— Espérons qu'il était inconscient et ne savait pas ce qu'il se passait, dit Anette, sans en être convaincue.

— Qu'est-ce qui fait qu'un être humain décide de scier un autre être humain ? lança Saidani, la tête penchée de côté pour montrer que la question était rhétorique. Est-ce qu'on ne devrait pas demander à Mosbæk de se pencher sur la méthode du meurtre ? Ça pourrait peut-être nous aider à dresser le portrait de l'assassin.

— Tu as raison, je vais l'appeler, dit Anette en écrivant une note dans son calendrier pour penser à téléphoner au psychologue de la police. Et Falck, c'est moi, ou les parents de Bo Tjørnelund avaient l'air particulièrement occupés à nous convaincre qu'il n'avait rien à se reprocher ?

— Hmm, peut-être ?

Falck reprit une bouchée tout en considérant la question.

— Ils n'étaient pas inquiets pour lui ? demanda Saidani en repoussant l'assiette de Falck, comme si elle voulait se distancer des bruits de mastication.

— Si, peut-être. Mais ils avaient un comportement bizarre.

— Peut-être parce qu'ils savent qu'il est sur une plage à Mexico en train de siroter des mojitos avec l'argent de l'entreprise ? suggéra Saidani, avec un petit sourire. Mais pas nécessairement l'entreprise à laquelle vous pensez. J'ai creusé un peu le passé des deux disparus aujourd'hui. Bo ne travaillait pas que pour L'Expert-Plaquiste. Deux jours par semaine, il s'occupait de la comptabilité de l'entreprise Food King, qui dirige une chaîne de fast-foods et de magasins de bonbons en libre-service dans le Grand Copenhague.

— Bonbons en libre-service ? dit Anette en faisant la moue. Est-ce que ce n'est pas…

— Exactement. Selon nos collègues de la Lutte contre le crime organisé, c'est une couverture classique pour blanchir de l'argent issu de la drogue. Ce n'est pas dit que cette entreprise en particulier le fait, c'est juste une possibilité. Mais dans ce cas, on est de retour dans les rivalités entre gangs !

Saidani haussa les épaules en geste d'abandon et les laissa retomber.

— Et aucun de nous ne croit à ce scénario, conclut Anette avant de vider son verre d'eau minérale et de roter discrètement. Les techniciens de la Scientifique ont-ils prélevé des échantillons d'ADN dans l'appartement de Bo Tjørnelund ?

— Oui, et les parents nous ont aidés à prendre contact avec son dentiste. Clausen nous fera signe quand il aura procédé aux comparaisons avec le corps. J'ai trouvé des photos de lui et de Jan Søgård, l'autre porté disparu, sur Facebook, et je les ai ajoutées au rapport.

Saidani repoussa sa chaise vers l'extrémité de la table, loin de Falck qui, au même instant, fit tomber du fromage sur ses genoux sans s'en rendre compte.

Le téléphone d'Anette sonna dans son manteau posé sur le dossier de son siège, et elle se pencha pour le récupérer. L'écran affichait le numéro de l'hôtel de police.

— Werner à l'appareil.

— Bonsoir, c'est l'officier de garde. J'espère que tu n'as pas encore renvoyé ton équipe chez elle. Nous avons besoin que vous fassiez un tour au Kastellet. Ils ont trouvé une autre valise.

CHAPITRE 9

Jeppe rassembla ses couverts à la droite de son assiette et essaya de décrypter la subtile tension qui flottait dans la pièce. En principe, tout était parfait et agréable dans cette maison à colombages peinte en blanc à Bølshavn ; Ida Dybris était une hôtesse attentionnée, la table éclairée de bougies, le repas excellent et Esther manifestement heureuse de le voir. Pourtant, tout au long du repas, il avait ressenti une dissonance dans la partition.

Ce n'est que lorsque Ida débarrassa la table et disparut dans la cuisine qu'il en eut le cœur net. Esther se pencha vers lui et chuchota :

— Le frère d'Ida a disparu et la police n'intervient pas. Elle ne veut pas que je t'en parle, pour ne pas te déranger, mais… que doit-elle faire pour le retrouver ?

— Euh…

Ida revint dans la salle à manger avec les assiettes à dessert, mais s'arrêta devant la porte, stoppée par le silence autour de la table.

— Tu lui as dit ?

— Il peut lui être arrivé quelque chose. Jeppe ne voit pas d'inconvénient à ce qu'on lui demande conseil. (Esther le regarda avec insistance.) N'est-ce pas, Jeppe ?

On peut retirer un policier de la société, mais on ne peut jamais forcer la société à voir en cet homme autre chose qu'un policier, pensa-t-il en prenant une gorgée d'eau.

— Peut-être devriez-vous vous asseoir, Ida, et me raconter ce qui ne va pas. Comme ça, nous verrons si je peux vous aider. Quand lui avez-vous parlé pour la dernière fois ?

Ida posa les assiettes sur la table et s'assit.

— Le 10 août. Je lui ai écrit quelques fois par la suite, mais il n'a pas répondu.

Jeppe fit le calcul dans sa tête et fronça les sourcils.

— Trois mois. Pourquoi la police ne veut-elle pas vous aider ?

— Nikolaj s'est apparemment déjà *volatilisé* avant – oui, c'est comme ça qu'ils ont dit au poste. Il y a quatre ans, avant la mort de notre mère. Je n'en savais rien, elle ne m'en avait jamais parlé, mais il a disparu pendant presque trois mois à ce moment-là aussi. Alors la police dit qu'il faut attendre pour voir s'il ne va pas réapparaître de lui-même.

— Mais que s'est-il passé cette fois-là ? demanda Jeppe. N'avait-il prévenu personne ?

Ida se passa lentement les mains sur le front et dans les cheveux, comme si elle pouvait de cette façon faire disparaître à la fois ses rides et ses soucis.

— Comme je l'ai dit, je n'ai pas tous les détails, mais la thèse générale est qu'il aurait volé la Joie de Noël de la Hutte et qu'il se serait enfui dans les pays chauds avec l'argent.

— La Joie de Noël ?

— Oui, pardon, fit Ida avec un petit rire gêné. Vous connaissez Hut Li Hut à Allinge ? Le bar ?

Jeppe acquiesça. Hut Li Hut – « la Hutte », pour les gens du coin – était un des rares bars de l'île ouverts toute l'année, où les buveurs invétérés se retrouvaient. Il s'y était rendu lui-même un soir, mais avait aussitôt compris que ce n'était pas là qu'il se ferait de nouvelles connaissances, à moins que son projet ne fût de passer l'hiver à s'enivrer jusqu'à ce que mort s'ensuive.

— La Hutte, poursuivit Ida, a une sorte de tirelire réservée à quarante de ses habitués. Chaque semaine, toute l'année, ils mettent au moins cent couronnes dans la boîte et un soir, début décembre, ils cassent la tirelire et font une grande fête avec tout l'argent qu'ils appellent la Joie de Noël. Mais il y a quatre ans, elle a été volée, et mon frère a disparu en même temps. Elle contenait près de trois cent mille couronnes.

— Trois cent mille ?! s'écria Esther.

— C'est une sacrée somme, admit Jeppe. Mais Nikolaj est rentré à la maison. Comment…

— Sa propre version, selon la police, était qu'il avait accepté un job sur un porte-conteneurs et avait fait un long périple en Asie. La Hutte a laissé tomber l'affaire, et la police ne l'a jamais poursuivi. Je ne sais pas s'il a parlé avec la Hutte et les habitués, mais ils ont certainement réglé l'affaire entre eux.

Ida ramassa les miettes sur la table avec son index et resta silencieuse.

Jeppe baissa la tête. Il n'y avait pas besoin d'une grande imagination pour se figurer comment l'affaire a été réglée. Avec une bonne raclée.

Elle soupira.

— Je ne crois pas que Nikolaj ait quelque chose à voir avec ça, mais maintenant il a de nouveau disparu.

— Et vous ne savez pas s'il lui est arrivé quelque chose ou s'il a disparu volontairement ?

Jeppe connaissait trop bien ce genre d'histoires familiales. La brebis galeuse qui se laisse aller à la criminalité, et la famille qui ne comprend pas, mais qui essaye d'aider depuis le banc de touche. Ça ne finissait jamais bien.

— Vous êtes-vous demandé si votre frère ne *voulait* peut-être pas qu'on le retrouve ? Pas même par vous ?

Ida resta longtemps à contempler la table. Esther posa une main sur la sienne et la serra doucement.

— Je crains qu'il ne lui soit arrivé quelque chose de grave. Mon frère est certes peut-être un peu… comment dire… un peu un voyou, mais il possède un grand cœur.

Jeppe hocha la tête. Ida venait de décrire l'archétype du genre de criminels que la police repêchait le plus souvent dans le port de Copenhague avec un objet lourd attaché aux pieds.

— Qu'est-ce que je peux faire ?

Il regretta ces mots à la seconde où il les prononça. Mais Esther le regarda avec reconnaissance et Jeppe sut que c'était trop tard pour retirer son offre.

— Votre frère a-t-il un travail ?

Ida s'essuya les joues du revers de la main et acquiesça.

— Il donnait un coup de main à Hedegaarden. J'y suis allée ce matin, mais le patron n'était pas là et les autres employés n'avaient pas de nouvelles de Nikolaj.

— Des amis ? Un cercle de connaissances ? Une petite amie ?

— Je crois qu'il voit régulièrement Marco Sonne et Louis Kofoed. C'est tout ce que je sais.

Jeppe dressa l'oreille.

— Je connais Louis, je peux lui demander. Et Marco Sonne, vous dites ? Il a un lien de parenté avec Finn Sonne ?

— C'est son fils, le grand frère de Camille.

— D'accord. Écoutez, je ne peux rien promettre, et il y a une limite à ce que j'ai le droit de faire en tant que personne privée, mais je vais me renseigner autour de moi sur Nikolaj les prochains jours. Cela dit, la police locale a très probablement raison de penser que votre frère a disparu de son plein gré et qu'il réapparaîtra quand il sera prêt à le faire.

Jeppe se leva, lourd de corps et d'esprit. *Ce qu'on fuit, on le porte toujours avec soi. Au moment où l'on croit qu'on peut être en paix, le chaos se fraye un chemin et nous pousse dans l'abîme.*

— Je ferais mieux de vous remercier pour ce délicieux repas et repartir vers le nord. Il se fait tard et j'ai promis à mon voisin de passer le voir. Je vous appellerai demain si j'ai des nouvelles de votre frère.

*

Les anciens fossés des fortifications datant du Moyen Âge encerclaient le centre de Copenhague comme une couronne d'eau. Lorsqu'on regardait une carte du Centre-ville, on voyait clairement que les lacs des parcs Ørstedspark et Østre Anlæg, et même celui de Tivoli, étaient des vestiges des anciennes douves. Citadelle en forme d'étoile parfaite à cinq branches, qui s'étendait entre bastions et ravelins, le Kastellet était l'un des vestiges les plus marquants de ces anciens remparts, servant toujours de caserne à l'armée danoise. À seulement cinq cents mètres à vol d'oiseau du lieu de découverte de la première moitié de corps d'Østre Anlæg.

La valise gisait au bord de l'eau, sous un arbre tombé non loin du pont de la porte du Roi. Le temps pluvieux de l'automne avait rendu les berges spongieuses, ce qui entraînait des petits affaissements et glissements de terrain. La valise cachée avait été emportée dans le petit lac – surnommé autrefois « glace à la vanille » et où, durant les périodes de gel, les enfants de Copenhague faisaient du patin à glace –, et retrouvée à la tombée de la nuit par une brigade canine de la police.

Anette descendit maladroitement la pente glissante. Le vieux moulin de bois se dressait un peu plus loin, immobile au sommet du rempart, levant ses ailes vers le ciel du soir, tels des index vengeurs. Elle lui jeta un coup d'œil et eut une pensée pour ses trois borders collies qui l'attendaient dans sa maison de lotissement à Greve Strand. Au moins, ils étaient ensemble.

En bas, au bord de l'eau, une équipe de techniciens en combinaison bleue se tenait au milieu de puissants projecteurs, leur attention tournée vers une grande valise en cuir qui ressemblait à s'y méprendre à celle qu'Anette avait inspectée au CNCC. Nyboe, le médecin légiste, était accroupi près de la valise ouverte, sa longue silhouette penchée sur son contenu.

— Bonsoir, Nyboe. C'est bien ce à quoi je pense ?

— Oui, répondit-il sans lever le regard. Je peux déjà l'affirmer avec certitude. Il s'agit de l'autre moitié du corps retrouvé au parc Østre Anlæg, le côté droit, dans un état de décomposition similaire.

Anette se tourna vers Torben Falck, qui se tenait derrière elle sur la pente.

— Falck, vérifie où le meurtrier a pu se garer et envoie une équipe d'agents pour un porte-à-porte autour du périmètre du Kastellet ! Dis-leur d'interroger en particulier sur des activités nocturnes suspectes, des gens avec des valises et des camionnettes bleues en stationnement. Et récupère toutes les images de surveillance que tu peux trouver. C'est un quartier avec des ambassades, il doit y avoir des caméras partout !

— Les images de surveillance ? (Falck fit un pas hésitant et glissa dans la boue, si bien qu'il dut agiter les bras pour ne pas tomber.) Est-ce que ce n'est pas une perte de temps de regarder des vidéos de toutes les rues autour du Kastellet et d'Østre Anlæg, tant que nous ne pouvons pas davantage réduire la période qu'entre août et septembre ?

Anette haussa les sourcils et soutint son regard.

Falck resta planté là un instant avant de remonter lentement jusqu'au chemin qui menait à la route d'accès à la citadelle. Anette attendit qu'il soit hors de vue, avant de pousser un lourd soupir. La hiérarchie danoise était aussi plate que la topographie du pays. Cela pouvait être épuisant d'être chef lorsque tout le monde pensait avoir autant le droit de décider.

Elle retourna vers Nyboe et s'accroupit au bord de l'eau. Il était en train de prélever des échantillons sur le corps avec des petits bâtonnets blancs qu'il frottait sur la peau brun-violet et qu'il déposait ensuite dans ses sachets hermétiques étiquetés. Ses doigts travaillaient rapidement et facilement, comme le font les gens qui pratiquent un métier manuel depuis si longtemps qu'il ne nécessite plus de réflexion.

— Tu as entendu parler de Caligula ? demanda Nyboe sans ralentir le rythme.

— Est-ce que c'est une nouvelle méthode que vous utilisez ?

Il lui lança un coup d'œil.

— Caligula était un empereur romain. Sa méthode de torture préférée était le sciage. Il suspendait ses victimes la tête en bas pour qu'elles mettent plus longtemps à s'évanouir, et il les sciait en deux tout du long, de haut en bas.

Anette frissonna alors que la chair de poule se propageait sur elle.

— On dit que la mort par sciage était une méthode d'exécution courante dans l'Europe du Moyen Âge, poursuivit Nyboe, mais j'ai honnêtement du mal à le croire. Aucune société n'est aussi barbare.

— Mais… il y a au moins quelqu'un qui est aussi barbare que ça, constata Anette en montrant la moitié de cadavre dans la valise. Est-ce que nous aurions affaire à une secte médiévale, Nyboe ? C'est ça que tu essayes de me dire ?

Nyboe scella un sachet supplémentaire et secoua la tête.

— Je n'ai pas assez d'imagination pour me représenter ce qui se cache derrière un tel acte. La personne disparue que vous avez identifiée…

— Bo Tjørnelund.

— Est-ce qu'un meurtre rituel correspondrait à son profil ?

Anette gémit.

— J'ai du mal à l'imaginer. À propos, tu as vu les photos que Saidani a postées ?

— Non, je vais les regarder tout de suite.

Nyboe se redressa pour sortir son téléphone portable. Il tapota longuement et de façon concentrée, comme quelqu'un de pas tout à fait à l'aise avec la technologie moderne.

— Ah oui, le voici. Bo Winther Tjørnelund.

— Je peux voir ?

Anette se posta à côté de Nyboe. Le légiste faisait défiler des photos d'un jeune homme : lors d'un anniversaire en famille, un drapeau en papier à la main ; dans un lycra moulant sur un vélo de course ; en maillot de bain sur une plage ; un portrait avec un béret de militaire de travers.

— Oh, mais qu'est-ce qu'on a là ? dit Nyboe en revenant sur la photo à la plage. Il a un tatouage sur l'épaule droite. Regarde !

Anette se pencha sur l'écran et réussit à apercevoir le symbole yin-yang à l'encre noire, avant que Nyboe ne se hâte de remettre son téléphone dans sa poche et ne s'accroupisse à nouveau. Il orienta une lampe torche sur l'épaule du cadavre et l'étudia de près, le nez dangereusement proche de la peau boursouflée.

— Tu vois quelque chose, Nyboe ?

— Donne-moi une minute !

Nyboe continua l'étude de l'épaule en grommelant parfois pour lui-même. Au bout d'une minute, il éteignit la lampe.

— Aucun tatouage. Je ne peux pas dire qui est notre pauvre victime de Caligula, mais il est certain que ce n'est pas Bo Tjørnelund.

*

Après le dessert, Esther insista pour débarrasser et ranger la cuisine. Ida l'étreignit avec reconnaissance et alla se coucher. En temps normal, Esther aimait laver la vaisselle après un bon dîner, mais alors qu'elle se tenait près de l'évier devant la fenêtre de la cuisine, un sentiment d'étouffement l'envahit. Comme si le manque de lumière l'empêchait de respirer profondément. Elle ne savait pas si c'était l'inquiétude d'Ida au sujet de son frère disparu ou l'étrange visite de Louis Kofoed, mais elle se sentait inquiète.

Elle abandonna son projet de s'asseoir au bureau pour continuer sa lecture des archives de Margrethe Dybris et préféra se préparer une tasse de thé et emporter les lettres dans sa chambre.

Le vent sifflait à travers les fissures de la vieille maison, et les marches de l'escalier grincèrent avec colère lorsqu'elle marcha dessus. Elle dut avancer à tâtons et regretta de ne pas avoir laissé la lumière allumée dans le couloir. Le vent avait forci et les arbres dans le jardin bruissaient et craquaient de temps à autre.

Une silhouette vint à sa rencontre.

Esther entendit sa propre respiration accélérer.

— Ida ?

Pas de réponse.

Esther distingua les contours d'une personne juste devant elle et crut que c'était Louis qui était revenu. Pour voler, peut-être pour tuer ? Maintenant qu'elle l'avait vu, il ne la laisserait pas en vie.

Esther leva un bras pour se protéger et vit l'ombre faire le même geste.

À cet instant précis, elle se souvint du miroir à l'autre bout du couloir. Il était accroché juste à côté de la porte de sa chambre. Elle s'était coiffée devant lui le matin même.

Esther poussa un soupir de soulagement et fit deux pas vers son reflet effrayé.

— Vieille folle !

Elle se précipita dans sa chambre et ferma la porte à clé. Ce ne fut qu'une fois assise dans son lit, les rideaux tirés et toutes les lampes allumées qu'elle se sentit en sécurité. Elle laissa son thé infuser sur la table de nuit, posa une lettre sur ses genoux et se mit à lire.

Bølshavn, dimanche 4 décembre 1977

Cher ami, mon cher E.,

C'est amusant comme la révolte de la jeunesse touche Bornholm avec des années de retard et une absence surréaliste de lien avec son origine politique. Les élèves ici ne protestent pas tant contre un système d'éducation rigide, ils profitent plutôt de la nouvelle musique et du concept de l'amour libre. Le directeur Bjørn Henriksen dirige les cent cinquante élèves du lycée d'une main ferme et avec une attention affectueuse, il y a peu de raisons d'être mécontent. Nous n'avons eu qu'une seule grève l'année dernière, au cours de laquelle les élèves ont quitté l'école pendant deux heures – ils ont utilisé la première pour faire le tour de la grand-place Store Torv en manifestant, et l'autre à boire une bière à Hintzes Gård – et puis ils sont retournés en cours avec des sourires nigauds. C'est mignon et très peu dramatique.

En revanche, nous avons eu notre part de drame ce week-end ! Vendredi, Ida a trouvé un pigeon en descendant du bus de l'école. Il battait des ailes frénétiquement sur la route, mais sans pouvoir s'envoler, et était visiblement blessé. Elle l'a rapporté à la maison, en l'enroulant dans sa veste pour qu'il ne se blesse pas davantage. Pour une gamine de onze ans, elle est remarquablement empathique.

Nous l'avons installé au sous-sol dans la buanderie avec de l'eau et de la nourriture. Ida a déterré des branches et des feuilles sèches de la neige et les a apportées à l'oiseau pour qu'il se sente chez lui. Je crois qu'il a été heurté par une voiture et s'était cassé quelque chose de vital. Le geste le plus miséricordieux aurait probablement été de lui tordre le cou. Mais Ida ne me l'aurait jamais pardonné, elle était déterminée à soigner l'animal pour qu'il puisse à nouveau voler.

Samedi matin, elle a couru chercher Finn pour qu'il examine l'oiseau. Mon voisin d'en face est un pilier de la charité chrétienne le jour et un invité fréquent dans mon grand lit la nuit. Je t'ai déjà parlé de lui, et il n'y a pas grand-chose à ajouter, si ce n'est que nous apprécions tous sa compagnie. C'est agréable d'avoir un homme dans la maison, surtout parce qu'il rentre chez lui après.

Et ne me demande pas s'il ne me manque rien ! Bien sûr que oui, j'ai des désirs et je suis seule comme n'importe quel être humain. Mais je ne crois toujours pas que la solution au problème réside dans le mariage (soi-disant) monogame. Et je ne vois pas d'exemple me convainquant du contraire.

Finn pensait que l'une des ailes du pigeon était cassée, et il a attaché deux petites attelles en bois autour d'elle, pour que l'os se ressoude. Ça soulagera aussi la douleur, a-t-il dit, et il semblerait qu'il ait eu raison, car quelques heures plus tard, le pigeon a repris du poil de la bête et a commencé à manger.

Ida était aux anges. Nikolaj voulait tout le temps prendre l'oiseau dans ses bras pour le caresser, mais il était bien trop brusque (il n'a que sept ans). Pour finir, j'ai dû leur interdire à tous les deux l'accès à la cave pour le reste de la journée, afin que le pauvre animal puisse se reposer.

Le soir, une fois les enfants couchés, je suis moi-même allée le voir avant que Finn n'arrive avec une bouteille de vin rouge. C'est devenu une sorte de tradition hebdomadaire, en fonction de nos calendriers bien remplis. Nous avons besoin tous les deux de rire et d'avoir des conversations d'adultes sans enfants. Dorthe vient rarement avec lui, et pour être honnête, c'est un soulagement. Mais je ne sais pas comment il justifie le fait de boire du vin avec moi tard dans la nuit plusieurs fois par mois. Il ne dit rien, et je ne pose pas de questions.

Ce matin, Ida s'est levée à l'aube et s'est précipitée pour voir son patient. J'ai été réveillée par ses cris et je me suis dépêchée de descendre la rejoindre. Le pigeon gisait sur le sol de la cave, la tête de travers par rapport à son corps, ensanglanté, comme si on lui avait coupé la gorge. Probablement l'œuvre d'un chat ou d'un renard. Pauvre bête.

Nous l'avons enterré dans le jardin. Ça a été particulièrement difficile de creuser un trou dans la terre gelée. Ida a fabriqué une petite croix et a pleuré toutes les larmes de son corps. Au bout de quelques heures, je lui ai interdit d'en parler, tant elle était obsédée par ce fichu volatile. Ce n'était probablement pas la chose la plus pédagogique à faire, mais tu sais comment mon tempérament peut m'échapper. Et il faut bien qu'elle apprenne. La vie continue.

Voilà un petit aperçu du quotidien à la campagne. Quand aurons-nous une réponse à notre demande de financement, le sais-tu ?

Ta Margrethe

*

— Alors te voilà à Copenhague avec un cadavre dans deux valises de Bornholm, et moi à Bornholm, avec un homme manquant à l'appel.

Jeppe tira une bouffée de sa dernière cigarette de la journée et jeta le mégot dans l'eau. Le vent soufflait depuis la Baltique, et les vagues s'écrasaient sur les rochers du brise-lames du port de Sandvig. Il devait tenir sa main devant le micro du téléphone pour qu'Anette l'entende.

— Est-ce que ça pourrait être le même ?

— Hmm, que dit la police locale ? cria-t-elle pour couvrir le vent qui rugissait aussi de son côté.

— Pour l'instant, ils ne veulent même pas signaler sa disparition. Nikolaj Dybris est parfois un peu trop porté sur l'alcool et il a déjà disparu pendant une longue période quand il a eu le feu aux fesses.

Jeppe entendit une porte s'ouvrir et des chiens aboyer en chœur.

— Désolée, je viens juste de rentrer à la maison. Les chiens sont restés seuls toute la journée, ils sont complètement fous.

Anette essaya de les faire taire.

— Je vais les emmener se balader, on pourra parler pendant ce temps.

Il y eut des grattements et des cliquetis, puis le claquement d'une porte.

— Qu'en penses-tu ? Est-ce que Nikolaj est sur une plage des îles Canaries ou est-ce que ça peut être lui qui se trouve dans mes valises ?

— Ça vaut le coup de vérifier. Vous aviez déjà quelqu'un d'autre en tête ?

— Nous avons suivi la piste d'un homme porté disparu, le comptable d'une entreprise de construction dont la camionnette avait été vue le soir près du parc. Mais ce n'est pas lui, alors peut-être que la camionnette n'était là que pour un boulot que le fisc ne devrait pas connaître.

— Il faudrait que tu contactes la police de Bornholm pour leur demander d'inspecter la maison de Nikolaj.

Pause. Le bruit de sa respiration constituait le seul indice que la ligne n'était pas coupée.

— Oui, je devrais probablement le faire. Mais… mon petit Jeppe ?…

Et voilà, c'est reparti. Il aurait dû savoir qu'il fallait refuser la première fois qu'elle lui avait demandé un service.

— Oui ?

— Tu ne voudrais pas te renseigner un peu de ton côté d'abord ? Juste aux endroits évidents. Je n'ai pas envie de mettre toute la machine en branle, si les compagnons de beuverie de Nikolaj viennent de lui parler au téléphone avant-hier et que la sœur n'en savait rien.

Jeppe ne put s'empêcher de rire sèchement. C'était la seconde fois dans la même soirée qu'on lui demandait de chercher Nikolaj. L'explication de sa disparition était peut-être simple, mais elle pouvait potentiellement recouvrir tout un réseau de secrets enracinés qui s'étendaient bien plus profondément qu'aucun d'entre eux ne le devinerait. Et Jeppe savait par expérience que cela pouvait arriver s'ils commençaient à tirer sur une petite racine qui émergeait de terre. Rien que l'idée était épuisante. Mais, c'est bien connu, le scorpion piquera toujours la tortue qui le porte pour traverser la rivière, même si ça les tue tous les deux. *Parce que c'est sa nature.*

— OK. Je peux prendre une journée de congé demain et partir à sa recherche. Mais juste une journée, et après, tu devras te débrouiller toute seule !

— Merci, tu es un amour !

— Arrête ton char. Salut !

Jeppe raccrocha, remonta la colline balayée par le vent jusqu'à la maison rouge au numéro 6 et frappa. Orla ouvrit et s'illumina d'un grand sourire.

— Ah, tu as réussi à venir, Jeppe ! C'est merveilleux. Dépêche-toi de fermer la porte derrière toi. Ce soir, ce sont les garçons qui sont de sortie.

Jeppe entra dans l'intérieur sombre, retira ses chaussures et apprécia la douceur de la moquette élimée sous ses pieds. La chaleur se répandit en lui comme un duvet et même l'odeur des animaux et de bœuf haché aux pommes de terre qui régnait dans la maison lui sembla familière et rassurante. Orla posa un verre de son bourbon bon marché devant lui avant de reprendre place dans son fauteuil et de laisser un rat gris s'installer sur son épaule.

— C'est Wickham, mon lion de compagnie, il veut toujours participer quand il se passe quelque chose. (Orla caressa le rat de son index.) Comment s'est déroulée ta journée ?

— Pas trop mal. Longue.

— Il vous donne du fil à retordre, le patron ? Pour livrer des arbres à ce bon vieux Finn ?

— On peut dire ça, en tout cas, je suis complètement lessivé.

Jeppe rit et gémit de façon démonstrative.

Mais Orla le regarda d'un air grave.

— La famille Sonne a toujours eu la réputation d'être des durs à cuire. Droiture et probité d'un côté, cupidité et avidité de l'autre. Le plus proche que tu peux l'être d'une famille seigneuriale dans ce millénaire.

— D'accord…, dit Jeppe. Je n'ai pas grand-chose à voir avec eux, tu sais. L'équipe travaille dans la forêt, nous n'allons pas dans les scieries.

— Mais tu les as rencontrés, non ? Que penses-tu de la fille ? (Orla écarquilla les yeux.) Joli modèle, hein ?

— C'est possible.

— Camille Sonne fait tourner la tête des hommes, même ceux qui sont mariés. Elle ne se retient pas.

Orla marqua une pause, mais sembla percevoir le silence hésitant de Jeppe. Il souleva le rat pour le poser sur ses genoux et le grattouilla derrière les oreilles.

— Du nouveau sur le cadavre dans la valise ?

— Pas que je sache.

Jeppe ne vit aucune raison de discuter avec son voisin curieux d'une affaire dans laquelle il n'était même pas impliqué. Il prit une gorgée de whisky et constata qu'il commençait à s'habituer au goût.

— Tu connais Nikolaj Dybris ?

— Le fils de Margrethe ? Oui, je le connais. (Orla pencha la tête sur le côté.) Pourquoi cette question ?

— Sa sœur ne parvient pas à le joindre. Personne ne l'a vu et elle commence un peu à s'inquiéter.

— La petite Ida, soupira Orla. Elle travaillait à la caisse du supermarché Brugsen, souriante et mignonne en toutes circonstances, alors que son frère a toujours donné du fil à retordre à sa famille. Un peu voyou sur les bords. Mais je ne sais pas où il est. Je ne sors plus tellement.

Jeppe but une gorgée de plus. Le canapé sous lui était bien trop mou et n'offrait aucun soutien pour son dos qui commençait à se raidir après la longue journée dans la forêt. La pensée d'un ibuprofène était attirante, peut-être combiné à un OxyNorm pour changer. Mais il savait en même temps que pour Orla, resté seul toute la journée, sa visite était l'un des seuls contacts humains qu'il avait.

— Tu veux que je te fasse un peu la lecture ?

— Ce serait merveilleux ! J'ai commencé le nouveau bouquin, mais ça avance lentement.

Orla attrapa le livre sur la table basse.

— C'est l'histoire d'un marin du nom d'Alexander Selkirk, parti sur un navire britannique pour piller les galions français et espagnols le long des côtes de l'Amérique du Sud. Nous sommes en 1703, lorsque la piraterie était apparemment tout à fait normale. Mais les conditions à bord sont terribles, et l'équipage meurt à tour de bras du scorbut et de la dysenterie. Selkirk se dispute avec le capitaine et se retrouve débarqué sur une île déserte au large du Chili. Désormais, il doit se débrouiller tout seul.

Orla lui tendit le roman par-dessus la table.

Jeppe l'ouvrit à la page du signet en laiton en forme de plume. Les mots sur la page se brouillèrent devant son regard fatigué, il plissa les yeux et commença à lire.

> « Jamais l'île ne connut le silence ni la tranquillité. Il y avait le ronronnement et le bourdonnement des colibris, l'aboiement des otaries, le cri perçant des rats, le murmure des vagues, le vent dans les arbres. C'étaient des bruits de satisfaction, de

tuerie et de désastres ordinaires. Le fardela, un oiseau nocturne, poussait des cris d'enfant effrayé[1]. »

« Le temps passa, un jour suivant l'autre ; il se fit à cette solitude. La société des hommes n'était pas essentielle. Cet homme fruste avait noué une relation avec l'île, s'était laissé séduire par elle. Il avait si longuement observé la lumière du soleil sur la mer, la brume dans la vallée, le relief des montagnes, les ombres du soir ; il connaissait à présent les plantes comestibles de l'île, ses arbustes épineux, ses lauriers parfumés et ses palmiers, les animaux qui lui étaient utiles et ses sources d'eau fraîche, ses abris naturels, ses oiseaux et ses poissons, les lézards qui se doraient au soleil, ses rochers couverts de bernacles[2]. »

« C'était là le paradoxe de la liberté : il était libéré de toute responsabilité, des dettes, des relations, des attentes des autres, mais il regrettait amèrement les contraintes du passé, la misère noire et le confinement de la vie à bord[3]. »

Jeppe jeta un coup d'œil à Orla, qui était assis les yeux fermés et le menton tombé sur sa poitrine. Le rat sur ses genoux avait commencé à se laver avec de petits mouvements minutieux. Un ronflement échappa au vieil homme.

Jeppe reposa le livre, recouvrit les genoux d'Orla d'une couverture et se glissa vers l'entrée. Dans le couloir, il s'arrêta pour écouter, mais n'entendit que le léger sifflement venant du fauteuil dans la salle. Prenant soin de ne pas laisser sortir les rats, il ouvrit la porte et rejoignit le numéro 4.

Sa maison était froide et silencieuse, rien n'avait bougé depuis qu'il était parti tôt ce matin. Il monta à l'étage sans allumer, se brossa les dents et se glissa dans un lit qui était trop court pour lui et pourtant trop grand.

Le paradoxe de la liberté.

---

1. Extrait des *Folles Aventures du vrai Robinson Crusoé*, p. 24.
2. Ibid., p. 110.
3. Ibid., p. 95.

MERCREDI 20 NOVEMBRE

CHAPITRE 10

— Tu peux retirer tes chaussures sur le tapis là-bas !

Anette baissa les yeux sur ses baskets. En toute honnêteté, elle aurait préféré passer sa matinée à examiner les déclarations des témoins et à suivre la piste des valises à Bornholm – des pistes concrètes – plutôt que de spéculer sur le profil du meurtrier dans le cabinet de consultation de Mosbæk. Ses sentiments sur l'utilisation des psychologues de la police dans le travail d'enquête étaient mitigés, et ce depuis toujours. Pas en raison d'un préjugé tenace envers la profession, même si c'était ce que Jeppe lui avait souvent reproché. Le problème était que leurs observations ne permettaient que très rarement de contribuer à l'élucidation d'une affaire. La compétence des psychologues-criminologues était généralement plus pertinente lorsque l'auteur du crime était arrêté et qu'il s'agissait de comprendre son état d'esprit et ses motivations, afin de pouvoir prendre des mesures préventives par la suite.

Mais toutes les tâches ont été déléguées et l'équipe est en pleine action, se rappela-t-elle. *Lorsqu'on dirige une enquête, il faut retourner toutes les pierres. Même si cela doit se faire en chaussettes.*

Elle délaça ses chaussures, les posa sur le tapis de l'entrée et pénétra dans la salle de consultation.

Il y faisait chaud et il y régnait une odeur de pépinière ou de magasin de jardinage.

— Tu n'as rien contre les chiens, j'espère ? Maslow a eu le droit de m'accompagner au travail aujourd'hui.

Faisant se hérisser sa barbe fournie, Mosbæk sourit au chien de berger qu'il tenait par le collier. La chemise à carreaux du psychologue et son gilet en tricot étaient assortis au pelage marron et doré de l'animal ; à ses pieds, des chaussettes en laine juraient avec leurs rayures vertes et violettes criardes. Des touffes de poils jonchaient le tapis persan usé et révélaient que Maslow était sans doute autorisé à accompagner son maître au travail la plupart du temps.

— C'est un berger australien, non ? demanda Anette qui s'accroupit pour caresser un Maslow ravi, alors que l'anxiété dans sa poitrine se dissipait au fur et à mesure que le chien remuait affectueusement la queue. J'ai moi-même trois borders collies. Plus âgés que celui-ci à ce que je vois, mais ils sont toujours en pleine forme avec une belle fourrure.

— J'ignorais que tu aimais les chiens ! s'exclama Mosbæk comme si elle venait de remonter considérablement dans son estime. Ton partenaire n'est pas trop fan.

— Jeppe a juste peur des microbes. Et il a un pète au casque. C'est ici qu'on s'assoit ?

Anette montrait le canapé près de la paroi vitrée qui donnait sur un jardin envahi par la végétation. Sur la clôture en bois, une plante grimpante s'était décrochée, et pendait en arc de cercle jusqu'au sol. La mousse d'hiver recouvrait les dalles de pierre inégales de la terrasse et les meubles de jardin prenaient l'humidité.

— Oui, tu peux t'installer là et te servir de cette petite table pour ton ordinateur. La tasse de tisane est pour toi. C'est de la sauge du jardin.

— Ah, OK.

Anette s'assit et sortit son iPad de son sac. Elle appréciait autant la tisane faite maison qu'une crise d'urticaire.

— J'imagine que tu as lu le rapport ?

— Oui, c'est une lecture profondément troublante. Quelle est la situation, avez-vous des suspects ?

Mosbæk s'installa dans un fauteuil vert bouteille en face du canapé, sa tasse de tisane à la main. La vapeur embua ses lunettes, il les retira et les nettoya sur la manche de sa chemise avec un sourire d'excuse.

— Nous ne connaissons même pas encore l'identité de la victime. Et les témoignages que nous avons recueillis jusqu'à présent n'ont rien donné de concret. C'est pour ça que j'espère qu'ensemble, nous pourrons déduire quelque chose du mode opératoire utilisé pour cet assassinat. Il est tellement… inhabituel.

Anette s'apprêtait à sortir ses lunettes de lecture de leur étui, mais un coup d'œil aux verres gras de Mosbæk l'arrêta. Aussi vain que cela puisse être, elle ne supportait pas l'idée de montrer qu'elle était aussi vieillissante et malvoyante que lui.

— Nyboe a parlé d'un empereur romain qui faisait scier ses victimes.

— Caligula, oui, répondit Mosbæk en buvant sa tisane à petites gorgées. La comparaison est évidente. Il s'agit ici d'un tueur d'une rare brutalité, qui a laissé sa victime voir et ressentir la mort douloureuse qui l'attendait. Peu importe que le tueur ait agi seul ou en groupe, cela fait penser à un agresseur soit qui souffre d'une maladie mentale grave, soit qui a accumulé une colère d'une puissance que toi et moi avons du mal à comprendre.

Mosbæk passa sa main sur sa barbe rousse et regarda dans le jardin.

— D'ailleurs, Caligula n'est pas le seul à être associé à la mort par sciage. As-tu entendu parler de Simon le Zélote ?

Elle secoua la tête.

— C'était l'un des douze disciples de Jésus, mais pas l'un des plus connus. Il est habituellement représenté avec une scie, parce que la légende veut qu'il ait été exécuté suspendu à un arbre par les pieds et scié par le milieu de son entrejambe jusqu'à la tête. La méthode de notre inconnu pourrait bien être une référence au Zélote. Bien qu'il n'ait commis aucun crime contre Jésus, pour autant que je me souvienne de mes cours de religion, mais ce meurtre pourrait correspondre à un acte de vengeance.

— En d'autres termes, tu ne crois pas que l'agresseur a scié sa victime pour le plaisir ? demanda Anette en haussant un sourcil.

— Non, répondit Mosbæk sans s'être rendu compte du sarcasme dans sa voix. Même si le sadisme existe sous de nombreuses formes, je ne crois pas que ce que nous avons là en soit l'illustration. Si l'auteur de ce crime était animé par l'envie de torturer et de tuer, il aurait très probablement déjà recommencé. Ce genre de besoins doit être assouvi plus d'une fois.

— Est-ce que ça peut être lié à une secte religieuse ? Une punition pour un apostat par exemple ?

— Oui, ou pour toute autre forme de péché que la secte estime impardonnable. Adultère, vol, blasphème… (Mosbæk retira ses lunettes et les essuya d'un air absent avec sa chemise. Ça n'avait toujours pas l'air d'aider.) Et les valises, où exactement les avez-vous trouvées ?

— La première était enterrée dans des buissons derrière l'aire de jeu du parc Østre Anlæg. Elle devait d'ailleurs être lourde à porter depuis la voiture, le long du parc jusqu'en haut de la colline, sans parler de la difficulté à creuser pour l'enterrer. L'autre valise a été retrouvée sous une souche d'arbre dans les douves du Kastellet.

— Pour plus de facilité ? Est-ce que ça aurait pu être réalisé par un seul individu ?

Anette réfléchit.

— Peut-être qu'il a enterré la première et est revenu à la voiture en sortant d'Østre Anlæg complètement épuisé. C'est pour cela qu'il a laissé tomber l'idée d'enterrer la valise numéro deux au même endroit et a préféré se rendre au Kastellet, où il a pu se contenter de la porter sur une centaine de mètres, avant de la cacher dans la boue au pied d'un arbre au bord de l'eau.

Mosbæk tendit le bras et gratta Maslow derrière l'oreille.

— Mais pourquoi les cacher en ville ? Pourquoi ne pas rouler jusqu'à une plage isolée et les jeter à la mer ?

— Parce que les cadavres qui sont jetés à la mer ont tendance à être rejetés sur le rivage assez vite.

— Mais, protesta Mosbæk, il aurait dû savoir que deux valises en plein Copenhague seraient également retrouvées ?

— Oui. Mais, de toute évidence, qu'après un bon bout de temps, quand le cadavre serait déjà tellement décomposé qu'il serait difficile à identifier.

— D'accord. Dissimuler l'identité, voilà qui pourrait coller avec un mobile de punition : une secte religieuse voulant éliminer un ancien membre serait peut-être capable de…

Le téléphone d'Anette s'éclaira avec le numéro de Sara Saidani sur l'écran. Elle fit signe à Mosbæk qu'elle était obligée de répondre et se dirigea vers la fenêtre qui donnait sur le jardin.

— Salut, Saidani, du nouveau ?

— Tu te souviens de Jan Søgård de Næstved ?

— Le prof qui était en congé maladie pour cause de stress et qui a disparu ? (Maslow s'approcha et se frotta contre sa jambe, Anette se pencha pour le caresser.) Qu'est-ce qu'il a ?

— Je suis en train de rassembler ses antécédents, les renseignements dentaires, etc., mais, sans pointer du doigt nos collègues, les recherches pour le retrouver n'ont dû être faites qu'à contrecœur. La police n'a parlé qu'avec deux-trois de ses collègues et frappé à la porte de ses voisins, rien d'autre. Il y a pourtant une piste que personne n'a suivie, je ne sais pas pourquoi.

— De quelle piste s'agit-il ?

— D'après un voisin de Jan Søgård, il possède une maison de vacances où il passe ses congés. Et, pour autant que je puisse lire dans le rapport, personne n'est allé le chercher là-bas.

Anette eut un de ces pressentiments, qui parfois faisaient vraiment « tilt ».

— Attends un peu, tu ne veux pas dire…

— Si, l'interrompit Saidani. La maison de vacances se trouve à Bornholm.

*

Mercredi matin, Jeppe sortit brusquement d'un rêve avant que son réveil ne sonne, et il resta allongé dans son lit, hébété, sous la pente du toit de la maison de pêcheur. Même la fenêtre fermée, il entendait la mer. On pouvait penser que que cela aurait un effet apaisant, mais sur lui, c'était tout l'inverse. Dans la phase de transition entre le sommeil et l'éveil, il avait l'impression d'entendre les vagues en plusieurs couches, plus profondes les unes que les autres. Le courant l'emportait et l'entraînait contre les rochers, grognait dans les profondeurs tel un animal et se brisait en rugissant à la surface. Jeppe écoutait avec la sensation de couler au fond et de disparaître.

À 8 heures, il se leva, la tête comme dans du coton, et consulta son téléphone. Louis lui avait accordé à contrecœur l'autorisation de prendre un jour de congé, tout en soulignant combien il leur restait à faire s'ils voulaient respecter le quota avant l'arrivée de la neige. Jeppe répondit par un « OK » et rangea son portable.

L'esprit toujours embrumé, il réussit à se faire du café sans mettre la poudre et à brûler son porridge. Quatre comprimés – deux ronds et deux allongés – lui soulagèrent ses douleurs dorsales et répandirent un calme bienvenu dans son système nerveux. Peut-être était-ce aussi bien qu'il n'ait pas à manipuler de tronçonneuse aujourd'hui.

Il emporta sa tasse dans son pick-up glacial et entra l'adresse de Hedegaarden dans son téléphone. Le lieu de travail de Nikolaj Dybris se trouvait dans un endroit au milieu de l'île que Jeppe ne connaissait pas, où le paysage était plat et les forêts denses de conifères. Il passa devant des champs en jachère, recouverts de volées d'oiseaux noirs, et des parcelles de cultures d'hiver qui brillaient d'un vert émeraude éclatant. Les nuages étaient bas et formaient un brouillard dense sans horizon.

Hedegaarden était une ferme composée de quatre bâtisses blanchies à la chaux formant un carré, située au bout d'un chemin de campagne parsemé de nids-de-poule et entourée d'enclos. Dans le prolongement du chemin se trouvait un bâtiment moderne plus grand, que Jeppe devina être l'abattoir. À l'ombre de ce dernier paissaient des moutons qui ressemblaient à des modèles parfaits du bien-être animal. Jeppe se gara devant une grande porte métallique, sortit et regarda autour de lui. Pas âme qui vive.

Il frappa, attendit, appuya doucement sur la poignée. Le hall dans lequel il entra s'élevait tout en hauteur et était fortement éclairé ; il y faisait aussi froid qu'à l'extérieur. Les murs et le plafond blancs étaient striés de constructions métalliques auxquelles pendaient crochets et treuils. La surface irrégulière du sol était recouverte de flaques d'eau ; des taches sanglantes autour d'une évacuation au sol indiquaient qu'un abattage avait eu lieu récemment, et que le rinçage n'avait pas réussi à effacer toutes les traces. Une odeur douceâtre de viande fraîche flottait dans l'air.

— Bonjour, il y a quelqu'un ?

L'appel de Jeppe résonna entre les parois nues, mais ne reçut aucune réponse. Il s'avança. Depuis un râtelier, une rangée de têtes écorchées le fixait, des viscères pendant par les ouvertures dans leurs cous. Leurs globes oculaires étaient laiteux, mais intacts, et ressemblaient à des billes entourées par la chair dénudée de leurs crânes. Dans un coin se trouvaient des entrailles en tas par terre – des estomacs et des intestins – et, à côté, une pelle appuyée contre le mur.

— Ils sont là pour être contrôlés par le vétérinaire, avant que DAKA ne vienne les récupérer pour les détruire.

Un homme d'un certain âge approcha dans le hall, des seaux pleins dans les mains et des bottes lui montant jusqu'aux genoux. Ses cheveux mi-longs étaient grisonnants avec une frange qui lui tombait sur le front. Il sentait la lessive fraîche et un tablier en plastique taché de sang retombait de ses larges épaules. Il posa ses deux charges et continua à parler, comme si lui et Jeppe étaient en pleine conversation.

— Les déchets doivent être acheminés jusqu'à Randers, ça coûte soixante couronnes par seau, plus le transport et le poids. Nous préférerions les livrer à l'usine de biogaz à Aakirkeby, mais ça ne dépend pas de nous.

Il sortit un chiffon de sa poche et s'essuya les mains d'un air impatient.

Jeppe ne savait pas trop quoi répondre. Pour finir, il tendit la main.

— Jeppe Kørner. Je cherche Nikolaj Dybris.

— Anton Hedegaard.

L'homme replia soigneusement son chiffon, le replaça dans sa poche et lui rendit sa poignée de main. S'il était surpris par la visite de Jeppe, il n'en laissait rien paraître.

— Vous êtes le propriétaire de l'abattoir ?

— Je suis le propriétaire de toute la ferme. Je l'ai héritée de mes parents et je la dirige depuis quarante-deux ans. L'abattoir n'a été ajouté qu'il y a cinq ans, j'en ai eu assez de devoir transporter les pauvres bêtes jusqu'à Køge. (L'homme repoussa les cheveux de son front et regarda le hall avec fierté.) Comme vous pouvez peut-être le voir, nous venons d'abattre ce matin. Vous voulez que je vous fasse la visite ?

Jeppe jeta un coup d'œil à ses baskets, le bout de l'une d'elles était rose d'eau sanglante.

— Merci, mais comme je l'ai dit, je cherche juste Nikolaj…

— Nikolaj, vous dites ? Je n'ai aucune idée d'où il se trouve, je ne l'ai pas vu depuis l'été dernier.

— Vous vous souvenez depuis quand exactement ?

— Hmm, c'était à la fin de la saison, alors peut-être fin août. Il effectuait des livraisons pour nous deux-trois fois par semaine, jusqu'à ce qu'on n'arrive plus à le joindre. Alors on a trouvé quelqu'un d'autre.

— Il a démissionné ?

Anton Hedegaard regarda Jeppe et fit tourner sa langue dans sa bouche. Peut-être était-il dur d'oreille, ou peut-être juste du genre contemplatif.

— Non, dit-il enfin.

— Ça ne vous a pas surpris qu'il ne vienne plus du jour au lendemain, comme ça ?

— Si, bien sûr, répondit Anton, sans avoir l'air de s'inquiéter le moins du monde. Mais ce n'était qu'un travail saisonnier, peut-être qu'il n'en avait plus envie, tout simplement.

Jeppe commençait à avoir froid aux doigts et enfonça ses mains dans les poches de son manteau. Il y avait quelque chose qui ne collait pas dans la désinvolture du propriétaire à banaliser la situation. Sur une petite île, où la plupart se connaissaient, les gens ne disparaissaient pas comme ça sans que personne ne lève un sourcil.

— A-t-il récupéré son salaire avant, laissé certaines de ses affaires, ou est-ce que tout était en ordre ?

— Il n'y a eu aucun impayé, je m'en souviendrais. Je suis vraiment désolé de ne pas pouvoir vous aider davantage.

Anton se déplaça dans le hall ; il semblait vouloir mettre fin à la conversation.

— Où croyez-vous qu'il puisse être ? Si vous deviez émettre une suggestion...

À nouveau cet étrange regard et une longue pause.

— Dites-moi, comment connaissez-vous Nikolaj ? Pourquoi le cherchez-vous ?

— Je suis un ami de sa sœur, Ida. Elle s'inquiète pour lui. (Jeppe essaya de désamorcer la question avec un sourire, mais ses joues étaient raidies par le froid.) Tout ce dont vous pouvez vous souvenir à propos de la disparition de Nikolaj pourrait nous aider.

— Il y a bien eu une rumeur..., commença Anton en secouant la tête d'un air agacé. Je ne sais pas s'il y a du vrai là-dedans, et il vaut sûrement mieux ne pas la rapporter à Ida. Mais quelqu'un a dit qu'il était sûrement allé aux falaises de Helligdom pour se jeter dans la mer.

— Pourquoi aurait-il fait une chose pareille ?

— C'est exactement ce que j'ai dit ! Pourquoi diable irait-il faire une chose pareille ? (Anton se frotta les mains et regarda une horloge numérique sur le mur.) Je dois y aller, j'ai deux animaux à découper avant le déjeuner. Avez-vous besoin d'autres renseignements ?

— Non. Merci de m'avoir accordé de votre temps.

Jeppe observa le propriétaire de la ferme se diriger vers un tableau de commandes et appuyer sur un bouton qui mit en marche un appareil de levage. Lentement, le palan souleva par les pattes arrière une carcasse d'animal sans peau ni tête.

— Je vais vous laisser mon numéro. Appelez-moi si vous entendez quoi que ce soit qui pourrait nous aider à le retrouver, cria-t-il par-dessus le bruit du moteur et du cliquetis des chaînes.

Il sortit son carnet d'une poche de son manteau et en déchira une page.

Pendant qu'il cherchait un stylo bille, Anton Hedegaard monta sur une plateforme élévatrice qui l'emporta dans les airs. Quand il atteignit les pattes arrière de l'animal, il arrêta la plateforme et fit pivoter une scie industrielle suspendue au plafond au-dessus de la carcasse.

Jeppe griffonna son numéro sur le morceau de papier et le laissa sur une table en acier à côté de la porte, même s'il imaginait bien que le propriétaire du domaine n'y toucherait pas. Ses adieux se noyèrent dans le bruit de la lame frappant l'os du fémur de l'animal.

*

Bølshavn, jeudi 22 février 1979

Chère Argy,

Les étés à Bornholm sont peut-être paradisiaques, mais les hivers sont vraiment un enfer. Je m'y suis habituée, mais il m'arrive encore de me sentir comme le personnage d'un tableau de Jérôme Bosch. Un monstre parmi les monstres. Nous devenons bizarres lorsque l'obscurité tombe. Des îliens bizarres et grincheux, qui laissent leurs secrets sortir de leurs caves et envahir leurs salons.

J'ai entendu parler de quelqu'un de Svaneke, surnommé Lasse-la-Culotte parce qu'il vole les sous-vêtements sur les cordes à linge et les dissimule dans sa commode. On dit que c'est un pédophile. C'est le petit ami de Bente-la-Bourrée, mais en réalité, c'est sa fille qui l'intéresse. Au Nouvel An, il a battu et violé la pauvre fille, mais au lieu de le livrer à la police, les pêcheurs l'ont tabassé jusqu'à ce qu'il saigne des yeux. Comme ça, il aura compris la leçon, disent les gens d'ici, en se racontant l'histoire autour d'un café et d'une pâtisserie. Et, chaque fois, de plus en plus de détails sont ajoutés. Rien n'a meilleur goût que le malheur des autres sur un fond de gâteau à la pâte d'amandes.

Je suis submergée de travail. Elias et moi avons enfin obtenu le financement d'une partie de nos recherches sur le terrain en Asie du Sud-Est, il est donc temps de tout planifier et de demander davantage de financements.

J'ai longtemps eu mauvaise conscience, parce que après les journées d'enseignement au lycée, la correction des copies, les courses et l'aide aux devoirs pour mes propres enfants, je n'avais plus d'énergie. Mais maintenant, il faut m'y mettre ! Je l'ai promis à Elias, et je ferai usage de mes nuits si nécessaire.

C'est bien qu'Ida soit devenue grande et responsable – deux fois par semaine, elle va pratiquer l'équitation et emmène Nikolaj avec elle, si bien que je n'ai pas besoin de penser à eux avant le dîner. Ils s'y rendent tout seuls, mes deux petites personnes ; il aide à nettoyer et caresse les chats de l'écurie, pendant qu'Ida monte à cheval. Je profite de ce temps de travail supplémentaire, avec l'habituel mélange de fierté et de culpabilité lorsque je les vois descendre du bus.

À propos, Finn et Dorthe ont un enfant de plus ! Une petite dernière arrivée bien tard, une petite fille qui s'appelle Camille. Pas Camilla avec un A, mais avec un E à la fin, m'a-t-on corrigée lorsque j'ai eu le malheur de le dire de travers. Dorthe ne m'aime toujours pas, et je ne peux pas lui en vouloir. Je suis certaine qu'elle sait ce qu'il se passe. Pourtant, j'aimerais (au risque de paraître hypocrite) que nous soyons amies. Elle semble un peu seule. Je crois que c'est la raison pour laquelle elle est si dédaigneuse et pas uniquement envers moi.

Pour sa défense, Finn dit qu'elle a eu des grossesses difficiles, que ce soit avec Marco ou avec Camille. Et elle n'a pas l'air très en forme, elle souffre de douleurs au bassin et à la poitrine qui l'empêchent d'allaiter. À mon sens – mais je ne le dis pas à voix haute, je ne peux pas me le permettre –, je pense que toutes les grossesses et les accouchements sont une épreuve et qu'à long terme on ne peut pas s'en servir comme excuse pour être malheureuse. Si c'est bien ce qu'elle est ?

Pour être tout à fait honnête, cette grossesse m'a étonnée au début. Pourquoi ajouter un enfant de plus dans un mariage sans vie ?

L'autre soir, alors que nous étions seuls, j'ai posé directement la question à Finn. Il a marmonné quelque chose à propos de la volonté de Dieu, et du fait qu'un homme ne pouvait pas refuser un enfant à sa femme. Qu'est-ce que tu dis de ça ?!

Lui et Dorthe sont membres d'une Église évangélique libre, où le pasteur se fait appeler le Père Samuel et se comporte comme s'il était le chef spirituel de toute l'île. Je ne l'ai rencontré qu'une seule fois, et il m'a gentiment proposé de me trouver un bon mari qui pourrait subvenir à mes besoins et à ceux des enfants. Tout ce machisme chrétien qui ressort parfois son visage hideux me fait me sentir aussi étrangère à Bornholm qu'au Mali. Il me donne envie de retourner en ville. Peut-être un jour ?

Embrasse tes crapules,

M.

Esther leva la tête et observa Ida. Elles étaient toutes les deux installées dans le bureau, Esther à la table de travail avec les lettres de Margrethe, Ida par terre près d'une étagère dont elle sortait les livres un par un.

— Qu'est-ce que tu fais, au juste ?

Ida s'arrêta net, un ouvrage sur les genoux, et sourit, gênée.

— Quand nous étions petits, notre mère organisait souvent des chasses au trésor en cachant des indices et des notes pour nous dans la maison. J'ai pensé… (Elle ouvrit le livre et le feuilleta.) C'est peut-être idiot, mais j'ai juste pensé que Nikolaj avait peut-être dissimulé un message pour moi quelque part.

— À propos de l'endroit où il est parti, tu veux dire ?

Ida haussa les épaules.

— C'est ce que mon frère pourrait faire. Il a toujours été un peu adepte des théories du complot, tu sais, une profonde méfiance envers l'État, les télécommunications et ce genre de choses. Notre mère n'aurait jamais dû le laisser lire Orwell.

Elle rit et reposa le livre sur l'étagère.

— Je me sens tellement limitée de ne pas connaître sa vie et son quotidien. Même si Nikolaj et moi sommes très liés, il y a de longues périodes où nous ne nous parlons pas. En particulier depuis la mort de notre mère. Je n'ai plus vraiment d'amis sur l'île, et je ne me souviens pas de la dernière fois où il est venu à Copenhague pour voir ses nièces. Qui sont ses proches ? Qu'aime-t-il faire ? A-t-il une petite amie ? J'ai demandé à Finn, je suis allée à l'abattoir, et j'ai vérifié auprès de Marco. Personne ne l'a vu depuis la fin août.

Ida prit un nouveau volume et commença à le feuilleter avec un petit soupir.

— Marco, c'est le fils de Finn, c'est ça ? Il vit toujours à Bornholm ?

— Il a emménagé à Londres il y a de nombreuses années pour faire carrière dans le secteur de la finance. (Ida tourna la tête et contempla la mer à travers les carreaux sales de la baie vitrée.) Lui et mon frère ne pourraient pas être plus différents qu'ils ne le sont aujourd'hui, mais quand ils étaient jeunes, ils étaient inséparables. Nous avons grandi ensemble, et ils ont réussi à garder leur amitié malgré leurs différences. Mais Marco n'a ni vu ni eu de nouvelles de Nikolaj depuis qu'il est revenu pour les vacances d'été.

Esther suivit son regard vers les vagues grises de la Baltique. Bornholm semblait être un endroit où il était facile de disparaître à jamais, si c'était ce qu'on voulait. Juste un petit pas au bord des falaises suffisait à être aspiré. Ida cherchait-elle une lettre d'adieu ?

— Espérons que Jeppe aura des pistes. Ou même qu'il découvrira où est ton frère. Jeppe est méticuleux, il trouvera sûrement quelque chose.

Ida hocha la tête sans avoir l'air rassurée.

— Et toi, as-tu des frères et sœurs ?

— Je suis fille unique, répondit Esther avec un sourire de regret, habituée de devoir presque s'excuser de ne pas faire partie d'une fratrie.

— Et des enfants ? (Immédiatement, Ida parut s'en vouloir pour sa question.) Pardon, je ne sais pas si je peux demander ce genre de…

Esther posa une main protectrice sur le médaillon autour de son cou. A-t-on un enfant lorsqu'on l'a abandonné ?

C'était difficile à expliquer et encore trop douloureux, et peut-être ne la comprendrait-elle pas.

— Je suis seule. Mon colocataire, Gregers, est décédé la semaine dernière, nous venons de l'enterrer. Maintenant, il ne reste plus que moi et ma petite chienne, Doxa.

Ida regarda par terre.

— Je suis désolée de l'entendre. Étais-tu proche de ce Gregers ?

— Eh bien… Le plus drôle, c'est que nous avons vécu sous le même toit pendant de nombreuses années sans vraiment nous connaître. Gregers pouvait avoir l'air un peu grincheux, et je me tenais à distance, mais avec le temps nous sommes devenus amis. De très bons amis…

Esther entendit sa voix trembler et se tut.

Elle ferma les yeux. Au bout d'un instant, elle sentit le bras d'Ida autour de son dos et se laissa entraîner dans une étreinte. Cette proximité lui permit de respirer à nouveau, la soulageant de son chagrin.

Elle n'avait pas réalisé à quel point elle en avait besoin.

CHAPITRE 11

— Une saucisse grillée avec la totale, merci. Et un Cocio[1].

Anette posa son coude sur le comptoir du snack de l'aire de repos et essaya de faire abstraction de la circulation matinale de l'autoroute derrière elle. Le bruit de la chaussée lui tapait sur les nerfs aujourd'hui. Normalement, elle n'était pas du genre sensible au bruit, ni à quoi que ce soit d'ailleurs, mais une sorte de couche protectrice s'était détachée, la laissant comme une orange sans peau. Sensible comme sa grand-mère maternelle, qui faisait taire ses petits-enfants avant même qu'ils n'aient franchi la porte.

Elle trempa sa saucisse dans le ketchup et la moutarde forte et en prit une bouchée. Il était loin d'être l'heure de déjeuner, mais une saucisse ne comptait pas comme un vrai repas, et elle avait l'impression que cela calmerait l'inquiétude oppressante dans sa poitrine.

Pendant qu'elle mangeait, elle consulta son téléphone. À sa demande, la police de Bornholm avait envoyé une voiture avec deux agents pour sonner à la porte de la maison d'été de Jan Søgård à Balka Strand, et elle attendait leur retour. Elle avait aussi laissé un long message sur le

1. Boisson lactée au chocolat, très populaire au Danemark.

répondeur de Svend, surtout pour lui dire bonjour, mais elle n'avait pu s'empêcher de lui rappeler le nombre de doses de paracétamol que Gudrun pouvait prendre et l'importance de surveiller si la fièvre revenait.

Il n'avait pas rappelé. Quand il le ferait, elle s'efforcerait de garder un ton affectueux et léger.

Elle avala la dernière bouchée avec une gorgée du lait chocolaté, regagna sa voiture et prit l'autoroute E47 en direction de Næstved. Le directeur du collège d'Ellebæk avait annulé une réunion pour la voir et semblait soulagé qu'elle arrive rapidement. Le rapport d'enquête sur la disparition de Jan Søgård ne mentionnait aucune famille proche, alors son employeur était le meilleur endroit où commencer.

Nyboe appela alors qu'elle passait Haslev.

— Salut, Nyboe.

— En ce qui concerne les traces laissées par la lame de la scie, nous attendons toujours les résultats des tests. (Comme toujours, le médecin légiste allait droit au but. Il semblait distrait, comme s'il lisait une feuille de papier.) Mais il est certain qu'il s'agit d'une scie avec une grande lame, et des dents allant jusqu'à un centimètre.

— Plus grandes qu'une tronçonneuse ordinaire ?

— Il est possible qu'il existe des scies à main avec ce type de lame, mais je ne crois pas. Nous sommes vraiment devant une scie industrielle.

Nyboe avala une gorgée de ce qui devait être du café sans éloigner le téléphone.

— Le corps ne présente aucun signe extérieur particulier comme des tatouages, des piercings ou des cicatrices distinctives. Tous ses organes et ses extrémités étaient intacts, et il n'y a rien qui suggère qu'il avait subi une intervention chirurgicale. Tu sais : il avait tous ses orteils, pas d'os soudé après fracture...

— ... et il n'avait donné de rein à personne, je te suis.

— Lorsque nous comparons la longueur de l'os du fémur avec nos tables, nous estimons la taille du défunt aux alentours d'un mètre quatre-vingts. Par ailleurs, notre anthropologue médico-légal a étudié les sutures crâniennes et estime l'âge de l'homme bien au-delà de ce que nous avions d'abord supposé. Il avait environ cinquante ans, à plus ou moins cinq ans près.

— Cinquante ans ?

Anette fit un écart sur sa voie et s'attira un coup de klaxon rageur. Jan Søgård avait cinquante-deux ans.

— Ça m'a surpris, moi aussi. Le défunt était en très bonne forme physique, mince avec une forte musculature, alors je croyais qu'il était bien plus jeune. Mais ça a été confirmé par les examens dentaires des odontologues légistes. D'après la calcification des racines des dents, le résultat est à peu près identique. Cela dit…

— Oui ?

Anette augmenta le volume sonore.

— Tu te souviens que j'ai trouvé un trou dans la cloison nasale, qui indiquait une dépendance à la cocaïne ? Eh bien, les examens du foie et des reins confirment que la victime avait un long passé d'abus à la fois d'alcool et de drogues. La bonne forme n'était pas synonyme de vie saine.

Anette se demanda si elle pouvait se représenter un professeur de collège de Næstved dans la force de l'âge qui prendrait de la coke à la récréation, et en conclut que oui. Le plus dangereux qu'on puisse faire en tant qu'enquêteur, c'était de penser de manière conservatrice. Dans la catégorie « farfelu », la réalité l'emportait toujours sur l'imagination.

— Voilà, c'était tout.

Et Nyboe raccrocha sans dire au revoir. Les formules de politesse n'avaient jamais été son fort.

Anette alluma l'autoradio et parcourut le reste de son trajet au son de la musique pop de sa jeunesse, qui ne voulait apparemment pas mourir. Elle chantonna sur la chanson

Sømand af verden et fit le trajet jusqu'à Næstved en vingt-cinq minutes.

Le directeur du collège d'Ellebæk l'accueillit dans son bureau donnant sur la cour de récréation, un ersatz de café fumant sur une plaque électrique.

Anette n'eut pas le temps de refuser et se retrouva devant le bureau, une tasse de jus de chaussette dans la main et le directeur du collège en face d'elle.

— J'espère que vous ne prenez pas de lait. Nous n'en avons plus…

Anette s'empressa de faire signe que non. Le directeur se versa une tasse de café, regarda discrètement sa montre et croisa les mains. C'était un petit homme trapu d'une trentaine d'années avec des pattes-d'oie qui se creusaient au coin des yeux et une calvitie recouverte de rares cheveux noirs. Les manches de sa chemise étaient retroussées jusqu'aux coudes et révélaient des avant-bras fort poilus.

— Je dois admettre que je suis agréablement surpris que vous preniez l'affaire au sérieux, commença-t-il. Jan était en congé maladie jusqu'au 1er novembre et il était censé m'appeler à ce moment-là. Mais nous n'avons pas eu de nouvelles et nous n'arrivons pas à le joindre, alors nous craignons qu'il ne lui soit arrivé quelque chose.

Ses derniers mots se noyèrent dans les cris et les hurlements joyeux des enfants qui jouaient dans la cour de récréation. Anette sourit. Dans quelques années, ce serait au tour de Gudrun d'aller à l'école et de se faire des amis. Cette pensée était douce-amère.

— Quand avez-vous été en contact avec lui pour la dernière fois ?

— Jan m'a appelé à la mi-juillet pour m'annoncer son congé maladie pour cause de stress. Il était terriblement désolé de le faire si près de la rentrée des classes en août, mais il avait espéré jusqu'au bout qu'il retrouverait la forme.

Je lui ai bien sûr dit qu'il fallait qu'il se ménage et qu'il me prévienne lorsqu'il serait prêt à revenir. Il m'a aussi envoyé un certificat médical, Jan est toujours très ordonné.

Le directeur du collège jeta un coup d'œil à une feuille de papier devant lui et la posa de côté, comme si le texte qui s'y trouvait le distrayait.

— Quelle était la cause de ce stress, selon vous ?

— Par principe, ce n'est pas quelque chose dont je me mêle…

— Mais si vous deviez émettre une hypothèse ? Maintenant que Jan a disparu, insista Anette.

Il regarda par la fenêtre une longue seconde.

— Jan est employé au collège depuis vingt-deux ans, et je ne suis ici que depuis quatre ans, alors c'est encore un peu court pour dire que je le connais bien. Mais il est apprécié à la fois des collègues et des élèves et, pour autant que je sache, il n'a pas pris plus d'une poignée de jours de congé maladie durant toutes ces années.

— Jusqu'à maintenant.

Ses yeux revinrent vers elle.

— Le collège a eu un printemps mouvementé, avec des réorganisations et des maladies, si bien que Jan – au même titre que tous les autres enseignants – a été soumis à une forte pression. C'est un professeur de sciences naturelles, mais il a dû faire des remplacements en anglais et accompagner une classe de troisième à un examen d'allemand, en plus de ses propres heures. C'est un travail difficile. Et puis il a perdu sa femme l'année dernière, ce qui n'est pas sans conséquence.

— Bien sûr, dit Anette qui ne put retenir une grimace lorsqu'elle goûta au café du bout des lèvres. Et est-il en bonne forme physique ?

— Pardon ? fit le directeur du collège en ayant l'air sincèrement surpris. Eh bien, oui, je suppose. Pour un homme dans la cinquantaine, il l'est plutôt. Pas en surpoids, si c'est ce dont vous voulez parler.

— Est-il musclé ? Est-ce le genre de personne qui va à la salle ?

Cela fit sourire son vis-à-vis.

— Je… non, je ne crois pas que Jan soit le genre à soulever des poids. L'haltérophilie n'est probablement pas ce à quoi il passe la plupart de son temps, mais il fait de longues randonnées et aime observer les oiseaux. Il a aussi un itinéraire fixe le long de la côte de Bornholm, près de sa maison de vacances, et il le parcourt tous les jours lorsqu'il y est.

— C'est là qu'il a passé ses vacances d'été ?

— Jan se rend à sa maison d'été dès qu'il est libre. Il adore être là-bas. Nous en avons informé la police lorsque nous avons signalé sa disparition.

Anette maudit les collègues de ne pas avoir aussitôt suivi une piste si évidente.

— Nous avons demandé au centre d'investigation de Bornholm de le rechercher. Autre chose, et je suis désolée si c'est un peu hors du cadre normal d'une relation de travail… Savez-vous si Jan se droguait ?

L'éclat de rire fut spontané et si nourri que les vitres en tremblèrent presque. Le directeur du collège dut s'essuyer les yeux avant de pouvoir répondre.

— Excusez-moi, mais même dans mon imagination la plus folle, je ne peux pas l'imaginer. On ne sait jamais, bien sûr, ce que les gens font chez eux, mais… non. Pas Jan.

Anette, elle, ne rit pas. Il y avait deux hommes recherchés qui correspondaient au cadavre dans les valises. Ils avaient déjà exclu le premier, cela serait vraiment bien que ce soit le deuxième.

— Vous en êtes sûr à cent pour cent ?

— Euh…, fit le directeur du collège qui ouvrit la bouche et la referma. Eh bien, non. Je ne peux pas l'être.

Il l'observa avec un scepticisme grandissant.

— OK.

Anette se leva et lui tendit la main pour prendre congé. Elle essaya d'ignorer son regard déçu, qui reflétait une partie de son travail qu'elle aimait le moins : les affaires non résolues.

— Merci pour le temps que vous m'avez accordé. Je reviendrai vers vous dès que nous aurons des nouvelles de Jan.

*

La puanteur frappa Jeppe comme s'il se heurtait à un mur de briques quand il entra au Hut Li Hut, le bar d'Allinge ouvert toute l'année. Des décennies de tabagisme incessant étaient imprégnées dans les meubles, les rideaux et les tapis, et avaient transformé les clients de l'endroit en une caste de lépreux que le reste du monde reconnaissait d'un simple reniflement. L'atmosphère était si âcre et dense qu'elle était presque visqueuse, comme le goudron que la fumée laissait dans les poumons de ses victimes. Les yeux de Jeppe se mirent aussitôt à larmoyer.

Il alla au bar et hocha la tête en direction de la dame aux cheveux courts qui se tenait derrière le comptoir, les bras croisés, et qu'il devina être la propriétaire des lieux. Elle portait un T-shirt extra-large avec les mots « LA HUTTE » imprimés sur sa poitrine flasque et son ventre rond. Une cigarette allumée pendait au coin de sa bouche.

— Mona, nous avons des invités. La police est en visite.

Jeppe s'assit sur le tabouret de bar à côté du client qui avait annoncé son arrivée de manière tout à fait inutile.

— Puis-je vous demander un Coca, s'il vous plaît ?

Mona ouvrit un tiroir réfrigéré, en sortit une bouteille et l'ouvrit d'un geste agile, sa cigarette toujours en équilibre.

— Un verre ?

— Je le boirai à la bouteille.

Jeppe prit une gorgée de la boisson sucrée qui lui piqua la gorge.

— Vous ne voulez pas mettre de rhum dans votre soda ? demanda son voisin en s'esclaffant d'une voix rauque à travers sa cigarette.

Le rire se transforma en toux qui dura un certain nombre de secondes avant qu'il n'avale le reste avec sa bière. Il reposa la bouteille vide sur le comptoir et en reçut une pleine sans avoir à demander.

Jeppe remarqua qu'il avait une petite boîte ronde au milieu de la gorge et devina que c'était pour soulager sa respiration après une opération chirurgicale.

— C'est un peu tôt pour boire de l'alcool pour moi, répondit Jeppe avec un signe de tête en direction de l'horloge derrière le bar, qui indiquait 11 h 20.

— Je commence toujours la journée avec un Underberg. Ça fait des miracles. Mona, lance-nous deux shots !

Mona posa deux verres à liqueur sur le comptoir et les remplit de Gammel Dansk. Elle sembla exécuter le rituel sans bouger ses pieds.

— Vous habitez à côté du vieil Orla à Sandvig, n'est-ce pas ? Je m'appelle la Poire grise.

Le client souleva son verre en guise de salut et sourit, dévoilant une dentition usée derrière ses lèvres minces.

Il n'y avait pas moyen d'y échapper. Jeppe souleva son verre à son tour et trinqua.

— Jeppe. Et je ne travaille plus pour la police.

— Alors, nous serons bons amis, répondit l'homme avant de cligner de l'œil et d'avaler sa liqueur d'un trait. Mon nom véritable est Anders, mais j'ai été propriétaire d'un verger au sud pendant de nombreuses années, alors tout le monde me surnomme la Poire grise.

— Au sud ?

— Aakirkeby. Mais je ne l'ai plus. J'ai pris un arbre sur la tête il y a quelques années, alors après c'est devenu difficile de m'occuper des arbres fruitiers. Tout était envahi par la végétation. Les cerises, les pommes, les poires, les prunes, tout pourrissait sur les branches. Maintenant, c'est le mal de crâne d'un autre. Et vous savez ce que je vais faire avec l'argent que j'ai reçu pour la ferme ?

La Poire grise écrasa son mégot et enchaîna sur une nouvelle. Jeppe but son Gammel Dansk et tendit la main vers son Coca pour le rincer.

— Je vais aller à Madère ! Vous y êtes déjà allé ? Madère est le plus bel endroit du monde. Vous ne trouverez pas d'île plus belle. Alors c'est là que je vais emménager !

Il frappa légèrement sur le comptoir et Mona lui versa un Gammel Dansk supplémentaire.

— Madère vous dites ? fit Jeppe qui sortit son paquet de cigarettes et alluma la première de la journée.

Il fallait bien se fondre dans le décor. Mona le regarda avec impatience avant de lui reverser un deuxième shot à lui aussi.

— Ouaip, je vais me tirer de ce climat de merde, dès que j'aurai l'occasion. Et pas un seul de ces trous du cul ne me manquera.

Jeppe lui sourit.

— Avant votre départ à l'étranger, je peux vous poser une question ? Je cherche Nikolaj Dybris, ou plutôt sa sœur le cherche et je l'aide. Elle dit qu'il a l'habitude de venir ici…

Le silence qui suivit fut assourdissant. Jeppe aurait tout aussi bien pu renverser tous les verres par terre, vu leur réaction. Le juke-box ne venait-il pas de jouer Johnny Cash ?

— Alors il est possible que le Saint-Esprit ait enfin eu sa vengeance.

La Poire grise gloussa tout seul et leva son verre à un Dieu imaginaire.

Avant que Jeppe n'ait eu le temps de demander ce qu'il entendait par là, Mona jeta un chiffon sur le comptoir et se mit à l'essuyer avec de grands mouvements circulaires. Jeppe fut contraint de soulever sa bouteille de Coca pour qu'elle ne tombe pas.

— Nikolaj n'est pas le bienvenu ici et ne l'est plus depuis des années.

Elle jeta le chiffon dans l'évier et croisa les bras sur sa poitrine.

— Quand vous le croiserez, vous pourrez lui dire que c'est toujours le cas. Le Coca est offert par la maison.

Jeppe resta assis pour voir si elle le pensait vraiment, mais comme elle restait plantée là et ne bougeait pas un sourcil, il finit par se lever et écrasa sa cigarette dans le cendrier qui débordait.

— Alors merci pour la boisson.

Mona se retourna et remplit un bac de lave-vaisselle avec des verres. Au moment où Jeppe se tournait vers la porte, la Poire grise l'attrapa par la manche et lui chuchota :

— Il va à la Canette, derrière le Netto. Demande la Canette et tu le trouveras !

*

Bølshavn, dimanche 20 septembre 1981

Chère sœur,

Hier, c'était jour de fête à Hedegaarden. C'est Finn qui nous a invités, il connaît le propriétaire. Dorthe est restée à la maison avec la petite, mais Marco a eu le droit de venir.

Le temps était de la partie, c'était une de ces journées chaudes et agréables de fin d'été que nous avons si peu. La cour et la plus grande grange de la ferme étaient décorées avec des guirlandes lumineuses, des bottes de foin et des plateaux de fruits, et j'avais l'impression d'être dans un film adapté du plus rural des romans de Morten Korch. Mon snobisme urbain intérieur s'est réveillé, je dois l'admettre, mais il y avait de la musique (accordéon et guitare dans une combinaison douteuse), de l'agneau rôti à la broche et une bonne ambiance, alors j'ai fini par me laisser aller.

Ida portait un jean incommode qui paraissait avoir été peint sur ses jambes, et un haut décolleté, emprunté à une amie. Elle a commencé à avoir froid à l'instant où nous sommes descendus de voiture. Mais même dans cette tenue provocante, elle était d'une beauté éclatante. Il y a un je-ne-sais-quoi d'exceptionnellement adorable dans cette beauté pure que les adolescents portent sans le savoir. Quelque chose de touchant.

Je l'ai observée toute la journée, la gorge nouée. Ma propre féminité se prépare à prendre sa retraite, et ma grande fille va bientôt me quitter. Je pleure tout ce que je n'ai pas eu l'occasion de lui donner pendant qu'il en était encore temps. L'attention qui manquait, pas assez, jamais assez, la sécurité, l'honnêteté. Maintenant, il est trop tard.

Finn et moi nous étions assis ensemble avec des personnes de Bølshavn, l'épicier était là ainsi que les Aggers et plusieurs autres. Le Père Samuel est venu lui aussi, mais je me suis assurée de ne pas me retrouver à côté de lui. Tout le monde parle si chaleureusement de tout ce que lui et son Église font pour l'île, mais je ne l'aime pas.

Ida n'aime pas être vue à proximité de sa mère ces jours-ci, alors elle a fait le tour des stands avec une camarade de classe. Nikolaj et Marco ont commencé à ramper sous les longues tables pour taquiner les gens en mettant des pommes dans leurs sacs et en nouant leurs lacets. Nikolaj n'a que deux ans de plus que Marco, mais apparemment c'est lui qui mène la danse. Marco est peut-être un peu introverti et calme, mais il admire Nikolaj et le vénère comme seuls les enfants savent le faire. C'est très mignon.

Malheureusement, un des participants à la fête n'était pas de cet avis. Je ne sais pas ce qui l'a rendu aussi furieux, mais tout à coup un jeune homme s'est mis à crier et à soulever Nikolaj par le col, si bien que le pauvre enfant agitait tous ses membres en l'air. Comme il est grand, les gens croient souvent qu'il est plus âgé que ses onze ans.

Finn et le propriétaire de la ferme se sont rapidement interposés pour calmer l'homme, pendant que je réconfortais les garçons, terrorisés, qui pleuraient tous les deux. Heureusement, il y avait un stand de glaces et deux grandes gaufres les ont rapidement fait penser à autre chose. Dix minutes plus tard, ils jouaient à nouveau, cette fois à l'extérieur de la grange.

Le propriétaire de la ferme, Anton, a escorté l'homme en colère dehors et a attendu qu'il soit parti. J'espère qu'il n'avait pas bu ! Mais c'était un soulagement qu'il n'ait pas eu le droit de rester. Finn nous a acheté du café et a expliqué que c'était un pêcheur qui possède trois bateaux au port de Nexø. C'est la scierie qui a livré le bois pour les cotres, alors Finn le connaît. Il n'a même pas trente ans, mais a déjà gagné son premier million grâce à la pêche au chalut de la morue de la Baltique pour la vendre aux Américains. Ça lui est monté à la tête, a expliqué Finn, et pas qu'à lui. Il est apparemment question d'une vraie « bulle de pêche ». Les jeunes gens de l'île ne rêvent que de devenir pêcheurs ou de travailler dans les usines de filets. Une sorte de fièvre de l'or, mais avec du saumon et du hareng plutôt que des métaux précieux. Pour quelqu'un comme moi, qui n'ai jamais entendu parler d'autre chose ces nombreuses dernières années que de quotas, de stocks menacés et de démolitions de bateaux, ce genre d'histoires donne à l'île une ambiance de nouveau Klondike.

C'est comme si Bornholm avait son propre univers. Libéré du continent, mais aussi quelque peu oublié, abandonné à ses propres règles et façons de faire. Peut-être que Bornholm est l'armoire qui mène à Narnia, où les enfants peuvent disparaître dans un conte et se cacher de la réalité ?

Ta lettre est arrivée, chère Argy, il y a quelques jours. Ce que tu écris sur les grandes promenades autour des Lacs pour chercher les premières châtaignes de l'année m'a donné la nostalgie de

Copenhague et de la vie telle qu'elle était autrefois. La vie d'avant l'île, la vie d'avant les enfants.

Je t'embrasse,

Margy

*

Jeppe dut entrer dans le supermarché Netto du port pour demander son chemin à la caissière avant de trouver la Canette dont parlait la Poire grise. Sur un terrain vague derrière le supermarché se trouvaient une baraque de chantier cabossée et un banc avec une vue panoramique sur la mer. La baraque, selon la caissière, avait été installée sur le port pour les habitants d'Allinge qui aimaient se retrouver autour d'une bière, mais n'avaient pas les moyens de s'offrir la Hutte. À l'intérieur, ils étaient à l'abri du gel et du vent, et la porte était toujours ouverte. Pourquoi l'endroit s'appelait la Canette, elle ne pouvait pas le dire, mais elle pensait en tout cas que c'était bien que les « biberonneurs » aient un endroit où se retrouver, sans « déranger les clients du supermarché ».

Avant même que Jeppe ne touche la poignée de la baraque, il reconnut le rire rauque qui résonnait à l'intérieur. Louis. Jeppe tira la porte et fut accueilli par la même fumée épaisse qu'au bar. Aucune lampe n'était allumée, et à la rare lumière du jour, l'ameublement se perdait dans la fumée. Jeppe distingua une table basse en bois et quelques fauteuils fatigués, un tableau d'affichage avec des photos sur le mur et, au fond du local, deux silhouettes, chacune avec une cigarette allumée.

— Mais c'est qu'on a un visiteur de marque, père Lasse. C'est mon collègue de Copenhague. (Louis prononça le nom de la ville avec un accent de Bornholm exagéré. Cela sonnait comme une provocation.) Qu'est-ce que tu fous là, Jeppe ?

Jeppe s'approcha.

Louis se tenait à côté d'un homme inhabituellement grand, rasé de près, avec le regard vacillant d'un drogué et portant un mince coupe-vent rouge dont la fermeture éclair était remontée jusqu'au cou. Ils étaient appuyés contre le mur près d'un petit frigo où ils avaient posé leurs bières et une tasse de café remplie de mégots de cigarettes.

— Ça a l'air sympa ici. Déjà l'heure de la bière d'après le travail ? (Jeppe jeta un coup d'œil à sa montre. Il n'était pas plus de midi et quart.) Je croyais qu'on avait beaucoup à faire.

— Ça, de la part de celui à qui j'ai donné toute une journée de congé ?! Quoi, j'aurais dû présenter un mot d'excuse de chez moi ou quoi ?! C'est mon entreprise, je gère moi-même mes horaires de travail. T'es pas le seul à avoir une vie en dehors de la forêt, rétorqua Louis d'un air maussade avant de vider sa bouteille de bière et de roter. On te voit jamais traîner ici. Que nous vaut cet honneur ?

— Je cherche Nikolaj Dybris. D'après ce que j'ai compris, il a l'habitude de venir à la Canette.

— Nikolaj ? Il est pas parti en mer ?

C'était le type au coupe-vent qui était intervenu.

— Je ne sais pas. Mais vous, peut-être ? (Jeppe fit un signe de tête en direction de Louis.) J'ai cru comprendre que vous étiez amis…

Louis se pencha vers le mini-frigo et saisit trois bières fortes. Il sortit une clé de sa poche pour ouvrir les bouteilles, et en tendit une à Jeppe.

— Amis ? Putain, qui t'a dit ça ? Je le connais à peine. (Il rit et dévoila sa dent de devant grise.) Santé.

Jeppe but en hésitant.

— Tu ne lui as pas prêté un outil que tu voulais récupérer ? C'est sa sœur qui m'a dit que tu étais passé à la maison hier.

— Tu connais Ida ?

La question fusa de la bouche de Louis et Jeppe vit qu'il la regretta aussitôt.

— Oui, se contenta de répondre Jeppe, sans épiloguer.

— Ouais, bon, j'ai rencontré Nikolaj à plusieurs reprises. Il connaît la famille Sonne. Mais on n'est pas amis, je ne dirais pas ça.

— Et pourtant tu lui as prêté un outil ?

Louis haussa les épaules.

— J'aimerais bien le récupérer, d'ailleurs. Mais il ne répond pas au téléphone. (Il montra son camarade du goulot de sa bière.) Alors t'as raison, père Lasse, peut-être qu'il est parti en mer.

— Mais c'est toi qui me l'as dit. Qu'il avait tenté sa chance comme mécanicien sur un porte-conteneurs et devait naviguer en Asie pendant six mois.

Louis s'arrêta, la bouteille suspendue en l'air devant sa bouche.

— C'est des conneries, j'ai jamais dit un truc pareil. (Il rit.) T'as oublié de prendre ta rispéridone ou comment ça s'appelle, ton putain de truc antipsychotique ?

Lasse rit avec lui.

Jeppe attendit que leurs ricanements s'éteignent avant de recentrer la conversation.

— Ida ne lui a pas parlé depuis le mois d'août. N'aurait-il pas prévenu sa sœur avant de partir si longtemps ? Sans parler de son employeur ou de ses voisins, peut-être ?

Louis étudia l'étiquette de sa bière.

— On pourrait presque croire qu'il est mort, souffla son camarade.

Jeppe l'observa et avala une nouvelle gorgée. Cela faisait longtemps qu'il n'avait pas bu de bière forte ; il éprouvait des picotements dans les tempes.

— Qui d'autre pourrait savoir où il est ? Tu dis qu'il connaît la famille Sonne. C'est à Finn que je dois demander ?

Louis leva les yeux au ciel et soupira comme si les nombreuses questions de Jeppe commençaient à l'ennuyer.

— Écoute, je ne sais pas, moi. Je l'ai juste rencontré une fois à la scierie.

— Plusieurs fois, c'est bien ce que tu as dit tout à l'heure ?

Jeppe laissa son regard glisser sur les fauteuils dépareillés de la baraque de chantier et le tableau avec les photos, et hocha la tête en signe d'appréciation.

— C'est un bel endroit que vous avez là, reprit-il.

— Ce sont les Enfants de Zélote qui ont fourni la baraque, répondit avec enthousiasme le camarade de Louis. C'est une des Églises évangéliques libres locales. Ils font beaucoup pour la communauté, pour les personnes vulnérables et les gens seuls. J'ai jamais adhéré à Jésus, mais il n'y a pas que de la merde qui sort de sa religion.

— Les Enfants de Zélote ? Je n'en ai jamais entendu parler.

— Ouais, me demande pas ce que c'est ! pouffa le camarade. Mais la rumeur dit qu'ils ont les mains dans la caisse de la scierie.

— Bon, ça suffit, père Lasse !

Louis reposa sa bière si brutalement que la mousse déborda.

— Putain, mais ça aussi c'est toi qui me l'as raconté ! Que la femme de la scierie était croyante et dépensait une fortune pour son Église, avant de passer l'arme à gauche subitement.

— Tu racontes n'importe quoi ! T'as bu un coup de trop, espèce d'imbécile. (Louis attrapa le bras de son comparse et le tira pour partir.) Viens, je te raccompagne chez toi. On se voit demain de bonne heure, Jeppe !

Ils se pressèrent de façon peu élégante devant ce dernier, sous les protestations bruyantes du camarade et le silence obstiné de Louis.

Jeppe laissa la fine porte de la baraque se refermer sur eux avant de prendre un paquet de Kleenex dans la poche de son manteau, de déplier un mouchoir en papier et de repêcher avec précaution le mégot de cigarette de Louis Kofoed abandonné dans la tasse sur le frigo. Après s'être assuré qu'il était complètement éteint, il l'emballa et le plaça dans sa poche. Même s'il ne pouvait pas éviter de mettre des traces dessus, il serait toujours possible de récupérer l'ADN de Louis, si nécessaire. Avec son téléphone, il photographia les nombreux visages inconnus du tableau d'affichage, puis sortit à l'air libre.

Le sol oscillait légèrement sous ses pas, et il savait que l'impression n'était pas seulement due à l'alcool. C'était le policier en lui qui se réveillait. Avant de démarrer la voiture en direction de la scierie, il se regarda dans le rétroviseur. Ses yeux brillaient.

CHAPITRE 12

Anette salua Torben Falck à la machine à café et entra dans son bureau juste au moment où la police de Bornholm la rappelait. La voix au bout du fil avait l'air si jeune qu'Anette en fut d'abord déconcertée.

— Dites-moi, à qui ai-je l'honneur ?

— Inspectrice Ditte Vollmer, je travaille comme enquêtrice au centre d'investigation de la police de Bornholm. (La jeune femme parlait lentement et clairement comme si elle s'adressait à une personne âgée n'ayant pas toute sa tête.) Je vous appelle à propos de Jan Søgård.

— Oui, merci, j'avais fait le lien, mais je croyais que ce serait un adulte qui appellerait. (Le silence sur la ligne fit comprendre à Anette qu'elle était allée trop loin.) Désolée, c'était juste censé être une blague.

— Ha, ha ! répondit la jeune femme, sèchement.

Anette se débarrassa de son manteau en se tortillant et le posa sur le dossier d'une chaise. Elle jeta un long regard à sa pâtisserie – une boule au chocolat et au rhum – qu'elle avait achetée pour accompagner son café et qui suintait désormais dans son sachet en papier. Le gâteau devrait attendre encore un peu.

— Venons-en aux faits. La maison de vacances de Jan Søgård, qu'avez-vous trouvé ?

— Ça n'a pas été une tâche facile. Les deux agents que nous avons envoyés à Balka Strand sont arrivés devant une propriété plongée dans l'obscurité, aux rideaux tirés et à la boîte aux lettres remplie de journaux locaux. Pas de sonnette, alors ils ont frappé et attendu, sans réponse. Au bout de quelques minutes, ils ont fait le tour de la maison.

— Hm-hm.

Anette résista à l'envie de presser la jeune enquêtrice qui aimait manifestement le sens du détail au-delà du nécessaire. Elle l'avait déjà suffisamment énervée.

— Dans le jardin, tout avait l'air en ordre, bien entretenu. À l'image de toutes les autres maisons de vacances du coin, fermées pour l'hiver et rouvertes à Pâques. Rien à signaler…

Anette attendit. Y avait-il un *mais* ?

— Heureusement, les agents sont allés sonner chez les habitants à l'année du quartier. Quand ils sont arrivés chez la voisine, dont le terrain est adjacent à celui de Jan Søgård, ils ont fait mouche. C'est une céramiste qui habite là, elle connaît Jan et discute souvent avec lui sur la plage. Pour autant qu'elle puisse en juger, il avait passé tout l'été à Bornholm : elle l'avait vu se baigner presque chaque matin jusqu'à début août.

— Et alors ?

— Eh bien, elle pensait qu'il était rentré chez lui, comme les vacanciers le font. Mais elle a essayé de le contacter ces derniers jours, en vain, et était sur le point de désespérer.

— Pourquoi ?

Anette sentit un nouveau frisson de pressentiment souffler sur la nuque.

— Parce qu'elle était dérangée par des mouches, et elle était de plus en plus convaincue que les insectes venaient de la maison de Jan.

Anette soupira. Elle savait ce qui allait suivre. L'histoire tragique et récurrente des personnes qui meurent seules et oubliées. Jan Søgård n'était pas l'homme qui avait terminé sa vie dans deux vieilles valises à Copenhague.

— Vous êtes entrés ?

— Les agents ont enfoncé la porte et l'ont trouvé sur le sol du salon. Il a sûrement fait un AVC, du moins, ça y ressemble, mais c'est difficile à dire. Il s'était tellement décomposé qu'il avait fusionné avec la moquette.

*

Dans la lumière grise de l'après-midi, la scierie d'Østerlar ressemblait à un endroit où les barons de la drogue se retrouveraient dans un film des années quatre-vingt. De grands bâtiments industriels modernes, dont les rares fenêtres étaient éclairées par des lampes électriques, avec des poteaux et des poutres empilés en croix à l'extérieur et une maison à colombages plus ancienne cachée derrière une haute clôture. Jeppe était déjà venu et savait que le bureau se trouvait dans la maison.

Il ouvrit le portail, s'arrêta et écouta s'il entendait les chiens. Un léger brouillard alcoolique l'entourait toujours, renforcé par les analgésiques. Il n'aurait dû ni conduire sa voiture ni interroger les gens dans son état, il ne l'aurait jamais fait en temps normal. Mais sur l'île, les règles n'étaient pas les mêmes qu'en ville, et il n'était qu'un homme qui aidait une connaissance.

Il frappa à la porte d'entrée.

Camille Sonne ouvrit et lui sourit, surprise.

— Le flic ?! Qu'est-ce qui ne va pas ?

Elle resta plantée là, la main sur la poignée. Ses cheveux noirs étaient détachés et semblaient aussi doux que de la soie au toucher. Elle portait un pull près du corps et un jean moulant.

Jeppe se dépêcha de lever les yeux.

— Finn est au bureau ? Je viens récupérer un casque.

— Mon père est parti de bonne heure aujourd'hui. Mais il a sorti le casque. Tu veux entrer ou tu préfères rester dehors dans le froid ?

— Merci.

Il pénétra dans le hall et ne put éviter de frôler sa poitrine avec son bras. L'air à l'intérieur était chaud et il y régnait une odeur douceâtre de bougies odorantes bon marché. Il défit la fermeture éclair de son manteau et désigna la pièce qui servait de bureau.

— Par là ?

— Le casque est dans la cuisine. J'étais en train de me préparer mon verre de fin de journée. Tu veux m'accompagner ? Ou es-tu du genre à boire de la bière ?

Jeppe la laissa passer devant et la suivit, jetant un coup d'œil fugace sur ses fesses recouvertes de denim. S'il buvait davantage, il ferait quelque chose de stupide.

— Du vin me semble parfait, merci.

Il n'avait pas besoin d'en prendre plus d'une ou deux gorgées. La cuisine était étroite et vieillotte avec du linoléum sur les plans de travail et des plafonniers bas. Le casque était posé sur la table, Jeppe lui donna une petite tape.

— J'avais aussi espéré demander à ton père s'il savait où se trouvait Nikolaj Dybris. Mais tu le connais bien toi aussi, non ?

— Hm-hm. (Elle dévissa le bouchon d'une bouteille et fouilla dans un vieux placard pour trouver les verres.) Ce sera dans des tasses à café, je crains. Au moins, elles ne sont pas ébréchées. Attention, ça déborde.

Camille lui en tendit une en riant, s'appuya contre la table de la cuisine et but elle-même.

— Ah, l'heure du vin blanc est le meilleur moment de la journée ! Nikolaj… Pourquoi as-tu besoin de lui ?

Le ton était insouciant, la voix légère comme un jour de printemps.

— Ida s'inquiète pour lui. Sais-tu où il est ?

Elle secoua la tête.

— C'est le copain de mon grand frère, pas le mien. J'ai toujours trouvé que c'était un loser.

— Un loser ?

— Oui, tu sais… le genre qui laisse tomber le gâteau d'anniversaire par terre juste avant qu'il ne soit servi. Toujours animé par de grands projets, qui n'aboutissent jamais à rien. Alcool, drogues, licenciements. Nikolaj est sympa, mais juste un peu pathétique. Je n'ai jamais compris ce que mon talentueux et brillant grand frère lui trouvait.

Camille pencha la tête sur le côté pour montrer combien c'était incompréhensible.

Jeppe but un peu et le regretta aussitôt. Sa tête se mit à tourner.

— Tu crois que Marco a des informations ? Ida le lui a demandé, mais peut-être en sait-il plus que ce qu'il ne lui a dit ?

— Il ne m'en a pas parlé, mais je peux lui demander si tu veux.

Elle haussa un sourcil qui ressemblait à une invitation à plus.

— Ce serait super. (Jeppe plongea son regard dans la tasse de café en porcelaine.) Il circule une rumeur comme quoi Nikolaj serait parti en mer…

— Ha ! Qu'est-ce qu'il a volé cette fois ?

Ses dents étaient pointues comme celles d'un enfant, ses cils longs et fournis, si bien que ses yeux semblaient énormes. Ils l'observaient d'une façon qui le mettait à nu.

— Tu crois qu'il est parti avec la Joie de Noël ?

— Arrête, tout le monde le sait !

Camille le regarda calmement et leva sa tasse pour trinquer. Son pull glissa vers le haut et dévoila un bout de peau nue de son ventre.

Jeppe trinqua en retour et reposa la tasse sur la table de la cuisine.

— Il y a aussi une rumeur selon laquelle il aurait sauté des falaises de Helligdom.

— Nikolaj ne ferait jamais ça. Il n'a pas les couilles pour se suicider.

— Mais aurait-il pu en avoir… l'envie ? (Jeppe soupira.) C'est le mauvais mot, mais tu vois ce que je veux dire.

Camille réfléchit un peu avant de répondre.

— Je ne sais pas si Nikolaj était suicidaire. Il attirait constamment les fiascos et le malheur, mais les hommes ne sont-ils pas tous comme ça en général ?

— Ah bon ?

— Oui. Les hommes recherchent la douleur, nous les femmes nous la portons déjà en nous, dit-elle d'un ton de constatation. Davantage de vin ?

— Non, merci. Je devrais y aller. J'essaierai de trouver Finn un de ces jours. Merci pour la tasse.

— C'est quand tu veux.

Elle sourit à nouveau, dévoilant ses canines acérées. *Comme un furet*, pensa Jeppe.

Il attrapa le casque et partit ; cette fois, le sol se balançait vraiment. Dans l'embrasure de la porte, il se retourna.

— Je suis tombé sur quelque chose qui s'appelle les Enfants de Zélote. Une Église évangélique libre. Ça te parle ?

Camille continua à sourire sans changer d'expression.

— Tu n'as pas besoin de dire Église évangélique libre comme si c'était un œuf pourri que quelqu'un t'avait forcé à mettre dans ta bouche. Les Enfants de Zélote sont une Église chrétienne ordinaire, accessoirement celle que ma famille fréquente quand nous y allons. Quel est le rapport avec Nikolaj ?

— Rien. J'étais juste curieux.

Le téléphone de Jeppe se mit à sonner. Il leva la main pour dire au revoir, mais Camille lui avait déjà tourné le dos.

*

Bølshavn, samedi 29 janvier 1983

Chère A.,

Dorthe Sonne est morte !

La femme de Finn est décédée vendredi dernier. Elle n'avait que trente-neuf ans et était la mère de deux enfants. Emportée par les suites d'une « longue maladie ». Un cancer. On l'a retrouvée dans son lit, après avoir rendu l'âme discrètement et sans perte de liquides corporels gênants, à en croire l'explication officielle.

La tragédie occupe la communauté locale, comme sujet de conversation, comme commérage, comme deuil. Je ne m'attendais pas à ce que cela m'attriste à ce point. Étant donné que je n'ai jamais vraiment appris à la connaître et qu'elle a toujours gardé ses distances avec moi, cela ne devrait pas me toucher à ce point. Mais je suis en deuil. Pour Finn, pour leurs enfants et pour la personne qui n'a jamais profité de la vie avant de mourir.

On attend d'une femme qu'elle se sacrifie lorsqu'elle a des enfants. Joyeusement et sans réserve. C'était ainsi lorsque j'ai eu Ida il y a dix-sept ans et, pour autant que je puisse en juger, ça n'a pas changé malgré les débats sur l'égalité des sexes et le congé parental.

J'ai moi-même essayé de faire différemment, en adoptant seule (Elias après tout n'était là que pour la forme) et reprenant ainsi le pouvoir sur la maternité ; j'ai insisté pour conserver mes ambitions professionnelles et continuer à voyager. Dieu sait que mes enfants ont payé le prix pour que leur mère ait sa liberté (ou une partie), mais je pense qu'ils en ont tiré quelque chose d'autre en échange, tu ne crois pas ?

Le problème survient plutôt si on ne pose PAS de conditions, lorsqu'on cède aux attentes irréalistes de la société en matière d'abnégation et d'amour maternel absolu. Je crois que c'était ce que Dorthe Sonne faisait – parce que son époque et sa religion le lui dictaient – et maintenant cela lui a coûté la vie. Désolée, je n'avais pas l'intention de donner une explication si dramatique. Ou plutôt si, bon sang, c'est ça ! Il est possible qu'elle ait eu un cancer, mais je crois qu'elle est morte d'un cœur brisé. De tristesse de la vie.

Les signes avant-coureurs ont commencé à se manifester à la naissance de Camille, il y a à peine quatre ans. Au début, ce n'était que dans les petits détails qu'on se rendait compte que quelque chose n'allait pas. Dorthe ne prenait pas le bébé dans ses bras lorsqu'il pleurait, et sortait le landau en promenade sans ses chaussures – ce qu'on peut facilement attribuer à l'épuisement durant les premiers temps après la naissance. Mais ensuite, il m'est clairement apparu que le quotidien n'était pas comme il devait l'être.

Finn emmenait le bébé au travail, même si Dorthe était mère au foyer et qu'on attendait d'elle qu'elle s'occupe des enfants, pendant qu'il s'occupait de la scierie. Un mariage traditionnel. Je ne sais pas ce qui a mal tourné, nous ne parlions absolument pas de ces choses ; mais, au bout de quelques mois, Finn était le seul qui s'occupait de l'enfant. Peut-être avait-il peur qu'elle lui fasse du mal.

C'était aussi à ce moment-là que Dorthe a commencé à être croyante. Ou plutôt, elle a toujours été croyante, mais après la naissance de Camille, elle est devenue de plus en plus active dans cette Église évangélique libre ridicule dont ils sont membres, et a passé plusieurs soirs par semaine à participer à des événements et à faire du bénévolat.

Cela a affecté toute la famille, Marco y compris. Il a toujours eu besoin de l'attention de ses parents, mais ne l'a jamais vraiment reçue. Le fils aîné d'une famille chrétienne aisée, comment pourrait-il être négligé, on se le demande ? Mais il l'est, sans aucun doute ! Finn m'a raconté l'autre jour, en levant les yeux au ciel, que Marco faisait de nouveau pipi au lit, à dix ans. Bon sang, mais il vient de perdre sa mère ! J'aimerais pouvoir faire quelque chose pour ce garçon, mais quoi ? Parler avec Finn, qui est tellement accablé par son chagrin qu'il peut à peine me regarder ?

Je me console avec le fait que Nikolaj au moins aime toujours passer du temps avec Marco, même s'ils n'ont plus de jouets et préfèrent écouter de la musique et tirer dans un ballon. Mon cœur déborde pour mon grand garçon lorsque je les vois partir sur les rochers pour jouer à chat ou ce qu'ils peuvent inventer. Sa sollicitude est la seule circonstance adoucissante dans cette période catastrophique.

Oh, l'hiver est maudit cette année ! J'ai froid jusqu'aux os et je donnerais n'importe quoi pour être assise dans ta confortable cuisine près du poêle allumé, la théière fumante.

Ce n'est pas une lettre très optimiste, je suis désolée ! Je ferai mieux la prochaine fois.

Ta Margy

*

— Tu as un peu le temps de parler ? J'ai besoin de discuter de cette affaire avec une personne sensée.

Anette remonta sa capuche contre la bruine qui commençait à tomber. Il faisait un froid glacial et elle avait l'impression que des aiguilles lui piquaient le visage. Elle se tenait sur le quai de Teglholmskanal pour téléphoner en toute tranquillité, mais la météo n'était pas de la partie. De l'autre côté de la rue, le parking devant l'hôtel de police était désert, et sans la voix de Jeppe au téléphone, elle aurait tout aussi bien pu être la dernière personne en vie sur une planète infestée par un virus.

Elle tourna le dos au vent et marcha le long de l'eau.

— Le prof était en train de se décomposer dans sa maison de vacances, après ce qui ressemblait vraisemblablement à un AVC, alors nous n'avons toujours pas identifié le cadavre dans les valises.

— Merde !

L'appareil crachota, comme si Jeppe l'avait laissé tomber et essayait de le ramasser. Sa voix résonna à nouveau, rauque et distante.

— Excuse-moi, me revoilà. Allô ?

— Dis-moi, tu es bourré, mon petit Jeppe ?

— Juste fatigué. (Le vent soufflait dans le combiné, si bien qu'elle ne l'entendait presque pas.) Et peut-être un peu pompette. En tout cas, je vais être obligé de faire un tour à pied avant de tenter de conduire.

Anette s'arrêta sur le quai.

— Depuis quand as-tu commencé à boire l'après-midi ? Dis-moi, tout va bien, là-bas sur ton île ?

— Relax, je n'ai pris que du Gammel Dansk et un peu de vin, et c'était contre ma volonté. L'alcool réagit juste mal avec l'ibuprofène.

— Rien de ce que tu dis ne me rassure. Tu reprends des analgésiques ?

Il soupira lourdement, à moins que ce ne soit une bourrasque.

— Je travaille dur, Anette. Tu voulais quelque chose ?

Elle se mordit la langue. Si Jeppe croyait qu'il pouvait ruiner sa vie sans qu'elle s'en mêle, il se fourrait le doigt dans l'œil jusqu'au coude. Mais pour l'instant, sur une ligne téléphonique perturbée par un début de tempête, il valait mieux rester concentrée sur l'affaire.

— Qu'est-ce que tu as trouvé sur Nikolaj ?

— Personne ne l'a vu depuis la fin du mois d'août. Il y a des rumeurs à la fois de fuite et de suicide, mais personne ne sait rien de concret. Il semble être un peu voyou sur les bords, tu sais : vol, boisson et promesses non tenues de partout. D'après ce qu'on dit, il aurait piqué la cagnotte du bar local, ou plus exactement de ses habitués, alors il n'est pas très populaire.

La pluie se renforça, et Anette chercha un endroit couvert.

— Pourrait-il être un consommateur de cocaïne ?

— Facilement ! On dirait qu'il a eu une vie difficile.

— Notre victime s'est fait un trou dans la paroi nasale en sniffant. Quel âge a Nikolaj ?

— Je n'en suis pas tout à fait sûr, mais c'est le petit frère d'Ida, alors probablement un peu moins de la cinquantaine. (Jeppe avait l'air essoufflé, comme s'il montait une pente.) Écoute, s'il correspond à votre cadavre et que les valises ont été achetées à Bornholm, tu vas quand même être obligée de ramener ton cul par ici. Moi je dois retourner dans la forêt demain, je ne peux plus t'aider.

— Je n'ai pas besoin de ton aide ! Ni de tes bons conseils, fulmina Anette en le regrettant aussitôt. OK, ce n'est pas ce que je voulais dire. Pas de cette façon.

— C'est bon, Anette, je sais ce que c'est que d'avoir des responsabilités. On est un peu à vif.

Elle atteignit un abri et se réfugia entre les vélos qui s'y trouvaient. La pluie fondait le ciel et la terre en une masse humide et pitoyable. « À vif » n'était pas une exagération.

— Il pleut aussi chez toi ?

— Pas en ce moment.

Anette se frotta le visage de sa main libre.

— Je ferais mieux de prendre un ferry ce soir et de contacter la police locale. L'enquêtrice à qui j'ai parlé à propos du prof disparu avait l'air d'avoir quatorze ans. Pas très rassurant.

Il rit brièvement.

— Tu veux que j'informe la sœur de Nikolaj de nos soupçons ? Vous aurez besoin d'entrer dans la maison pour prélever des échantillons, alors peut-être que c'est mieux de la prévenir…

— Je m'en occuperai moi-même demain, contente-toi du strict minimum si tu peux.

Anette bougea sur place pour faire circuler le sang dans ses pieds gelés et se cogna dans un vélo qui menaça de se renverser et d'entraîner les autres avec lui.

— Merde, attends un instant ! Les chiens doivent aller chez mes beaux-parents. Ils détestent ça.

— Tes chiens ou tes beaux-parents ?

— Les deux.

Jeppe rit à nouveau.

— Quand tu seras ici… enfin, si je peux faire quelque chose, tu n'as qu'à demander, d'accord ? Une discussion ou un bon conseil. Après le boulot, je ne fais jamais rien d'extraordinaire.

— Merci, mon petit Jeppe. (Anette sourit dans le téléphone.) Je veux toujours bien écouter tes intuitions, c'est limite si elles ne me manquent pas. Tu pressens déjà une affaire ?

Le silence se fit sur la ligne. Puis il répondit gravement :

— Je suis tombé plusieurs fois sur une Église évangélique libre.

— Ah oui ? C'est vrai qu'il y en a un paquet à Bornholm. Qu'est-ce qu'elle a de particulier ?

— Je ne sais pas. Pour autant que je sache, Nikolaj n'a rien à voir avec elle. C'est juste… un pressentiment, comme tu dis, rien d'autre.

— OK, merci.

Anette affronta la pluie pour prendre la direction de sa voiture, Jeppe toujours au bout du fil. Son instinct illogique ne lui manquait pas à ce point.

— Une Église évangélique libre mystérieuse, j'en prends note.

— La famille qui possède une des scieries à qui nous livrons le bois est impliquée dedans. Et ils connaissent

Nikolaj. Marco, leur fils, est ami avec lui. L'Église a donné une baraque de chantier aux ivrognes du coin, elle est engagée dans la communauté locale, mais… bref, à toi de voir si ça a du sens. Ça s'appelle les Enfants de Zélote.

Anette s'arrêta net. La pluie frappait son front comme des bouts de doigts glacés sur sa peau.

— Qu'est-ce que tu as dit ?

— Les Enfants de Zélote. Avec un Z.

Anette plissa les yeux en regardant la pluie et le ciel gris foncé. Puis elle se mit à courir.

CHAPITRE 13

Esther se leva du bureau et regarda par la baie vitrée en encorbellement. Elle entendait le vent siffler entre les branches des arbres du jardin, mais ne voyait presque rien. Encore une fois, elle eut l'impression que quelqu'un l'observait dans l'ombre. *Tu affabules, ma pauvre*, se dit-elle sévèrement, mais elle ne parvenait pas à maîtriser son angoisse. Elle venait de raccrocher après avoir parlé à Jeppe et regrettait ne pas avoir eu le courage de lui demander de passer. La perspective de rester seule dans cette maison toute la soirée la mettait mal à l'aise.

Ida était partie pour un rendez-vous avec un vieil ami de la famille et Esther l'avait assurée qu'elle se débrouillerait bien sans aide. *Je vais travailler, ce sera parfait.* Et elle le pensait vraiment.

Mais, à la nuit tombée, la maison avait semblé se réveiller. Elle craquait, grinçait, et l'odeur âcre de renfermé paraissait plus envahissante qu'auparavant.

Esther tourna le dos à la fenêtre et traversa les pièces en direction de la cuisine sans regarder ni à droite ni à gauche. Les innombrables lettres sur les murs bruissaient sous les courants d'air déclenchés par son passage. Elle s'imagina que les lettres étaient des mains pâles qui se tendaient vers elle, et elle frissonna. Du coin de l'œil, elle aperçut les grands sacs poubelles noirs contre le mur, le vieux fauteuil au dossier miteux puis, soudain, du mouvement. Elle sursauta avant de comprendre que c'étaient simplement les phares d'une voiture balayant la route qui se reflétaient dans la vitrine d'un meuble.

Sur la table de la cuisine se trouvait une bouteille de vin rouge qu'elle s'était promis de ne pas ouvrir. *L'essentiel est de ne pas boire seule*. La première gorgée l'apaisa déjà, la suivante apporta une petite dose d'indifférence et avec la troisième, sa respiration alla de sa gorge à son ventre.

Tout allait bien se passer. La maison était vieille, mais elle l'était aussi, alors elles allaient bien ensemble. *Ce ne sont que les branches sur le toit*, se rappela-t-elle en se versant un autre verre. *Le vent et la nature, rien d'autre*.

Jeppe n'avait pas réussi à retrouver Nikolaj, en revanche la police locale allait lancer un avis de recherche dès le lendemain. Tout finirait par s'arranger.

Elle emporta le verre dans le salon plongé dans l'obscurité, s'arrêta et inspira profondément malgré l'odeur. Elle refusait de céder à la lâcheté de son corps. Le vin la rendait courageuse.

De nouveau, les phares d'une voiture percèrent la fenêtre. Esther posa son verre. Ses yeux s'étaient habitués à l'obscurité désormais, et elle se sentait plus calme. La maison avait juste besoin d'un coup de chiffon et d'un peu de rangement. Son regard tomba sur les sacs poubelles dans le coin de la pièce. Elle en compta douze et ouvrit le premier avant même d'avoir eu le temps d'y penser. Peut-être l'odeur désagréable venait-elle de là ?

Esther alluma la lampe de son téléphone qu'elle posa sur le sol pour former un petit cercle de lumière. Le premier sac qu'elle ouvrit contenait des vêtements, pas pliés, mais roulés en boule comme le linge sale abandonné dans une chambre d'adolescent. Des jeans et des chemises, qui sentaient la cave et le passé. Mais pas la pourriture.

Dans le sac suivant, des piles de magazines et de journaux, principalement des revues d'anthropologie et des articles publiés par Margrethe au niveau international. *Jordens folk*, *Tidsskriftet Antropologi* et *The Journal of the Royal Anthropological Institute*.

Esther en souleva une et approcha la couverture de la lumière. *Annual Review of Anthropology*, daté de 1986, dont l'un des sous-titres était *Indigenous States of Southeast Asia*. Elle la reposa dans le sac qu'elle referma avec un soupir. *Nous collectionnons tant de choses dans notre vie, qui, au fur et à mesure que nous vieillissons, constituent de plus en plus notre identité, mais qui n'ont de valeur pour personne d'autre*, pensa-t-elle avec tristesse. *Elles meurent avec nous et pourraient aussi bien être immédiatement jetées.*

Le troisième sac était rempli d'objets usagés de la vie quotidienne, des corbeilles à pain, des serre-livres et des bougeoirs. Esther admira un beau chandelier ancien, bosselé à la base, mais qui brillait toujours comme de l'or sous une couche de saleté. Tout au fond du sac, il y avait une petite boîte en bois sur laquelle étaient peints avec goût des oiseaux sur des nuages et un grand arbre devant une ferme. Esther retourna l'objet pour lire la signature de l'artiste.

Pour Margrethe, avec mon amour éternel. AH 1985

— Qu'est-ce que tu fais ?

Esther sursauta de terreur et lâcha la boîte qui tomba par terre. Son cœur battait à tout rompre contre ses côtes et des sueurs froides se répandaient sur son corps.

Ida se tenait juste en dehors du cercle de lumière du téléphone, Esther ne l'avait pas entendue entrer.

— Oh, ce que tu m'as fait peur !

Esther dut se pencher en avant et s'appuyer sur ses cuisses pour ne pas perdre l'équilibre.

— Pourquoi as-tu ouvert les sacs ?

Esther hésita. Elles n'avaient en effet pas convenu qu'elle pouvait fouiller dans autre chose que les livres et les lettres. Elle voulait juste… oui que voulait-elle vraiment ?

— J'ai juste suivi une impulsion. J'ai pensé que l'odeur venait peut-être des sacs.

Ida ramassa la boîte ornée et la frotta avec des mouvements brusques. Puis elle la posa avec un petit bruit sec.

— C'est mon frère qui a fait ces sacs, et je préférerais ne pas les défaire sans son autorisation. Pourrions-nous nous mettre d'accord pour que tu te cantonnes au bureau ?

— Bien sûr, excuse-moi.

Esther resta debout et regarda Ida faire un nœud autour du sac, ne sachant pas quoi dire d'autre. Alors elle se détourna, alla dans la chambre d'amis et referma la porte derrière elle.

*

— Sauce crème fraîche, piment ou ail ?

Jeppe posa ses coudes sur le comptoir de Søjlehuzed, la pizzeria-grill d'Allinge, et regarda par-dessus le crâne chauve du propriétaire.

— Piment, merci.

Il prit son rouleau de dürüm avec ses bouts de viande séchée, passé au micro-ondes, et paya à la femme à la caisse. Deux enfants couraient dans tous les sens et donnaient des coups de pied dans une vieille bouteille de mayonnaise, pendant que leur mère leur demandait de se taire. Ce qui n'avait pour effet que de les faire rire plus fort.

Jeppe prit sa monnaie, sortit dans le froid pour rentrer chez lui. Le seul fast-food local se trouvait à dix minutes à pied de la maison de pêcheur.

Les lampadaires s'allumèrent alors qu'il passait dessous. Il avait un peu la gueule de bois, et peut-être était-ce ce qui faisait naître cette impression d'être perdu. À cette heure-ci, Sara et les filles avaient probablement fini de dîner. Il les entendait presque s'énerver et se chamailler dans la cuisine, Sara qui leur disait de se taire, le riz qui brûlait dans la casserole. La vie. Et lui, il marchait avec son dîner dans un sac en plastique et personne à qui parler. *Les disputes, souviens-toi des disputes*, se força-t-il à penser, *rappelle-toi tous les conflits. Ça n'allait pas, c'est tout. Il y en aura une nouvelle.*

Il y en aura une nouvelle ?

Si seulement on pouvait savoir combien de fois dans la vie on avait le droit d'aimer. Alors on prendrait le temps avec le dernier amour, et on résisterait à toutes les difficultés.

Il s'assit sur un banc, déplia le papier d'aluminium, et mangea, le visage tourné vers la mer sombre et le dos à l'asphalte désert de Strandvejen.

À Copenhague, les rues n'étaient jamais désertes, le pouls de la ville battait vingt-quatre heures sur vingt-quatre, toute l'année. Là-bas, le bruit agissait sur le système nerveux, le manque de place rendait les gens agressifs, parce que les autres leur prenaient leur vue, leur air, leur énergie. Ici, les guirlandes de Noël d'une maison déjà décorée éclairaient les rochers, sinon les vagues, et sa propre mastication étaient les seuls signes de vie.

Le froid s'insinua sous sa peau, il frissonna et jeta les restes de son repas dans la poubelle avant d'allumer une cigarette et de rentrer chez lui. La promenade avait accéléré son rythme cardiaque et la chaleur était revenue dans son corps.

La voiture de l'aide à domicile était garée devant la maison d'Orla. Elle était sûrement là pour lui apporter son dîner. Jeppe passa devant la fenêtre et vit une forte femme penchée sur le fauteuil d'Orla, les mains appuyées sur les accoudoirs. Au fond de son siège, Orla paraissait tout petit, beaucoup plus petit qu'elle. La porte était entrouverte. Jeppe se glissa discrètement à l'intérieur et se tint dans l'entrée. La voix de la femme retentissait depuis le salon.

— Tu comprends ça ? Ce n'est pas hygiénique. C'est dégoûtant. Je vais arrêter de venir ! Et si tu n'as rien à manger, Orla, qu'est-ce que tu vas devenir ?

Jeppe n'eut que trois pas à faire pour arriver au seuil de la pièce. Il dut se forcer pour ne pas crier.

— Que se passe-t-il ici ?

L'aide à domicile se retourna en sursautant, visiblement choquée.

— Ça va, Orla ? demanda Jeppe en cherchant son regard.

Orla hocha la tête.

— Qui êtes-vous ? demanda la femme en le toisant, les yeux plissés.

— Le voisin. Et un bon ami d'Orla. Pourquoi lui criez-vous dessus de cette façon ?

Ses yeux lui lancèrent des éclairs lorsqu'elle lui répondit :

— On a expliqué à Orla des milliers de fois qu'on ne pouvait pas venir chez lui s'il laissait ses rats en liberté. Peut-être pouvez-vous lui expliquer qu'il est obligé de régler ce problème, sinon le service d'aide à domicile ne passera plus.

— Vous n'avez pas besoin de lui crier dessus !

— Je ne criais pas. (Elle le regarda avec un air de mépris.) Essayez de travailler dans ces conditions. Juste un jour. Alors vous élèveriez peut-être la voix de temps en temps !

Elle passa devant lui et retourna à sa voiture. Dix secondes plus tard, il l'entendit partir.

Orla tripota nerveusement le couvercle en plastique du récipient contenant son repas du soir. Jeppe s'assit sur le canapé.

— Elle est toujours comme ça ?

Orla sourit faiblement.

— Karin peut avoir l'air un peu stricte, mais elle est bien. Ils le sont tous, ceux de la commune, et ils travaillent très dur. J'aimerais juste qu'ils comprennent que je ne veux pas me séparer de mes animaux.

— Il faut que nous trouvions une solution pour qu'ils te livrent la nourriture. Qu'ils la déposent devant la porte par exemple. Comme ça, ce n'est que lorsqu'ils viendront pour le ménage que tu devras te rappeler de les mettre en cage. Tu veux que j'essaye ?

Orla hocha la tête comme quelqu'un qui n'y croyait plus depuis longtemps.

— C'est gentil de ta part, Jeppe.

— Je vais régler ça.

Il se leva.

— Tu n'as pas envie de rester un peu ? Je n'ai pas très faim de toute façon. Tu as passé une bonne journée dans la forêt aujourd'hui ?

Jeppe s'assit à nouveau.

— J'ai pris congé aujourd'hui en fait, et je me suis un peu baladé. Je me suis fait de nouveaux amis à la Hutte.

Orla écarquilla les yeux.

Jeppe se défendit en riant.

— Je cherchais Nikolaj Dybris. Apparemment, il va à la Hutte. Ou plutôt il allait. (Il prit son téléphone et ouvrit l'appli photos.) Tu connais la Canette, sur le port d'Allinge ?

— Nan, ça ne me dit rien.

— C'est une baraque de chantier, que l'Église évangélique libre des Enfants de Zélote a installée pour les ivrognes locaux. Apparemment, c'est là que va Nikolaj désormais.

Jeppe montra à Orla les clichés qu'il avait pris plus tôt dans la journée. Quand ils arrivèrent aux photos sur le tableau d'affichage, Orla se pencha en avant.

— C'est quoi ça ? Oh mes yeux, c'est trop petit.

Jeppe fit un zoom. Parmi les photos plus récentes des habitués de la Canette – des hommes endurcis, une bière à la main –, étaient accrochées des caricatures dessinées sur des étiquettes de bière, des extraits de journaux et des photos qui étaient jaunies et manifestement plus anciennes. L'une d'elles montrait trois adolescents à la peau bronzée, bras dessus, bras dessous devant une vieille maison. Deux garçons et une fille.

— Mais c'est lui !

— Qui ? demanda Jeppe en zoomant davantage.

— Nikolaj ! s'écria Orla, un doigt sur l'écran.

— Lequel ? Celui du milieu ?

— Oui, j'en suis quasiment sûr. Quand il était plus jeune bien sûr, mais je suis certain que c'est Nikolaj Dybris.

Jeppe étudia la vieille photo. Le garçon du milieu, longiligne, avait les iris bleus et faisait un grand sourire charmant en direction du photographe. Le genre de garçon auquel on songerait en premier pour définir les mots voyou et filou, et que sa propre grand-mère décrirait comme ayant « une étincelle dans les yeux ». Son bras droit entourait les épaules d'un garçon plus petit, aux cheveux foncés, qui tournait son visage vers Nikolaj, si bien que son regard atterrissait quelque part dans le vide. Sur la gauche du garçon se tenait une jolie fille blonde, les mains dans les poches de son jean découpé. Elle souriait, la bouche fermée, et fixait l'objectif.

— Qui sont les deux autres ?

— Je ne sais pas, dit Orla l'air déçu de lui-même. En fait, je ne me souviens pas où j'ai croisé Nikolaj jeune comme ça. Je crois que je le reconnais pour l'avoir vu autre part. Peut-être qu'il était dans le journal local ?

— C'est possible.

Jeppe jeta un dernier coup d'œil aux jeunes visages et reposa son téléphone. Il se frappa les cuisses.

— Bon, eh bien…

— Nous pourrions peut-être prendre quelques forces, dit Orla en hochant la tête vers la commode et la bouteille de whisky. Et tu pourrais lire un peu pendant ce temps ?

Jeppe jeta un coup d'œil à sa montre et se leva.

— Juste quelques pages alors.

Il versa le Four Roses dans deux verres, juste un fond dans le sien, et prit le livre sur la table basse.

— Tu as avancé dans ta lecture, à ce que je vois.

— Oui. Selkirk est coincé seul sur son île depuis quatre ans et quatre mois maintenant.

Orla soupira de satisfaction, le nez dans son verre.

Jeppe ouvrit à la page 129 et commença.

« Un jour que Selkirk cuisinait près de sa hutte, en fin d'après-midi, le navire qui allait le sauver surgit. Il estima que ce devait être la fin du mois de janvier. Il observa la mer et là-bas, à l'horizon, vit un navire en bois avec des voiles blanches. Il sut que c'était son navire, cela ne pouvait être que le navire de ses rêves.

Au moment où il le remarqua, le temps s'arrêta. Il lui sembla que rien ne s'était écoulé entre son abandon et cette promesse de sauvetage. La large baie était la même, la ligne de l'horizon, les hautes falaises et les oiseaux qui tournoyaient, rien n'avait changé depuis lors, hormis le cours rudimentaire de pensées qu'il n'avait pu partager. Il était demeuré ignoré du monde, à peine une ombre.

Un second navire apparut. Il lui sembla revoir le *Cinque Ports* et le *St George*. Il fut tiraillé entre la crainte que les navires ne passent et le désir qu'ils ne partent, la peur que ne soit rompu son solipsisme, que l'île ne soit souillée[1]. »

— Sais-tu ce que signifie solipsisme ? demanda Orla.

Jeppe leva les yeux de la page.

— Quelque chose à propos de la solitude.

— Le solipsisme est la thèse selon laquelle son propre moi constitue la seule réalité dont on peut être sûr qu'elle existe. Tout le reste n'est possiblement que le produit de

1. Extrait des *Folles Aventures du vrai Robinson Crusoé*, p. 129.

l'imagination, des extraterrestres ou des zombies. On n'est certain que d'exister soi-même.

— OK…

Jeppe allait poursuivre sa lecture lorsque Orla reprit :

— Mais croire qu'on est le soleil de son propre univers et qu'on peut survivre seul, c'est l'égocentrisme ultime. (Orla hocha la tête.) Personne ne peut s'en sortir sans les autres, Jeppe. Pas à long terme.

*

Anette débarqua du ferry, s'extirpa de la file de véhicules et retrouva la voiture de patrouille garée sur le quai comme convenu. Un mal de tête inhabituel s'était installé après le trajet pluvieux à travers le sud de la Suède jusqu'à l'embarcadère à Ystad. Elle se sentait lourde et sans énergie. Sur le chemin, elle avait essayé à plusieurs reprises d'appeler Svend, mais quand elle avait enfin réussi à le joindre, la ligne était si mauvaise qu'ils n'étaient pas parvenus à s'entendre ni l'un ni l'autre et elle avait dû raccrocher. Maintenant, le manque de sa famille lui tournait le ventre, en plus de la faim et la fatigue. *Un repas et une bonne nuit de sommeil*, se rappela-t-elle, *et tu seras requinquée*.

Devant la voiture de police se tenait une femme, petite comme une adolescente. Sa silhouette svelte était bien emmitouflée dans de la laine et du Gore-Tex, et elle se tenait les jambes écartées comme une cadette à l'exercice, les mains derrière le dos.

Anette baissa sa vitre.

— Ditte Vollmer, je présume ?

La jeune enquêtrice la regarda sans sourire.

— Inspectrice Werner ? Si tu veux bien me suivre, nous allons passer par le commissariat pour un briefing. Ensuite, nous pourrons prendre un sandwich à la station-service et l'emporter à l'auberge de jeunesse où nous t'avons installée. OK ?

Une auberge de jeunesse ! Anette jura en elle-même et se promit que dans sa prochaine vie, elle trouverait un emploi dans le privé, pour qu'au moins elle puisse séjourner dans une chambre d'hôtel correcte lorsqu'elle ne serait pas chez elle.

Elle remonta sa vitre et suivit sa consœur à travers la petite ville de Rønne, jusqu'au commissariat sur Zahrtmannsvej. Dans l'obscurité, il avait l'air aussi carré et ennuyeusement moderne que celui de Copenhague, en plus petit.

Ditte Vollmer tapa le code pour entrer dans le bâtiment et elles montèrent dans un open space au premier étage.

— Bienvenue au centre d'investigation de Bornholm ! Les collègues sont déjà rentrés chez eux à cette heure, sinon nous sommes là.

Les bureaux étaient séparés par des cloisons basses flanquées de yuccas et de corbeilles à papier surdimensionnées. Des étagères recouvertes de stratifié aux coins ébréchés et des classeurs à anneaux défraîchis révélaient que la dernière rénovation datait de quelques années.

— Tu pourras prendre le box là-bas dans le coin, pendant ton séjour. Brandt, une de nos techniciennes, est en congé maternité, alors il est libre.

Anette s'assit sur la chaise grinçante de Brandt et sentit les os de son coccyx contre la planche de bois sous le rembourrage élimé.

Ditte Vollmer resta debout, le dos droit, les mains enfoncées dans les poches de sa veste. Ses yeux étaient grands et clairs, son jeune visage dépourvu de maquillage. Elle avait l'air de quelqu'un qui portait quelque chose de lourd sur ses épaules et ne souriait jamais en dévoilant ses dents. Quelqu'un qui faisait des abdos devant la télé le soir. Elle ressemblait à Anette vingt ans auparavant, mais en miniature.

Anette défit la fermeture éclair de son manteau et sortit son iPad de son sac.

— Excellentes conditions. Mais je vais voir combien de temps je serai obligée de rester avant d'emménager complètement.

Ditte Vollmer leva le menton et sourit très faiblement, comme si Anette avait dit quelque chose d'arrogant. Un instant, elles se regardèrent sans rien dire. Puis elle retira sa veste et s'assit au bureau d'en face, toujours droite comme un juge de paix. Elle fit apparaître un document à l'écran, mais elle semblait en avoir déjà mémorisé le contenu par cœur.

— J'ai vérifié le casier judiciaire de Nikolaj Dybris. Il remonte si loin que tout n'a pas été numérisé. Les affaires antérieures à 1990 sont dans les archives à la cave. Et il a apparemment eu des démêlés avec la loi bien avant cela. Ici, dans le casier judiciaire « récent », j'ai : « Cambriolage dans une maison de vacances » en septembre 1991, « Trouble à l'ordre public » en mars 1993, « Recel de biens volés » en octobre 1993, « Conduite en état d'ivresse » en janvier 1995, un « vol » en avril 1996, une seule condamnation pour « Violences » en octobre 1996 – une bagarre dans un bar –, et ça continue ainsi après. Il s'en est surtout tiré avec des amendes et du sursis, mais il a aussi purgé une peine de prison pour sa condamnation pour violences. Ces dernières années, il semble s'être tenu du bon côté de la loi, parce qu'il n'y a rien depuis 2013.

— L'as-tu rencontré ?

— Euh, non…

Ditte Vollmer la regarda comme si elle lui avait suggéré de jouer au loto.

— Je veux dire, expliqua Anette, Bornholm est une petite île. La plupart des gens ne se connaissent-ils pas ?

— Je viens de Rødovre et je n'habite à Bornholm que depuis un an et demi. Mais avec quarante mille habitants, je ne crois quand même pas qu'il faille s'attendre à ce que tout le monde se connaisse.

— Ah, OK.

Anette se tourna avec agacement vers son écran. Elle n'avait pas l'habitude d'être remise à sa place par les enquêteurs qui avaient la moitié de son âge. Ou par quiconque d'ailleurs.

— On sait autre chose ? Qui est la dernière personne à l'avoir vu, par exemple ?

— Pas encore. Nous dresserons une liste de gens à interroger lorsque nous aurons rendu visite à sa sœur demain. J'ai convenu que nous irions avec deux techniciens prélever des échantillons d'ADN à 9 heures.

— Parfait. Je devrais avoir terminé ma cure thermale, à l'auberge de jeunesse.

— Pardon, qu'est-ce que…

Ditte Vollmer avait l'air perplexe.

Cela réjouit un peu Anette.

— 9 heures, c'est parfait. Et son téléphone ?

— La liste des appels sur son portable montre qu'il a été utilisé pour la dernière fois le jeudi 29 août à 23 h 30. La conversation a duré à peine quatre minutes. Mon collègue l'inspecteur Poulsen est en train de recenser les antennes relais sur l'île pour voir si le téléphone a borné dans les environs après ce moment-là. Mais je pense qu'il est soit détruit, soit au fond de l'eau avec la personne disparue.

Anette leva la tête.

— Qui a-t-il appelé ? Vous pouvez le voir ?

— On peut. Le dernier appel que Nikolaj Dybris a passé avant de disparaître était à un certain Louis Kofoed.

*

Bølshavn, mercredi 22 août 1984

Cher Elias,

Dimanche, nous avons fêté le quatorzième anniversaire de Nikolaj. J'aurais pu gagner une médaille d'or en pâtisserie – une base de gâteau viennois recouverte de noix de coco et des brioches à la cardamome – et j'avais invité toute sa classe et les voisins. Pourtant, tout cela s'est terminé de manière misérable. Ou peut-être pas misérable, mais pas très réussie non plus.

Nikolaj m'en veut toujours de ne pas être rentrée pour le jour J, le 10. Et ça ne sert à rien que je lui explique nos problèmes de virus et de retard à Ujung Pandang. J'ai essayé ! Ce n'était pas comme si j'avais décidé de partir en vacances à la plage au lieu de rentrer à temps pour son anniversaire. Mais il est trop immature pour comprendre ce qu'est un cas de force majeure, et je suis peut-être trop désireuse de m'expliquer au lieu de simplement m'excuser. Quoi qu'il en soit, nous ne cessons de nous disputer, depuis que je suis enfin rentrée, il y a une semaine. Après presque un mois d'absence, le retour n'est pas facile pour moi. Les enfants ont visiblement grandi – en taille, mais aussi en s'éloignant de moi.

Pour couronner le tout, je suis revenue dans un vrai nid de guêpes d'accusations et de visages aigris que madame Agger n'a pas bien réussi à gérer. D'habitude, elle s'occupe pourtant des enfants de façon exemplaire lors de mes déplacements, mais cette fois elle n'a manifestement pas su quoi faire.

Et je peux la comprendre. Anton Hedegaard peut être assez effrayant quand il s'emporte. Jensen, le voisin d'à côté, dit qu'il a débarqué à l'improviste et s'est posté devant la maison pour crier, parce qu'elle n'a pas voulu le laisser entrer. Il prétend que Nikolaj et Marco ont tiré avec des arcs et des flèches sur ses moutons et ont réussi à en toucher un, qu'il a dû faire abattre. Nikolaj nie catégoriquement le fait que c'était eux.

Je me suis rendue à Hedegaarden pour faire la paix, mais impossible de raisonner le propriétaire de la ferme. Il n'arrêtait pas à propos de la maltraitance animale et accusait les garçons d'être des sadiques et des petits voyous. Lorsque je lui ai demandé comment il savait que c'étaient bien eux, il a prétendu qu'« un de ses employés » les avait vus, sans vouloir révéler qui était cet employé. J'ai vraiment essayé de jouer les médiateurs et j'ai même offert de payer pour la pauvre bête, mais il n'y avait rien à faire. Quand je lui ai fait remarquer que cela ne présentait pas une grande différence que l'animal ait été tué d'une flèche ou avec un fusil, comme il le fait, il m'a presque jetée dehors. Il finira bien par se calmer ; il faudra que j'y retourne avec une bouteille de vin un de ces jours.

Nikolaj clame son innocence, et je ne sais que croire. Un petit serpent en moi me dérange toujours avec le fait que Marco exerce une mauvaise influence sur lui, mais je ne sais pas comment traiter cette pensée. Dieu sait qu'il a de bonnes raisons de faire des bêtises ce pauvre garçon.

J'ai essayé d'en parler à Finn, mais il m'a évitée. Depuis la mort de Dorthe, nous nous sommes de plus en plus éloignés l'un de l'autre – non, en fait, ça avait probablement commencé bien plus tôt. Avant la naissance de Camille, il avait débuté une liaison avec une jeune femme qui était employée à la scierie, et, peu importe mes tentatives de lui montrer que nous pouvions rester amis, il s'est dérobé. Maintenant, il m'évite complètement, et ça ne s'est pas amélioré ces six derniers mois depuis l'enterrement. Il n'est pas venu à la fête d'anniversaire ce week-end et ne m'a même pas prévenue.

Bien sûr, je comprends sa frustration. Veuf avec deux enfants, la plus petite de seulement cinq ans, et directeur de sa propre entreprise, ça ne doit pas être facile. Peut-être a-t-il aussi mauvaise conscience, qu'est-ce que j'en sais ?

Je survivrai, j'ai laissé notre histoire personnelle de côté depuis longtemps et je n'ai pas de regrets. Mais ça me fend le cœur de voir comment il ignore Ida et Nikolaj, qui l'idolâtrent toujours.

Et Marco ! Il n'a que onze ans et doit se débrouiller sans sa mère. Finn emmène Camille partout avec lui comme si c'était encore un bébé, mais oublie son fils.

Ça me manque de prendre Nikolaj dans mes bras, mais il est devenu grand. Il est devenu une personne à part entière, avec sa propre volonté et une vie privée qu'il tient secrète. Il est trop tard pour l'éduquer davantage, je ne peux que m'asseoir et profiter du résultat.

Assez parlé de tout cela, as-tu toi-même bien atterri et déballé tes affaires ? Tel que je te connais, tu as déjà tout retranscrit et organisé toutes tes notes, toi qui es si assidu. Je serai pour toujours jalouse de ton assiduité (et en même temps, je pense volontiers que c'est plus facile de l'être lorsqu'on n'a pas d'enfant).

J'ai d'ailleurs eu des nouvelles de Kenneth M. George la semaine dernière ! Tu te souviens que nous l'avons rencontré à Jakarta ? Il était sur le terrain pour son projet sur les chasseurs de têtes dans le sud de Sulawesi et écrit maintenant un livre à ce sujet. En lisant sa lettre, je sens mon envie de m'envoler à nouveau (déjà !). Mais cela peut bien sûr s'expliquer par l'accueil glacial des enfants.

Avec toute mon affection,
Margrethe

JEUDI 21 NOVEMBRE

CHAPITRE 14

Au petit matin, le vent s'était levé à l'est. Un vent violent qui plaquait au sol les arbres de la côte et projetait la mer contre les rochers. Dans son lit, Jeppe l'écoutait hurler à travers le toit. Il se redressa, écarta le store et regarda les vagues écumer, couleur gris fer, et se précipiter contre le port. On aurait dit un rêve.

Avant de se trouver une excuse, il attrapa une serviette sur l'étagère, enfila son manteau par-dessus son pyjama et sortit. Une puissante rafale le poussa alors qu'il passait devant les maisons à colombages blanches et rouges, les parterres de lavandes et le chat tricolore du voisin qui se pressait contre la façade en le fixant d'un regard intrépide, puis il atteignit l'ancien fumoir qui vendait des cornets de glace hors de prix en été. Une fois sur le rivage, il se débarrassa de ses vêtements sur les rochers et se jeta nu dans la mer agitée. Il sentit l'air s'échapper de ses poumons tandis que dix mille synapses crépitaient dans son corps. *Seul un masochiste s'inflige cela*, pensa-t-il en rampant à terre tel un naufragé, les vagues essayant de l'entraîner à nouveau.

Il se sécha rapidement, courut jusqu'à chez lui et se réchauffa sous la douche. Il se prépara du café et mangea deux œufs, penché sur son téléphone. Il ouvrit à nouveau la vieille photo de la Canette avec les trois adolescents souriants. Il l'envoya à Esther pour qu'elle demande à Ida si c'était bien Nikolaj au centre – et qui étaient les deux autres – avant de débarrasser, de monter dans son 4 x 4 et de prendre la direction de la forêt. Alors qu'il atteignait le sommet de la colline, Anette l'appela. Sa voix matinale enjouée grésilla dans les haut-parleurs de la voiture.

— Bonjour, l'insulaire ! Je te réveille ?

— Désolé de te décevoir. Je suis déjà allé me baigner et là je suis en route pour le travail. (Jeppe ralentit et laissa un faisan traverser la route sur ses petites pattes impatientes.) Tu es arrivée sur le front de l'Est ?

Elle éclata de son rire tonitruant, qui donnait l'impression de faire trembler le sol.

— J'ai passé toute la putain de nuit dans un lit superposé à l'auberge de jeunesse de Rønne. Je retourne à mes racines, comme toi, mon petit Jeppe. Crois-moi, j'ai déjà dormi dans un lit superposé exactement identique dans un camp scout ou une colonie de vacances. On découvre vraiment combien on est devenu vieux et adepte de son petit confort quand on doit faire la queue pour la douche dans le couloir.

— Tu voulais me raconter autre chose à part le fait que tu as une vie difficile ?

— Allons, allons, mon petit Jeppe, nous ne pouvons pas tous abattre des arbres pour montrer au monde combien nous sommes invincibles.

Il tenta de protester, mais elle l'interrompit.

— Tu en as découvert davantage sur les Enfants de Zélote ?

Jeppe ne put s'empêcher de rire.

— C'est *ton* boulot, pas le mien. Plus maintenant.

— Mais n'est-ce pas l'Église de ton employeur ?

— Anette, non.

— Tu pourrais bien te renseigner un peu…, insista-t-elle.

— Non, merci.

Jeppe tourna sur Segenvej en direction de la zone forestière d'Almindingen. Au-dessus de lui, les cimes des arbres tanguaient sous l'effet du vent et les feuilles mortes tournoyaient sur la chaussée.

— Tu ne pourrais pas au moins demander à tes collègues et aux gens que tu fréquentes s'ils connaissent Nikolaj Dybris et s'il va à cette Église ? Tu sais, juste comme ça, par-dessus la tronçonneuse, là où les vrais bûcherons déballent leurs cœurs.

— J'ai déjà passé toute la journée d'hier à me renseigner sur Nikolaj. Je suis même allé à l'abattoir où il travaillait et ils ne savaient pas non plus où le trouver. Maintenant, c'est à toi de prendre le relais.

À l'approche de la lisière de la forêt, il ralentit.

— Mon chef le connaît en fait, peut-être que vous devriez l'interroger. Il s'appelle Louis Kofoed, je peux t'envoyer son numéro.

— Quoi ?! s'écria Anette comme si elle avait reçu quelque chose de lourd sur les orteils. Le dernier appel enregistré de Nikolaj a justement été passé à un certain Louis Kofoed. Le 29 août à 23 h 30.

— OK… D'après Esther, Louis a essayé de pénétrer dans la maison de Nikolaj avant-hier. Il a dit qu'il devait récupérer un outil que Nikolaj lui avait emprunté.

Jeppe aperçut les véhicules des autres. Il alla se garer à côté de la vieille voiture de Louis.

— Je peux essayer de voir si je parviens à tirer quelque chose de lui, mais je ne te promets rien. Il n'est d'ailleurs pas mon plus grand fan.

— Foutaises, tout le monde adore ton côté conquérant. Tâte le terrain, et nous l'interrogerons nous-mêmes plus tard. On peut se voir pour un café cet après-midi ?

— Je t'enverrai l'heure et le lieu par texto !

Il raccrocha avant qu'elle n'ait le temps de lui en demander davantage. La portière de la voiture fut prise dans une rafale de vent et claqua violemment. Même ici, à l'abri dans la forêt, la tempête rugissait et on ne pouvait presque pas s'entendre penser.

Jeppe récupéra son équipement sur le plateau de son pick-up, mit son casque et s'avança entre les arbres, la tronçonneuse pointée vers l'arrière et le seau avec les coins à fendre à la main. La couleur des troncs passait d'une nuance de brun et de gris à un orange plus profond au milieu de la forêt et il fut frappé de voir à quel point il s'était habitué à la beauté de l'endroit. Au début, les arbres majestueux lui avaient coupé le souffle chaque fois qu'il s'était déplacé à travers les odeurs de champignons et de mousse. La façon dont ils reliaient la terre et le ciel, la mort et la vie nouvelle qui germait l'ébahissait. La simple pensée de leur âge lui donnait des vertiges. Dorénavant, il accordait toujours du prix au calme et à l'air frais, mais n'avait plus un regard pour la magie des troncs se levant vers le ciel. La forêt était devenue son quotidien.

Au bout de cinquante mètres, il passa près d'Andrzej, qui le salua de la main et sourit derrière sa visière, puis, plus loin, devant Louis, en train de tailler un arbre qu'il avait abattu.

Jeppe déposa son matériel et l'observa scier les branches tout autour du tronc, en attendant qu'il le remarque. La silhouette agile travaillait vite et de manière concentrée. Ce ne fut que lorsqu'un rameau se brisa au-dessus d'eux et tomba sur le sol de la forêt à quelques mètres qu'il leva les yeux et aperçut Jeppe. Il éteignit sa tronçonneuse et essuya la sueur sur son front avec des doigts noircis par l'huile.

— Tu es en retard !

Louis était essoufflé et respirait difficilement, sa lèvre supérieure n'était plus qu'un trait mince sur ses dents grisâtres.

Ses mains tenaient fermement la poignée de sa machine, et ses jointures brillaient d'un éclat blanc.

— La police a ouvert une enquête officielle pour rechercher Nikolaj. Ils ont vu que tu étais la dernière personne qu'il a appelée avant sa disparition…

— Eh bien, tu es bien informé. (Louis essuya à nouveau la sueur de son visage et jeta un coup d'œil vers la cime des arbres.) Putain, ce que ça souffle !

— Tu te souviens de cette conversation ?

Louis leva les yeux au ciel.

— Je ne me souviens même pas de ce que j'ai mangé au petit-déjeuner il y a une heure. C'était peut-être juste un faux numéro.

Jeppe ramassa sa tronçonneuse et son seau de coins à fendre.

— Pas de problème. Mais ne t'attends pas à ce que la police se contente de cette explication.

Louis le foudroya du regard. Même si cela semblait enfantin, Jeppe resta un moment dans ce combat de coqs mental, et ce ne fut que lorsque Louis se remit au travail qu'il continua sa route à travers les troncs.

*

— Ça, c'est ce qu'on appelle une aubaine pour les artisans, marmonna Anette à Ditte Vollmer, avant d'appuyer à fond sur la sonnette de la maison de la famille Dybris à Bølshavn, et de se pencher pour vérifier si elle fonctionnait. La peinture verte du cadre de la porte était craquelée et s'écaillait, laissant pénétrer l'humidité dans le bois pourri. Le long de la maçonnerie pendaient des roses trémières flétries qui se battaient avec les plantes grimpantes pour prendre le dessus. Quelqu'un avait manifestement aimé cette maison autrefois, mais c'était il y a bien longtemps.

La porte s'ouvrit lentement, presque à contrecœur, pour laisser apparaître une femme mince d'une cinquantaine d'années, aux longs cheveux ramenés en chignon, une profonde ride verticale entre les sourcils.

— Bonjour.

Anette lui tendit la main et sourit.

— Bonjour, Anette Werner de la police de Copenhague et voici Ditte Vollmer du centre d'investigation local. Merci de nous recevoir.

Ida Dybris se recula pour qu'Anette et sa collègue puissent passer. Derrière elles, portant de lourdes mallettes de travail, suivaient deux techniciens. Ils saluèrent Ida d'un signe de tête amical, ce à quoi elle répondit en marmonnant. La ride sur son front se creusa au fur et à mesure de l'invasion de la maison par les policiers. Elle ferma derrière eux et croisa les bras nerveusement sur son corps frêle.

— Comment cela va-t-il se dérouler ? Je n'ai jamais été confrontée à ce genre de choses.

— Y a-t-il un endroit où nous pourrions parler tranquillement ? Les techniciens pourront prélever les échantillons pendant ce temps. Il faut juste les aiguiller vers les affaires de votre frère.

Ida paraissait avoir envie d'être n'importe où sauf là, avec eux.

— La cuisine est par là, il y a du café sur la table. Vous n'avez qu'à vous installer et je vais montrer le chemin à vos collègues.

Ida Dybris se mit à penser à quelque chose, son regard se fit lointain.

— Ah, j'oubliais, il y a une femme qui habite aussi ici en ce moment, la biographe de ma mère. Elle attend dans la cuisine. Nous ne savons pas vraiment ce qu'elle doit faire, vaut-il mieux qu'elle parte ou…

— Nous allons trouver une solution.

Anette sourit à nouveau et s'efforça d'inspirer confiance. Cela n'eut pas l'air de fonctionner complètement, car Ida resta plantée là, à cligner des yeux avec inquiétude, jusqu'à ce qu'un des techniciens ne se racle la gorge et la fasse enfin bouger.

Ida les conduisit en haut d'un escalier en bois aux marches irrégulières, et ils disparurent à l'étage. Anette croisa le regard de Ditte et leva les yeux au ciel, mais celle-ci ne sourcilla pas. Sans dire un mot, la jeune enquêtrice avait réussi à qualifier d'inconvenante la remarque muette d'Anette sur la propriétaire désorientée de la maison. Ce qui était peut-être le cas.

Anette avança en secouant légèrement la tête. Si les jeunes savaient combien leur attitude moralisatrice était agaçante aux yeux des autres, ils apprendraient peut-être à se détendre un peu.

La cuisine se trouvait derrière l'escalier. Anette se baissa pour passer sous la porte basse et vit une femme âgée aux cheveux roux, assise à une petite table, en train de lire une feuille de papier manuscrite. Anette la reconnut aussitôt.

— Esther ! Qu'est-ce que tu fais ici ?

— Anette ! Quelle bonne surprise ! (La vieille dame s'éclaira d'un sourire, se leva pour la prendre dans ses bras.) Je suis ici pour écrire un livre sur Margrethe Dybris. Jeppe ne m'a pas dit que c'était toi qui viendrais ! Que fait la police de Copenhague dans une recherche de personne à Bornholm ?

Anette évita de répondre. Elle tapota maladroitement le dos d'Esther et se dégagea de son étreinte.

— Nous ferions mieux d'attendre Ida. Il y a du café ?

— Bien sûr. Asseyez-vous, je vais sortir des mugs. (Esther tira les chaises, serra la main de Ditte et posa des tasses en céramique ébréchées sur la table.) C'est bien que vous aidiez à retrouver Nikolaj. Ida craint qu'il ne lui soit arrivé quelque chose. Alors maintenant, j'espère qu'elle pourra bientôt avoir l'esprit tranquille.

Elle regarda pleine d'espoir Anette qui détourna les yeux.

Ditte, qui versait le café, ne lui fut d'aucune aide. Le bruit du sucre qu'on touille emplit la cuisine.

Le sourire d'Esther se rétrécit tandis que son regard allait d'une enquêtrice à l'autre.

Ida entra dans le silence inconfortable de la cuisine comme quelqu'un qui savait ce qui allait venir. Elle s'assit sur la dernière chaise libre et appuya ses coudes sur la table. Les ombres sous ses yeux dessinaient des crevasses sur son étroit visage.

— Vous l'avez trouvé, n'est-ce pas ? C'est pour cela que vous venez prélever des échantillons. Vous avez trouvé le corps de mon frère.

— Non, Ida, s'exclama Esther, choquée, en lui prenant la main. C'est ce que fait la police lorsqu'ils cherchent quelqu'un. C'est la procédure habituelle.

Elle tourna ses iris bleu profond vers Anette et fit un signe discret du menton comme pour l'encourager à parler.

Anette prit la parole.

— Esther, peut-être serait-il préférable que nous parlions seules à seules avec Ida ?

— Elle peut rester.

La voix d'Ida était tendue et elle ne quittait pas la table des yeux.

— D'accord.

Anette prit une gorgée de café, surtout pour parvenir à trier les mots dans sa tête. Il s'agissait de dire les choses telles qu'elles étaient, aussi rapidement et délicatement que possible. Plus on essayait d'enrober les mauvaises nouvelles, pires elles devenaient.

— Il y a trois jours, nous avons trouvé le corps d'un homme dans un parc à Copenhague. Nous n'avons pas encore réussi à l'identifier, mais il s'agit d'un Danois de souche, d'environ cinquante ans, mort depuis deux ou trois mois. C'est pour cela que nous sommes en train de collecter des informations sur toutes les personnes disparues qui correspondent à cette description. Votre frère en fait partie. Les techniciens ont besoin de prélever son ADN et de contacter son dentiste, afin que nous puissions comparer ses informations avec celles du défunt. Nous ne savons encore rien de définitif.

Ida ne bougea pas pendant dix secondes avant d'expirer lourdement.

— Alors il y a de l'espoir ?

Anette hésita.

— Comme je l'ai dit, nous ne sommes sûrs de rien.

— Comment est-il mort ? Celui dans le parc ?

Ditte, qui était restée silencieuse depuis leur arrivée, se racla la gorge et lança à Anette un regard d'avertissement. Comme si elle ne savait pas combien il était important d'avoir du tact ! Anette se détourna de sa jeune collègue et ravala son agacement.

— Nous sommes encore en train d'effectuer les examens médico-légaux, mais je crains qu'il n'y ait aucun doute sur le fait que le défunt ait été assassiné.

Ida leva la tête comme un cerf sur une route de campagne.

— Assassiné ? Vous voulez dire délibérément ? Ça ne peut pas être Nikolaj. Pourquoi quelqu'un assassinerait-il mon frère ?

— Nous espérions que vous pourriez nous aider à y voir plus clair à ce sujet. S'était-il fâché avec quelqu'un, avait-il des problèmes d'argent ? Fréquentait-il peut-être les mauvaises personnes ?

Ida hésita.

— Je ne crois pas. Mais je n'étais pas proche de mon frère de cette manière. Il pouvait se passer du temps entre nos contacts…

— Quand lui avez-vous parlé pour la dernière fois ?

— Je l'ai appelé pour lui souhaiter son anniversaire, le 10 août. Il était de bonne humeur, il avait l'air comme d'habitude. (La voix d'Ida se brisa.) Y a-t-il des indices qui indiqueraient qu'il s'agirait de mon frère ? Je veux dire… Il vit à Bornholm, et vous avez trouvé un corps à Copenhague. Est-ce que ça ne pourrait pas être n'importe qui ?

Anette sortit son téléphone de sa poche, ouvrit la galerie de photos et en trouva une de la valise en cuir qu'elle tendit à Ida.

— Nous avons trouvé cette valise en lien avec le corps et l'avons retracée jusqu'à Bornholm. Est-ce qu'elle vous dit quelque chose ?

Ida observa l'écran avec attention, mais secoua la tête.

— Je ne sais pas. En lien avec le corps, qu'est-ce que ça veut dire ?

Esther émit un bruit et posa sa main sur sa bouche. Elle avait apparemment entendu parler du cadavre démembré dans la valise.

Ida la regarda avec effroi avant de regarder Anette.

— Qu'est-ce que ça veut dire ?

Anette s'apprêtait à éclaircir la situation, lorsqu'un des techniciens apparut dans l'embrasure de la porte.

— Je peux vous parler une minute ?

Anette regarda Ditte qui hocha la tête et toutes deux se levèrent.

— Excusez-nous.

Elles le suivirent dans un salon bas de plafond, où des meubles usés se battaient avec la poussière et de vieilles bouteilles pour créer le moins de feng shui possible. Une odeur âcre flottait dans la pièce et, dans un coin, il y avait une collection de sacs poubelles noirs.

Le technicien pointa l'un d'eux avec sa lampe torche.

— Nous n'avons pas relevé les empreintes digitales, alors mettez des gants, et touchez le moins de choses possible. Pour autant que je puisse en juger, il s'agit d'une somme considérable.

Anette s'approcha. À la lueur de la lampe, elle vit un sac de supermarché contenant des paquets de billets jaunes. Avec le chiffre 200 en gros à côté du mot EURO. Elle feuilleta les liasses et compta rapidement, dix, quinze, vingt.

— Nom de Dieu !

*

Bølshavn, mercredi 6 février 1985

Cher Elias,

J'ai commencé à fréquenter quelqu'un. Dire qu'après toutes ces années, je dois encore prendre mon élan avant de te raconter mes aventures, même si je sais que cela ne te dérangera pas. N'est-ce pas ridicule ? Un reste de mon endoctrinement patriarcal peut-être. Ce n'est pas sérieux, pas du tout, mais j'apprécie avoir l'attention d'un homme et il m'arrive de coucher avec lui de temps à autre. (Ida et Nikolaj ne doivent rien savoir, alors il entre et sort de la maison en cachette.)

Il est grand et fort, habile de ses mains et idéaliste à propos de sa ferme – il fait plus attention au bien-être animal qu'à ses finances, ce que je trouve admirable. Ce n'est pas un homme avec qui j'aurai de longues conversations philosophiques, ou dont je vais tomber éperdument amoureuse, mais c'est une excellente distraction pour une femme dans la fleur de l'âge (quarante-six ans !) qui est occupée par des choses plus importantes dans la vie que de garder un homme repu et satisfait près d'elle. Je te promets qu'il ne me fera pas perdre d'heures de travail ! Au contraire, cette amourette m'apporte un regain d'énergie pour rédiger l'article.

Les enfants vont bien. Ida est plus grande que moi, elle aura bientôt dix-neuf ans et c'est une jeune femme maintenant, ce n'est plus une petite fille. Elle passera son bac l'année prochaine (elle ne fait partie d'aucune de mes classes bien sûr, ce serait déplacé) et parle déjà de prendre une année sabbatique afin de gagner de l'argent pour voyager. Elle planifie sa vie et gère à la fois ses examens et ses concours équestres, si bien que mon cœur se gonfle de fierté. Le zèle qu'elle met dans tout ce qu'elle fait affecte sa vie sociale, car lorsqu'on monte à cheval chaque jour après l'école, on n'a pas le temps de boire des bières avec ses camarades de classe. Mais c'est un choix conscient, et on ne peut que le respecter. Même si ses rêves l'emportent loin de l'île et de moi.

Son petit frère, lui, évolue continuellement un peu plus dans une direction opposée. Faible sur le plan scolaire, distrait et un peu paresseux, il est en revanche très sociable et empathique comme personne. J'espère toujours faire naître en lui une étincelle pour les études, peut-être lorsqu'il aura fini le collège et sera prêt à un peu de stimulation. Il s'intéresse à la mécanique et aux sciences naturelles, peut-être s'orientera-t-il vers l'ingénierie, nous verrons.

Pour l'instant, je me réjouis simplement de son grand cercle d'amis et en particulier de la relation étroite qu'il entretient encore avec Marco. Ils sont ensemble tous les jours après l'école, même si Marco est deux classes en dessous de Nikolaj, et n'est qu'une mauviette comparé à mon beau et grand garçon. Ils restent allongés ensemble dans sa chambre à écouter des disques, à parler et rêver éveillés. Presque comme des frères, mais il est vrai qu'ils se connaissent depuis qu'ils sont tout petits. Chaque soir, lorsque Marco doit rentrer chez lui, ils se séparent après une étreinte dans l'entrée et je les taquine, mais c'est en réalité touchant. Combien d'adolescents garçons sont si attentionnés et matures ?

À propos de mature, Nikolaj me harcèle pour que je lui achète une mobylette (officiellement, il ne pourra la conduire que lorsqu'il aura seize ans, mais ici sur l'île, les gens ferment les yeux sur ce genre de choses). Je lui dis qu'il doit lui-même mettre de l'argent de côté. Suis-je trop stricte ? Autant qu'il apprenne à prendre ses responsabilités. Peut-être pourrait-il se trouver un petit boulot, il a quatorze ans après tout, et mon ami m'a même proposé qu'il vienne donner un coup de main à la ferme quelques après-midi par semaine. Le salaire n'est pas mirobolant, mais c'est mieux que rien, et je ne serais pas seule à avoir un œil sur lui.

Assez parlé de tout ça, j'ai acheté quelque chose d'aussi bourgeois qu'un rôti de bœuf à l'ancienne, alors je vais le préparer en écoutant le concerto pour piano n° 2 de Rachmaninov à la radio, en rêvant de jours meilleurs.

Avec toute mon affection,

Margrethe

CHAPITRE 15

Le vent de l'est se renforça progressivement et à 11 heures il soufflait si violemment dans la forêt qu'un des vieux arbres se coucha de lui-même. Louis Kofoed ordonna à contrecœur à son équipe de rentrer, avec une expression de reproche, le quota de la journée n'étant pas atteint. Il jeta sa tronçonneuse sur le siège arrière de sa voiture et fila bruyamment sur le chemin forestier sans dire au revoir.

Andrzej regarda Jeppe et porta une bouteille imaginaire à sa bouche, mais ce dernier fit semblant de ne pas comprendre l'invitation, le salua d'un signe de la main et partit avec mauvaise conscience de laisser le Polonais esseulé. Un de ces jours, il faudra qu'il prenne le temps d'être sociable. Aujourd'hui, il avait d'autres projets.

Il lui fallut un bon moment pour débusquer l'église. Il avait rapidement trouvé l'adresse sur Internet, mais malgré cela, il réussit à passer devant deux fois avant de comprendre qu'il était arrivé à destination. Les Enfants de Zélote se réunissaient dans une vieille maison de briques brunes au toit plat et à la façade dépourvue de fenêtres. Elle était située dans un quartier résidentiel terne à la périphérie d'Østermarie, et seule une discrète croix dorée sur la porte d'entrée révélait que ce n'était pas un pavillon d'habitation comme ses voisines.

Jeppe se gara sur le bord de la route et remonta l'allée de gravier soigneusement ratissée qui traversait le jardin de devant jusqu'à la porte. Les boiseries avaient l'air usées à plusieurs endroits et, de près, on pouvait s'apercevoir que les joints entre les briques étaient dans un état de désagrégation avancée. Une sonnette discrète fit retentir les cloches de l'église à l'intérieur, puis un bruit de pas s'approcha. Un homme d'environ soixante-dix ans apparut, rasé de près, aux cheveux courts striés de gris et aux yeux d'un bleu éclatant. Il portait un pull bleu marine impeccable et une épaisse chaîne en argent ornée d'une croix brillait autour de son cou.

— Dieu vous bénisse, bienvenue chez les Enfants de Zélote.

Son sourire dévoila une rangée de dents droites et blanches. Sa poignée de main – avec les deux mains – était ferme et chaleureuse. *Un accueil particulièrement cordial pour un invité non attendu*, pensa Jeppe en décidant d'expliquer sa présence avec quelque chose qui ressemblait à la réalité.

— Jeppe Kørner, excusez-moi de débarquer comme ça sans prévenir. J'ai entendu parler de l'Église et ça a éveillé ma curiosité, alors j'ai pensé que je pourrais passer prendre une brochure.

La dentition de l'homme rivalisait d'éclat avec ses yeux.

— Entrez donc vous mettre à l'abri. Nous n'en avons pas, mais je serais ravi de vous faire visiter et de vous parler un peu de l'Église.

Le vent claqua la porte derrière eux, si bien que ça résonna sur le carrelage du hall d'entrée.

— Quelle tempête ! Vous venez d'emménager ?

— On peut le dire comme ça. Je vais travailler ici cet hiver, mais qui sait, je pourrais bien avoir envie de m'installer de manière permanente… Vous êtes le pasteur ?

— Le Père Samuel. (Il posa une main sur son bras et s'approcha un peu trop près.) Auparavant, j'étais dans le secteur de la pêche, comme certains des disciples de Jésus-Christ, et maintenant, j'ai une Église en son nom. Les voies du Seigneur sont vraiment impénétrables. (Il fit un clin d'œil et serra l'épaule de Jeppe.) Venez, laissez-moi vous montrer l'intérieur de l'Église.

Le Père Samuel ouvrit des doubles portes à battants en bois doré qui menaient à une grande pièce carrée et appuya sur un interrupteur qui alluma des appliques le long des murs. Les lignes droites de la pièce et la moquette grise élimée encadraient des rangées de bancs en bois rustiques, tournés vers un retable sculpté, du même bois doré que la porte.

— Connaissez-vous Simon le Zélote ?

Le Père Samuel s'assit nonchalamment sur un banc de prière molletonné placé devant l'autel et fit signe à Jeppe de faire de même.

— N'était-il pas un des disciples de Jésus ?

Le pasteur acquiesça d'un air appréciatif.

— Vous êtes peut-être un homme religieux ?

Jeppe sourit avec une expression qu'il espérait pouvoir être comprise comme confirmant la chose. Il avait besoin d'un alibi pour sa visite, mais si le pasteur commençait à lui parler en citant la Bible, il serait démasqué en une fraction de seconde.

— Où avez-vous entendu parler de nous ?

— Je travaille dans la forêt et je livre parfois des arbres à la famille Sonne. Camille parle de l'Église en termes chaleureux, alors j'ai pensé… (Le mensonge vint aisément. Jeppe savait qu'il s'engageait dans une impasse, mais il ne voyait pas d'autre chemin.) Je cherche un endroit où… pratiquer ma foi.

— Vous l'avez trouvé.

Le pasteur posa sa main sur le genou de Jeppe et l'y laissa. Ses yeux brillaient de gentillesse, mais le contact semblait désagréablement intime.

— Les Enfants de Zélote sont un havre de paix pour tous les hommes et les femmes de bonne volonté qui souhaitent se rapprocher de Jésus-Christ.

Jeppe hocha la tête et sentit sa gorge s'assécher.

— L'apôtre Luc utilise le surnom de Zélote pour marquer la différence entre les deux disciples de Jésus, Simon Pierre et Simon le Zélote, expliqua le Père Samuel comme s'il s'adressait à un enfant. Probablement parce qu'il appartenait à la secte juive des Zélotes, qui s'est rebellée et a courageusement combattu l'Empire romain.

Il souleva l'index de sa main libre et poursuivit, les yeux mi-clos.

— Vous pensez certainement que c'est en contradiction avec l'enseignement de Jésus sur la nécessité de tendre l'autre joue, et vous avez absolument raison. Tout est question d'équilibre. Ici, chez les Enfants de Zélote, nous croyons au commandement de Jésus d'aimer son prochain, mais nous sommes aussi prêts à nous battre pour notre foi et à ne jamais baisser la tête devant qui que ce soit.

Jeppe changea de position pour libérer son genou de l'emprise du pasteur.

— Que voulez-vous dire par « nous battre pour notre foi » ? L'Église a-t-elle des ennemis ?

Le pasteur éclata de rire et le son se répercuta entre les bancs de la salle vide.

— Il ne faut pas le prendre au pied de la lettre. Le mot « zélote » vient du grec *zêlôtês*, qui signifie « zélé, admirateur zélé ». Pensez au mot anglais *zealous* ! Passionné. Brûlant d'un feu sacré.

— Tous les croyants ne le sont-ils pas ?

Le Père Samuel resta immobile. Lorsqu'il se remit à parler, sa voix avait pris un ton tranchant.

— Dans cette Église, nous surmontons toute adversité et allons sans hésiter jusqu'aux portes de l'enfer avant d'en revenir. Le doute n'a pas sa place chez les Enfants de Zélote, et même lorsque nous pardonnons, nous n'oublions pas. J'ai perdu ma propre fille lorsqu'elle n'était qu'une enfant, et la colère que sa mort a allumée en moi brûle toujours et m'incite à suivre ma vocation avec encore plus de dévouement. Il n'y a pas de grande différence entre joindre les mains et serrer les poings. Vous comprenez ?

Le pasteur le saisit cette fois par la nuque, et le contact lui sembla si transgressif que Jeppe leva automatiquement les mains pour le repousser. Avant qu'il n'y parvienne, le pasteur lâcha prise et se pencha en arrière avec un sourire chaleureux comme un gentil voisin qui propose son aide pour tailler la haie.

Jeppe avait surtout envie de quitter l'église au plus vite, car il y avait quelque chose dans le comportement du Père Samuel qui lui donnait la chair de poule. Mais une telle occasion pour en apprendre davantage ne se représenterait peut-être plus. Il serra les dents.

— Avez-vous fondé l'Église, ou existait-elle déjà ?

Le pasteur eut un sourire d'indulgence, comme si Jeppe posait des questions inutiles, mais lui répondit malgré tout.

— Les Enfants de Zélote sont nés d'un petit groupe dissident de l'Église pentecôtiste locale. Nous étions quelques-uns à vouloir faire plus avec notre foi que ce qu'elle pouvait offrir.

— Et la famille Sonne faisait partie de ce groupe ?

Le pasteur hésita un instant.

— Dorthe Sonne était l'une des pionnières lors de la création des Enfants de Zélote et très généreuse dans ses dons. C'est la famille Sonne qui a acheté cette maison et a fondé l'Église avec moi. Maintenant, nous aurions besoin d'un nouveau lieu plus grand, mais c'est en cours.

Jeppe contempla le retable sculpté. Au centre, Jésus, les bras écartés dans un geste classique d'accueil, entouré d'une bordure ornementale sculptée de fleurs, de branches, d'oiseaux et de poissons. De chaque côté de Jésus, le retable était divisé en reliefs plus petits représentant des personnes en caftans dans des scènes du Nouveau Testament qui semblaient familières à Jeppe sans qu'il puisse les situer.

Le Père Samuel pointa du doigt un homme barbu dans le coin inférieur droit.

— Simon le Zélote a souffert le martyre et a donné sa vie pour la foi chrétienne. Il s'est battu contre le pouvoir et a été puni ici sur terre, mais récompensé pour l'éternité dans le Royaume des Cieux.

Sur ces mots, le pasteur se leva.

— Eh bien, mais le temps passe vite. J'espère que vous avez obtenu des réponses à vos questions ? Sinon, il vous faudra revenir.

Jeppe le suivit jusqu'à la porte principale.

— Merci, c'est gentil de votre part. Je vais voir si je peux assister au prochain office.

— C'est le dimanche. Mais nous avons la prière du soir tous les jours à 18 heures, qui ne dure qu'une demi-heure.

— Alors j'essayerai de venir ce soir.

— Vous serez le bienvenu.

Il ouvrit la porte, laissant entrer une bourrasque d'air frais qui fit vibrer les cintres derrière eux.

— Kørner, vous avez dit ? Quel travail faisiez-vous avant de couper des arbres à Bornholm ?

Jeppe savait que ce serait se tirer une balle dans le pied que de mentir.

— J'étais enquêteur au département de la Criminelle de la police de Copenhague.

Le Père Samuel haussa les sourcils.

— On peut dire qu'on est bien loin de l'abattage des arbres. Vous arrive-t-il d'avoir l'impression que… « *I miss my morning coffee and corpse*[1] » ?

---

1. « Dommage. Je commence à m'habituer à mon café et au macchabée matinal », extrait de *Du balai !*, 1956.

Jeppe le regarda d'un air interrogateur.

— C'est une citation de la série *87e District*, expliqua le pasteur. Les romans policiers d'Ed McBain.

— Désolé, je ne suis pas un grand lecteur de polars.

— Je vois.

Samuel souffla par le nez, le son ressemblant étrangement à une réprimande. Il attendit que Jeppe soit sorti et dit :

— Merci pour votre visite, allez dans la paix de Dieu !

Puis il ferma la porte.

*

— Comment crois-tu que l'architecte appelle cette couleur ? Chair à saucisse ? Tu es sûre que c'est ici qu'il habite ?

Anette s'avança vers le tableau de bord pour mieux voir l'immeuble rose.

Elles étaient garées sur le port d'Allinge, entouré de belles maisons anciennes aux couleurs ocre et bordeaux, et l'immeuble moderne ne semblait pas du tout à sa place.

— Høiers Gaard, c'est bien ça, fit Ditte Vollmer en se penchant devant Anette pour régler le disque de stationnement sur midi. Sur l'avant du bâtiment, il y a un grand café et des biens avec vue sur la mer occupés par leurs propriétaires, mais l'entrée de derrière donne sur des petits appartements de location. Il habite au deuxième étage.

Elle ouvrit la portière et sortit. Anette l'imita et fut frappée par une violente rafale venue de la mer et des effluves de frites. Cette combinaison lui rappela quelque chose d'agréable, un souvenir de vacances de son enfance peut-être, et fit gargouiller son estomac. Les corn-flakes mous du petit-déjeuner spartiate de l'auberge de jeunesse n'avaient pas constitué une base très solide. Elle chercha la source de l'odeur de nourriture.

— On pourrait peut-être se prendre un sandwich ?

— Plus tard !

Ditte Vollmer se dirigea résolument vers l'entrée du complexe d'appartements, sans ralentir une seconde. Son petit corps se dressait contre le vent et n'avait pas l'air de se laisser fléchir par quoi que ce soit, et certainement pas par une petite faim.

Anette la rattrapa à la porte d'entrée.

— C'était ce que je voulais dire. Plus tard. Il est là, Kofoed, deuxième étage à gauche.

Elle appuya sur la sonnette et attendit.

— Tu ne crois pas qu'il soit au boulot ?

— J'ai appelé le garde forestier pour vérifier. L'équipe a arrêté de travailler il y a une heure à cause de la tempête. Et Louis ne répond pas à son téléphone.

Anette sonna à nouveau.

— C'est Louis que vous cherchez ?

La question venait d'un balcon français situé sur la droite de l'entrée, un étage plus haut. Un homme était appuyé sur la rambarde métallique et les observait, une pipe en maïs allumée à la main. Ses cheveux gris mi-longs étaient rabattus derrière ses oreilles et descendaient jusqu'au col de son peignoir en tissu éponge à carreaux, qui, pour autant qu'Anette puisse voir, était le seul vêtement qu'il portait.

— C'est moi qui ai appelé, si c'est…

Il enfonça sa pipe dans sa bouche, la fit rougeoyer et souffla la fumée tout en les regardant d'un air attentif.

— Vous venez bien de Kivus, l'agence de location ? J'ai laissé un message.

Anette jeta un coup d'œil à Ditte, qui répondit à l'homme sans hésiter.

— D'après ce que nous avons compris, il y a eu des problèmes ?

— Oui, putain ! Enfin, je veux dire, on doit tous coexister ici, mais… nan ?

— Absolument, il faut qu'on s'en occupe, confirma Ditte. Nous pouvons monter ?

— Ouais, bien sûr, j'ouvre.

L'homme disparut dans son appartement. Un instant plus tard, la porte d'entrée se mit à bourdonner.

Ditte laissa passer Anette qui sourit à sa jeune collègue.

— De l'agence de location, alors ?

Celle-ci haussa les épaules.

— La probabilité qu'il leur raconte quelque chose est plus grande qu'à des policières lors d'une visite inopinée.

Anette la regarda avec un nouveau respect. Peut-être que le centre d'investigation de Bornholm n'était pas aussi incompétent que ça.

L'homme les accueillit sur le palier du premier étage, sa pipe en maïs toujours à la main, sans avoir l'air de vouloir les inviter à entrer chez lui.

— Je ne veux pas causer d'ennuis à Louis, mais j'en ai vraiment marre là.

Il secoua la tête, faisant vaciller la peau flasque de son cou.

— Marre de quoi ?

Ditte se posta les jambes légèrement écartées, les mains dans les poches de sa veste bleue. Que l'homme ne comprenne pas qu'elle était de la police indiquait qu'il n'y avait pas que du tabac dans sa pipe.

— Eh bien, mais de tout ce cirque la nuit bien sûr ! J'ai rien contre un peu de musique forte et de bruit de temps en temps, mais ça là ?! Et puis pendant des mois. Non, ça n'est plus possible. C'est ce que je lui ai dit.

— Il joue de la musique fort ? l'interrompit Ditte d'un ton détaché.

L'homme la regarda, confus.

— Mais non, putain, qui a parlé de musique ? C'est tout le reste. Il monte et descend les escaliers à toute heure du jour et de la nuit et laisse sa voiture tourner au ralenti devant l'immeuble. Qui sait ce qu'il se passe, mais c'est en tout cas sacrément énervant. Et ça ne va pas. Il y a beaucoup de personnes âgées qui vivent ici, vous savez ?

Il remit sa pipe en maïs dans sa bouche. Puis il se pencha un peu et baissa la voix.

— Je crois que c'est de la drogue. Et si tout à coup des gens se pointaient avec des armes et ce genre de bordel ?

— Lui avez-vous demandé ce qu'il faisait ? Peut-être y a-t-il une explication tout à fait naturelle.

— Oui, bien sûr que je lui ai demandé ! Il m'a dit de me fourrer ma pipe là où le soleil ne brille pas et de me mêler de mes oignons.

L'homme secoua la tête, vexé, et croisa les bras. La ceinture de son peignoir se desserra de manière alarmante.

— Oui, et puis l'autre jour aussi, ce foutu boucher est passé et il s'est mis à hurler dans la rue.

— Quel boucher ? questionna Ditte de la manière la plus naïve possible.

— Eh bien, celui qui vend ses saucisses à mille couronnes pièce, ou je ne sais pas combien. Il suffit de qualifier quelque chose de bio pour que ça coûte les yeux de la tête. Les gens sont des idiots.

— Vous rappelez-vous quand c'était ?

Il plissa sa lèvre supérieure contre son nez, en signe d'une grande réflexion.

— Est-ce que ça fait une semaine ? Quelque chose du style. Tard le soir. Il criait que si ce petit merdeux ne descendait pas, il monterait le chercher.

— Et alors Louis est descendu ?

Ditte avait toujours l'air un peu désinvolte, mais compatissante.

— Oui, et puis ils sont restés là à gueuler, jusqu'à ce que le boucher reparte. Et seulement au bout d'un quart d'heure. Il a réussi à réveiller tout l'immeuble.

L'homme écarta les bras, si bien que le peignoir s'ouvrit pour de bon et révéla qu'il ne portait effectivement pas de sous-vêtements.

— Vous allez lui parler ? Lui donner un avertissement, peut-être ?

— Et comment.

Ditte se retourna et fit signe à Anette qu'il était temps d'y aller. Si elle s'amusait de la situation, son visage pâle et sérieux ne le montrait pas.

— Nous allons trouver une solution. Au revoir.

— Super. Merci.

L'homme les salua avec sa pipe en maïs et cria « Au revoir » tout le long de leur descente des marches jusqu'à ce que la porte d'entrée se referme derrière elles. Ce ne fut que lorsqu'elles atteignirent la voiture que Ditte s'autorisa à esquisser une mimique rieuse.

— Alors c'est comme ça qu'on fait ici sur l'île ? demanda Anette en souriant.

Ditte leva les sourcils dans une grimace ambiguë qui dénotait un bien plus grand sens de l'humour qu'Anette ne lui en avait accordé jusqu'à présent, fit démarrer la voiture et suivit la direction de Rønne.

Pendant qu'elles sortaient d'Allinge, Anette fit le point sur la situation. Ou peut-être pensait-elle seulement à voix haute, mais c'était son rôle lorsque c'était Jeppe qui était assis à côté d'elle.

— Pour l'instant, les techniciens ont trouvé quarante-quatre mille euros cachés dans un sac poubelle chez Nikolaj Dybris. Ida ne sait rien de cet argent et n'a aucune idée d'où il peut provenir. Mais quelque chose me dit que cet « outil » – Anette fit des guillemets avec ses doigts – que Louis Kofoed cherchait à récupérer mardi soir, était en réalité ce pactole. Peu importe où se trouve Nikolaj, lui et Louis doivent tous les deux être au courant de l'argent. Combien font quarante-quatre mille euros en couronnes ?

— Environ trois cent trente mille.

La réponse ne s'était pas fait attendre.

— Mais putain, d'où vient tout ce fric ?

— Trafic de drogue ? Peut-être qu'ils en vendaient ensemble ? suggéra Ditte.

— Ma victime a sniffé à s'en mettre sa cloison nasale en morceaux, mais la vente… N'en auriez-vous pas entendu parler ? Avec ce genre de montant, ça n'aurait pas attiré l'attention de la police ?

— Tu as raison. Du chantage alors ?

Anette regarda par la vitre les collines verdoyantes et les chênes aux troncs épais. Elle essayait de rassembler les morceaux du puzzle, mais ça ne faisait qu'augmenter sa confusion.

— Putain, mais pourquoi Louis monte-t-il et descend-il l'escalier la nuit ? Et pourquoi un boucher hurlait devant son appartement ?

— Ça, nous pouvons le lui demander.

Anette regarda Ditte. Le sourire microscopique était de retour sur le visage de l'enquêtrice.

— Tu sais de qui il parlait ?

— Il ne peut s'agir que d'Anton Hedegaard. Il possède une ferme avec un abattoir au milieu de l'île et une boucherie à Rønne. C'est à cinq minutes du commissariat, et il y est souvent en personne.

— À défaut de trouver Louis, c'est la meilleure chose à faire.

Anette consulta son téléphone. Jeppe lui avait envoyé un message avec le nom d'un café, à 15 heures, et un bises / J pour finir. Le genre de personne qui tient aux formules, même dans ses textos. Elle soupira.

— J'ai rendez-vous dans une heure dans un endroit qui s'appelle le fumoir Stampen. Tu connais ?

— C'est juste au sud de Rønne, c'est facile d'y aller.

Ditte entra dans un rond-point avec des stations-service et des supermarchés à chaque sortie et prit la direction du centre-ville.

— Lorsque nous serons passées voir le boucher, tu pourras me déposer au commissariat et prendre la voiture pour y aller.

Anette hocha la tête et remit son téléphone dans sa poche. La pensée de discuter de l'affaire avec Jeppe lui donnait des papillons dans le ventre. Ou alors elle avait juste faim.

*

Une fois que les techniciens eurent quitté la maison à Bølshavn avec des échantillons d'ADN et une pile de billets en euros, l'ambiance resta morose. Esther essaya de se montrer empathique en proposant alternativement du thé, une épaule compatissante ou de retourner à Copenhague pour laisser Ida un peu en paix, mais son hôtesse secoua la tête distraitement chaque fois. Il était évident qu'elle était très inquiète pour Nikolaj – ce qui était compréhensible, la situation n'avait rien de rassurant – mais cela laissait Esther dans une position pénible, où elle ne pouvait ni aider ni partir.

Ida finit par se lever en la regardant avec des yeux lourds d'inquiétude.

— Excuse-moi, j'ai besoin de m'allonger un peu. Est-ce que tu peux te débrouiller toute seule ? Il y a du pain de seigle et de la charcuterie dans le frigo, de quoi te préparer un déjeuner.

— Bien sûr ! Et dis-moi si je peux faire quoi que ce soit.

Esther observa Ida monter l'escalier pour regagner sa chambre. *Ils me quittent tous*, pensa-t-elle avant de chasser ce sentiment de victimisation. Tout ne tournait pas autour d'elle, la vie poursuivait juste son cours. *Gregers est mort, le frère d'Ida a disparu pour réapparaître en deux morceaux.* Elle prit son manteau. Une promenade à l'air frais lui ferait le plus grand bien, elle avait besoin de s'aérer.

Elle marcha le long des maisons aux toits de chaume peintes en rouge et blanc, des jardins soigneusement aménagés et des arbres aussi hauts que la tour Ronde de Copenhague. La route montait et descendait sur le terrain vallonné, l'espace se fit plus grand entre les maisons, et Esther respira plus librement, à mesure qu'elle s'essoufflait. *L'effort physique est la meilleure arme contre la mélancolie*, se rappela-t-elle en laissant le vent se faufiler sous son manteau.

Même durant une tempête d'automne, la vue était belle comme dans un paysage de carte postale. D'un côté, des prairies parsemées d'arbres s'étendaient sur les collines, de l'autre, elles conduisaient vers la baie rocheuse. *La nature sauvage et unique de Bornholm*, songea-t-elle en comprenant pourquoi Margrethe avait tellement adoré cet endroit qu'elle n'était jamais retournée à Copenhague.

Elle arriva au pied d'une colline un peu au nord du village, où les arbres avaient été abattus et des larges mottes d'herbe arrachées. Cela ressemblait à un chantier de construction dans sa phase initiale. Celui qui bâtissait une maison ici aurait une perspective magnifique sur la mer. Un court chemin de gravier menait de la route principale en haut de la colline et Esther le parcourut en une cinquantaine de grandes enjambées. La chaleur monta sous son manteau, et des perles de sueur recouvraient sa lèvre supérieure.

La vue était vraiment phénoménale : un panorama sur la mer et la côte rocheuse accidentée. De l'écume blanche s'agitait à la surface de la Baltique et au loin elle distinguait l'île Christiansø, ou peut-être un pétrolier. Si elle avait cru en Dieu, elle se serait sentie plus proche de lui.

Une rafale de vent la fit trébucher, et elle éclata de rire spontanément. Il fallait être un idiot têtu pour ne pas reconnaître les pouvoirs supérieurs un jour comme celui-ci. Elle ferait mieux de rentrer avant d'être emportée vers les cieux.

En empruntant le sentier, elle aperçut un panneau blotti contre les buissons qu'elle avait d'abord manqué. C'était une pancarte en bois peint, fixée à un poteau et enfoncée dans la terre. « ICI GLORIA CONSTRUCT CONSTRUIT », lut-elle, et, en dessous, avec des lettres plus petites : « LES ENFANTS DE ZÉLOTE ».

Elle reprit la route principale jusqu'au numéro 21. Elle ouvrit la porte avec précaution et écouta. Tout était calme, Ida se reposait probablement encore.

Parfait, Esther pourrait travailler en paix.

Elle accrocha son manteau dans l'entrée et fit une grimace. L'odeur désagréable qui régnait au rez-de-chaussée allait et venait, mais ne disparaissait jamais tout à fait. Ce n'était pas possible de ne pas parvenir à en trouver la source. Elle entra dans le salon et renifla, vers la fenêtre, vers le fauteuil, vers les sacs poubelles dans le coin.

Esther en déplaça un sur le sol. Il était lourd, et des nuages de particules se soulevaient, mais elle continua à s'emparer des sacs, jusqu'à ce que l'angle de la pièce soit vide. Il n'y avait rien, juste un parquet usé et des moutons de poussière.

Elle s'accroupit pour mieux voir. Elle tâtonna de la paume de sa main le bois grisé par la saleté. Tout contre le mur, il y avait une différence de niveau entre deux planches, pas grande, mais elle était là. Quand elle repassa la main dessus, elle découvrit un espace entre la plinthe et la lame de parquet. Esther enfonça ses doigts dans le trou et souleva la lame. Celle-ci bougea sans difficulté sur dix centimètres, mais elle ne parvint pas à la forcer plus loin.

Esther s'allongea sur le ventre. La puanteur était insupportable, et elle préférait ne pas penser à ce que la saleté ferait à son gilet en cachemire.

Il y avait une cavité sous le plancher, mais il faisait trop sombre pour qu'elle puisse voir ce qui s'y trouvait. Au lieu de cela, elle y glissa sa main libre.

Ses doigts touchèrent quelque chose de doux et d'humide. Elle poussa un cri et retira sa main. Elle resta allongée le temps de recouvrer ses esprits, avant de replonger son bras pour attraper la chose molle.

Un rat. Un rat à moitié décomposé, qui avait sûrement ingéré du poison et s'était caché pour mourir.

La nausée monta dans son œsophage, l'odeur de mort lui collait à la peau. Esther sortit en courant, continua jusqu'à la poubelle et jeta le rat. Elle claqua le couvercle et inspira l'air pur de novembre à pleins poumons. Dire qu'un si petit animal pouvait presque détruire toute une maison !

Dans la cuisine, elle se lava les mains à l'eau la plus chaude qu'elle pouvait supporter. Elle se sentait bien d'avoir résolu ce petit mystère qui ferait la différence. Elle rinça le savon de ses doigts rougis d'avoir été frottés, retourna au salon et ouvrit la fenêtre pour faire disparaître le souvenir du rat.

CHAPITRE 16

La boutique du boucher était l'un des petits commerces de bouche regroupés dans un vieil entrepôt un peu au nord de Rønne. « Marché couvert de Rønne », lut Anette en reniflant l'odeur des tacos, de la couenne de porc grillée et des churros. Le long des murs au carrelage blanc, des bières de microbrasseries, des cidres, du miel de l'année et des fromages produits localement étaient alignés sur des étagères, derrière des tableaux affichant les offres spéciales écrites à la craie en trois langues. Un patio avec des tables de café, sûrement très apprécié durant les mois d'été pour sa verdure, était pour l'instant désert et abandonné. La plupart des boutiques avaient l'air d'avoir fermé pour la saison, mais certaines étaient encore ouvertes pour les derniers clients du service de midi.

Il y avait une file d'attente chez le boucher. À en juger par les sachets plats que les gens emportaient, c'étaient les sandwiches qui étaient les plus demandés.

Anette et Ditte se postèrent un peu à l'écart pour observer le commerce. Un grand homme d'un certain âge aux cheveux courts et épais, qu'Anette devina être Anton Hedegaard, se tenait derrière le comptoir à côté d'une jeune vendeuse, tous deux portant un tablier en cuir et arborant un sourire amical. La vitrine devant eux contenait des jambons glacés, des boulettes de viande frites, du pâté de foie et de délicieuses saucisses luisantes de graisse.

— On pourrait s'acheter un déjeuner tardif ici, si tu as encore faim ? proposa Ditte avec désinvolture, comme si l'idée de manger venait à peine de l'effleurer.

— Ça ira. Je peux bien attendre jusqu'à ce que je retrouve mon ami au fumoir, marmonna Anette. Concentrons-nous sur l'interrogatoire.

La queue se réduisit rapidement et elles s'approchèrent du comptoir. Anton Hedegaard frappa dans ses mains.

— Qu'est-ce que je peux faire pour vous, charmantes jeunes filles ?

Anette regarda ostensiblement derrière son épaule. *Jeunes filles ?!* Elle sortit son bloc-notes de sa poche et tendit à bout de bras sa carte d'identification.

— Nous sommes de la police. Auriez-vous un instant à nous accorder ?

La vendeuse écarquilla les yeux, tandis que Hedegaard continuait de sourire.

— Naturellement, nous pouvons aller à l'arrière. Sonja, ma chère, tu t'occupes de la boutique pendant ce temps ?

Il ouvrit une porte en bois usé qui les mena à une petite arrière-boutique contenant un bureau, une caisse de lait en guise de siège et des emballages en carton empilés sur le sol.

— Puis-je vous faire goûter quelque chose ? Nous venons de fumer des saucisses.

Anette se mit à saliver malgré elle, mais Ditte répondit avec détachement :

— Non, merci. Nous avons cru comprendre que Nikolaj Dybris travaille pour votre abattoir ?

— C'est exact, il transporte des marchandises pour nous durant la saison, mais je ne l'ai pas vu depuis la fin de l'été.

Anton Hedegaard remua sa mâchoire d'un côté à l'autre si violemment qu'elle craqua. Il serra les lèvres et se passa la langue à l'intérieur de la bouche, comme s'il ajustait un dentier. Une odeur de shampoing émanait de son épaisse chevelure grise.

— Pour être plus précis, il ne nous rejoint que durant les mois d'été surchargés, où la ferme est pleine à craquer vingt-quatre heures sur vingt-quatre. Je n'ai aucune idée de l'endroit où il se trouve actuellement.

Anette entendit son estomac gargouiller, et racla le sol de ses chaussures pour couvrir le bruit. Le silence qui s'ensuivit indiqua qu'elle n'avait pas réussi.

Anton Hedegaard sortit les mains de son tablier et les écarta dans un geste d'excuse.

— Je suis désolé de ne pas pouvoir vous aider. Y avait-il autre chose ?

— Oui…

Ditte leva un peu le menton. Même si elle se tenait droite comme un soldat de plomb, elle mesurait une tête de moins que le boucher vieillissant, qui dut se pencher lorsqu'elle se mit à parler. Elle n'eut pas l'air de le remarquer.

— Un des voisins dit que vous vous êtes disputé avec Louis Kofoed devant son appartement à Allinge tard dans la soirée la semaine dernière. Vous avez un différend avec lui ?

— C'est d'ordre privé.

— Dans une enquête comme celle-ci, vous ne pouvez pas vous contenter de dire « privé » et croire que cela vous permettra d'éviter de coopérer avec la police, répliqua Anette. Pour autant que nous le sachions, Louis Kofoed est le dernier à avoir été en contact avec Nikolaj avant sa disparition. Si vous avez un différend, nous devons savoir de quoi il s'agit.

Anton Hedegaard lui sourit.

— Je ne m'en souviens pas.

— C'était il y a une semaine ?!

— Je ne m'en souviens pas.

Le silence se fit à nouveau dans la petite arrière-boutique.

— Ça n'aurait rien à voir avec une grosse somme d'argent, par hasard ? Environ quarante-quatre mille euros.

Le boucher serra de nouveau les muscles de sa mâchoire. Cela ne dura qu'une seconde, puis il tourna les mains avec regret vers la porte.

— Bon… Sonja est nouvelle, je ferais mieux de retourner l'aider.

Arrivé au seuil de la boutique, il leur sourit.

— Vous êtes sûres que vous ne voulez pas emporter une saucisse ? Il n'y en a pas de meilleures.

*

— Que je comprenne bien, vous avez pris rendez-vous avec un assistant social, oui ou non ?

La femme derrière le comptoir vert criard du bureau des services sociaux de Rønne regardait Jeppe d'un air sévère. Son numéro clignotait en rouge sur l'écran au-dessus d'elle, mais c'était le seul signe de vie à part eux et un monstera mourant près de la fenêtre.

— Non, répondit-il en se sentant bête.

Bien sûr qu'il aurait dû prendre rendez-vous. On ne se présente pas comme ça à l'improviste aux services sociaux de la commune quand on a un problème.

— Excusez-moi, ce n'était peut-être pas très bien réfléchi. Je suis ici au nom de mon voisin, Orla Klostermann, qui habite à Sandvig. Son adresse…

— Je connais bien Orla, sa défunte femme était la cousine de ma mère.

La femme se détendit visiblement. Les rides de son front, qui jusqu'à présent traçaient une ligne horizontale sous sa coupe courte, disparurent au profit de celles du sourire.

— Il va bien ? Il doit avoir au moins quatre-vingt-cinq ans maintenant.

— Il va plutôt bien, compte tenu des circonstances. Je passe le voir tous les jours, et je lui tiens un peu compagnie. Mais il a eu des problèmes avec les aides à domicile. Ils ne veulent plus lui apporter à manger s'il ne se sépare pas de ses animaux de compagnie.

— Et bien sûr, il ne le veut pas. Chien ou chat ?

Jeppe écarta ses doigts en signe de conciliation pour atténuer sa réponse.

— Des rats.

Elle écarquilla les yeux.

— Je sais, je sais, mais ils sont presque comme sa famille. Il oublie juste de les enfermer dans leurs cages. On ne pourrait pas trouver un arrangement, pour que l'aide dépose le repas devant sa porte d'entrée ?

L'employée tapa sur un clavier caché sous le comptoir.

— Vous ne connaîtriez pas son numéro de sécurité sociale ?

— Si, j'ai pensé à l'apporter, dit Jeppe qui ouvrit l'application notes de son téléphone et lui lut le numéro à voix haute. Vous croyez que nous pouvons faire quelque chose ?

— Je suis sûre que je n'ai pas besoin de vous expliquer la difficulté à pratiquer des arrangements particuliers pour une agence publique comme la nôtre. (Toujours penchée vers l'écran de l'ordinateur, elle leva les yeux vers lui.) Mais là, j'écris à son assistante sociale pour essayer d'obtenir une dérogation. Nous verrons bien.

Elle finit de pianoter et se redressa en souriant pour lui dire au revoir. Jeppe ne bougea pas, une main posée sur le comptoir vert pomme.

— Je peux vous aider pour autre chose ?

Jeppe tambourina légèrement la surface du comptoir, tout en réfléchissant jusqu'où il pouvait se permettre d'aller.

Puis il secoua la tête et rit d'une manière que la plupart des femmes interprétaient comme une timidité charmante.

— Eh bien, je ne voudrais pas vous faire perdre votre temps, mais j'ai effectivement une question à laquelle vous pourriez peut-être répondre.

Elle jeta un coup d'œil à l'horloge sur le mur au-dessus d'elle puis dans la pièce vide. Jeppe se pencha en avant avec un sourire complice.

— Je fais des recherches généalogiques sur l'île, plus précisément à Bølshavn, et il y a dans les archives une personne que j'aimerais interviewer. Mais je n'arrive pas à la trouver. Elle s'appelle Dorthe Sonne…

Il leva l'intonation sur le nom de famille, pour faire croire à une question.

— Dorthe avec « th » ? Voyons cela.

Elle tapota de nouveau sur son clavier en secouant la tête.

— Pour l'instant, je ne vois qu'une seule Dorthe Sonne ici sur l'île, effectivement domiciliée à Bølshavn. Mais elle est morte en janvier 1983.

La femme parlait d'une voix plus douce, comme si elle annonçait à Jeppe une mauvaise nouvelle.

— Elle ne devait pas être très âgée ?

La femme jeta un œil sur son ordinateur.

— Née en 1944… Elle avait un peu moins de quarante ans.

— Était-elle malade ?

Jeppe espérait qu'il réussirait à garder le tempo dans la conversation pour ne pas éveiller ses soupçons.

— Il n'y a pas d'indications sur la cause du décès ici, mais probablement ? (Elle fit défiler les pages sur son écran.) Elle était mariée à Finn Sonne – ah, mais ce sont eux qui possèdent la scierie, c'est pour ça que le nom me disait quelque chose. (Elle se redressa, les yeux rieurs.) Ce sont eux qui font partie de cette Église évangélique libre ridicule, où on n'a pas le droit d'aller chez le médecin.

Elle se racla la gorge comme si elle comprenait qu'elle était allée trop loin avec son dernier commentaire.

Jeppe l'encouragea d'un signe de tête à continuer.

— Je ne me souviens pas de son nom, mais ils ont un pasteur connu pour ses soins à distance. Il prétend être capable de guérir le cancer grâce au langage des anges ou ce genre de bêtises. (Elle pinça les lèvres. Les rides de son front réapparurent.) Enfin bon, Dorthe Sonne, vous ne pourrez plus lui parler. Désolée.

— Mille mercis d'avoir essayé. (Jeppe se fendit d'un grand sourire.) Du reste, maintenant que je vous ai dérangée, il y a aussi une autre personne que je voulais interroger. Un certain Louis Kofoed. Il est plus jeune, on pourrait peut-être le trouver ?

La femme eut l'air de penser que cela suffisait pour une seule personne, mais elle tapa quand même le nom et lut à voix haute.

— Louis Kofoed, né en 1981, mère : Connie Kofoed, père : inconnu, domicilié à Allinge. Est-ce que ça pourrait être lui ?

— Ça m'en a tout l'air.

Elle continua à lire quelques secondes sur l'écran avant de fermer l'onglet. Elle se leva et posa les deux mains sur le comptoir dans un geste qui pouvait signifier « merci d'être passé et au revoir ».

— Je ne sais pas ce que vous attendez de lui, mais je l'éviterais si j'étais vous.

— Pourquoi ça ?

Elle regarda par-dessus son épaule et baissa la voix.

— Je ne devrais vraiment pas vous le dire, mais… il a fait de la prison. De 2005 à 2008, Louis Kofoed a purgé une peine à Nyborg. C'est une prison de haute sécurité.

Jeppe haussa les sourcils d'un air interrogateur.

— Je ne peux pas commenter ce cas précis, ajouta-t-elle en chuchotant presque. Mais à Nyborg, ce sont en général les prisonniers qui purgent des peines pour des crimes violents. Et pire encore.

*

Bølshavn, dimanche 13 avril 1986

Chère Argy,

Le soleil se couche à l'ouest et colore le ciel de jaune et de rose comme une fleur écarlate, même ici sur la côte nord de Bornholm. Je suis assise à mon bureau et je ressens un rare sentiment de satisfaction. Je me sens en paix. Heureuse et reconnaissante.

Ida est rentrée aujourd'hui d'un concours hippique contente, fatiguée et bavarde comme elle ne l'avait pas été depuis longtemps. En tout cas, pas avec moi. Peut-être les pires conflits sont-ils derrière nous, maintenant qu'elle n'est plus une adolescente ? Je l'espère.

Nikolaj aussi est à la maison, et tous les trois nous avons passé une agréable soirée, dans une bonne ambiance pleine de rires et de bêtises. Je ne me souviens pas de la dernière fois où cela s'est produit. J'ai préparé de l'agneau pour le dîner, et ils m'ont tous les deux aidée à couper les légumes, sans que j'aie à leur demander. Nikolaj était d'humeur taquine, mais d'une façon agréable et il semblait si heureux de voir sa sœur. À un moment donné, je suis sortie de la cuisine et je les ai vus se prendre dans les bras, cela n'arrive pas si souvent. Ils sont partis chacun dans leur chambre après le repas, et je suis actuellement en train de t'écrire depuis mon bureau, dans l'encorbellement de ma baie vitrée, avec un cognac.

Si l'on m'avait dit que j'arriverais à un stade de ma vie où ma plus grande joie serait une parenthèse paisible avec mes grands enfants. Une vraie mère au foyer ! Il y a dix ans, j'aurais ri avec mépris d'une telle prédiction. J'aurais ajouté des objectifs comme « thèse de doctorat » et « financement de la recherche » à l'ambition d'une bonne vie. Et cela a évidemment de la valeur, dans la mesure où mon travail est mon identité. Mais je dois avoir changé, le temps a quelque peu arrondi ses coudes pointus. Aujourd'hui, mon bonheur est aux côtés des enfants.

Cette soirée harmonieuse a été mise en relief par le contraste d'une matinée qui l'était beaucoup moins, avec Finn et la petite Camille. Celle-ci commence à montrer des traits de personnalité un peu inquiétants, si l'on peut se permettre de dire une chose pareille à propos d'une gamine de sept ans (et comme tu es ma sœur, je me permets tout).

Finn est venu ce matin me demander si je voulais les accompagner en excursion aux falaises de Helligdom. Il me propose si rarement ce genre de choses désormais, que j'ai dit oui même si j'avais prévu de travailler aujourd'hui. En fait, cela ne me dérange pas qu'on ne se voie plus aussi souvent, car malgré la distance entre nous, je sais que c'est une des personnes en qui je peux avoir confiance. Mais il me manque.

Nous avons roulé le long de la côte dans la Land Rover fumante de Finn (la Mustang rouge a été vendue à la mort de Dorthe), et Camille a couiné de plaisir lorsque nous avons dévalé les hautes collines de Gudhjem. Finn a allumé la radio et fredonné sur la musique, la journée s'annonçait prometteuse.

C'est la bonne saison pour se promener à Helligdom, tout est en fleurs, et les touristes ne sont pas encore arrivés. Je ne me lasse jamais de cette portion de côte et de ses falaises spectaculaires. Les jolis escaliers et sentiers en bois serpentent comme une toile d'araignée le long des parois rocheuses et permettent de descendre jusqu'au bord de l'eau à plusieurs endroits.

Nous avons trouvé une plateforme d'observation si haute au-dessus de la mer que nous en avions le souffle coupé. Mais Camille était ingérable. Elle dévalait les marches et se jetait contre les barrières fragiles, en criant si fort qu'elle effrayait les oiseaux. Elle est encore petite et ne sait pas, mais Finn ne fait rien pour l'arrêter ou la corriger. Elle reçoit l'amour inconditionnel de son père et a le droit de faire ce qu'il lui plaît.

Sur les falaises de Måneskin, nous nous sommes assis à l'abri du vent. Finn avait préparé des sandwiches, Camille a pris une bouchée du sien et s'est amusée à jeter le reste aux mouettes. C'est une jeune demoiselle au tempérament bien trempé, ce que je ne peux qu'applaudir, mais c'était malgré tout agréable lorsqu'elle a fini par s'allonger dans les bras de son père et s'est endormie. J'ai apparemment oublié combien les jeunes enfants peuvent être épuisants.

Je dois admettre que je m'attendais à ce que Finn veuille me parler de quelque chose de précis, mais sa confession m'a malgré tout prise de court. Il a pris son élan plusieurs fois avant de parvenir à formuler ses mots – ce qui est notable en soi, car le Finn que je connais n'hésite jamais. Il m'a aussi fait promettre de ne rien dire (une promesse que je brise maintenant, mais comme tu ne vis pas sur l'île, cela ne compte pas).

Il a effectivement eu une longue liaison avec sa jeune secrétaire à la scierie – un classique ! – et l'a mise enceinte. Mais une fois notre histoire à nous deux terminée, a-t-il insisté et je lui ai caressé la main pour le calmer, tout en levant les yeux au ciel en moi-même. C'est quoi ces hommes qui croient que le soleil se lève et se couche sur leurs genoux ?!

L'enfant a cinq ans désormais et la mère exige que Finn reconnaisse sa paternité, ce qu'il refuse purement et simplement de faire. J'imagine qu'il la paye pour qu'elle se taise.

À vrai dire, cela ne me surprend absolument pas que Finn ait un enfant illégitime, il a toujours été un homme à femmes. Ce qui est surprenant, c'est sa crise de conscience. Non pas envers la pauvre secrétaire, mais envers sa femme décédée et – j'ose à peine l'écrire ici – envers Dieu.

Finn s'est qualifié de pécheur et semblait accablé par la culpabilité chrétienne. J'ai essayé de le rassurer et de lui rappeler que la considération envers la femme et l'enfant devait l'emporter sur sa propre culpabilité, mais il s'est lancé dans une diatribe à propos du Jugement dernier et de l'importance d'avoir une vie pure pour Jésus-Christ.

J'étais assise au soleil, avec la plus belle des vues, et je souhaitais être n'importe où, mais ailleurs. Mes vieux amis d'université avec qui je pouvais avoir des conversations et discussions laïques intelligentes me manquaient beaucoup. Pour finir, je me suis levée pour aller faire un tour avant de dire quelque chose que je regretterais.

Qu'est-il donc arrivé au bel homme fort que je connaissais et que j'aimais ? Le charmant Finn, l'homme du monde aux larges épaules et à la plus magnifique moustache du Nord. Est-ce la mort de Dorthe qui l'a fait rapetisser de la sorte ? Lui a-t-elle reproché son infidélité en le forçant sur son lit de mort à promettre de se sauver lui-même et de sauver nous autres pécheurs de la damnation éternelle, ou de quoi s'agit-il ?

Je suis triste du fossé qui nous sépare, parce que je comprends qu'il ne fera que s'élargir à l'avenir. Comme le disait toujours notre mère : « Ne fais jamais confiance à quelqu'un qui ne doute pas ! »

Affectueusement,

Margy

*

Situé dans un bâtiment blanc et bas, aux fenêtres panoramiques, le fumoir Stampen aurait tout aussi bien pu être une maison de retraite ou un centre de conférences, si ce n'était une pancarte en bois sculptée à la main au-dessus de la porte et l'odeur des boulettes de poisson.

Jeppe avait opté pour ce lieu après une petite recherche sur Internet principalement pour son emplacement, car Anette et lui devaient se retrouver près de Rønne, mais à une distance discrète du commissariat. En novembre, le choix d'établissements ouverts n'était pas grand, et un fumoir pouvait être aussi bien qu'un café. En voyant l'endroit, il eut toutefois quelques regrets.

Le vent soufflait toujours fort et les parasols repliés de la cour, jetés en tas sous une table, s'agitaient sur eux-mêmes.

Jeppe inspira profondément. Même s'il souffrait toujours de tourbillons de pensées, il avait trouvé une sorte de calme ici sur l'île ces derniers mois, laissant le temps passer plus lentement dans cette magnifique nature. Mais c'était sur le point de changer. Une dissonance s'était glissée sur la portée et faussait l'harmonie.

Il referma ses doigts autour de la boîte d'ibuprofène dans sa poche, redressa ses épaules contre une bourrasque et se précipita à l'intérieur.

La sensation de malaise disparut lorsqu'il aperçut une femme blonde en jean, baskets et anorak à l'une des petites tables du fumoir. Elle se leva et sourit, le bout du nez rougi par le vent et les yeux bleus pétillants. Anette écarta les bras et ressembla à une publicité pour le lait entier et les chaussures de randonnée. Jeppe se laissa étreindre sans résistance.

— Salut, Werner, bienvenue dans les territoires aux confins du pays.

Les mains sur ses épaules, elle l'observa, les sourcils froncés.

— Oui, c'est bien ce que je pensais. On ne peut pas tourner le dos dix secondes avant que tu ne te fasses pousser une barbe de dépressif. Tu m'as l'air d'avoir les yeux creux, mon petit Jeppe, tout va bien ?

— Tout va bien. C'est bon de te voir.

— Contente de te voir aussi ! (Elle tâta ses biceps.) Tu as pris du muscle, il était temps. Viens, assieds-toi, je meurs de faim.

— Rien n'a changé.

Jeppe s'affala sur la chaise en face d'Anette avec un chaud picotement dans tout le corps. Il avait oublié combien c'était agréable d'avoir des amis.

— Je vais juste commander un café.

— Tant que tu ne commandes pas de Gammel Dansk.

Elle lui jeta un regard enjoué par-dessus une carte de menu plastifiée et se tourna vers le jeune serveur en polo avec un appareil dentaire qui apparut à leur table.

— Je vais prendre la limande avec des frites, et du pain avec du beurre, s'il vous plaît.

— La cuisine est malheureusement fermée entre trois et six. Nous ne servons que du café et des desserts. Le gâteau du jour est un roulé.

Anette regarda Jeppe comme si tout était sa faute.

— Nous allons prendre du café et du gâteau tous les deux, merci, dit-il au serveur.

Le jeune disparut dans la cuisine et Jeppe contempla le reste de la salle à manger. À part eux, elle était vide.

— Je suis désolé, j'aurais dû trouver un meilleur endroit. J'ai juste pensé que puisque tu étais là, autant que tu expérimentes un fumoir de Bornholm. Peut-être est-ce un roulé au hareng fumé ? On ne sait jamais, on pourrait avoir de la chance. (Il sourit à Anette qui leva les yeux au ciel en guise de réponse.) Comment va ta petite famille ?

— Bien. Svend est en visite chez sa sœur avec Gudrun, et ils ont l'air de bien s'amuser, même si elle est un peu enrhumée. Je ne leur manque pas du tout.

Elle lissa de la main la nappe vert mousse devant eux.

— Les choses ne pourraient donc pas aller mieux.

— Ah ! fit Jeppe avec un petit sourire. Et l'enquête, tu as l'intention de faire venir ton équipe ici ?

— Pas avant d'avoir le résultat des échantillons d'ADN. Nous ne savons toujours pas avec certitude si le corps est bien celui de Nikolaj Dybris. Et ça dépend aussi du centre d'investigation local, de l'aide dont ils penseront avoir besoin. (Elle releva légèrement un coin de sa bouche.) Dois-je t'appeler avant que tu risques de tomber sur Sara au supermarché ?

Jeppe haussait les épaules au moment où le serveur leur apporta leur commande.

— Tiens, bois ton café. Le roulé a heureusement l'air d'être fourré aux framboises, pas au poisson.

Anette l'observa tout en enfonçant sa fourchette dans son gâteau.

— OK, donc ce sera mieux de te prévenir, même si c'est évident que tu as tourné la page depuis longtemps et que tu ne pourrais pas t'en moquer davantage.

— Merci.

— Nous avons trouvé une grosse somme d'argent – quarante-quatre mille euros – cachés dans un sac poubelle chez Nikolaj.

Anette parlait la bouche pleine.

— C'est donc ça que Louis voulait récupérer l'autre soir ?

— Il semblerait que oui.

Jeppe ouvrit une dosette de crème et la vida dans sa tasse.

— Kofoed a purgé une assez longue peine de prison à Nyborg. Ça vaut peut-être la peine de vérifier son casier.

— Il a aussi un différend avec l'ancien patron de Nikolaj, un boucher, qui ne veut pas nous dire la raison de leur désaccord. Louis est visiblement un type qui semble être du genre à s'attirer les ennuis.

Elle racla son assiette et lécha sa fourchette.

— Tu ne vas pas manger ton gâteau ?

— Tu peux le prendre. (Jeppe poussa l'assiette vers elle.) Vous lui avez parlé ?

— Il a disparu de la surface de la Terre et ne répond pas au téléphone.

— Je l'ai vu ce matin dans la forêt, mais je ne sais pas où il est maintenant. Sa mère s'appelle Connie Kofoed et habite apparemment à Hasle. Peut-être qu'elle pourrait vous aider. D'ailleurs… (Jeppe sortit un sachet de congélation de sa poche et le posa sur la table.) Un mégot de

Louis Kofoed. J'ai pensé que ça pourrait t'être utile d'avoir son ADN.

— Merci, mon petit Jeppe. Ça me réjouit qu'il y ait encore un peu de policier caché sous cette barbe de bûcheron. (Anette lui fit un clin d'œil et rangea le sachet dans son sac.) Tu crois qu'il pourrait être impliqué ?

Jeppe réfléchit.

— Je ne le connais pas très bien, mais je peux facilement m'imaginer que lui et Nikolaj trempent, ou ont trempé, dans des plans foireux ensemble. Ils ont l'air de savoir tous les deux comment opérer du mauvais côté de la loi. Et Louis connaît Nikolaj mieux que ce qu'il veut bien l'admettre, j'en suis certain. Mais un meurtre ?

— Il vient pourtant d'entrer dans la clandestinité.

— Oui, ça ne plaide pas franchement en sa faveur.

Anette fronça les sourcils et montra Jeppe du doigt.

— OK, que dis-tu de ce scénario : Louis et Nikolaj ont volé l'argent de la boucherie, Louis est devenu trop gourmand et a tué Nikolaj ?

— Ou le contraire : Nikolaj a essayé d'escroquer Louis, qui l'a découvert et a tué Nikolaj. Ça expliquerait pourquoi l'argent se trouvait chez Nikolaj. Mais un abattoir n'aurait pas autant de liquide, en tout cas pas un abattoir respectueux de la loi. Alors, d'où vient l'argent ?

Anette hocha la tête d'un air résigné et attaqua le roulé de Jeppe.

— C'est bon ?

— Pas vraiment. Mais il n'y a rien d'autre.

Elle prit une autre bouchée et lécha la confiture sur ses doigts.

Jeppe se pencha en arrière sur sa chaise et la regarda.

— Par ailleurs, les Enfants de Zélote semblent être une congrégation de personnes influentes, dont Finn Sonne, qui possède la scierie d'Østerlar. Je suis passé à l'église pour discuter avec le pasteur. Il se fait appeler le Père Samuel. Un homme charmant.

Anette sourit.

— Je me disais bien que tu ne pourrais pas rester à l'écart. Est-ce que Nikolaj et Louis ont quelque chose à voir avec les Enfants de Zélote ?

— Rien d'autre que le fait qu'ils connaissent et travaillent pour des gens qui en sont membres.

— Mais l'Église a-t-elle un rapport avec le corps dans la valise ? Mon petit Jeppe, tu penses qu'il y a un lien ?

Elle racla les miettes du gâteau avec sa fourchette.

Il eut un sourire en coin.

— Quand as-tu commencé à aimer entendre parler de mes intuitions ?

— Ça pourrait donner quelque chose.

— Ida m'a donné les coordonnées de Marco Sonne, c'est le fils de Finn et l'ami d'enfance de Nikolaj, peut-être sait-il quelque chose. Je vais te les envoyer tout de suite. Il habite à Londres.

Jeppe sentit son téléphone vibrer entre ses doigts, mais ne reconnut pas le numéro qui s'affichait à l'écran.

— Kørner à l'appareil.

— Oui, c'est Aage. Je l'ai trouvé.

Le cerveau de Jeppe fit un saut périlleux.

— Aage… d'Olsker Antik, bien sûr, bonjour. Qu'avez-vous trouvé ?

— C'est à propos de ces valises qui vous intéressaient. Elles figurent bien dans le registre des ventes de 1988, juste après l'ouverture de la boutique. « Deux valises de tournée à vingt-cinq couronnes pièce », je suis en train de lire l'entrée du registre comme je vous parle, même si ma femme ne me facilite pas la tâche avec ses lettres minuscules. Mes yeux étaient bien meilleurs à l'époque…

— Qui les a achetées ? l'interrompit doucement Jeppe, en croisant le regard curieux d'Anette. C'est écrit ?

— Oui, oui, j'allais justement y venir. Donc, deux valises à vingt-cinq couronnes pièce, vendues le 10 décembre à Margrethe Dybris, au 21 Bølshavn.

CHAPITRE 17

— Connie Kofoed, à Hasle, quelqu'un peut me trouver son numéro de téléphone ?

Anette posa la question à la cantonade dans l'open space du centre d'investigation, aujourd'hui composé de trois enquêteurs locaux en plus de Ditte Vollmer. Ils étaient regroupés autour d'une table, derrière un yucca fatigué, et discutaient des problèmes du trafic des ferries, leurs voix se répercutant sur les cloisons de séparation entoilées. La question d'Anette déclencha un ricanement étouffé qui lui fit lever la tête de son iPad.

— Quoi ? Qu'est-ce que j'ai dit ?

— Connie la Saucisse, répondit un des enquêteurs avec un rire narquois. Tu peux la trouver dans les pages jaunes.

— Connie est l'une des prostituées de l'île, expliqua Ditte. Et comme elle n'est plus toute jeune, mes collègues masculins se sentent autorisés à la dénigrer.

— Ah ! C'est aussi et surtout la mère de Louis, alors quand vous aurez fini de vous moquer d'elle, vous pourriez peut-être vous bouger et l'appeler ? Elle sait peut-être où il se trouve.

Son invective fut accueillie par un silence boudeur de la part des trois policiers qui retournèrent à leurs bureaux respectifs. L'un d'eux composa un numéro sur son téléphone.

Ditte tira une chaise et s'assit à côté d'Anette.

— Nous avons trouvé le portable de Louis. Il gisait dans un fossé le long d'une route au sud de Klemensker, au milieu de l'île. Peut-être l'a-t-il jeté par la fenêtre de sa voiture.

— De quel côté ?

Ditte savait exactement ce qu'elle voulait dire.

— À l'ouest de la route. Ce qui correspondrait au fait qu'il se dirigeait vers le sud et aurait balancé son téléphone par la fenêtre côté passager.

— Et qu'y a-t-il vers le sud ? demanda Anette en balayant du regard la grande carte de l'île qui ornait l'un des murs de la pièce. Il n'était en tout cas pas en chemin pour le ferry.

— Non, il roulait en direction des forêts au centre de l'île, où il travaille en semaine. Ou alors il allait à l'aéroport au sud de l'île.

Anette se leva et s'approcha du plan accroché au mur.

— Avez-vous lancé un avis de recherche pour le retrouver ?

— C'est en cours. Nous avons des agents postés à la fois à l'embarcadère des ferries et à l'aéroport, mais il a eu une demi-journée pour disparaître, alors il est possible que nous arrivions trop tard. J'ai demandé les images de vidéosurveillance et les listes des passagers de tous les départs entre 10 heures et 15 heures aujourd'hui, nous verrons si nous le trouvons dessus.

— Les valises dans lesquelles le corps a été retrouvé à Copenhague appartenaient à Margrethe Dybris. (Anette posa son index sur le petit point correspondant à Bølhavn.) Si nous supposons que la victime a été tuée ici à Bornholm, où est-ce que ça a pu se passer ?

— Si le tueur a utilisé une tronçonneuse, ça peut être n'importe où.

Ditte rejoignit Anette, et passa son index le long de la ligne côtière.

— Dans les forêts, dans une vieille grange, ou dans une usine sur la côte nord. Il y a beaucoup de bâtiments vides entre Tejn et Allinge, de vieilles criées et ce genre de choses.

Anette secoua la tête.

— Selon nos techniciens, la lame ne correspond pas à celle d'une tronçonneuse, mais plutôt à une scie industrielle. Une scie à ruban. C'est une de cette sorte que nous cherchons.

— Finn Sonne possède une scierie. (Ditte parcourut la carte et posa un doigt sur le village d'Østerlar.) L'une des dernières de l'île encore en activité. Ils doivent bien avoir une scie de ce genre ?

Elles se regardèrent.

— Y a-t-il eu une réponse de Copenhague sur les échantillons dentaires du cadavre ?

— Nyboe a promis que nous les aurions demain.

Anette sentit que sa tête commençait à tourner. Elle devait manger quelque chose de correct, et vite. Ce soir, le choix de la station-service ne serait pas suffisant.

— Ça va ?

— Impeccable ! (Anette se frotta les tempes pour s'éclaircir les idées.) Ne devrions-nous pas appeler la scierie d'Østerlar pour voir si on peut y passer ?

— J'allais justement le suggérer.

Ditte regagna son bureau, et chercha le numéro sur son ordinateur.

Anette resta debout près de la carte et lut les noms de lieux étranges, dont elle n'avait jamais entendu parler. Sorthat-Muleby. Knudsker. Gøngeherred.

— Est-ce que ton collègue a vérifié les antennes relais ?

— L'inspecteur Poulsen les a toutes contrôlées après le dernier appel de Nikolaj le 29 août à 23 h 30, mais il n'y a rien. Après l'appel à Louis, il a disparu.

— Son téléphone en tout cas, dit Anette avant de se racler la gorge. Au fait, je n'ai pas eu l'occasion de te dire que mon collègue Jeppe Kørner est sur l'île. Il est en congé de la police pour l'instant, mais il m'a aidée à rechercher Nikolaj.

Ditte leva les yeux vers elle.

— En privé, se dépêcha d'expliquer Anette. Pas dans le cadre de l'enquête officielle. C'est un bon ami d'Esther, la femme que nous avons rencontrée chez Ida Dybris.

Ditte ne sourcilla pas, mais retourna à son écran et continua à taper.

Anette décida de ne pas s'étendre sur le sujet. On ne se justifie et ne s'excuse qu'une seule fois, après, cela devient pathétique. Elle retourna s'asseoir à son bureau.

— Alors aucun signe de vie après le 29 août. Ne penses-tu pas que Nikolaj a très probablement été tué cette nuit-là ?

Ditte marmonna son accord sans lever la tête, attrapa son téléphone et appela la scierie.

Anette se repassa la conversation dans sa tête pour s'assurer qu'elle n'en avait pas trop dit. Peut-être que Ditte possédait une vision aux rayons X et avait compris que c'était Jeppe qu'elle venait de voir, et qu'elle continuait à compter sur lui. Mais elle ne lui avait demandé que des conseils. C'était lui-même qui avait souhaité de parler avec ses contacts ici sur l'île – Anette ne pouvait pas l'en empêcher.

Elle attrapa sa veste sur le dossier de sa chaise, et l'enfila avec un petit soupir. Ce n'était pas facile de faire cavalier seul, quand on avait l'habitude d'être deux.

*

La prière du soir chez les Enfants de Zélote n'attirait pas les foules. Jeppe regarda autour de lui depuis sa place au fond de la salle et ne compta que douze personnes sur les bancs en bois durs de l'église. Le fait que l'affluence ne soit pas plus importante ne semblait pourtant affecter en rien le Père Samuel. Vêtu d'une soutane pourpre brodée, qui ne s'accordait ni avec son visage émacié, ni avec la maison de lotissement dans laquelle ils se trouvaient, il lisait des passages de la Bible et prêchait à ses fidèles avec emphase, comme un animateur de bingo enthousiaste. Il se déplaça plusieurs fois dans l'allée centrale et posa une main douce sur l'épaule ou le front des gens tout en poursuivant son sermon.

L'une des personnes qu'il toucha avec le plus d'amour s'avéra être Camille Sonne, assise les yeux fermés, en toute confiance face au pasteur. Elle avait couvert ses cheveux noirs d'un foulard fleuri noué lâchement dans son cou et avait l'air davantage à la mode que pieuse, mais puisqu'ils se situaient dans une église, c'était peut-être le cas malgré tout.

Jeppe s'attarda sur les courbes de sa gorge et remonta vers son menton et sa belle bouche. Même de profil et à moitié couverte, Camille était une femme attirante.

La cérémonie fut courte et dénuée de toute forme d'extravagance tels des glossolalies ou des yeux révulsés. Jeppe se leva avec le reste de la congrégation et reçut la bénédiction d'adieu du Père Samuel avec une certaine déception, avant de se diriger vers la sortie.

— Je vois que la curiosité l'a emporté sur les préjugés, lui dit Camille près de l'entrée, où il tripotait son manteau tout en essayant de ne pas avoir l'air de l'attendre. Alors, c'était comment ? Aussi bizarre que prévu ?

— Je ne suis pas un expert pour ce qui est des rituels religieux, mais celui-ci semblait tout à fait dans les règles.

Jeppe tint la porte ouverte pour eux deux, sortit dans l'air du soir et prit une profonde inspiration. Le vent était tombé et un froid glacial l'avait remplacé ; il remonta son col et enfonça ses mains dans ses poches.

— Le Père Samuel m'a dit que tu étais passé parce que tu cherchais un endroit où pratiquer ta foi chrétienne ?

Son ton était aussi sec que l'air, pourtant Jeppe y distingua un trait d'humour – elle ne paraissait pas vraiment offensée. Peut-être était-elle même venue exprès pour le voir ?

Ils firent quelques pas vers la route, le gravier crissant sous leurs pieds. Camille salua les paroissiens qui montaient en couple dans leurs voitures et repartaient.

Elle lui sourit avec douceur.

— Tu me ramènes ? Mon chauffeur semble prendre son temps. Ce n'est pas si loin jusqu'à la scierie…

Jeppe lui rendit son sourire et sentit le sang affluer dans des parties de son anatomie qu'il avait oubliées. Une petite voix dans sa tête lui chuchota que cette proposition n'était probablement pas aussi spontanée qu'elle en avait l'air.

— Je suis garé ici.

Le pick-up glacial s'embua rapidement sous la chaleur de leur souffle. Jeppe laissa tourner le moteur avec la ventilation à fond, se frotta les mains et garda les yeux fixés sur la rue. Cela semblait étrangement intime d'être assis aussi près de Camille.

Lorsque la voiture fut assez chaude, Jeppe essuya le pare-brise de sa manche et commença à rouler. Quand ils atteignirent la route de campagne, elle brisa le silence.

— Mon père était un peu inquiet que vous ayez arrêté les travaux d'abattage des arbres aujourd'hui. Il a essayé de joindre Louis toute la journée ; s'il ne répond pas bientôt, vous allez perdre le contrat.

— Est-ce que ce n'est pas un peu radical ? demanda Jeppe en lui jetant un coup d'œil. Ça soufflait vraiment fort.

— Nous sommes déjà très en retard par rapport à notre planning de production. (Elle avait l'air agacée, comme s'il n'avait pas le droit de poser des questions critiques.) Combien de temps as-tu l'intention de rester, d'ailleurs ? Tu vas rentrer chez toi pour Noël ?

— Je ne sais pas.

— Tu n'as pas un vrai travail qui t'attend ? Une famille ? Louis peut être exigeant, il ne faut pas qu'il te retienne.

Jeppe hésita. Était-ce pour cela qu'elle était venue au service du soir ? Pour l'inciter à rentrer chez lui ?

— Pour l'instant, j'aime être ici. Après, on verra.

Elle retira son foulard fleuri et le posa sur ses genoux.

— Au fait, je dois te donner le bonjour de mon grand frère et te dire qu'il ne sait toujours pas où est Nikolaj.

— Qu'est-ce qu'il fait, déjà ?

— Marco travaille comme banquier d'affaires. (La voix de Camille se fit plus douce, elle semblait fière.) Il a d'abord été recruté par un chasseur de têtes de Sachsman & Porter pour leur filiale de Londres, mais ces deux dernières années il a travaillé à son compte. Et il est occupé. Il s'est acheté un superbe appartement à Belgravia et joue au tennis dans le même club que l'un des princes. Mon frère est incroyablement doué.

Jeppe grommela son admiration.

— Mais il doit aussi se demander où est passé Nikolaj. Ne sont-ils pas amis ?

Elle soupira.

— Il y a bien des façons d'être amis. Ils ne se voient que lorsque Marco rentre à la maison pendant les vacances d'été, et alors Nikolaj a l'air plus intéressé par rouler dans la Porsche vintage de mon frère et faire la tournée des meilleurs restaurants d'été de l'île. Marco continue de le fréquenter en souvenir du bon vieux temps, et parce que c'est une personne loyale.

— Tu n'as pas l'air d'apprécier tellement Nikolaj ?

Elle haussa les épaules.

— Je l'ai toujours connu et j'ai grandi avec le fait qu'il était l'un des grands avec qui mon frère traînait. Marco a sept ans de plus que moi, alors lui et ses amis semblaient inaccessibles lorsque nous étions enfants. Mais… tandis que certaines personnes créent de la valeur autour d'elles, d'autres créent le chaos. Nikolaj appartient à cette deuxième catégorie. Un loser, si tu veux mon avis.

Ils approchaient de la scierie, Jeppe ralentit un peu et jeta un coup d'œil à Camille. Les mains sur les genoux, elle regardait par la vitre.

Il lui démangeait de la questionner à propos de sa mère et des circonstances de son décès, mais il savait que cela ruinerait toute cette confiance naissante et ne ferait que l'estampiller définitivement comme flic en action.

— Le Père Samuel m'a raconté qu'il avait perdu un enfant…, essaya-t-il à la place.

— Ah bon ? Ce n'est pas un sujet qu'il aborde habituellement, répondit-elle avec hésitation, mais il n'y avait rien d'hostile dans sa voix, plutôt une curiosité enfantine qui donnait l'air de ne pas avoir souvent le droit de s'exprimer. Mais oui, sa fille est morte dans un accident. Je n'avais que neuf ou dix ans lorsque c'est arrivé, mais je m'en souviens très bien. Tout le monde était bouleversé. Nous la connaissions tous, à l'Église, elle avait l'âge de mon grand frère. Elle était très belle, avec la réputation d'être un peu une rebelle. Ses parents avaient fort à faire avec elle, mais elle était tout ce qu'ils avaient.

— Comment est-elle morte ?

Jeppe entra dans la cour de la ferme et s'arrêta devant la scierie, le moteur tournant au ralenti. Il espérait que la conversation la retiendrait encore un petit peu dans la voiture.

— Elle est tombée à Troldeskoven, la forêt des Trolls. Je ne sais pas ce qu'il s'est passé exactement, j'étais trop petite pour avoir les détails.

Camille râla, moitié par indignation, moitié par amusement.

— L'éducation chrétienne dans ce qu'elle a de meilleur. Ce qu'ils ne savent pas ne peut pas leur nuire. Ils ne comprennent pas à quel point c'est effrayant pour un enfant de ressentir le désespoir de tous sans avoir d'explication.

Elle soutint son regard avec malice.

— Nous n'en parlons toujours pas.

Jeppe lui sourit. Il n'arrivait pas à savoir si Camille était une de ces personnes qui flirtaient avec les gens parce que ça pouvait être payant, ou si elle était vraiment intéressée par lui.

— Pendant des années, je n'ai pas osé aller dans la forêt, parce que j'étais terrifiée par les bêtes sauvages.

Elle écarta les cheveux de son visage, ses yeux captèrent la lumière du lampadaire sur la route et étincelèrent dans l'obscurité.

— Les bêtes sauvages ?

— Oui… Tu sais comment quelque chose peut se développer dans l'imagination d'un enfant. Quand j'ai demandé aux adultes ce qui était arrivé à la fille du pasteur, ils m'ont répondu qu'elle était tombée dans la fosse aux ours et qu'elle était morte.

*

Bølshavn, dimanche 12 octobre 1986

Chère Argy,

Nikolaj me vole. Il pense que je ne m'en rends pas compte et je le laisse croire. Je ne supporterais pas un conflit, pas maintenant. Ce n'est que de la menue monnaie dans mon portefeuille et de la bière dans le frigo ; je me rassure en me disant que cela ne doit pas être plus grave que cela. N'est-ce pas juste quelque chose que les enfants doivent expérimenter ?

Je ne crois pas qu'Ida l'ait jamais fait, et je ne me souviens pas que tu m'aies raconté que vos garçons vous aient volés, mais peut-être que tu le prends de manière désinvolte.

Ce qui est difficile quand on est la mère d'un adolescent, c'est qu'il se confie si peu sur ce qu'il se passe dans son quotidien. Lui et Marco vident la monnaie des poches des manteaux dans l'entrée et je laisse couler, parce que oui, ça n'est pas plus grave que ça.

Mais peut-être est-ce pire, qu'est-ce que j'en sais ? Peut-être qu'ils volent aussi dans les boutiques, qu'ils se droguent, se battent et commettent des délits que je ne peux même pas imaginer. À quel moment faut-il intervenir ?

Les deux sont comme liés par les doigts de la main et font sans cesse le tour de l'île sur leurs mobylettes trafiquées. Ils portent des jeans troués et sentent la bière et la cigarette quand ils rentrent à la maison. Il n'y a pas beaucoup de cafés et de bars sur l'île, les jeunes gens traînent surtout à la plage ou font la fête dans la forêt. Marco n'a que quatorze ans, mais, pour autant que je puisse en juger, Finn semble avoir complètement abandonné ce garçon et lui laisse la bride sur le cou.

Tant que Nikolaj dîne à la maison tous les soirs, et que nous parlons ensemble de notre journée et de la vie, je l'autorise à sortir avec ses amis avec l'argent qu'il a dans les poches. Ça finira probablement par s'arrêter tout seul.

Je me rappelle moi-même du passage de l'enfance à l'âge adulte comme une accumulation sans fin d'anxiété dans le corps et l'esprit. On est tellement impatient lorsqu'on est adolescent, on a tellement d'énergie, et le pire qu'on puisse faire comme parent, c'est de limiter cette soif de liberté et d'expériences. Nikolaj a le droit de se promener avec Marco, si ses devoirs sont faits et qu'il se couche à une heure raisonnable pour pouvoir se lever le matin.

Durant les vacances d'automne, il a travaillé pour Anton, qui lui a pardonné ses bêtises d'enfant et l'a félicité pour son habileté. Il a appris à monter des clôtures, désherber et peindre les boiseries, et même si bien sûr j'ai de plus grandes ambitions pour mon fils que du travail manuel non qualifié, il n'y a pas de mal à ce qu'il acquière un peu d'expérience pratique.

Finn lui a même, et de manière très surprenante, trouvé un travail provisoire de compagnon-maçon. Le pignon de l'église de Finn s'effrite, alors Nikolaj et le maçon vont chez le Père Samuel pendant le week-end pour le rejointoyer. La congrégation voudrait construire une toute nouvelle église ; Finn tire les ficelles du côté des investisseurs et des politiques locaux pour collecter des fonds et obtenir les permis de construire – c'est le genre de choses qu'il sait faire. Mais cette nouvelle construction est prévue à long terme, alors, dans un premier temps, la vieille église doit être réparée.

Nikolaj donne l'impression d'aimer ce travail et dit que la famille du pasteur est gentille et qu'ils leur servent un repas chaud au déjeuner. Je l'ai prévenu de ne pas trop les écouter, il risquerait de subir un lavage de cerveau. Et pour être honnête, je n'ai pas le courage de supporter davantage de fondamentalistes chrétiens dans ma vie.

Il court d'ailleurs une rumeur à propos du Père Samuel et de Dorthe Sonne ! Ils auraient eu une liaison derrière le dos de Finn et de la femme du pasteur, qui s'appelle Ingeborg ou Agnes, quelque chose comme ça.

Je n'y crois pas du tout, Dorthe n'était pas ce type de personne. Je t'ai raconté la fois où elle était venue pour le café et où je lui avais suggéré d'envisager de mettre un diaphragme si elle ne voulait plus d'enfants. Je lui avais expliqué combien c'était facile à utiliser, mais son visage était devenu gris cendré et elle semblait si mal à l'aise sur le sujet que j'étais passée à autre chose. Et elle aurait eu une affaire avec le pasteur ?!

Je pense que la rumeur a commencé à circuler pendant la période où elle était malade et où il a essayé de la guérir. Ce genre de choses a tendance à prendre des proportions démesurées sur une île comme Bornholm. Tout doit entrer dans les cases préexistantes, sinon les gens se sentent en insécurité.

Sinon, Elias en a un peu assez de moi. J'ai du mal à terminer ma partie d'un article pour la revue Jordens Folk*, et il s'impatiente, comme d'habitude. Parfois, on pourrait croire que nous sommes encore mariés.*

Embrasse mes neveux pour moi !

M.

CHAPITRE 18

— Ce n'était pas le pick-up de Jeppe ?

Anette se retourna pour regarder la voiture qu'elles venaient de croiser et qui disparaissait désormais dans l'obscurité derrière elles. Elle avait sans doute mal vu. Elle composa soigneusement le long numéro de téléphone anglais et l'entendit sonner.

— Il ne répond pas, marmonna-t-elle à Ditte. Je vais laisser un message.

Elle s'éclaircit la gorge et attendit le bip.

— Bonjour, monsieur Sonne, Anette Werner, de la police de Copenhague. C'est à propos de votre ami, Nikolaj Dybris. Veuillez me rappeler à ce numéro. Merci.

Ditte tourna pour pénétrer dans la cour de la scierie, et elles descendirent de la Mercedes bleu métallisé. Anette regarda autour d'elle les grands bâtiments et les piles de troncs d'arbres qui jonchaient le sol. Il avait plu lors du trajet et le bois gouttait tristement. Des nuages bas s'étaient amoncelés au-dessus de l'île et, dans la faible lumière du jour, la scierie déserte d'Østerlar semblait abandonnée. Comme un instantané de quelque chose qui avait existé, et à quoi la vie, désormais, tournait le dos.

Anette remonta la fermeture éclair de son manteau, satisfaite de ses propres observations. Avec un sens pareil de la poésie, pourquoi aurait-elle besoin de Jeppe ?

— Qui devons-nous rencontrer ?

— J'ai parlé au propriétaire, Finn Sonne, expliqua Ditte. Les employés sont rentrés chez eux depuis longtemps, mais il avait apparemment quelque chose à terminer. Si on fait le tour, on le trouvera sûrement.

— D'accord.

— Il a aussi dit qu'il ne savait pas où se trouvait Louis, mais j'ai insisté pour venir quand même, afin que nous puissions voir l'endroit.

Le bâtiment le plus proche, et aussi le plus récent, avait de la lumière aux petites fenêtres. Elles traversèrent la cour et appuyèrent sur la poignée d'une imposante porte en fer peinte en rouge qui s'ouvrit facilement. À l'intérieur, elles virent une gigantesque structure de fer et de bois, qui s'étendait sur toute la longueur de l'espace et jusqu'aux panneaux d'isolation du plafond. Des rails et des traverses couraient de droite à gauche en travers du hall, au milieu des bobines, des câbles et des tuyaux. Des boutons verts et rouges brillaient sur un tableau de commande derrière une vitre. Cela ressemblait à un endroit conçu pour rugir d'activité, mais tout était silencieux.

— Que crois-tu qu'ils fassent là-dedans ? demanda Anette.

— Dix contre un que ça a quelque chose à voir avec le découpage du bois.

Elles suivirent un rail en acier et regardèrent entre les troncs d'arbres et les planches, jusqu'à ce qu'elles arrivent devant une cage métallique peinte en gris qui allait du sol au plafond. Elle était équipée de roulettes pivotantes pour la déplacer et d'écrans affichant une quantité de données incompréhensibles. Juste un peu au-dessus du niveau de la tête, une vitre sale révélait une scie industrielle.

Anette sauta sur un tas de palettes, frotta la vitre de sa manche et éclaira l'intérieur de la cage avec son téléphone.

— C'est une scie puissante, pas de doute là-dessus. Mais elle est protégée et il n'y a que d'étroites ouvertures pour laisser passer les planches.

— Tu en es sûre ? demanda Ditte qui monta à son tour sur les palettes, s'étirant sur la pointe des pieds et se protégeant les yeux de ses mains pour vérifier par elle-même avant de redescendre sur le sol. Continuons !

En face du bâtiment moderne se trouvait une version plus petite et plus ancienne, avec une grande porte en bois ouverte. En s'y dirigeant, Anette trébucha sur quelque chose dans le sol boueux de la cour, deux traverses de chemin de fer qui allaient jusque dans le hall. Elle s'approcha et entendit un bourdonnement rythmé. Comme celui d'une locomotive. Elle regarda à l'intérieur et vit des panneaux de bois sur les murs et l'omniprésence d'une épaisse couche de sciure qui recouvrait le sol et flottait dans l'air sous forme de petites particules. Deux labradors accoururent à leur rencontre et reniflèrent leurs jambes avec curiosité.

Anette suivit les rails des yeux et vit un tronc d'arbre à travers lequel une vieille scie à lame horizontale se frayait lentement un chemin. Au-dessus de l'appareil était suspendu un énorme cadre d'acier peint en gris, et à côté de lui des bobines et des courroies tournaient pour maintenir la lame en mouvement.

Un homme grand et âgé, en bleu de travail, était penché sur la scie, concentré. Il ajusta un levier et se pencha au-dessus de la lame, pour contrôler la surface de coupe. Au moment où il se redressa, il les aperçut.

Anette sortit sa carte d'identification de la poche de son manteau et la brandit vers lui. Puis elle montra la machine du doigt et cria :

— On peut l'arrêter ?

Finn Sonne cligna des yeux. Il prit un chiffon dans sa poche, essuya ses doigts tachés d'huile et appuya sur un bouton à hauteur de genou. Le moteur se tut, et les bobines tournèrent de plus en plus lentement, jusqu'à s'immobiliser complètement. Il appela ses chiens qui se couchèrent docilement à ses pieds.

— Je ne sais pas où il est.

Pas de bonjour, pas d'explication.

— De qui parlez-vous ?

— De Louis. Ce n'est pas lui que vous cherchez ? (Finn replia soigneusement le chiffon et le remit dans sa poche.) Parce que vous croyez qu'il a tué le fils de Margrethe.

Anette jeta un coup d'œil à Ditte, qui avait pris position à côté d'elle, les mains derrière le dos. Celle-ci n'avait rien dit à propos de Nikolaj Dybris lorsqu'elle avait appelé la scierie, juste demandé où était Louis et si elles pouvaient venir poser quelques questions.

— L'a-t-il fait ?

— Je n'en ai pas la moindre idée. Nikolaj a tendance à se faire des ennemis.

— S'est-il fâché avec vous ? Ou quelqu'un que vous connaissez ?

Un des coins de la bouche de Finn se tordit en un sourire sarcastique, comme si Anette le sous-estimait.

— Ma défunte femme et moi étions bons amis avec la mère de Nikolaj, mon fils jouait avec lui lorsqu'ils étaient enfants. Je ne le connais que trop bien. Il a toujours été un mauvais garçon. C'est la raison pour laquelle j'ai pris mes distances avec lui il y a de nombreuses années.

— Pas votre fils, d'après ce que nous savons. Marco et Nikolaj sont toujours amis…

— Non, ils ne le sont pas, l'interrompit Finn avec insistance. Vous pouvez le lui demander vous-mêmes.

— Merci, c'est ce que nous allons faire. (Anette envisagea la possibilité que le père de Marco dictait à son fils ce qu'il devait dire à la police.) Quand avez-vous vu ou eu des nouvelles de Louis pour la dernière fois ?

— Je l'ai vu dans la forêt hier. Aujourd'hui, il a interrompu le travail à cause de la tempête et j'ai essayé de le joindre toute la journée. (Finn serra les dents et soupira d'irritation.) La scierie n'en peut plus d'attendre leur livraison.

Ditte tendit sa carte de visite.

— Si vous avez de ses nouvelles, n'hésitez pas à nous contacter aussitôt.

Finn se saisit de la carte, y jeta un coup d'œil et l'enfonça dans la poche de sa combinaison. Puis il remit la scie en route et reprit le travail, tournant le dos à ses visiteuses.

Ditte se dirigea vers la porte. Anette s'attarda sur la lame dentée, le sol et la sciure, avant de la rejoindre. Les chiens les suivirent jusqu'à la voiture ; lorsque Ditte démarra, la lumière des phares balaya la cour.

Anette tira sur sa ceinture de sécurité, le regard sur la porte ouverte du bâtiment.

— La scierie de Finn Sonne ne peut pas être notre scène de crime, n'est-ce pas ? Cette couche épaisse de sciure autour de la scie à ruban ne doit pas dater d'hier et les planches en bois brut sur les murs sont impossibles à nettoyer. Le meurtrier n'aurait jamais pu enlever tout le sang.

— Oui, je suis d'accord, répondit Ditte. De plus, de nombreux employés circulent dans l'atelier et utilisent la scie au quotidien. Un crime commis à cet endroit aurait été découvert. Ce serait l'équivalent de tuer quelqu'un sur une piste de cirque, devant le public !

Anette rit d'un air fatigué à la comparaison.

— Il faut que je prenne un vrai dîner aujourd'hui. Tu ne connais pas un bon endroit qui serait ouvert ? On pourrait manger ensemble. C'est moi qui régale.

— Bien sûr, marmonna Ditte en ayant l'air surprise. Et contente.

*

Lorsque le tic-tac de l'horloge murale de la cuisine indiqua 20 h 30, Esther renonça à attendre davantage et se prépara un morceau de pain de seigle pour le dîner. Ida était partie en voiture en milieu d'après-midi, sans dire quand elle rentrerait. *On ne peut pas non plus s'y attendre, surtout pas dans cette situation*, songea Esther. Elle n'était pas ici comme amie de la famille, mais dans un contexte professionnel, et se débrouillerait bien toute seule pour la soirée.

La lumière était allumée, et la porte d'entrée verrouillée. Un petit verre de vin rouge dissiperait le dernier malaise qui l'assaillait.

Elle s'assit à la petite table de la cuisine, le dos à la fenêtre donnant sur la route. Même si les lampadaires chassaient les ténèbres, elle préférait malgré tout éviter la vision de l'asphalte désert. Le moindre mouvement inattendu l'effrayait, il n'y avait aucune raison de tenter le sort. Au lieu de cela, elle se concentra sur sa fine tranche de pain et son maquereau fumé dans son assiette et avala l'alcool avec un soupir satisfait.

Gregers adore le maquereau, eut-elle le temps de penser avant de se rappeler la nouvelle réalité et son ventre se serra.

Avec l'âge, son appétit était devenu un invité rare, mais avoir quelque chose à lire pouvait aider. Elle alla chercher une lettre dans le bureau.

Dans le salon, près de la fenêtre, Ida avait installé et branché à l'une des rares prises qui fonctionnaient une lampe d'architecte cabossée. Seule source de lumière de la pièce, elle n'éclairait que l'espace le plus proche qui l'entourait et créait de longues ombres sur les murs. En revanche, elle créait un fort reflet sur la vitre, la transformant en miroir et empêchant de voir à l'extérieur. Une situation dont Esther était reconnaissante à cet instant.

Son regard se porta sur la petite boîte peinte qu'elle avait trouvée dans un des sacs poubelles la veille. Ida l'avait posée sur le rebord de la fenêtre, où elle brillait à la lumière de la lampe.

Esther l'ouvrit. De grosses bagues en argent ornées de turquoises, des boucles d'oreilles bon marché et d'étroits bracelets ornés d'imitations de pierres précieuses. Le tout ressemblait aux bijoux qu'on ramenait de voyage et qui avaient davantage une valeur sentimentale que matérielle.

Un grand bruit retentit dans le jardin, tout près du mur de la maison. Esther sursauta, haletante de peur. Elle s'appuya contre la fenêtre et l'occulta de sa main libre pour voir de l'autre côté, mais il n'y avait rien d'autre que l'obscurité impénétrable de novembre.

Son souffle embua la vitre, elle recula et vit la surface redevenir nette. Une branche tombée peut-être, arrachée par le vent plus tôt dans la journée. *Les portes sont verrouillées*, se rappela-t-elle. *Je suis en sécurité, il n'y a aucune raison pour laisser mon imagination s'emballer*.

Elle souleva un bracelet en ivoire serti de pierres rouges et sourit. Il ne pouvait appartenir qu'à Margrethe, un souvenir qu'elle avait dû rapporter d'Afrique. Il était doux et chaud entre ses doigts, comme si on touchait de la peau.

Esther le reposa, continua à fouiller et trouva un collier. C'était une modeste chaîne en argent avec une simple croix en pendentif, étonnamment puritaine comparée au reste du contenu de la boîte à bijoux.

Soudain, un claquement se fit entendre dans le jardin, suivi par un craquement, qui se répéta au bout d'une seconde.

Puis, un bruit de pas.

Esther tendit une main tremblante au-dessus de la lampe d'architecte et l'éteignit avec un petit clic. La pièce autour d'elle s'assombrit et le jardin devint visible.

Elle fixa l'extérieur, jusqu'à ce que le noir révèle des buissons, des arbres, des haies et le ciel nocturne. Elle retint sa respiration et serra la chaîne entre ses doigts.

Que faisait-elle ici, toute seule dans la maison d'une famille étrangère ?

Peut-être devrait-elle rentrer à Copenhague, récupérer sa chienne et continuer à écrire son livre dans la sécurité de son appartement, où la lumière fonctionnait et où il ne régnait pas une odeur de charogne. Ida lui donnerait sûrement la permission d'emporter les lettres.

Esther songea qu'il valait mieux qu'elle aille se coucher, en espérant qu'Ida n'aurait rien contre le fait qu'elle laisse les lumières allumées. Elle se détourna, mais avant qu'elle n'ait le temps d'effectuer le premier pas, un mouvement attira son regard dans le jardin. Un mouvement qui n'était ni un arbre se balançant, ni le reflet d'une voiture qui passait.

Lentement, elle fit face à la fenêtre. Sans réfléchir, elle recula, comme si l'obscurité dans la pièce pouvait la protéger. Elle serra les paupières. Inspira par à-coups. Elle était seule et sans défense, incapable de se cacher, ou de fuir.

Il n'y avait aucun bruit dans le jardin, seuls ses propres gémissements effrayés. Esther osa ouvrir les yeux et essaya de reprendre le contrôle de sa respiration. Puis elle entendit le grincement reconnaissable de la porte d'entrée qui s'ouvrait.

*

Le seul restaurant de Rønne ouvert tard un jeudi soir de novembre était un bar à sushis désert près de la grand-place, Store Torv. Au milieu d'une pièce bien éclairée et peinte en blanc, un tapis roulant électrique faisait défiler du poisson cru sur de petites assiettes en plastique colorées entre des tables branlantes, destinées à des clients invisibles.

Anette regarda d'un œil sceptique une assiette de thon et se tourna vers Ditte.

— Tu viens ici souvent ?

— Non, avoua-t-elle. Je sors rarement pour manger. On s'assoit où ?

— Là ! dit Anette en tirant la chaise la plus proche et s'installant à une table recouverte d'une nappe en velours jaune Pâques. On se sert tout seul ou comment ça fonctionne ici ?

Ditte chercha de l'aide autour d'elle. Une jeune femme derrière le comptoir était occupée à emballer les commandes à emporter dans des sachets en papier et ne leur accordait pas le moindre regard. Derrière elle, on pouvait voir la cuisine, où deux hommes tatoués dans le cou étaient penchés chacun sur leur planche et formaient des rouleaux d'algues de leurs mains rugueuses. De temps en temps, ils s'aboyaient dessus dans une langue à consonances slaves. Même s'il était 21 heures et que le restaurant était vide, les affaires allaient bon train.

— Bon, je vais commencer, décréta Anette.

Elle se sentit à nouveau prise de vertige et tendit le bras vers une assiette orange qui passait avec un rouleau de printemps à l'aspect pas très japonais. Il avait un goût de surgelé et de friture, mais la sensation de nourriture dans sa bouche était divine. Elle parvint à attraper une assiette blanche de nigiri au saumon avant qu'elle ne s'éloigne, et avala le poisson réfrigéré en deux bouchées. Pendant qu'elle mâchait, elle se rendit compte que Ditte l'observait avec de grands yeux.

— Tu ne prends rien ? demanda Anette la bouche pleine.

— Si, bien sûr, répondit-elle en fronçant les sourcils d'un air sceptique. C'est bon ?

Anette saisit une nouvelle assiette et soupira.

— À peu près aussi bon qu'un préservatif sans sexe.

Ditte laissa échapper quelque chose entre le rire et la toux, puis attrapa sur le tapis roulant une assiette rose contenant de la salade d'algues. La serveuse s'approcha de leur table et prit leurs commandes de deux Coca avec beaucoup de sérieux en notant sur son calepin. Elle expliqua le système de tarification de l'endroit – le prix des plats variant selon la couleur de l'assiette –, et s'éloigna d'un pas énergique, qui fit vaciller leur table.

— La mère de Louis Kofoed ne sait pas où il est, dit Ditte en s'efforçant de détacher une paire de baguettes. L'inspecteur Jakobsen vient de m'écrire.

— Devrions-nous l'interroger nous-mêmes ?

Ditte réussit enfin à libérer les baguettes et à les coincer laborieusement dans sa main droite.

— Nan. Je l'ai rencontrée une fois, c'est un peu une institution sur l'île. Alcoolique. Ancienne prostituée, comme on l'a dit. Louis a été placé et n'a pas vraiment une relation très proche avec elle.

Elle entreprit de manger sa salade d'algues.

— Connie a cependant confirmé que Louis et Nikolaj étaient bons amis depuis que Louis avait été en stage à Hedegaarden il y a vingt ans. Nikolaj a dix ans de plus, mais a apparemment pris Louis sous son aile. Connie a déjà rencontré Nikolaj, mais c'était il y a quelques années.

— Connie la Saucisse de Hasle, marmonna Anette en scannant le tapis roulant à la recherche d'un plat qui n'avait pas tourné en rond depuis ce matin.

Elle choisit une étrange omelette avec deux petits morceaux de jambon et croisa le regard de Ditte par-dessus la table.

— C'est comment d'être une jeune femme à la police de Bornholm ? Tes collègues semblent un peu… vieux jeu ?

— Ils sont sympas, ça va. J'imagine qu'on apprend des deux côtés. J'espère que je leur donne une nouvelle vision des femmes dans la profession, en retour ils m'apprennent comment avoir de l'empathie pour les gens. À Bornholm, on prend soin les uns des autres, les habitants de la capitale pourraient s'en inspirer.

Ditte sourit et retourna à sa salade d'algues.

Anette allait questionner l'empathie dans le sexisme, mais laissa tomber. Elle était trop fatiguée. Au lieu de cela, elle empila ses assiettes et posa ses baguettes au sommet de la pile, tout en essayant de calculer le montant de ce qu'elle avait mangé. Elle avait hâte de parler à Svend de cet endroit.

— Quelle est notre prochaine étape ? À part retrouver Louis Kofoed ?

Ditte finit de mâcher avant de répondre.

— Il n'est pas apparu sur les images de vidéosurveillance, que ce soit au ferry ou à l'aéroport, alors cela semblerait indiquer qu'il est toujours sur l'île.

— Ce n'est pas nous qu'il fuit, n'est-ce pas ? Nous voulons juste l'interroger pour savoir s'il sait ce qu'est devenu Nikolaj. Il n'a rien fait – pas qu'on sache en tout cas –, alors pourquoi disparaît-il ainsi ?

— C'est sûrement une histoire d'argent… (Ditte vida son Coca et sortit son téléphone.) J'avais pensé à quelque chose d'ailleurs quand nous parlions à Anton Hedegaard, et puis j'ai oublié. Un instant.

Elle tapota et fit défiler une recherche Internet sur son écran.

— Toutes les entreprises doivent rendre leurs comptes publics, et j'ai entendu des rumeurs sur Hedegaarden… et ouaip, c'est bien ça. Un déficit de plusieurs millions de couronnes à la fois à la ferme et à l'abattoir ces trois dernières années. Dettes envers les fournisseurs et découverts. Un report d'impôts et des fonds propres au plus bas. Ce bon vieil Anton est quasiment au bord de la faillite.

Le téléphone sonna dans sa main. Ditte le fixa d'un air sceptique et répondit.

— Allô ? Bonsoir. Où ?

Elle avait l'air surprise. Pause.

— Quand ? Vous en êtes sûr ? Pouvons-nous passer pour en savoir davantage ? (Elle regarda sa montre.) Demain matin alors ? À 9 heures ?

Ditte lança un au revoir et raccrocha.

— C'était le Père Samuel des Enfants de Zélote. Il avait entendu dire que nous cherchions Louis Kofoed, et voulait juste nous faire savoir qu'il venait de le voir.

— Où ?

— Il est apparemment passé devant l'église il y a une demi-heure.

Ditte leva une main en l'air pour demander l'addition.

*

Bølshavn, lundi 6 juillet 1987

Chère Argy,

Désolée, voilà longtemps que tu n'as pas eu de mes nouvelles, et pardonne-moi de commencer cette lettre par une excuse – je sais que tu détestes cela. J'ai été occupée d'abord par les examens à l'école puis par une date butoir à respecter pour rendre un article sur les coutumes méso-américaines – qui consistent à honorer leurs morts en nettoyant leurs os une fois par an. Je te l'enverrai à l'occasion, quand j'aurai la possibilité de faire des copies. Lis-le, si tu en as envie.

Maintenant, ce sont les vacances d'été, et le calme s'installe peu à peu. Pas sur l'île, bien sûr, les routes grouillent comme toujours de familles en vacances qui font des excursions à vélo et de touristes allemands qui louent la même maison depuis dix ans. Les gens d'ici travaillent d'arrache-pied et se plaignent, s'enrichissent sur le dos des visiteurs, tout en faisant montre d'une mauvaise volonté illogique à les servir.

Je m'y suis habituée depuis le temps (pas au point de me prendre pour un des locaux, ha !). Au début, je pensais aussi que c'était pénible de faire la queue chez l'épicier et de zigzaguer entre les serviettes sur la plage pour arriver à l'eau, mais la vie estivale endiablée semble un contrepoint nécessaire à l'hiver. L'énergie est contagieuse, j'entretiens mes plates-bandes au jardin et je peins les clôtures, je nage jusqu'à la bouée la plus éloignée chaque jour et je lis dans mon hamac.

Ici, c'est tellement beau en plein été, et même après bientôt quinze ans, je n'ai pas fini de sentir les champs de fraises, les ajoncs et l'odeur du sel séchant au soleil le long des côtes. Et les couleurs ! J'aimerais être peintre et pouvoir capturer tout ce jaune du colza, ce bleu du ciel et ce vert de l'herbe, sans parler du gris brillant des rochers, qui sont le contraire des couleurs ennuyeuses de l'asphalte de l'hiver. Les couleurs danoises ont d'habitude tant de blanc en elles, mais pas à Bornholm. Ici, les couleurs sont profondes et intenses, comme dans le sud de l'Europe.

J'ai enfin le temps de profiter de l'été. L'école est fermée, et les enfants ne sont pour ainsi dire jamais à la maison, je n'ai donc à m'occuper que de mes recherches. Je me souviens avec mélancolie de l'époque où j'essayais de les secouer pour qu'ils ne soient plus collés à mes jambes afin de pouvoir travailler. Qui aurait pu savoir à quel point leur attention allait me manquer ?

Ida a eu vingt et un ans ce printemps. Elle peut tout faire et n'a pas besoin de demander la permission, ce dont elle ne se prive pas. Cette année, au cours du déjeuner de Pâques, elle a annoncé qu'elle prévoyait de passer un an dans une école de langues à Boston après les vacances d'été. Elle est caissière dans le nouveau grand supermarché de Gudhjem et économise son salaire, elle n'a plus besoin de mon aide. Cela me rend fière et en même temps désespérée. Tu as toi-même de grands enfants, tu comprends certainement.

Dans un mois, Nikolaj aura dix-sept ans, il m'a dépassée en taille depuis longtemps et a apparemment une petite amie. Non pas qu'il me raconte quoi que ce soit, mais il se préoccupe davantage de son apparence et passe moins de temps avec Marco que d'habitude. Durant le dîner, il se perd dans ses pensées, affiche un sourire niais et me serre dans ses bras sans prévenir. Ça ne peut être qu'à cause d'une fille !

L'autre jour, j'ai essayé d'avoir une conversation avec lui sur le sexe, mais c'était tellement embarrassant pour nous deux qu'il s'est presque enfui de la maison. J'espère qu'il fait attention, mais il est bien assez vieux pour ce genre de choses.

Je suis en revanche en train de devenir trop vieille. Non, pour l'amour du ciel, une femme de quarante-huit ans n'est pas trop vieille pour avoir des amants (oui, pluriel, amants), mais j'ai dépassé ce stade. Les hommes sont simplement trop difficiles, je ne les supporte plus. Soit ils sont trop paresseux, soit au contraire trop entreprenants et veulent s'installer. C'est un mythe de croire que ce sont les femmes qui veulent faire leur nid et avoir des relations ordonnées. Mon expérience me dit que ce sont les hommes qui ne supportent pas d'être seuls.

Anton ne fait pas exception. Nous avons passé de bons moments ensemble, sans complications majeures. Mais cela n'a pas été suffisant pour lui sur le long terme. Il voulait tout raconter aux enfants, emménager à deux et se marier. J'ai essayé de lui expliquer que cela ruinerait ce qui était bien entre nous, et que j'ai toujours délibérément évité les contraintes du mariage, mais il n'a pas voulu en démordre. J'ai fini par rompre avec lui, et il l'a bien sûr mal pris. En anglais, on dit que la colère d'une femme éconduite peut se mesurer aux flammes de l'enfer, mais ce n'est rien contre celle d'un homme éconduit !

Maintenant, je vais me préparer un sandwich et me boire une bière au soleil. Viens me rendre visite bientôt !

Ta M.

*

Les étoiles brillaient au-dessus du port de Sandvig lorsque Jeppe finit par rentrer et garer son pick-up sur le quai, le corps bourdonnant d'une excitation insatisfaite. Il avait laissé

Camille partir, même si elle l'avait invité à entrer et que sa libido hurlait qu'il n'avait aucun argument pour dire non. Qu'il n'ait pas confiance en elle ni en ses motivations, voilà qui était probablement la seule raison valable. Mais maintenant, pendant qu'il montait la colline à grandes et lourdes enjambées, il se rendit compte que la véritable raison était tout autre. Son cœur était toujours à Copenhague, et il retenait son corps.

Les lumières étaient allumées chez Orla.

Jeppe regarda par la fenêtre et vit son voisin assis dans son fauteuil, son livre sur les genoux et le menton sur la poitrine. Un rat gris clair s'était installé pour dormir sur son épaule.

Jeppe frappa doucement au carreau et vit Orla cligner des yeux et relever la tête, le nez en l'air, confus.

Il frappa à nouveau.

— Oui, oui.

Orla se leva lentement et, courbé en avant, marcha jusqu'à la fenêtre pour la décrocheter. Le rat ne bougea pas de son épaule.

— Jeppe, c'est toi ? Quelle heure est-il ?

— 22 h 30. Désolé de t'avoir réveillé, je voulais juste te dire bonne nuit.

L'air vicié de la pièce atteignit les narines de Jeppe qui fit un pas en arrière.

— Je suis passé au bureau des services sociaux aujourd'hui. Ils ont accepté d'écrire à ton assistante sociale, ainsi nous pourrons peut-être persuader les aides à domicile de poser tes repas devant ta porte.

Orla serra la main de Jeppe dans la sienne et sourit doucement.

— Tu es un bon garçon. (Il découvrit le rat sur son épaule et le souleva avec délicatesse pour le poser par terre.) Eh bien, Harriet, il est possible que nous ayons le droit de rester encore un peu ensemble. Ça serait merveilleux.

Orla se redressa, il avait l'air fatigué.

— Tu ressembles à quelqu'un qui aurait besoin d'une bonne nuit de sommeil.

— Peut-être un petit peu.

Orla attrapa maladroitement le crochet de la fenêtre.

— Juste une chose…, demanda Jeppe, alors qu'Orla restait planté là, le loquet à la main. Il y a une Église évangélique libre sur l'île, les Enfants de Zélote, et le pasteur aurait perdu sa fille dans un accident à la fin des années quatre-vingt. Tu connais cette histoire ? Tu sais tellement de choses sur l'île.

— Oh que oui, on n'oublie pas ce genre d'événement. Comment était-ce déjà ? C'est quelque part dans la purée de pois là-haut, je dois juste me rappeler…

Orla fronça le front au point que son nez se plissa.

— Ça ne s'est pas passé à Troldeskoven derrière le Stammershalle ? (Orla s'illumina alors que sa mémoire lui revenait. Puis il secoua la tête en abandonnant.) Je ne suis pas assez réveillé.

— Ça a l'air idiot, mais est-ce que ça avait quelque chose à voir avec une fosse aux ours ?

— Ah oui, c'est bien ça, dit Orla en souriant à nouveau. Il n'y a que peu de personnes qui le savent, même parmi les locaux, mais il y a un ancien parc zoologique derrière l'hôtel Stammershalle. Dans les années 1930, le propriétaire de l'hôtel avait ouvert un petit zoo avec des lions et des ours, pour que les riches clients aient de quoi se distraire lorsqu'ils en avaient assez de se baigner et de manger. Il a fermé peu de temps après, mais les ruines de la fosse aux ours subsistent encore aujourd'hui.

Orla interrompit sa tirade par un long bâillement.

Jeppe tapota la main du vieil homme.

— Nous ferions mieux d'aller nous coucher, tous les deux. Moi aussi je suis crevé. Nous pourrons toujours en reparler demain.

Orla hocha la tête, épuisé.

— Ça vaut probablement mieux. Bonne nuit, bonne nuit.

Il tira les rideaux et Jeppe franchit les quelques pas qui le séparaient de sa propre porte. Alors qu'il insérait la clé dans la serrure, son voisin ouvrit à nouveau sa fenêtre.

— Jeppe ?

— Oui ?

— Merci, mon ami.

Orla referma la fenêtre. Jeppe entra chez lui, posa ses bottes sur le seuil et se baissa pour monter l'escalier bas de plafond jusqu'à l'étage. Il se brossa les dents, avala deux puissants ibuprofène et s'allongea sur son lit, le visage sous la lucarne et les étoiles, pendant que les comprimés dégageaient un sentiment d'engourdissement agréable dans son corps. Peut-être pourrait-il aller voir cette fosse aux ours le lendemain, quand il aurait fini dans la forêt ? S'il allait au travail.

Il ferma les yeux. Pour une raison ou une autre, il avait du mal à s'imaginer que Louis réapparaisse. Au fond de lui, il sentait qu'un autre jour de congé lui conviendrait parfaitement.

Un bruit inattendu le fit réémerger, ce n'était qu'un faible grincement, mais suffisant pour attirer son attention. Elle se tenait au pied de son lit, les yeux brillants, comme s'ils reflétaient le ciel étoilé au-dessus de la maison.

Comment était-elle entrée ?

Il s'assit sur son lit et ouvrit la bouche pour lui poser la question, mais se rendit compte qu'elle était nue et resta muet. La lune brillait sur sa peau.

Il laissa ses yeux glisser de ses lèvres à sa clavicule, sur sa poitrine ronde et la peau de son ventre jusqu'à son entrejambe et entendit sa propre respiration s'accélérer. Il repoussa la couette et tendit les deux mains vers elle.

— Je commençais à croire que tu ne viendrais jamais.

VENDREDI 22 NOVEMBRE

CHAPITRE 19

Esther reprit son souffle. Il faisait sombre autour d'elle, et elle ne savait pas où elle se trouvait. Elle tourna la tête et vit la lumière du jour poindre au bord du store. Elle était couchée sur un vieux matelas qui ondulait et un léger édredon molletonné décoré de petites fleurs recouvrait sa poitrine. Lentement, la réalité lui revint : elle était dans la chambre d'amis de la maison de la famille Dybris à Bornholm.

Elle repoussa la couverture et se leva lourdement. Elle ouvrit le store, fit son lit et aperçut la chaîne en argent qui brillait sur la table de nuit. Elle se souvint alors qu'elle la serrait dans sa main la veille quand Ida était entrée et l'avait trouvée dans l'obscurité du bureau. Les ombres dans le jardin avaient été le fruit de son imagination, les peurs causées par un cerveau trop actif.

Elle ramassa le collier et le contempla à la lumière du matin. Un mot était gravé au dos du médaillon en argent brillant.

« Isola. »

La douche la revigora, et Esther se prit à chantonner sous les jets d'eau. Elle s'habilla avec une énergie inattendue et le sentiment que tout s'éclaircirait bientôt, que la joie prendrait à nouveau place à côté de la tristesse. Peut-être n'était-ce juste qu'une bouffée momentanée d'espoir, dont elle ignorait l'origine, mais qui la réconfortait.

Lorsqu'elle descendit dans la cuisine, Ida était déjà installée à la petite table, devant son habituel pain accompagné de confiture de fraises. Elle leva les yeux vers Esther et lui sourit.

— Bonjour, tu as bien dormi ?

— Oui, très bien, merci.

Esther s'assit et prit un mug.

— Tu avais l'air d'avoir besoin d'une bonne nuit de sommeil. Tu réagissais à peine lorsque je suis rentrée.

Ida versa du café dans la tasse.

— Au fait, Adam m'a dit de te saluer et de te remercier de me tenir compagnie. Il est obligé de rester en ville avec les jumeaux. Ils sont en troisième et ne peuvent pas prendre des congés comme ça. Et ce serait vraiment difficile si je devais me trouver seule.

— Oh, mais de rien ! (Esther sourit, surprise : elle était donc utile.) J'ai aussi un livre à écrire après tout. Des nouvelles de ton frère ?

— Je suis retournée à l'abattoir hier.

— Hedegaarden ?

— Oui, c'est ça. (Ida enroula ses doigts autour de sa tasse.) L'autre jour, Anton n'était pas là lorsque je suis passée pour avoir des nouvelles de Nikolaj. C'était un ami proche de ma mère et il a aidé mon frère à dégoter différents boulots depuis son adolescence. Alors j'ai pensé que si quelqu'un sur l'île connaissait Nikolaj, c'était bien lui. Pas comme camarade de beuverie, mais vraiment.

Esther acquiesça et repensa aux initiales sur la boîte qu'elle avait trouvée dans le salon. *AH*, ça ne pouvait être que lui. Anton Hedegaard, le vieil ami et amant de Margrethe.

— Anton nous a préparé à manger – c'était très touchant, parce que c'est un homme âgé, maintenant. Je lui ai demandé sans détour s'il voyait d'où venait l'argent qui se trouvait dans notre salon. Si Nikolaj avait été impliqué dans des histoires de drogues ou autre.

— Savait-il quelque chose ?

Ida inspira profondément, ses épaules se soulevèrent et retombèrent.

— Nikolaj a aidé Anton à obtenir un prêt. L'abattoir a apparemment des problèmes de liquidités, et les banques ne veulent pas l'aider. Alors au printemps, Anton a demandé à mon frère s'il connaissait quelqu'un… et c'était le cas.

Ida but une gorgée de café et ses yeux se voilèrent.

— S'il connaissait quelqu'un ?

Esther la regarda, perplexe.

— Un prêt privé comme on dit. De la main à la main, avec des taux d'intérêt très élevés, sans aucun document. Anton dit que mon frère connaît celui qui organise les paris sur l'hippodrome et dans les salles de jeux de Rønne et Hasle. Un type qui travaille tous les jours sur le ferry et qui prête de l'argent, comme activité secondaire.

— Ça a l'air…

— Criminel ? Je trouve aussi, dit Ida en soupirant. Anton dit que Nikolaj devait rembourser la première traite au type du ferry le 1er septembre. Cent mille couronnes, en liquide. Mais l'argent n'a jamais été livré.

Esther se tut un instant. L'idée que Nikolaj avait volé au détriment du vieil ami de leur mère était presque aussi terrible que le fait qu'il ait disparu.

— Tu crois Anton ? Il pourrait avoir ses propres raisons de mentir. Peut-être devrais-tu en parler à la police ?

— Je ne sais pas. Mais ça correspond malheureusement bien au fait que la police ait trouvé une grosse somme d'argent à la maison. (Ida se frotta le visage.) Mon frère a toujours vécu un peu à la marge de la légalité, il est instable, mais c'est aussi une personne chaleureuse et aimante. Et maintenant…

J'ai lu les journaux et je ne peux pas m'empêcher de penser qu'il est bien le cadavre retrouvé dans les valises.

Esther ne put se retenir de vouloir la rassurer.

— Peut-être que tout cela n'est qu'un malentendu.

Ida lui adressa l'ombre d'un sourire pour montrer qu'elle appréciait son intention, mais qu'elle ne pouvait pas en faire grand-chose.

— Au fait, je dois te poser une question.

Esther se leva, se précipita à l'étage pour récupérer son téléphone portable en train de se charger. En redescendant, elle sélectionna un message de Jeppe.

— Jeppe aimerait savoir si le garçon sur cette photo est Nikolaj adolescent ?

Ida prit l'appareil et agrandit le cliché avec deux doigts.

— Oui, c'est bien lui. Comme il est jeune et mignon… je n'avais jamais vu cette photo.

— Qui sont les deux autres ?

— Le garçon est Marco Sonne. Ils étaient inséparables.

— Et la fille ?

Esther lui montra à nouveau l'écran.

— Je n'en suis pas tout à fait sûre, mais c'est probablement la petite amie de Nikolaj. Il a l'air d'avoir dix-sept, dix-huit ans sur la photo, et à l'époque il y avait une fille qu'il aimait beaucoup.

Esther récupéra son téléphone et zooma sur la photo. La fille avait les yeux bleus et un sourire assuré.

— C'était à l'époque où j'étais à l'université à Boston, alors je ne l'ai jamais rencontrée.

Ida se leva.

— Même pas quand tu es rentrée à la maison ?

— Non. Ces années-là, j'étais plus occupée par mon propre petit ami américain, Brian. Un joueur de baseball, pour ne rien te cacher. Mon premier grand amour. Nous

nous étions juré de rester ensemble après la fin de mon séjour là-bas, mais bien sûr cela n'a pas duré.

Ida prit son assiette intacte et jeta le pain grillé dans la poubelle.

— En fait, je ne suis jamais vraiment retournée vivre à Bornholm, car après mon retour des États-Unis, j'ai aussitôt été acceptée en biologie à l'université de Copenhague et j'ai emménagé là-bas.

Elle débarrassa la table avec des gestes brusques, mit le beurre au frigo et la vaisselle dans l'évier. Elle prit un torchon, puis resta sans bouger. Un sourire inattendu éclairait son visage.

— Nikolaj était le pire farceur du monde lorsque nous étions petits. Un vrai petit clown. Il faisait toujours des blagues à notre mère et à ses amis importants, aussi bien les intellectuels de Copenhague que les religieux de l'île.

Ida tordit le torchon tout en parlant. Son sourire éclaira ses yeux.

— Le mieux, c'était lorsqu'il se moquait de l'Église de la famille Sonne. Là, ma mère s'avouait vaincue, bien qu'elle essayait de se comporter en adulte respectueuse. Même Marco ne pouvait s'empêcher de rire avec nous. Il faut dire aussi qu'ils étaient *vraiment* comiques, sans le vouloir. Le pasteur, le Père Samuel, organisait des soi-disant *healing sessions* pour les malades et les malheureux, et maman nous a traînés à l'une d'elles une fois. Surtout par curiosité, j'imagine, elle était anthropologue après tout. Elle n'aurait jamais dû le faire. Dorthe Sonne était allongée par terre devant l'autel et se faisait caresser le corps par le Père Samuel, pendant qu'il chantait, les yeux révulsés. Nikolaj et moi en avons presque pleuré de rire. Après ça, mon frère a fait des séances de *healing* sur tout, depuis la machine à laver jusqu'au facteur, pendant des mois.

— Quelle était sa maladie ?

— Dorthe ? Une sorte de cancer. Ça l'a tuée à la fin, alors ce *healing* ne devait pas être tellement efficace.

Ida jeta le torchon sur la table et s'assit. Elle soupira tristement.

— Il n'y a pas de quoi rire.

Esther lui sourit.

— Peut-être pas. Mais on a le droit de se souvenir des bonnes choses lorsque quelqu'un nous manque.

Ida hocha la tête avec reconnaissance.

— Je n'arrive simplement pas à comprendre comment mon petit frère si gentil et farceur a pu finir dans deux valises à Copenhague. Qui a-t-il mis dans une telle rage ?

*

Bølshavn, mardi 1er mars 1988

Chère Argy,

Merci pour ta lettre, je suis désolée d'apprendre que vous vous disputez à la maison. Mais – et là je parle bien sûr en dehors de toute expérience personnelle – n'est-ce pas inévitable lorsqu'on a été ensemble pendant vingt ans et qu'on a deux enfants ? Souhaitable, même ? Est-ce que cela ne montre pas simplement que toi et Jørgen vous êtes activement engagés l'un envers l'autre ?

Jusqu'à ce que la mort nous sépare, qu'est-ce que c'est que de se promettre une chose pareille ? Rester ensemble quoi qu'il arrive, pour moi, ça a toujours signifié qu'on est coincé et qu'on s'enracine, et honnêtement je ne peux pas m'imaginer pire situation. Cette promesse va à l'encontre de tout ce que l'amour devrait être : vivant, flexible, curieux, changeant, tout ce qui s'éteint avec un « oui » à l'église.

Je sais bien que tu n'es pas d'accord, et que tu es même un peu triste pour moi qui suis seule. Ce n'est pas toujours amusant non plus, j'avouerais même que je préférerais avoir quelqu'un. Mais pas un homme qui me traite comme un meuble et se conduit comme un enfant. À quoi cela me servirait-il ? Je veux avoir quelqu'un avec qui parler, rire, découvrir le monde et relever des défis. Sinon, quel est l'intérêt ?

Ne le prends pas mal, je ne suis pas en train de remuer le couteau dans la plaie ou de remettre ton mariage en question. Mais cette crise pourra peut-être mener à une relation revitalisée et meilleure. Pas un retour à ce qu'il y avait avant, mais avancer vers quelque chose de nouveau. Je l'espère et je vous encourage.

À propos d'amour, Nikolaj est tombé amoureux. Il est tellement heureux et idiot, c'est très mignon. Il a même ramené sa copine à la maison, et je pense que cela signifie qu'il est sérieux. Sinon il n'aurait jamais laissé une fille rencontrer sa folle de mère, il en a bien trop honte pour cela.

Elle est incroyablement mignonne et adorable, et le plus important, intelligente ! Elle veut faire quelque chose de sa vie, voyager et voir le monde, faire des études et travailler dans un domaine où elle décidera par elle-même, comme elle dit. Peut-être quelque chose pour les Nations unies (elle a vu un film), c'est un peu vague, mais les ambitions sont là et je les applaudis !

Ici sur l'île, c'est rare de rêver grand, surtout pour les filles, et je suis toujours heureuse lorsque les jeunes se démarquent de manière aussi positive.

Pour être tout à fait honnête, je suis agréablement surprise que mon fils se soit trouvé une petite amie aussi forte et indépendante. J'avais craint en secret qu'il reviendrait à la maison avec une jolie marionnette, mais non ! Il y a un feu qui brûle dans les yeux de celle-ci.

Et Nikolaj est fou d'elle, une violence dans ses sentiments à un point que je ne parviens pas à comprendre que nous ne partageons pas le même ADN. Il se donne avec passion et s'épanouit en sa présence, c'est tellement beau à voir. Mon cerveau me rappelle qu'il est adopté, mais mon cœur dit que nous sommes semblables.

Marco n'est plus que la cinquième roue du carrosse. Ah, l'amour !

Prenez soin de vous et dis-moi si je dois venir à Copenhague pour – que sais-je ? – te tenir la main ou faire du café.

Ta M.

*

Le vendredi matin, l'air mordait dans la forêt. *Ça pince*, constata Jeppe, avec une tendre pensée pour son père décédé, qui avait toujours affirmé que les Danois avaient autant d'expressions pour désigner le vent que les Inuits pour la neige. Le froid lui picotait la peau, la faisant vibrer comme elle l'avait fait toute la nuit, et il sourit sous les cimes des arbres.

Sara était à nouveau venue à lui en rêve, mais cette fois ils n'avaient pas perdu de temps à se disputer. Leurs ébats avaient été si réels que Jeppe les ressentait encore dans son corps. Il savait que la sensation allait finir par s'estomper et laisser la place à un désir creux, mais il en profitait tant qu'il le pouvait.

— Louis, *no ?*

Andrzej le regarda d'un air interrogateur et donna un léger coup de pied dans son casque, sur le sol de la forêt. Ils étaient appuyés contre le pick-up de Jeppe et attendaient leur chef d'équipe. Jeppe était toujours convaincu qu'il ne se montrerait pas.

— Je ne crois pas qu'il vienne, Andrzej. Et je n'ose pas m'y mettre sans lui, alors on a un nouveau jour de congé aujourd'hui. (Jeppe sortit son paquet de cigarettes et en offrit une à son collègue polonais.) *Day off !* Qu'est-ce que tu vas faire ?

Andrzej rassembla ses mains comme pour prier, les posa contre sa joue et ferma les yeux un instant. Puis il tira une cigarette du paquet et alluma celle de Jeppe puis la sienne.

— Dormir ? C'est ça que tu fais quand tu es libre ? Et ta famille ? Où sont-ils ? (Jeppe montra l'alliance d'Andrzej et berça un bébé imaginaire dans ses bras.) Femme et enfants ?

Andrzej sourit et sortit un portefeuille usé. Il feuilleta des photos d'adultes et d'enfants, les nommant d'une voix pleine de tendresse.

— Ils sont en Pologne ?

Andrzej acquiesça et referma le portefeuille.

— Rosnówko.

— Ça fait combien de temps que tu les as vus pour la dernière fois ? (Jeppe tapota sa montre.) *How long ago ?*

Mais Andrzej hocha juste gentiment la tête et tendit un doigt vers Jeppe.

— *Familia ?*

— Tu veux voir ma famille ?

Jeppe se demanda ce qu'il devait montrer. Une photo de sa mère peut-être, ou des collègues de la police ?

Il écarta les bras avec regret et regarda encore une fois sa montre.

— Tu n'as pas non plus eu de nouvelles de Louis, hein ?

— *Perhaps…*, commença Andrzej en serrant les dents dans une tentative concentrée de trouver les bons mots. *Perhaps, other job.*

— Il a un autre boulot à côté de la forêt ?

Andrzej fit mine de planter des clous et de faire des trous avec une perceuse puis se désigna lui-même.

— Des travaux de bricolage. Tu vas travailler avec lui après les heures de travail ? Dans ce cas, je comprends mieux que tu dormes quand tu es libre. Où exercez-vous ?

Andrezj fit faire un rond à sa cigarette pour expliquer que c'était un peu partout, et rassembla ses mains en prière à nouveau devant lui. Cette fois, il ne les porta pas à sa joue.

— *Church.*

Jeppe le fixa.

— Quelle église ?

— *Church of old boss man*, dit Andrzej en se frottant les yeux, laissant brûler la cigarette entre ses doigts pourtant déjà consumée jusqu'au filtre. *Father Samuel.*

Louis avait emmené Andrzej travailler pour les Enfants de Zélote. Comment les serviteurs de Dieu payaient-ils donc leurs ouvriers ?

Jeppe écrasa cigarette.

— On y va, Andrzej. Il ne viendra pas.

*

Anette avala la dernière bouchée de son beignet de station-service qu'elle avait acheté pour compléter le maigre petit-déjeuner de l'auberge de jeunesse et soupira, repue. La voiture sentait la friture et la confiture.

— Tu as un peu de sucre au coin de la bouche, dit Ditte en souriant.

Elle semblait de bonne humeur ce matin.

Anette s'essuya les lèvres.

— C'est encore là. Tiens, laisse-moi faire. (Ditte tendit le bras et lui effleura la joue du bout des doigts.) Voilà.

Elle se figea, la main suspendue à quelques centimètres du visage d'Anette.

Celle-ci haussa les sourcils, surprise par ce contact soudain, mais alors qu'elle s'apprêtait à dire quelque chose de drôle sur l'instinct maternel, Ditte retira sa main d'un coup et actionna la poignée de la portière.

— Bon, on y va ?

Elles empruntèrent le sentier de gravier en direction de l'église. « LES ENFANTS DE ZÉLOTE » était-il inscrit sur la sonnette. Le Père Samuel ouvrit avant qu'elles n'aient le temps d'appuyer dessus.

— Bonjour et que la paix de Dieu soit avec vous. Entrez, entrez.

Il leur serra la main et tapota amicalement l'épaule de Ditte.

— Il y a du café frais dans la partie privée, par ici.

Il les conduisit à travers la maison ; ils passèrent devant des portes en bois doré et arrivèrent à une petite cuisine au carrelage brun des années soixante-dix et au plan de travail en linoléum. Une carafe isotherme et trois tasses étaient posées sur une table en bois ronde, sous un plafonnier bas. Le pasteur leur servit le café.

Anette essaya de regarder par une porte-fenêtre donnant sur le jardin à l'arrière. La vitre était dépolie et fissurée. Quelque part à proximité, une radio diffusait une chanson pop danoise.

Ditte posa son bloc-notes devant elle et l'ouvrit à une nouvelle page.

— C'est avec moi que vous avez parlé lorsque vous avez appelé hier. Quand avez-vous vu Louis Kofoed ?

— Il était exactement 20 h 30, parce que je suis rentré juste après et j'ai regardé le journal télévisé du soir quasiment depuis le début.

— Il était en voiture, vous avez dit… ?

— Oui, juste là, sur la route. (Il pointa du doigt.) J'étais en train de fermer l'église pour la nuit. Il a ralenti lorsqu'il est passé devant.

— Et vous êtes certain que c'était lui ?

Le pasteur hocha la tête avec empressement.

— Sans hésitation. Même si l'automobile m'a perturbé. Louis roule d'habitude dans un vieux tacot.

— Qu'est-ce qu'il conduisait cette fois-ci, alors ?

— Un modèle de sport. Je ne suis pas doué en marques de voitures, et il faisait nuit, mais elle avait l'air belle.

Anette se pencha en avant et faillit se cogner le front dans le plafonnier.

— Mais vous l'avez quand même identifié. Comment connaissez-vous Louis ?

Le pasteur déplaça son regard de Ditte à Anette et sourit, comme si ce n'était pas seulement les moindres secrets de Louis qu'il connaissait, mais les siens aussi.

— Louis livre du bois à mon bon ami Finn et a effectué quelques petits travaux ici de temps à autre. Je ne dirais pas que je le connais bien, mais suffisamment pour être certain que c'était lui qui est passé hier.

— Comment saviez-vous que nous le cherchions ?

— Finn l'a mentionné. Encore du café ?

Le pasteur leva le thermos même si aucune d'elles n'avait touché à sa tasse.

Anette l'observa. Il était amical et répondait volontiers à leurs questions. Pourtant, il y avait quelque chose de louche chez lui, et elle ne parvenait pas à mettre le doigt dessus.

— Est-il exact que votre Église ait fait don d'une baraque de chantier aux gens d'Allinge ?

— C'est un des messages chrétiens de montrer de la compassion pour son prochain. Nous essayons de faire notre part pour les faibles et les nécessiteux de notre communauté.

— C'est généreux, dit-elle. Comment financez-vous vos actions caritatives ?

— Des donations privées, répondit-il sans hésiter. L'Église est composée d'un ensemble de familles aisées, dont la situation financière est en ordre. Ça a toujours été notre préoccupation d'apporter une contribution à la communauté, ici, sur l'île.

— Si seulement tout le monde pensait ainsi, le monde serait peut-être meilleur ? philosopha Anette avant de sentir le regard de Ditte. L'Église a-t-elle d'autres projets que la charité ?

— Oui, nous avons la chance de recevoir des sommes importantes de la part des fidèles, alors nous voulons construire une nouvelle église. Comme vous pouvez le voir, cet endroit commence à être un peu fatigué, dit le Père Samuel en faisant un geste vague en direction du carreau cassé. Ce n'est pas pour tout de suite, mais nous avons obtenu un terrain sur lequel nous allons faire couler les fondations un de ces jours.

— Ça semble être un projet d'envergure. Où sera-t-elle située ?

— Au sommet d'une colline surplombant la mer, juste au nord de Bølshavn. Nous avons demandé à un groupe d'architectes néerlandais de concevoir l'édifice, il sera incroyablement beau. Cela fait longtemps que nous y travaillons.

Anette et Ditte échangèrent un coup d'œil.

— Nous n'allons pas vous déranger davantage. Mais si vous revoyez Louis, n'hésitez pas à nous le faire savoir tout de suite, conclut Ditte.

— Naturellement.

— Au fait, qu'a-t-il fait pour l'église ? demanda Anette en se levant. Vous avez dit que Louis avait donné un coup de main. Qu'a-t-il fait en particulier ?

— Eh bien, il a réparé certains des bancs en bois et enduit le mur derrière l'autel. Et puis nous avons posé la terrasse cet été.

— Ici ?

Anette s'approcha du carreau cassé et tenta de nouveau de regarder à l'extérieur.

— Oui.

Le Père Samuel ouvrit la porte et les fit sortir dans un vaste jardin avec une terrasse pavée sur laquelle se tenaient des tables et des bancs qui auraient pu accueillir une colonie de vacances de grande taille, et, plus loin, un foyer pour un feu de camp, entouré d'herbe haute.

— Quand le temps le permet, nous déplaçons nos prières sous le ciel de Dieu.

Anette s'avança sur la terrasse. Elle était constituée de larges pierres de béton carrées, une solution fonctionnelle, mais en aucune façon extravagante. Elle était convaincue que l'Église ne serait pas en mesure de montrer une facture de la main-d'œuvre. Rien n'indiquait un travail illicite, pourtant il y avait quelque chose qui la titillait. L'empressement du pasteur peut-être, ou le fait qu'il les avait appelées si vite la veille après avoir prétendument vu Louis.

Elle s'arrêta et enfonça ses mains dans ses poches. Le froid de novembre lui mordait la peau. Quand elle se tourna pour regagner la cuisine, elle sentit la dalle se dérober sous elle. Elle fit un pas en arrière et essaya à nouveau, déplaçant son poids d'avant en arrière. C'était bien ça. La pierre bougeait.

CHAPITRE 20

Au nord de Gudhjem, sur l'une des plus belles étendues côtières du monde, l'hôtel Stammershalle dominait la Baltique. Avec ses hauts pignons et sa couleur jaune vif, il était le symbole d'une époque de maîtres et de valets et où les maillots de bain étaient identiques pour les deux sexes.

Jeppe se gara devant l'entrée principale et frappa aux battants blancs. Les panneaux en verre révélaient que les lumières étaient éteintes à l'intérieur, mais Jeppe remarqua un homme qui faisait le ménage et toqua à nouveau. L'homme l'aperçut, débrancha l'aspirateur et ouvrit la porte avec un sourire amical qui indiquait que l'interruption était la bienvenue.

— C'est pour l'entretien d'embauche ? demanda-t-il en invitant Jeppe à entrer d'un geste de la main.

Il avait moins de trente ans, les cheveux clairs et les joues roses de ceux qui dormaient huit heures par nuit et ne s'inquiétaient jamais. Derrière lui, un escalier en bois blanc menait à l'étage ; avec son papier peint à rayures, il soulignait l'esthétique d'un hôtel de bord de mer.

— Non, je… (Jeppe s'arrêta net : c'était plus simple de faire irruption lorsqu'on était en mission officielle.) Désolé de débarquer à l'improviste, je ne savais pas que vous étiez fermés. J'effectue des recherches généalogiques à Bornholm et je suis tombé sur un épisode qui concerne cet hôtel et que j'aimerais confirmer. Auriez-vous quelques minutes ?

L'homme regarda sa montre.

— Un candidat pour le poste de sous-chef devrait arriver dans cinq-dix minutes, vous pensez pouvoir en terminer avant cela ?

Jeppe acquiesça.

— Alors, allons dans le salon. (L'homme lui serra la main.) Per. Je suis le propriétaire de l'hôtel, avec ma femme.

Il les conduisit dans une belle pièce aux hauts panneaux de bois et aux meubles anciens en osier, donnant sur la baie rocheuse.

— Nous avons repris l'établissement il y a cinq ans, alors nous sommes encore nouveaux, mais je connais un peu le passé de l'hôtel. Asseyez-vous !

Jeppe s'assit dans un fauteuil qui fléchit sous son poids ; il se déplaça vers le bord pour ne pas le traverser.

— J'ai entendu des rumeurs sur le fait que l'hôtel aurait eu un parc zoologique dans les années 1930, c'est vrai ?

Per hocha la tête.

— Oui, c'est tout à fait exact. Mecklenburg, le grossiste allemand qui, il y a presque cent ans, a transformé la taverne Elverhøj de l'époque en Stammershalle, avait installé un petit zoo en 1934, pour que les vacanciers distingués de Berlin ne s'ennuient pas. C'était grandiose et décadent, je peux vous l'assurer. Six hectares de terrain avec des singes, des cerfs, toutes sortes d'oiseaux et des blaireaux. Les gens se pressaient ici pour voir les bêtes sauvages.

Il montra une étagère en haut d'un mur, où un petit félin empaillé prenait la poussière.

— Le grossiste a même acheté des lions et des ours. Ce lionceau date de cette époque, je ne sais pas pourquoi ni comment il est mort, l'histoire ne le dit pas.

Jeppe jeta un coup d'œil à l'animal mité et entendit sans crier gare l'écho d'une chanson à l'arrière de sa tête. *And I'm a bad boy, 'cause I don't even miss her. I'm a bad boy for breaking her heart*[1]. Il étouffa la musique d'un raclement de gorge et se retourna vers Per.

— Quand le zoo a-t-il fermé ?

— Rapidement. La guerre a mis fin au tourisme, et la nourriture était devenue trop chère, alors dès 1940 l'aventure était terminée. Mais vous pouvez encore en voir les vestiges, si vous allez dans la forêt derrière l'hôtel.

— Troldeskoven ?

Per acquiesça.

— Vous n'avez qu'à suivre le sentier sur la gauche.

Jeppe se leva.

— Mille mercis pour votre aide. C'est un endroit fantastique que vous avez là ! L'hôtel a sûrement des anecdotes plus récentes tout aussi passionnantes, j'imagine ? Des clients intéressants et des… péripéties ?

— C'est sûr ! (Per rit en signe d'approbation.) Mais pour cela, il vous faudra trouver quelqu'un d'autre que moi. Comme je l'ai dit, cela ne fait pas si longtemps que nous sommes ici, alors je n'ai mémorisé que les grandes lignes des origines. Et le zoo, c'est déjà une bonne histoire. Vous trouverez la sortie par vous-même ?

Jeppe longea la façade jusqu'à la lisière de la forêt et fut aussitôt transporté dans un autre monde. Là où le frontispice de l'hôtel était lumineux et battu par les vents au bord de l'eau, la forêt derrière lui était dense, les cimes des arbres bloquant la vue du ciel et un silence très étrange y régnait.

Le chemin se divisait en plusieurs sentiers plus petits qui contournaient la colline et disparaissaient dans la verdure.

---

1. « Et je suis un mauvais garçon, parce qu'elle ne me manque même pas. Je suis un mauvais garçon, car j'ai brisé son cœur », extrait de la chanson *Free Fallin'*.

Les plantes grimpantes montaient aux arbres et des troncs affalés se décomposaient dans le sous-bois. Cela ressemblait presque à une forêt tropicale tempérée tant elle était luxuriante, même à la mi-novembre. Troldeskoven n'avait pas été baptisée ainsi sans raison.

À deux reprises, Jeppe trébucha sur un rocher et crut avoir trouvé les ruines, mais ce n'est qu'au bout de cinq minutes de marche qu'il découvrit une forme trop symétrique pour ne pas être artificielle. Un mur en béton d'environ un mètre de haut courait entre les troncs d'arbres et formait un enclos ovale de dix mètres sur quinze. La mousse et le lierre recouvraient le béton vieux de quatre-vingt-dix ans et, çà et là, des fissures dessinaient des éclairs sur la surface grise.

Jeppe s'approcha. À l'intérieur de l'enceinte, le sol creusé atteignait une profondeur de trois ou quatre mètres. Au milieu se dressait une formation rocheuse, et on pouvait éventuellement se représenter un ours y grimper. Désormais, des plantes sauvages poussaient dans la fosse aux ours, la forêt reconquérant à son propre rythme le monument à la frivolité humaine.

C'était ici que la fille du pasteur était morte il y avait trente et un ans.

Jeppe regarda sa montre, il était presque 10 h 30. Orla devait être debout et à peu près en forme, à cette heure-là. Peut-être se souviendrait-il plus de la mort tragique de la fille du pasteur.

Jeppe fit demi-tour et retourna vers son pick-up. Au rythme de ses pas, la chanson s'imposait à l'arrière de sa tête pour devenir un refrain qui tonnait vers la cime des arbres.

And I'm free. Free fallin'[1].

*

1. « Et je suis libre. En chute libre », extrait de la chanson *Free Fallin'*.

— Tu connais l'affaire Karl Skomager ? demanda Anette en s'accoudant sur le toit de la voiture, si bien qu'elle et Ditte étaient à la même hauteur.

— Pas vraiment. Pourquoi ?

Anette porta son regard vers les champs en jachère. Elles s'étaient garées sur le bas-côté, juste après le petit village d'Årsballe, à dix minutes de l'église.

Elle avait prétexté devoir s'aérer la tête, mais en réalité, elle n'arrivait pas à calmer l'anxiété qui grandissait dans son corps. Rester assise, attachée derrière un volant, lui donnait l'impression de porter une camisole de force.

Sa poitrine continuait à palpiter. Cette sensation n'était pas inhabituelle, elle apparaissait parfois, lorsqu'elle était au milieu d'une enquête. Normalement, elle partait courir avec les chiens sur la plage et c'était réglé.

Mais les phases d'anxiété avaient empiré après la naissance de Gudrun. Non pas qu'elles surgissent plus souvent, mais la sensation était différente. Là où avant elle les identifiait comme de la tension, elle devait maintenant admettre qu'elles s'apparentaient plutôt à de l'angoisse. L'angoisse d'échouer, l'angoisse de ne pas être à la hauteur.

— Karl Skomager est parti pour sa maison de vacances pour réparer des trucs et a disparu sans laisser de traces. Douze ans plus tard, on l'a retrouvé enterré sous sa propre terrasse. Tu sais comment ils se sont rendu compte qu'il se trouvait là ?

Ditte secoua la tête.

— Les dalles. Elles bougeaient. La décomposition du corps avait créé un vide qui rendait le sol instable.

— Es-tu en train de me dire qu'il y a un cadavre sous la terrasse de l'église ? s'exclama Ditte, dépitée. Nous avons déjà un cadavre non identifié, et maintenant il y en aurait peut-être un autre ? De qui s'agirait-il ?

— Aucune idée.

— Tu ne crois pas que c'est juste une malfaçon ? La terre a pu se tasser ou quelque chose du genre. On a ce pour quoi on paye.

Anette contempla le toit bleu métallisé du véhicule de fonction et essaya de rassembler ses idées qui fusaient dans tellement de directions qu'elle en avait le vertige.

— Ce que j'aimerais bien savoir, poursuivit Ditte, c'est pourquoi Louis Kofoed se promène dans une voiture de sport ?

Anette se massa les tempes du bout des doigts.

— OK, nous travaillons maintenant à partir de la théorie que Nikolaj a été assassiné et placé dans les vieilles valises de sa mère. Et nous savons que lui et Louis Kofoed étaient amis.

Ditte hocha la tête.

— L'argent les relie. Quarante-quatre mille euros dans un sac poubelle, où les ont-ils récupérés ?

— Peut-être est-ce là que les dons des Enfants de Zélote entrent en ligne de compte ? Qui gère l'argent d'ailleurs, on peut le voir quelque part ?

— Je peux jeter un coup d'œil sur le site Internet du ministère des Affaires ecclésiastiques. J'essaie tout de suite s'il y a du réseau.

Ditte sortit son téléphone et commença à taper sur l'écran en marmonnant.

— On dirait que c'est un groupe d'investissement à Londres.

Elle fronça son jeune front dans la pâle lumière de l'hiver.

— Ont-ils volé l'argent de l'Église et puis Louis s'est montré trop gourmand et a liquidé Nikolaj ?

— Je ne sais pas. Cette affaire donne l'impression qu'on escalade le mont Everest et qu'on découvre une montagne encore plus haute derrière lui. (Anette se secoua.) Allons-y. Ça ne te gêne pas de conduire ?

Elles changèrent de place et Ditte démarra la voiture avant d'augmenter le chauffage des sièges. Anette, son portable à la main, essayait de respirer calmement, sans succès. Un SMS de Svend l'informa que Gudrun était à nouveau en pleine forme. Ils étaient allés au parc de loisirs et elle avait sauté sur le trampoline jusqu'à ce qu'elle s'effondre de fatigue. Alors qu'Anette était en train de lui répondre avec un émoji, le téléphone sonna. Un appel de Copenhague.

— Salut Falck, qu'est-ce qu'il y a ?

Pause.

— Falck, tu es là ?

— Ah, ça marche ? Je ne t'entendais pas. (Falck donnait l'impression de frotter un morceau de papier de verre sur le micro.) La connexion est mauvaise chez toi aussi ?

— Je suis à Bornholm, pas sur la lune, rit Anette sèchement. Il y a du nouveau ?

— Nous avons trouvé quelque chose sur une bande de vidéosurveillance devant le supermarché d'Esplanaden…

— Attends un peu, Falck, je te mets sur haut-parleur, pour que notre collègue d'ici puisse écouter avec moi.

Anette tapota sur son écran.

— OK, Falck, tu peux continuer !

Pause.

— Falck ? Nous sommes prêtes.

— Tu es là ? Bo Tjørnelund est réapparu. Il s'est présenté au commissariat du centre-ville hier, pour vol. Il se cachait à São Paulo, et ses parents étaient partis en vacances avec lui.

— Sérieux ?! explosa Anette. Alors Saidani avait raison, putain !

L'enquêteur s'esclaffa.

— Eh, Werner, que dis-tu de ça : qu'est-ce qui est pire qu'un requin avec un mal de dents ?

— Falck, rappelle-toi que tu es sur haut-parleur ! lança Anette avec un sourire d'excuse à Ditte.

— Une tortue claustrophobe ! (Son rire résonna dans l'habitacle.) Et qu'est-ce qui est pire qu'une tortue claustrophobe ?

Il attendit, mais n'eut pas de réponse.

— Un mille-pattes avec un pied d'athlète !

Falck rit à nouveau, mais brièvement. Puis elles entendirent le bruit de papier de verre sur le micro et leur confrère qui s'éclaircissait la gorge.

— Enfin, bon. Nous avons visionné les enregistrements. La caméra a filmé une camionnette qui s'est garée sur le côté le long du Kastellet juste au niveau du musée de la Résistance, à 2 h 47, dans la nuit du 30 au 31 août. Une silhouette a sorti une valise de la camionnette et l'a emportée vers les remparts. À 3 h 21, la personne est revenue les mains vides avant de repartir.

Anette leva le pouce en direction de Ditte.

— OK, Falck, ça a l'air prometteur. Est-ce qu'on peut identifier la personne ?

— Malheureusement non. Mais nous avons une assez bonne image de la camionnette, et elle porte le nom d'une entreprise sur le côté.

Anette frappa le tableau de bord. Enfin une piste concrète !

— D'où vient-elle ?

— De Bornholm, figure-toi. Une société qui s'appelle Hedegaarden. C'est un abattoir.

*

Bølshavn, mercredi 20 juillet 1988

Chère Argy,

Tu te souviens quand tu affirmais en plaisantant qu'il était difficile d'être un nouveau toi parce que l'ancien se mettait toujours en travers de ton chemin ? Qu'il te faisait un croche-pied dès que tu essayais de faire un pas ?

C'est comme ça pour Nikolaj. Et avant que tu dises quoi que ce soit : alors oui, c'est comme ça pour nous tous, mais pour personne plus que pour mon fils. Chaque fois qu'il essaye de repartir à zéro, la réalité le rattrape et tout se transforme en merde. Oui, en merde !

Est-ce une spécificité masculine ? Une trajectoire désastreuse, chargée de testostérone à travers la vie ?

Dieu sait qu'Ida n'a jamais été ainsi. Non pas qu'elle soit facile et polie, Dieu nous en préserve, mais son baromètre de vie a toujours été en équilibre. Peu importe combien nous nous disputons, et combien elle peut être injuste, je ne suis jamais inquiète du fait qu'elle retombe sur ses pieds. Avec Nikolaj, je ne suis que cela. C'est l'instinct de conservation qui lui fait défaut, la capacité à prendre ses responsabilités. C'est toujours la faute des autres.

Cette dernière année s'était pourtant si bien passée ! Avoir une petite amie avait fait toute la différence, Nikolaj réalisait des efforts et grandissait avec l'amour. Il est devenu un homme. Il a géré l'école et a travaillé pour Anton, a fait ses devoirs et n'est jamais arrivé en retard une seule fois. Cela le rendait heureux de gagner son propre argent, fier de pouvoir inviter sa petite-amie à dîner.

Nous nous sommes amusés à planifier la fête de son dix-huitième anniversaire : nous le fêterons le vendredi qui suivra le jour J, nous avons établi le plan de table ensemble, avons engagé un musicien et convenu des jeux. Les propriétaires de l'hôtel Stammershalle (Mik et Jonna – tu les as rencontrés quand nous avons déjeuné là-haut l'été dernier) nous ont fait une belle offre pour la réception, bien que ce soit au milieu de leur haute saison. Je dois encore emprunter à droite à gauche pour avoir les moyens de la payer, mais Nikolaj a lui-même offert de contribuer.

J'ai pensé qu'il prenait enfin ses responsabilités et devenait adulte. J'étais pleine d'espoir.

Jusqu'à hier.

Il est rentré à la maison durant la soirée, plus tôt que d'habitude, en tirant sa mobylette sur la dernière partie du chemin. Il n'a pourtant pas l'habitude de s'inquiéter de réveiller tout le voisinage. J'ai compris à ses épaules tombantes que quelque chose n'allait pas à la seconde où il a franchi le seuil de la cuisine. Ironiquement, j'ai eu le temps de prier que ce ne soit pas une histoire d'argent, parce que après avoir envoyé Ida à Boston, nous n'avions plus que mes maigres économies pour sa fête d'anniversaire. Mais il ne s'agissait pas de cela.

Nikolaj est resté longtemps debout sans rien dire, il ne parvenait pas à croiser mon regard. Mon cœur s'est effondré.

— Maman, j'ai fait une bêtise, commença-t-il, les yeux dans le vide et la voix tremblante. Elle est enceinte.

D'abord, je n'ai pas réussi à répondre. Je suis passée devant lui pour me rendre dans le jardin ; je me suis tenue dans l'herbe jusqu'à ce que mes chaussons soient trempés, et que je comprenne enfin ce qu'il voulait dire. La manifestation de ma parentalité ratée : mon fils, un père adolescent sans éducation et le loser de la communauté en devenir. J'aurais dû le prendre dans mes bras, le calmer, le réconforter, mais j'étais trop choquée – j'avais élevé mes enfants pour voyager, voir le monde et se cultiver, pas pour être parents si tôt –, j'avais l'impression d'avoir échoué.

Lorsque j'ai réussi à reprendre mes esprits, nous en avons parlé. J'aurais préféré qu'elle se fasse avorter, et je crois aussi que c'est ce que voulait Nikolaj.

Mais elle ne veut pas.

Ou plus exactement : elle ne peut pas. Mon fils a soigneusement choisi une fille chrétienne, qui ne doit pas voir de garçon ou enfreindre la volonté de Dieu. Sa famille est bien sûr furieuse de la grossesse et de la promiscuité qui existe entre ces jeunes gens. J'ai essayé de leur parler, mais en vain. Ils nous considèrent visiblement comme des parias, pour ne pas dire des infidèles, et ne veulent pas engager de discussion à propos de l'avenir de nos enfants. Il n'y a qu'une seule solution, et c'est le mariage.

Nikolaj dit qu'il se mariera volontiers avec elle, qu'il l'aime, et que tout ira bien. Je regarde dans les yeux bleus de mon fils et je suis partagée entre l'envie de l'aider et celle de lui donner une gifle pour qu'il se réveille. Pour qu'il prenne conscience de tout ce qu'il ne sait pas. Les nuits blanches, les sacrifices qu'il devra faire pour subvenir aux besoins de sa famille, l'avenir difficile qui les attend. J'aurais tellement aimé pouvoir tout effacer d'une simple caresse sur sa joue.

Bornholm a été un sanctuaire pour nous pendant quinze ans, une maison remplie de lumière, de mer et le ciel si haut ; dorénavant, une vision arriérée menace de s'installer dans nos vies. Nous allons être apparentés à une famille qui nous méprise. Pas seulement pour notre (manque de) foi et pour le manque de maîtrise de soi de Nikolaj, mais pour tout notre mode de vie. Moi en tant que mère célibataire, universitaire et femme indépendante.

Je ne sais pas ce que l'avenir nous réserve, mais maintenant j'ai envie de tout annuler. La fête des dix-huit ans, les vacances d'été, la vie.

Des pensées noires, des nuages sombres.

M.

*

Les voitures roulaient en file indienne comme un cortège funèbre sur le gravier de la route cahotante, à travers les champs et les petites parcelles de forêt, le long des enclos de moutons et de vaches, jusqu'à ce que Hedegaarden apparaisse. Anette était assise derrière le volant dans la première voiture, Ditte à côté d'elle, l'inquiétude lui serrant la poitrine. Elles ne s'étaient pas parlé au cours des dernières vingt minutes.

Dans les voitures qui les suivaient, il y avait en tout quatre techniciens du centre d'investigation local. Anton Hedegaard leur avait donné à contrecœur la permission de prélever des échantillons sur sa propriété, à condition qu'ils soient repartis avant le déjeuner.

L'autorisation avait surpris Anette, qui avait cru qu'ils seraient d'abord obligés d'obtenir un mandat. Maintenant, elle craignait qu'il n'ait changé d'avis.

Alors qu'ils s'approchaient de l'exploitation, elle vit Anton debout sous le grand frêne qui trônait devant l'entrée de la boutique de la ferme. Même si les branches étaient nues, elles portaient encore l'ombre des feuilles et des fleurs de l'été, comme un rappel invisible de la vie qui allait et venait. Hormis le vieux boucher, la cour de la ferme était déserte et inhabituellement silencieuse. Pas le croassement d'un corbeau, pas un seul bêlement des moutons élevés en liberté dans leurs vastes enclos. Anton les attendait, détendu, les manches de sa chemise retroussées jusqu'aux coudes.

Anette frissonna à cette vue. Il ne devait pas faire plus de cinq ou six degrés. Marcher sans manteau semblait intentionnel, presque comme pour démontrer une étrange forme de puissance.

Son téléphone bourdonna dans sa poche, c'était Jeppe qui appelait.

Il allait devoir attendre.

Elle coupa le moteur de la voiture et regarda Ditte, qui hocha la tête d'un air résolu. Prête et concentrée.

Elles descendirent et attendirent les quatre techniciens, avant de se diriger vers Anton sous l'arbre. S'il était impressionné par leur nombre, il ne le montrait pas. Il restait planté là, calmement, à les observer.

— Bonjour, Anton, commença Anette. Merci de nous avoir permis de venir. Nous sommes ici pour…

— Pour prélever des échantillons, j'ai bien compris, l'interrompit-il. Mais j'aimerais savoir sous quel motif.

Anette et Ditte avaient intentionnellement évité de lui expliquer la raison de leur visite, pour ne pas risquer qu'il tente quoi que ce soit avant leur arrivée.

— La camionnette de l'abattoir a été vue sur une caméra de vidéosurveillance à Copenhague dans la nuit du 31 août, près de l'endroit où un corps a été découvert. Nos techniciens aimeraient inspecter le véhicule à la recherche d'indices. Et l'abattoir. Pendant ce temps, nous pourrions peut-être nous asseoir quelque part pour parler ?

Il sourit, comme si elle avait dit quelque chose de drôle.

— La camionnette est garée là-bas, sur le côté du bâtiment, et elle est ouverte. La porte de l'abattoir n'est pas fermée non plus. Nous venons de nettoyer à l'intérieur, aussi j'apprécierais que vous laissiez l'endroit dans le même état. On ne plaisante pas avec le contrôle des denrées alimentaires.

Il se dirigea vers la maison. Anette et Ditte échangèrent un regard et le suivirent.

Ils entrèrent directement dans une cuisine de campagne, où la lumière était allumée et une radio jouait de la pop douce. Comme dans la plupart des vieilles fermes, les plafonds étaient bas et les fenêtres petites, mais la cuisine était chaude et sentait le pain fraîchement sorti du four. Un endroit où on aimerait s'installer avec un plaid et un bon livre.

Anton tira une chaise près d'une table en bois usée et leur fit signe de s'asseoir.

— Qu'est-ce qui vous fait croire que notre camionnette a quelque chose à voir avec un meurtre ?

— Le lieu de la découverte du corps, répondit Anette en ajoutant immédiatement une question. Livrez-vous de la viande à des restaurants de Copenhague ?

— Quelques-uns, oui.

— Où se trouvent-ils ?

— Voyons voir… (Anton posa ses grandes mains à plat sur la table. Comme la parodie d'un homme qui n'a rien à cacher.) Nous livrons à Pakhuset, à Christianshavn, à La Brasserie Bon Ami sur Esplanaden et à Gorms Garage sur Øster Farimagsgade. De la viande fraîche et des produits fumés. Mais la plupart de nos ventes sont destinées aux restaurateurs de l'île, nous n'avons pas la capacité d'en faire plus, même si la demande est là.

Il leva fièrement le menton.

Le pouls d'Anette s'emballa. Øster Farimagsgade se trouvait juste derrière le parc Østre Anlæg, où la première valise avait été découverte. Tout s'imbriquait.

— Comme je l'ai dit, la camionnette a été vue sur Esplanaden dans la nuit du 30 au 31 août. Est-ce que cela correspond à une livraison ?

— Si l'un des jours était un vendredi, alors oui. Nous effectuons des livraisons régulières à Copenhague chaque vendredi.

— Qui conduisait la camionnette ?

La voix d'Anette était chargée d'adrénaline. Un nom, ils n'avaient besoin que d'un nom.

Anton passa sa langue sur ses dents.

— Je croyais vous avoir déjà expliqué combien de personnes rejoignent l'équipe en été. Les livraisons sont faites par celui qui a le temps ce jour-là. Ça peut avoir été Nikolaj, Mads notre petit apprenti boucher ou André, le fils aîné de la ferme voisine. Je ne m'en souviens pas, là, de tête.

— C'est sûrement écrit quelque part, non ?

— Eh bien, nous avons la liste des fiches de paie et ce genre de choses, mais savoir qui a fait quoi et quand, nous n'avons pas de protocole précis pour ça. L'été, l'île est frappée par un raz-de-marée de clients, nous nous contentons de courir partout et d'essayer de tenir la cadence.

— Nous aimerions voir la liste des fiches de paie, lança Ditte. Tout ce que vous avez par écrit à propos du personnel.

Anton tourna la tête et la regarda avec un petit sourire surpris.

— Alors il faudra que vous contactiez ma comptable. Je n'ai jamais été doué pour la paperasserie, c'est elle qui s'en occupe.

— Vous pouvez nous indiquer son nom ici.

Ditte sortit son bloc-notes et son stylo, et poussa les deux en travers de la table.

Anton se pencha sur le papier. Il nota lentement et soigneusement, comme quelqu'un qui n'avait pas l'habitude d'écrire.

— Les temps sont durs, dit Anette.

Il leva la tête du bloc-notes.

— Que voulez-vous dire par là ?

Elle haussa les épaules.

— Avec les comptes qui sont publics.

Anton plissa légèrement les yeux et allait dire quelque chose, mais il se racla la gorge, et se concentra sur son œuvre.

On frappa à la porte et l'un des techniciens passa la tête. Il avait retiré son masque, mais portait toujours une combinaison jetable blanche, des gants et une charlotte.

— Vous pourriez venir une minute ?

Anette fit un signe de tête à Anton et se leva. Ditte récupéra son bloc et emboîta le pas à Anette et au technicien.

Ils traversèrent la cour jusqu'à l'abattoir. Le technicien expliqua la situation en chemin.

— Nous avons deux hommes qui travaillent sur la camionnette. Elle n'a pas été nettoyée très soigneusement, alors il y a beaucoup à faire. Beaucoup d'empreintes et de traces de sang. Le défi sera de séparer les différents indices et les analyser. L'abattoir est une autre histoire. Il est rincé quotidiennement et nettoyé avec des détergents professionnels. Nous prélevons quelques échantillons quand même, mais il ne faut pas s'attendre à grand-chose. Mettez des surchaussures avant d'entrer !

Il ouvrit la porte et les conduisit dans le froid carrelé de l'abattoir, jusqu'à une plateforme élévatrice où se tenait un autre technicien, à deux mètres au-dessus du sol.

— Je me suis dit que vous deviez voir ça.

Le second technicien fit pivoter une scie suspendue au plafond et la mit en marche. Il cria :

— C'est utilisé pour découper de gros animaux. On les accroche par les pattes arrière et on les fend avec la scie. (Il arrêta la scie.) Nous allons prendre des photos et des moulages de la lame pour les envoyer à Copenhague, afin qu'ils voient si ça correspond. Ça pourrait ressembler à quelque chose, non ?

Anette leva la tête vers la lame, vers les supports en acier inoxydable et les siphons au sol. *Oui, ça pourrait ressembler à quelque chose.*

CHAPITRE 21

Orla ouvrit la porte et plissa les yeux dans le rayon de lumière du jour qui lui tombait dessus. Il paraissait plus âgé et un peu frêle dans sa robe de chambre en velours qui bâillait sur son cou maigre, donnant l'impression qu'il avait rétréci.

— Bonjour, Jeppe, quelle surprise de te voir en plein milieu de la journée. (Une expression inquiète glissa sur son visage.) Pourquoi n'es-tu pas au travail, quelque chose ne va pas ?

— Pas du tout. Je voulais juste prendre un café et te parler de la fille du pasteur.

Il attendit, mais Orla avait l'air perdu.

— La fille du pasteur, celle qui est tombée dans la fosse aux ours près du Stammershalle.

— Ah oui, bien sûr. Excuse-moi, j'allais tout juste débarrasser mon déjeuner. Entre, je vais nous faire du café. Et puis il faut aussi nourrir les petits.

Orla disparut dans sa petite cuisine. Jeppe retira son manteau et s'approcha des cages. Les rats dormaient les uns sur les autres, tandis que certains grimpaient, couraient ou s'agitaient dans ce qui ressemblait à un jeu pour son œil non averti. *Les filles d'un côté et les garçons de l'autre*, pensa Jeppe. *Ils ont bien compris ça.*

— Le repas est servi, dit Orla en ouvrant les couvercles des cages, des pellets de nourriture sèche pleins les mains.

Les rats se précipitèrent aussitôt autour des barreaux.

— Ils adorent manger. En réalité, ils préféreraient sûrement des noix, mais cette alimentation à base de céréales complètes est plus saine pour eux.

Jeppe l'observa nourrir ses animaux de compagnie en caressant et saluant chaque rat. Il était peut-être vieux et un peu perdu parfois, mais tant qu'il parvenait à distinguer ses rats et à se rappeler de chacun de leur nom, cela ne pouvait pas être si grave que ça.

Orla prit son temps pour distribuer ses pellets. Jeppe entendit le bip de la machine à café et apporta les tasses et le lait dans le salon pendant qu'Orla se lavait les mains.

— Il faudra aussi que tu t'accommodes du fait que je ne me suis pas habillé aujourd'hui. Heureusement que je parais aussi tout à fait présentable en peignoir, rit Orla en prenant la tasse de café que Jeppe lui tendait. En revanche, quand je me suis réveillé sans pouvoir me rendormir cette nuit, j'ai trouvé un album fort intéressant.

Il s'assit dans son fauteuil, qui sembla l'envelopper comme s'ils ne formaient plus qu'un seul organisme.

— Quelle sorte d'album ?

— Ketty aimait bien être à la page. Lorsque je m'asseyais avec un livre, elle lisait toujours le journal ou écoutait la radio. J'ai toujours dit que ma femme aurait dû être journaliste, tant elle s'intéressait à l'actualité. Elle était abonnée à une quantité de journaux et de magazines, elle découpait des articles et les collait dans des albums.

— Ta femme était le précurseur d'Internet ?

Le regard d'Orla se fit lointain, il sourit.

— Ketty était… On ne s'ennuyait jamais en sa compagnie.

Il se pencha et ramassa un classeur usé sur le sol. Sur la couverture, une étiquette blanche marquée « 1988 ».

— Mais donc, comme je l'ai dit, je n'arrivais pas à dormir cette nuit, et pendant que j'étais allongé à tourner et virer, je me suis souvenu de l'endroit où j'avais vu Nikolaj Dybris jeune. Et *voilà*.

Il prononça le mot français comme s'il rimait avec « moteur ». Il feuilleta l'album, jusqu'à ce qu'il trouve la page qu'il cherchait et montra à Jeppe le titre :

« UNE FILLE DE LA RÉGION MORTE DURANT UNE FÊTE À L'HÔTEL STAMMERSHALLE. »

Jeppe parcourut le bref article et lut que les secours avaient été appelés peu avant minuit le 12 août 1988, lors d'une fête d'anniversaire tenue à l'hôtel, où ils avaient trouvé une fille de dix-sept ans décédée après une chute tragique. Il n'y avait pas d'autres détails et aucun nom n'était mentionné.

Jeppe releva la tête vers Orla et haussa les épaules.

— Quel est le rapport avec Nikolaj ?

Orla se frappa la tempe avec le bout de son index.

— C'est à ça que je me suis mis à penser cette nuit ! Regarde ce qu'il y a après !

Jeppe tourna la page et fixa droit dans les yeux le même jeune homme qu'il avait vu sur les photos dans la baraque de chantier. Un Nikolaj Dybris souriant, avec un anneau en argent à une oreille et de longs cheveux dans le cou. On aurait dit une photo d'école, qui avait été insérée dans un article de journal.

— La fête en question était celle du dix-huitième anniversaire de Nikolaj, expliqua Orla. Lui et les autres invités ont été interrogés par la suite.

— Nikolaj Dybris, le fils de Margrethe ?

— Tout à fait. Certains des amis de Margrethe avaient fait la traversée depuis Copenhague, mais la plupart des personnes présentes étaient des gens du coin. La famille de la scierie était là, et les camarades de Nikolaj aussi bien sûr. Et sa petite amie. C'est elle qui est morte.

Jeppe eut l'impression que deux câbles venaient de se connecter dans son cerveau, provoquant des étincelles. La jeune fille blonde sur la photo de la Canette était la fille du Père Samuel.

Orla souffla sur son café et le but avec précaution, avant de reposer sa tasse.

— C'était un été chaud cette année-là, certains d'entre eux sont allés dans l'eau pour se rafraîchir, d'autres dans la forêt derrière l'hôtel. C'est là qu'elle a été découverte. Dans la fosse aux ours. Elle s'était cogné la tête contre les rochers et s'était vidée de son sang.

— Qui l'a trouvée ?

Jeppe sentit un frisson glacial lui parcourir le dos.

— Nikolaj. C'est écrit dans l'article. Il est descendu au bord de l'eau pour fumer en cachette, et quand il est revenu à la fête, elle avait disparu. Dans un premier temps, il a discuté avec des camarades en buvant une bière, attendant qu'elle revienne, mais au bout d'un quart d'heure il a commencé à la chercher.

— Mais, protesta Jeppe, qu'est-ce qui l'a fait pénétrer dans la forêt et regarder dans la fosse aux ours ?

Orla écarquilla les yeux.

— C'est une question que de nombreuses autres personnes se sont posée. Il a dit qu'il ne pouvait pas l'expliquer. Il la cherchait et est arrivé près de la fosse.

— Ça a l'air étrange… Avait-il bu ?

— Ils avaient certainement tous bu. À l'époque, les jeunes avaient le droit de boire de l'alcool avec les adultes.

— Mais n'était-elle pas la fille du pasteur ? Avait-elle le droit de faire la fête et de se saouler ?

— Les gens pensaient qu'elle avait probablement menti à ses parents. Les filles pratiquantes sont toujours les pires.

Orla cligna tristement les yeux, referma l'album et le reposa par terre.

— Quoi qu'il en soit, la police a interrogé les invités, a enquêté sur l'affaire et a conclu à un accident. Mais les rumeurs sont allées bon train. Ses parents étaient persuadés qu'il s'agissait d'un crime.

— Un crime ?

Orla hocha la tête.

— Son père était fou de rage.

Jeppe revit le Père Samuel, cet homme souriant et calme.

— Que croyaient-ils alors qu'il se soit passé ?

— La rumeur disait que Nikolaj l'avait poussée vers la mort. Je n'y ai jamais cru, pourquoi aurait-il fait ça ?

Jeppe baissa le nez dans sa tasse de café. Orla avait raison, il était difficile de croire qu'un adolescent ait l'idée de pousser sa petite amie vers la mort. Mais si le père de la fille le pensait, il avait une parfaite raison pour haïr Nikolaj. Peut-être même pour l'assassiner.

Il fallait qu'il contacte Anette.

— Je me souviens qu'elle portait un nom particulier.

Orla se leva et se dirigea vers sa bibliothèque, le nez à quelques centimètres du dos des livres.

— C'est ça ! *Faites-moi confiance*, de la série *87e District*, ça fait quelques années que je l'ai lu. Tu connais Ed McBain ?

Jeppe revit le Père Samuel dans l'embrasure de la porte de l'église.

— Non, mais je connais quelqu'un qui le connaît. Pourquoi ?

— Les livres se passent dans une métropole fictive censée représenter New York. La fille du pasteur portait le même nom que cette ville, un drôle de nom d'ailleurs. Isola.

*

Esther reposa la lettre et s'étira sur le fauteuil inconfortable. Elle sentit la bête de chagrin se mouvoir en elle, comme toujours lorsqu'elle lisait quelque chose à propos d'une grossesse non désirée. La blessure n'avait jamais guéri. Agacée par sa propre faiblesse, elle se leva et s'éloigna du bureau, ayant besoin d'une distraction.

Ida avait pris la voiture pour aller à Svaneke acheter de quoi préparer le dîner, alors elle était livrée à elle-même. Esther s'étira à nouveau en laissant avec reconnaissance son dos craquer, bâilla et sentit l'oxygène apporter à son cerveau un regain d'énergie.

Si Nikolaj avait mis sa petite amie enceinte, où étaient-ils, elle et l'enfant aujourd'hui ? Ida n'avait pas mentionné qu'elle était tante.

Le regard d'Esther tomba sur l'affiche des scieries de Bornholm, accrochée à côté de la baie vitrée. Celle-ci représentait une maison rouge entourée d'arbres et d'herbe haute ; elle était décolorée, avec les coins gondolés par des années d'humidité. Un mot en majuscules blanches se détachait sur la façade du bâtiment. Elle s'approcha et lissa le papier afin de pouvoir lire ce qui était inscrit. « ALMINDINGEN ».

Esther fit un pas en arrière. Elle connaissait cet endroit. Peut-être du temps des vacances sur l'île durant son enfance ou d'un article qu'elle avait vu dans un journal.

Elle décida de se servir un verre de vin rouge, il était après tout l'heure de s'arrêter de travailler pour aujourd'hui. Elle se rendit dans la cuisine et jeta un coup d'œil au sac de bouteilles vides sur le sol derrière la porte. Peut-être était-ce normal de boire du vin quotidiennement lorsque son meilleur ami venait de mourir ? Ou peut-être pas. Toujours à trouver une excuse, soit quelque chose à célébrer, soit une raison pour se consoler. *Quand je rentrerai à Copenhague, j'arrêterai l'alcool !* se promit-elle.

Alors qu'elle dévissait le bouchon d'une bouteille de syrah, elle se souvint de l'endroit où elle avait déjà vu la maison rouge de l'affiche. Sur la photo qu'elle avait étudiée le matin-même sur son téléphone, en arrière-plan des trois jeunes gens, dont elle savait maintenant qu'il s'agissait de Nikolaj, Marco et probablement la petite-amie de ce premier.

Peut-être la scierie d'Almindingen avait-elle été le repaire des jeunes ? Cela pouvait-il être important pour l'affaire ?

Esther alla chercher son portable, prit une photo de l'affiche dans la lumière rasante de l'après-midi et écrivit un court SMS à Jeppe pour l'accompagner. Et la petite amie était enceinte, ajouta-t-elle avant d'appuyer sur « Envoi ».

*

— L'abattoir peut-il être notre scène de crime ? demanda Anette en reformulant aussitôt. Je veux dire, bien sûr qu'il peut l'être théoriquement. Et les échantillons permettront je l'espère de savoir si la camionnette a un lien avec le meurtre. Mais si l'abattoir est notre scène de crime, qui en est l'auteur ?

Elle regarda les enquêteurs de Bornholm dans l'open space. Les techniciens portaient encore leurs manteaux, transis après avoir travaillé dans le hall réfrigéré. Deux enquêteurs, qui ne les avaient pas accompagnés à la ferme, s'étaient également joints à eux, en renfort. Ditte était assise à côté d'un collègue qui avait l'air de faire deux fois sa taille. Presque comme père et fille. Il émanait pourtant de Ditte un concentré d'autorité. Lorsqu'elle prit la parole, personne n'essaya de l'interrompre.

— Nous savons que Nikolaj avait une grosse somme d'argent dans sa maison. L'argent que Louis a probablement voulu récupérer quelques jours après qu'Anton s'était comporté de manière menaçante devant son appartement.

— Nous savons aussi, ajouta Anette, que Hedegaarden a de grosses difficultés financières et qu'ils ont épuisé leurs possibilités de prêt.

Ditte acquiesça et poursuivit :

— Sans connaître les circonstances exactes, je crois qu'Anton a impliqué Nikolaj et peut-être aussi Louis dans une tentative douteuse de se procurer de l'argent. Mais quelque chose a mal tourné, peut-être que l'un d'eux s'est montré trop gourmand, et que Nikolaj a terminé en deux morceaux dans les valises.

— Dans ce cas, c'est Louis qui l'a amené là, parce qu'Anton Hedegaard, avec ses presque quatre-vingts ans, aurait eu du mal à le maîtriser.

Anette regarda l'équipe.

— Est-il apparu quelque chose sur les bandes de vidéosurveillance du ferry ou de l'aéroport ?

Un des enquêteurs attira l'attention par un claquement de doigts et se leva du bureau où il était assis, pour que tous puissent le voir.

— Nous avons passé en revue toutes les images de ces derniers jours sans résultats. Mais quand l'inspectrice Vollmer (il fit un signe de tête en direction de Ditte) nous a demandé de vérifier celles du ferry pour la camionnette de l'abattoir sur les derniers jours d'août, ça a mordu.

Anette mima à Ditte les mots « bien vu ». La jeune femme sourit en direction du sol.

L'enquêteur brandit l'écran d'un ordinateur portable à la ronde. Une photo montrait des voitures sur le pont d'un ferry. Celui-ci était plein, et, coincée entre deux véhicules, se trouvait la camionnette blanche de Hedegaarden.

— L'utilitaire était au départ de Rønne le vendredi 30 août à 8 h 30 et est revenu le jour suivant avec le premier ferry d'Ystad à la même heure.

— Ce qui correspond à la prétendue livraison qu'Anton Hedegaard a mentionnée. Nous devons vérifier auprès des restaurants concernés…

Ditte fit un petit signe de tête en direction d'Anette.

— C'est en cours.

— OK, bien. (Anette se retourna vers l'enquêteur avec l'ordinateur.) Peut-on voir le conducteur sur l'une des caméras de surveillance ?

— Oui.

— Oui ?! s'exclama Anette en se dirigeant vers lui. Eh bien, montre-le-nous donc, bon sang !

— C'est très granuleux et l'intéressé porte une casquette, se dépêcha d'expliquer son confrère, tout en faisant apparaître une nouvelle photo où le chauffeur se tient debout de dos, derrière la camionnette.

Le corps semblait à première vue celui d'un homme aux larges épaules et aux hanches étroites, qui portait un short cargo et un T-shirt à manches longues, avec un petit arc-en-ciel sur le col. À part cela, la photo ne leur en apprenait pas davantage.

— Nous sommes en train de visionner les images du ferry pour ces deux traversées. Peut-être que nous le verrons dans la file d'attente du café ou quelque part sur le pont.

Anette faillit l'embrasser.

— Alors nous pourrions avoir une identification dans le courant de la journée ?

— Si nous avons de la chance. Nous faisons de notre mieux.

— Et le mieux, c'est bien plus que ce que nous pourrions faire à Copenhague, putain ! Beau travail !

Anette lui donna une généreuse tape sur l'épaule, si bien qu'il faillit laisser tomber son ordinateur. Il s'assit, les joues écarlates.

— Alors il ne nous manque plus que la confirmation que la dentition du cadavre correspond à celle de Nikolaj Dybris. L'odontologue légiste a promis une réponse demain au plus tard.

Anette hocha la tête avec satisfaction.

L'un des techniciens, qui était encore assis avec son manteau, renifla.

— Dites, je ne sais pas si c'est pertinent, mais nous venons de parler de quelque chose dans la voiture… à propos de Louis Kofoed.

— Quoi donc ?

Anette regagna sa place. Les palpitations étaient de retour dans son corps, mais cette fois il s'agissait des bonnes. L'excitation.

— Eh bien, un des gars avec qui je joue au foot est électricien et il a travaillé dans une propriété à Hasle il y a deux ou trois ans. Chez Connie Kofoed.

— Connie la Saucisse ?

La voix d'Anette se brisa.

— Euh oui, confirma le technicien avec hésitation. Mon ami a tiré des câbles chez elle pendant une petite semaine et elle restait à la maison avec lui pour bavarder. (Il leva deux doigts et but dans une bouteille invisible.) Elle a raconté que lorsqu'elle était jeune, elle travaillait à la scierie d'Østerlar et avait eu une liaison avec le patron. Je ne sais pas si ça peut être utile, mais d'après elle, Finn Sonne est le père de Louis Kofoed.

Un court-circuit se produisit dans le cerveau d'Anette. *Putain, c'est quoi le problème avec ces petites îles, où tout le monde connaît tout le monde et où les gens sont liés dans tous les sens, même si chaque région se prétend être indépendante ?* Elle se leva.

— Je dois passer un coup de fil. Allez prendre un café les gars, fumez, faites ce que vous avez à faire, on se retrouve dans dix minutes.

Anette s'approcha d'une des fenêtres sales du bureau et regarda le parking. Si Finn était le père de Louis, qu'est-ce que cela signifiait pour l'affaire, si cela signifiait quelque chose ?

Elle sortit son téléphone. Svend avait envoyé une photo de Gudrun et Anette fut frappée par une vague de nostalgie aussi puissante qu'un coup de sabot de cheval dans le diaphragme. Celui qui laisse inconscient au sol.

Elle respira profondément.

Ditte surgit à ce moment et posa une main sur son épaule.

— Tout va bien ?

— Oui, merci, répondit Anette avant de se mettre à rire d'elle-même. On devient n'importe quoi quand on a des enfants, sache-le. De la pure mélasse.

Ditte était près d'elle, sans déplacer sa main.

— As-tu quelqu'un à la maison ? Un petit ami ?

Ditte regarda discrètement derrière son épaule.

— Il y avait quelqu'un, mais c'est fini. Elle est restée à Rødovre quand j'ai emménagé ici, alors maintenant je suis seule.

Elle ne brisa pas le contact visuel et sourit, gênée.

Anette sentit la chaleur lui monter aux joues. Juste au moment où elle allait formuler une réponse, elle fut interrompue par une sonnerie. Elle répondit, soulagée.

— C'est toi, mon petit Jeppe ?

— C'est Clausen.

Il souffla l'air par le nez, provoquant un sifflement dans l'oreille d'Anette.

— Dernière nouvelle : nous avons trouvé des traces de rouille sur la partie découpée du cadavre. En fait, il y en a tellement que nous pouvons dire avec certitude que la lame de la scie qui a tué le défunt était complètement corrodée.

— Mais..., protesta Anette, il n'y a pas de scies rouillées à l'abattoir. Les autorités alimentaires auraient immédiatement fermé l'endroit.

— Je n'ai aucune idée de quel abattoir tu parles. Mais s'il n'y a pas de marques de corrosion sur leurs outils, alors le meurtre n'a pas été commis là-bas.

CHAPITRE 22

Après avoir appelé Anette quatre fois sans succès, Jeppe s'assit dans sa voiture et prit la direction du commissariat à Rønne. La mort de la fille du pasteur ne signifiait peut-être rien pour l'affaire, mais Anette avait besoin de connaître tous les faits. De toute façon, il n'avait rien de mieux à faire.

Le trajet jusqu'à la ville lui sembla inhabituellement agréable, même si la voiture était froide et la route sombre. Il avait à nouveau un objectif, une nécessité impérieuse.

Peu après Hasle, Anette le rappela enfin. Jeppe se rangea sur le bas-côté et répondit.

— Salut, Kørner, désolée de ne pas t'avoir rappelé plus tôt. Nous avons été occupés avec une scène de crime qui finalement n'en était pas une.

— Merde !

— Exactement. Je croyais que le meurtre avait été commis dans l'abattoir, mais d'après Clausen, la lame de la scie était rouillée, pas propre. Qu'est-ce que tu avais sur le cœur ?

Jeppe entendit une voiture passer, les phares arrière brillèrent dans le noir avant de disparaître dans un virage. Par la vitre, il voyait les premières étoiles sur la côte ouest.

— OK, la version courte : il y a trente et un ans, la petite amie de Nikolaj a été retrouvée morte dans la forêt au moment de la fête des dix-huit ans de celui-ci.

— Comment ça, morte ?

— Elle est tombée au fond d'une fosse aux ours en ruine. La police a considéré qu'il s'agissait d'un accident et a classé l'affaire, mais les rumeurs se sont multipliées par la suite. La jeune fille, Isola, était la fille du Père Samuel, et il était apparemment convaincu que Nikolaj l'avait poussée.

— Mais… c'était il y a une éternité.

— Peut-être cela vaut-il quand même la peine de parler de Nikolaj au Père Samuel.

Anette soupira.

— Les caméras de surveillance de Copenhague ont filmé la camionnette de l'abattoir dans la zone de la découverte du corps, alors pour l'instant on se concentre sur Anton Hedegaard et Louis Kofoed. Mais tu as raison, admit-elle. C'est un bon mobile pour un meurtre. En particulier un meurtre aussi brutal. Je peux demander aux locaux de ressortir l'affaire, quelle année as-tu dit…

La ligne grésilla et bourdonna.

— Anette ?

La connexion était interrompue. Jeppe rappela, sans succès. Il regarda l'heure sur son tableau de bord. Il n'était que 16 h 30 et toute une soirée l'attendait dans son château de solitude. Dîner en solo. Télévision en solo. Unique brosse à dents sur le lavabo. Une dépendance croissante aux analgésiques. Comment arrivait-il encore à se retrouver dans un coin où personne n'avait besoin de lui ? S'il tombait, se fondrait-il lui aussi dans la moquette avant que l'on s'inquiète de son sort ?

Il renonça à essayer de joindre Anette, et vit qu'Esther lui avait envoyé une photo d'une affiche jaunie de la scierie d'Almindingen ; il baissa la vitre et alluma une cigarette tout en lisant le message qui l'accompagnait.

Et la petite amie était enceinte.

L'estomac de Jeppe se souleva. Nikolaj avait-il souhaité la mort d'Isola pour se sortir du pétrin ? Et cela ne renforçait-il pas le mobile de vengeance du Père Samuel s'il avait perdu à la fois sa fille et son petit-enfant à naître ?

Jeppe revint à la vieille photo de Nikolaj et de ses amis. Esther avait raison, c'était le même bâtiment. Il ouvrit le navigateur de son téléphone, et maudit la mauvaise couverture Internet de l'île alors que le moteur de recherche chargeait.

Il s'avéra qu'il existait effectivement une scierie d'Almindingen, située dans un cadre pittoresque. Une entreprise familiale sur trois générations, mais surtout l'une des plus importantes et plus productives de l'île, jusqu'en 2006, date de sa fermeture. Des photos montraient qu'elle était aujourd'hui en ruine, et attendait d'être vendue et transformée en un lotissement de maisons de vacances, juste à côté du célèbre rift d'Ekkodalen, la « vallée de l'écho ». Jeppe n'en avait jamais entendu parler avant.

Pour trouver une scie rouillée, quel meilleur endroit qu'une scierie désaffectée ? De plus, un lieu où Nikolaj avait l'habitude de passer du temps avec ses amis lorsqu'il était jeune.

Jeppe répondit à Esther qu'il allait immédiatement inspecter le coin et il fit demi-tour. Il alluma la radio et tomba sur une chaîne musicale. Son humeur sombre de tout à l'heure semblait pour l'instant mise en pause, constata-t-il avant de secouer la tête à son visage barbu dans le rétroviseur. Moitié mélancolique, moitié idiot jubilant.

Au sud de Hasle, il bifurqua sur une route qui s'enfonçait dans les terres, en direction de la forêt au centre de l'île. Il avait du mal à s'orienter dans le noir, il tourna au mauvais endroit après le lac Pølsesø, et dut revenir en arrière. Il sortit de la voiture et s'approcha tout près d'un panneau de signalisation, avant d'être sûr de la direction à prendre. Enfin, au bout d'une bonne demi-heure, il s'engagea sur un petit chemin qui conduisait d'Almindingsvej à Ekkodalen, et roula en cahotant sur la chaussée de granit.

Lorsque Jeppe aperçut de la lumière sur sa droite, il ralentit. Ce devait être la maison du garde forestier, et d'après ce qu'il avait vu sur la carte, la scierie devait se trouver juste en face. Quand il regarda sur la gauche, il distingua de hautes ombres noires se détacher sur le ciel bleu foncé.

Il se gara sur le côté et sortit en faisant claquer sa portière ; le bruit se propagea dans l'obscurité comme un oiseau qui s'envole. Il prit sa puissante lampe torche dans le plateau du pick-up et enjamba la barrière interdisant l'accès aux personnes non autorisées.

Le terrain était complètement envahi par la végétation. À peine à quelques mètres de la route, l'herbe montait à hauteur de genoux, et les buissons poussaient en abondance. Il éclaira un fourré où se tenaient les vestiges d'une bâtisse. Un mur entier s'était effondré, le toit s'était affaissé et le sol était jonché de gros tas de tuiles cassées et de gravats.

Tandis qu'il progressait, Jeppe se prit dans des ronces et évita de justesse un grand trou dans le sol, qui était à peine recouvert de planches pourries. Au loin, une gigantesque cheminée se dressait derrière les arbres.

Jeppe passa devant plusieurs constructions vides aux vitres brisées et aux marches recouvertes de mousse. Elles ressemblaient à de vieux bâtiments administratifs, et aucune d'elles n'avait l'air de contenir une scie.

Les buissons s'ouvraient sur une grande clairière, qui pouvait être l'endroit où la scierie entreposait et traitait les troncs d'arbres. De l'autre côté se trouvait un bâtiment beaucoup plus imposant que les autres. Dans la façade, une vieille porte béait sous deux fenêtres, donnant l'impression que la grange hurlait : « Allez-vous-en ! »

Jeppe s'approcha.

À l'intérieur, il vit une vieille salle des machines. Il y avait des rails, des courroies et de grandes structures métalliques, dont il ne pouvait pas déterminer la nature. Çà et là, des trous dans la machinerie apparaissaient, comme si quelqu'un avait retiré les pièces les plus précieuses et abandonné le reste. Sur des crochets à outils étiquetés plantés dans les murs, les rares reliquats étaient rouillés au point d'être méconnaissables.

Il continua à avancer dans le hall. Le faîte du toit se dressait à dix mètres au-dessus de sa tête. Les poutres luttaient contre la dégradation et la gravité. La pièce avait l'atmosphère d'une cathédrale.

Ses orteils heurtèrent des rails sur le sol. La scie ne devait pas être loin. Alors qu'il poursuivait son inspection, il entendit un bruit derrière lui. Un craquement sur le gravier, deux pas rapides. Puis tout devint noir.

*

Bølshavn, samedi 8 octobre 1988

Chère Argy,

Je me réveille chaque matin en pensant que j'ai fait un cauchemar. Je reste allongée dans mon lit et je sens le soulagement m'envahir, étourdie de bonheur. Et puis la réalité me frappe comme un seau d'eau glacée.

Isola est morte.

Même les fidèles disciples de Jésus ne peuvent ramener les morts à la vie par leurs prières bien intentionnées. Nous avons beau essayer de concentrer nos énergies ou de penser positivement, cela n'améliorera pas la situation. C'est ainsi quand quelqu'un meurt, c'était pareil lorsque papa est mort, mais à l'époque cela avait quelque chose de naturel. Nous avions des cérémonies sur lesquelles nous appuyer lorsque le chagrin nous submergeait.

Ce n'est pas le cas cette fois.

L'enterrement s'est bien passé, pour autant que je sache. Je n'ai pas été autorisée à y assister, aucun de nous, et ce rejet m'a blessée à un point que je n'ai pas de mots pour le décrire. Les accusations ne sont pas formulées, mais je les ressens malgré tout, je sens comment notre petite famille est ostracisée. Les interrogatoires incessants de la police n'arrangent rien, ils arrivent à l'improviste et s'assoient dans le salon ou viennent nous chercher en voiture de patrouille. Ils posent les mêmes questions encore et encore.

Nous ne pouvons pas en parler à la maison. C'est trop difficile, et de plus, j'ai peur de la réponse que je recevrais si je posais directement la question à Nikolaj.

Alors je me tais. Je fais semblant de ne pas entendre les ragots qui se répandent comme une traînée de poudre et je m'isole dans la maison. Je me cache lorsque madame Agger regarde par-dessus la haie et j'ignore le panneau « À vendre » chez Finn en face. Il soutient le Père Samuel corps et âme et ne m'a pas adressé la parole depuis l'anniversaire. Mais les gens n'auront pas la satisfaction de me voir courber l'échine. Les choses vont finir par s'arranger à un moment donné, le temps est mon ami. Je l'espère.

Pour l'instant, c'est un sentiment d'apathie qui s'étend. La fatigue s'est installée dans ma colonne vertébrale, je dois me traîner hors du lit, et les lettres fourmillent sur les pages des livres si bien que je ne peux pas lire. Je me baigne dans la mer tous les matins comme j'en ai l'habitude, et j'essaye de manger, de dormir, et de vivre. Je remercie le Dieu auquel je ne crois pas qu'Ida soit à Boston pour ses études et ne revienne pas à la maison avant le Nouvel An. Si elle revient sur l'île un jour.

Mon espoir est de la faire rentrer au Danemark, je crains qu'elle s'amourache d'un Américain et fonde une famille là-bas. Elle a apparemment des « date *», comme elle dit, et sortir avec les garçons, c'est ce que doit faire une jeune femme de vingt-deux ans. Dans sa* *dernière lettre, elle m'a envoyé des photos avec sa famille d'accueil et ses camarades de classe. Ils ont tous l'air si lisses, avec des dents si blanches. Ida a pris un peu de poids et a des joues rondes et joyeuses. Elle s'amuse et cela me réjouit, même si cela pique un peu lorsqu'elle parle de « ma famille » en parlant de ses hôtes américains.*

Et Nikolaj ? Ma main est fatiguée à cette pensée, lâche mon stylo et ne veut plus écrire. Il parle de postuler pour une place d'apprenti chez le charpentier de Svaneke, et je ne sais pas si je dois me prêter à sa fantaisie ou non. Est-ce le travail d'une mère que de construire son enfant pour qu'il croie que le monde – quoi qu'il fasse – l'accueillera les bras ouverts et l'aimera ?

La réalité n'est pas ainsi. Le charpentier ne le prendra pas. Probablement personne ne voudra l'embaucher désormais.

La question est de savoir si Nikolaj sera capable d'obtenir un stage. Il reste digne, mais je sens que c'est pour moi. Je l'entends pleurer à travers le mur quand il pense que je dors.

Mon amour n'a pas été suffisant pour empêcher la catastrophe, et il ne l'est pas non plus pour guérir toutes les blessures qui en découlent. Bornholm se retourne contre nous, notre maison est devenue une ennemie. Comme tu peux le voir, le fond n'est pas loin de là d'où nous nous trouvons en ce moment.

Nous sommes dévastés.

Ta Margy

*

Anette dut annoncer à ses collègues de Bornholm que l'abattoir n'était pas leur scène de crime. On était vendredi après-midi et les résultats des analyses du sang prélevé par les techniciens dans la camionnette n'arriveraient pas avant lundi au plus tôt. Aucune raison de repousser le week-end plus que nécessaire, la journée de travail était terminée.

Seul était resté l'inspecteur Jakobsen, qui avait entrepris de visionner les nombreux enregistrements des caméras de surveillance des trajets des matins du 30 et du 31 août, dans l'espoir de pouvoir identifier le conducteur de la camionnette.

Jakobsen était assis dans l'un des bureaux fermés et visionnait les vidéos image par image, tout en étudiant la moindre personne qui se trouvait sur le ferry lors des deux traversées en question. Homme, casquette, T-shirt blanc à manches longues, il n'avait rien d'autre.

Tant qu'il travaillait, Anette ne voyait aucune raison de quitter le commissariat. Ditte ne rentra pas non plus et alla chercher des hamburgers. Même si le lien entre la camionnette et le meurtre n'était pas encore prouvé, une identification potentielle du conducteur semblait être la meilleure chance de faire avancer l'affaire.

Anette froissa le papier autour des dernières feuilles de salade couvertes de mayonnaise et jeta la boule dans la poubelle en décrivant un bel arc de cercle. Svend lui annonça qu'ils allaient rester à Kerteminde jusqu'au dimanche soir, ce à quoi elle répondit que lui et Gudrun lui manquaient, du plus profond de son être.

Le fait d'être sur une île au milieu de la mer lui procurait un immense sentiment d'isolement. Dans l'affaire et la vie en général. Ce n'était ni juste ni raisonnable, mais elle ne pouvait pas empêcher ce sentiment de se manifester encore et encore.

— Et voilà un peu de lecture ! annonça Ditte en lâchant un épais dossier sur le bureau d'Anette. J'ai trouvé l'affaire d'Isola Ratsche Jensen dans les archives. Comme ça, nous serons préparées si nous devons interroger le Père Samuel.

Ditte tira une chaise de bureau jusqu'à Anette, retira l'épais élastique qui bordait le dossier et l'ouvrit. Sur le dessus se trouvaient des photos de la fosse aux ours et de la forêt qui l'entourait. Huit d'entre elles montraient le corps d'Isola gisant au sol, violemment éclairé par le flash du photographe.

Elle était vêtue d'une robe d'été bleue qui lui descendait jusqu'aux genoux et ses cheveux blonds étaient rassemblés en une queue de cheval. Le sang s'étendait sur le rocher comme une auréole sombre autour de sa tête. Le reste des photos montraient la fosse, le mur et la forêt, et avaient dû être prises à l'aube, car la lumière naturelle était revenue.

— Putain, mais qui a l'idée de construire un zoo à Bornholm ? demanda Anette en montrant une des photos. Elle n'a pas pu trébucher sur le mur, il est trop haut, et le bord est arrondi… pas vraiment destiné à faire de l'équilibre dessus.

— Elle s'était peut-être assise dessus ?

Anette haussa les épaules.

— Il n'y a aucun commentaire sur la façon dont ça s'est produit, mais l'affaire est quand même classée comme étant un accident. Mais seulement neuf mois plus tard, le 2 mai 1989. Ils ont dû avoir des doutes.

Ditte feuilleta le rapport dactylographié.

— Voici le compte rendu de l'autopsie. Mode du décès : Accident. Cause du décès : Traumatisme crânien ayant entraîné une hémorragie. Aucun autre traumatisme physique à part la chute, elle n'avait ni alcool ni drogue dans le sang.

Ditte poursuivit sa lecture en silence, avant de s'étonner :

— Houlà, elle était enceinte de seize semaines !

— Comme si sa mort n'était pas assez tragique en elle-même.

— Hmm… Selon son père, Isola portait toujours une croix autour du cou, mais elle n'était pas sur le corps, lorsqu'ils l'ont trouvé.

Ditte continua de parcourir les notes des interrogatoires. La plupart avaient eu lieu le soir même et les jours qui ont immédiatement suivi le décès le 12 août, mais une seule personne avait été interrogée à plusieurs reprises jusqu'en avril 1989, juste avant que l'affaire ne soit classée.

Nikolaj Dybris.

— Ils le soupçonnaient d'avoir fait le coup ! s'exclama Anette. Ils n'ont pas pu le prouver, mais ont espéré qu'il avoue s'ils lui mettaient assez de pression.

— Regarde ici : interrogatoire de Margrethe Dybris, c'est sa mère, non ? (Ditte feuilleta encore les notes.) Elle a été interrogée au poste le 14 août 1988, puis le 5 septembre, le 5 décembre et enfin le 10 février 1989.

— C'est compréhensible. Ce genre d'affaire doit être résolue, en particulier lorsqu'elle a lieu dans une petite communauté où les gens se connaissent. (Anette chercha son souffle, soudain à court d'air.) On peut imaginer combien ça a dû être terrible pour la famille Dybris.

— Oui, pourquoi n'ont-ils pas quitté l'île après cela ?

Anette sourit à sa jeune collègue.

— Tout le monde ne peut pas fuir ses problèmes.

Elle prit le dossier et atteignit la dernière page du rapport.

— Note finale du 2 mai : l'affaire est classée et considérée comme résolue. « La famille a exprimé le souhait de garder une discrétion continue », qu'est-ce que ça signifie ?

— Que le Père Samuel ne voulait pas que les gens sachent qu'Isola était enceinte, répliqua sèchement Ditte. Pour une famille religieuse fondamentaliste, la seule chose pire que de perdre un enfant, c'est de perdre sa vertu.

— Est-ce que ça ne met pas les choses en perspective ?

— Tu crois ?

Le téléphone d'Anette sonna, elle regarda l'écran.

— C'est l'Institut médico-légal de Copenhague.

Elle se dépêcha de répondre.

— Werner à l'appareil.

— C'est Nyboe. J'ai reçu les résultats des examens dentaires. L'odontologue légiste a comparé la dentition du cadavre ou ce qu'il en restait, avec les radios du dentiste de Nikolaj Dybris.

— Et ?

Anette sentit son pouls battre si fort dans son cou qu'elle posa deux doigts dessus.

— La dentition, comme tu le sais, est très singulière. Des plombages, des couronnes, des fissures et des bridges, ce genre de choses dessinent une image merveilleusement précise de la victime, ce qui fait que nous avons un taux de certitude de cent pour cent.

— Nom de Dieu, Nyboe, c'est lui ?

Nyboe hésita un instant.

— Non. La dentition ne correspond pas. Nous pouvons affirmer avec certitude que le cadavre dans la valise n'est pas celui de Nikolaj Dybris.

CHAPITRE 23

Ce fut le bruit qui le réveilla. Un bourdonnement sourd et rythmé, tel un train de nuit qui traversait l'Europe. Jeppe essaya de flotter avec le rêve. En route pour Rome, se réveiller dans un wagon-lit et prendre son petit-déjeuner avec vue sur le col du Brenner. Mais l'arrière de son crâne lui faisait mal, beaucoup trop pour qu'il puisse se rendormir. Ses paupières étaient collées, et lorsqu'il essaya de les frotter, il découvrit qu'il ne pouvait pas bouger ses bras. Il était attaché.

La douleur irradiait jusque derrière son front et le long de sa colonne vertébrale, l'empêchant de penser clairement. En même temps, elle lui confirmait qu'il était éveillé et que le bruit qu'il entendait était réel. Où était-il ? Que s'était-il passé ?

Jeppe essaya de se concentrer. Il était arrivé en voiture quelque part et l'avait garée dans des hautes herbes. La scierie ! Les bâtiments en ruine près d'Ekkodalen, les souvenirs lui revenaient lentement. Il brava la douleur et souleva la tête pour regarder en direction de ses pieds. Il força ses yeux à s'ouvrir en les clignant encore et encore et repéra enfin la source du bruit infernal.

Une scie à ruban. En marche.

La lame vibrait dans l'air à seulement un mètre de lui. L'énorme tronc d'arbre sur lequel il était ligoté se déplaçait lentement en direction de la machine, comme si quelqu'un était en train de découper des planches dans le sens de la longueur du tronc. Mais la lame était fixée à vingt centimètres au-dessus de la surface de l'arbre, prête à atteindre une autre cible.

Jeppe tira sur ses mains et sentit que les liens ne cédaient pas. La panique le guettait, mais sa seule chance était de garder la tête froide. Il était allongé sur le côté, comme un agneau sacrificiel. Ses poignets étaient liés ensemble avec un serre-câble en plastique lui-même attaché au tronc d'arbre avec une corde. De même pour l'une de ses chevilles.

— Au secours !

Pas de réponse.

— Vous n'êtes pas obligé de faire ça ! Arrêtez la scie et on pourra parler.

Jeppe leva son pied libre et fit tomber sa chaussure de sécurité sur le lien en plastique de sa cheville ligotée. Peut-être que s'il donnait un coup de pied assez fort, il pourrait le déchirer. Il frappa de son talon encore et encore, entendit quelque chose se fendre, mais une douleur lancinante lui suggéra que ce n'était pas le serre-câble.

De la lumière blanche l'éblouit derrière ses paupières ; par-dessus le martèlement de la scie, il appela à nouveau à l'aide, plus fort qu'auparavant, jusqu'à ce qu'il perde sa voix.

Le monstre mécanique s'approchait de ses pieds, et il imagina la rencontre de la lame avec le corps, le sang et la destruction irrémédiable de la chair. La mort solitaire.

Maman sera triste, pensa-t-il. *Et Sara*.

Lorsque la lame rugit devant la semelle de sa chaussure avec un grincement strident, il décida que sa dernière pensée serait pour elle. *Sara*.

*

Anette était en colère. C'était injuste, elle était vexée et déçue, même si c'était puéril. Ils avaient monté leur dossier autour de la mauvaise victime, et ils ne connaissaient toujours pas la véritable identité du corps.

Elle sortit par l'escalier à l'arrière du commissariat, et frappa son poing contre le mur. Comme elle le faisait lorsqu'elle était adolescente et que son corps ne parvenait pas à contenir ses émotions. Dans un instant, elle retournerait au bureau, regarderait Ditte dans les yeux et élaborerait un plan d'action. Elle reconstruirait un nouveau château de cartes et trierait les indices pour qu'ils puissent découvrir ce qu'il en était.

Où était Nikolaj Dybris ?

Anette cogna à nouveau et dut se plier en deux pour avaler la douleur.

— Allez, marmonna-t-elle en se redressant. Allez !

Elle frappa encore, de la même main, si bien que la jointure de son majeur toucha le plâtre du mur qui s'effritait, la peau s'arracha et le sang jaillit.

— Merde !

Anette enfonça son articulation dans sa bouche et goûta son sang, se laissant tomber sur une marche de l'escalier. Elle tenta de se calmer. Elle dirigeait cette enquête et ne pouvait pas se permettre de perdre le contrôle. La responsabilité lui pesait d'une manière qu'elle n'avait pas envisagée. Cela lui rappelait la naissance de Gudrun, quand elle avait découvert qu'elle était devenue une adulte à part entière à ce moment-là.

OK. Elle prit une profonde inspiration et expira, recommença jusqu'à ce qu'elle se sente étourdie. Même si le corps n'était pas celui de Nikolaj, il avait disparu depuis trois mois. Les valises, la camionnette, l'argent, il devait être impliqué d'une manière ou d'une autre. Que savaient-ils vraiment de lui ?

Qu'il travaillait à l'abattoir et était ami avec Louis Kofoed. Qu'il avait l'habitude de boire, de voler et de s'éclipser par périodes. Qu'il avait mis une fille enceinte à l'adolescence et qu'il avait ensuite été accusé de l'avoir assassinée.

Elle sortit son téléphone portable de la poche de son pantalon et appela Jeppe. Une voix douce l'informa que son correspondant n'était pas disponible actuellement. Anette maudit ce réseau pourri et recommença. Même message. Elle envoya un SMS et lui demanda de la rappeler immédiatement, car elle aurait bien besoin de son intuition.

Et maintenant ? Elle ne pouvait pas faire face à sa jeune collègue sans avoir un plan. N'importe quoi à quoi se raccrocher.

Anette fit défiler les numéros enregistrés dans ses contacts. Il y avait au moins une chose qu'elle pouvait faire : annoncer à Ida Dybris que son frère n'était pas en deux morceaux à l'Institut médico-légal.

Elle trouva son nom, appuya dessus et attendit. Personne ne répondit.

*

Peut-être était-ce la scie, qui s'approchait des semelles de ses chaussures, peut-être la pensée de Sara, mais à l'instant où la lame se mit à grincer, Jeppe décida de survivre. Il souleva sa jambe libre et martela le métal de sa chaussure renforcée sur sa cheville ligotée, encore et encore. S'il parvenait à frapper le lien en plastique suffisamment de fois au point de le rompre, il pourrait libérer sa jambe gauche et glisser sur le tronc d'arbre pour se mettre à l'abri de la scie.

Jeppe ne s'arrêta pas, jusqu'à ce que les os craquent et que le sang coule. La douleur était insupportable.

Je n'ai rien à perdre, pensa-t-il en hurlant aussi fort qu'il le put. Il sentit les dents métalliques toucher sa semelle, à la seconde où le serre-câble céda.

Jeppe releva ses genoux, loin de la scie. Ses mains étaient toujours attachées, et il ne voyait presque rien. La lame se rapprochait, il sentait ses vibrations. Il n'avait pas d'autre choix que de se laisser tomber du côté où ses mains étaient attachées et d'espérer que tout irait bien.

Il se propulsa sur la droite.

Sa jambe se déroba sous son corps, il bascula et se retrouva suspendu par les poignets. Toute la douleur irradiait sa cheville, l'arrière de sa tête et ses mains, mais il était à l'abri de la scie.

Doucement, il se mit à genoux et se pencha vers ses mains, pour tenter de distinguer la corde qui reliait le serre-câble à un crochet sur le tronc. Un simple demi-nœud pour autant qu'il puisse voir.

Il maintint la boucle du bout de ses doigts et l'attrapa avec ses dents. Le tronc d'arbre continuait d'avancer, mais il essaya de se concentrer pour défaire le nœud. Tirer, mordre, tirer encore. Le nœud se desserra enfin. Il était libre.

Jeppe posa son front contre le sol et inspira l'odeur du sang mêlé à la sciure.

Il était vivant.

Sa respiration se calma, il se redressa et se frotta les yeux pour les débarrasser du sang séché et lui permettre de voir à nouveau. Il se leva péniblement sur un genou et amena avec précaution le serre-câble qui retenait ses poignets contre la scie jusqu'à ce qu'il se casse. Il regarda autour de lui et reconnut la scierie désaffectée dont il avait désormais la certitude qu'elle devait être la scène de crime. Elle était presque devenue la sienne.

Il se tapota les poches : pas de téléphone. Il essaya de se mettre debout, mais s'affaissa aussitôt. Comment allait-il sortir de là avec une cheville cassée ?

Jeppe jeta un coup d'œil à la machine, qui grondait toujours. Maintenant qu'il pouvait la jauger, il se rendait bien compte de l'horreur de mourir ici.

Sur le sol près de lui se trouvaient des planches et des chutes de bois. Il s'empara de deux courts morceaux de bois qu'il plaça de chaque côté de sa cheville cassée, et les attacha avec la corde qui le maintenait un instant plus tôt au tronc. Puis, il serra les dents, et se leva.

La douleur était monumentale, mais le soulagement l'était aussi. Il allait s'en sortir. Il n'avait qu'à boitiller jusqu'à la route et sonner chez le garde forestier pour appeler à l'aide. Une balade de trois cents mètres, il pouvait le faire. Il devait !

Jeppe fit un premier pas et s'effondra. Il vomit par terre et s'essuya la bouche en tremblant. Quand il se serait appuyé suffisamment longtemps sur sa jambe, la blessure finirait par s'auto-anesthésier, n'est-ce pas ?

De nouveau debout, il resta immobile un moment puis posa sa jambe abîmée en premier et s'appuya sur la machine. C'était de cette façon que cela faisait le moins mal. *Ça va aller, je vais m'en sortir*, se répéta-t-il en faisant encore un pas.

— Où est-ce que tu crois que tu vas comme ça ?

La voix derrière lui avait l'air surprise et en colère. Jeppe se tourna et eut envie de se gifler. Dire qu'il ne s'en était pas rendu compte plus tôt ! Il jeta un œil à la hache à refendre qui pendait lourdement en direction du sol, et entendit sa propre voix rauque.

— Toi ?!

*

— On s'arrête là pour aujourd'hui ?

Ditte avait l'air aussi abattue qu'Anette. Il était 18 heures, et les deux dernières heures n'avaient rien apporté d'autre que des défaites. L'inspecteur Jakobsen était toujours dans son petit bureau avec les bandes de vidéosurveillance du ferry, mais il les avait prévenues que ses yeux étaient tellement fatigués qu'il ne pourrait bientôt plus rien voir.

Anette regarda son téléphone pour la dixième fois en autant de minutes. Aucun appel, aucun message. Elle tenta à nouveau de joindre Jeppe. Toujours aucune connexion.

Elle appuya sur le numéro d'Ida, mais il sembla sonner dans le vide. Juste au moment où elle s'apprêtait à raccrocher, elle entendit une voix.

— Allô ?

Elle faillit crier :

— Ida ?!

— Qui est à l'appareil ?

— Excusez-moi, c'est Anette Werner de la police de Copenhague. Je suis passée chez vous hier avec mes collègues…

Anette l'entendit retenir son souffle et se dépêcha de continuer à parler.

— Nous venons de recevoir les résultats des analyses odontologiques. Le corps dans les valises n'est pas celui de votre frère.

Une longue pause s'ensuivit. Anette la laissa grandir dans son oreille et résista à l'envie de poursuivre avec ses propres priorités. *Tu es adulte*, se rappela-t-elle.

— Nous poursuivons naturellement l'enquête et les recherches pour retrouver Nikolaj.

— OK…

Ida semblait distante.

— Ce doit être difficile à réaliser, admit Anette. Je suis désolée de vous déranger davantage, mais est-ce que Jeppe Kørner serait avec vous par hasard ? J'ai besoin de le contacter de toute urgence.

— Non, malheureusement.

Anette entendit la communication se couper. Sourcils froncés, elle chercha dans ses contacts, afficha le numéro d'Esther et l'appela.

— Allô ?

— Bonjour, Esther, c'est Anette Werner. Dis-moi, sais-tu où se trouve Jeppe ? Je n'arrive pas à le joindre.

— Il est probablement en route pour la scierie.

Anette se redressa et attira l'attention de Ditte de l'autre côté de la table.

— La scierie d'Østerlar ?

— Non, pas celle-là. Nous avons trouvé une vieille photo de Nikolaj devant un endroit qui s'appelle Almindingen, qui est apparemment une vieille scierie. Jeppe a envoyé un message en disant qu'il allait immédiatement y jeter un coup d'œil.

— La scierie d'Almindingen, tu dis ? (Anette vit que sa collègue commençait à taper sur son ordinateur.) Alors c'est peut-être pour ça que je n'arrive pas à le joindre. Si tu as de ses nouvelles, demande-lui de m'appeler !

— Bien sûr. Tout va bien, j'espère ?

Anette fit comme si elle ne l'avait pas entendue, dit au revoir et raccrocha. Puis elle croisa le regard de Ditte.

— Est-ce que ça pourrait être une piste ?

Ditte attrapa les clés de voiture et enfila sa veste.

— Absolument ! Ça a l'air d'être une scierie abandonnée près d'Ekkodalen. Ça correspondrait parfaitement au profil de notre scène de crime.

Anette se leva. *Putain, à quoi tu joues, Jeppe ?* S'il essayait de résoudre l'affaire derrière son dos, ce ne serait plus seulement un mur qu'elle frapperait avec ses poings.

Elle courut derrière Ditte dans l'escalier menant au parking.

La suspension de la vieille Mercedes de la police laissait quelque peu à désirer et Ditte n'était pas avare en coups d'accélérateur, aussi, Anette saisit la poignée latérale et se laissa entraîner dans les virages et les collines.

Ditte lui jeta un coup d'œil.

— Qu'est-ce qui est arrivé à ta main ?

— Juste de l'eczéma. On est bientôt arrivées ?

Les distances entre les maisons s'allongeaient et elles voyaient de moins en moins souvent d'éclairs de lumière, avant que Ditte ne bifurque dans une plus petite route qui menait à la forêt. L'obscurité était aussi intense que le goût du café noir et donnait à Anette la même impression au niveau de l'estomac. *Putain, le fait d'avoir des enfants transforme en vraie mauviette !*

Anette n'aperçut le pick-up que lorsqu'elles arrivèrent dessus à toute allure.

— Ce n'est pas la voiture de Jeppe ? Là ! Il doit être quelque part là-dedans dans le maquis.

Elles se garèrent et sortirent. Ditte alluma une puissante lampe torche, et Anette vérifia son pistolet de service dans son holster d'épaule désespérément obsolète qu'elle tenait toujours à porter.

— Sacré endroit, chuchota Anette, on dirait le décor d'un film d'horreur.

Ditte éclaira les bâtiments délabrés et frissonna.

— Et juste à côté d'Ekkodalen, où ça grouille de touristes tout l'été. Je ne suis jamais venue ici auparavant. Je n'en avais même pas entendu parler.

Un oiseau s'envola au-dessus de leurs têtes, et elles s'arrêtèrent pour écouter le silence qui les enveloppait. Les ruines recouvertes de végétation rappelaient à Anette des souvenirs d'enfance de Karlslunde. Toutes les fermes abandonnées autour de la ville de banlieue qu'elle et les autres enfants allaient explorer. Ses premières expériences de détective et d'exploratrice du monde par ses propres moyens.

— Regarde, là-bas, il y a de la lumière ! chuchota Ditte.

Elle éteignit sa lampe torche et désigna un bâtiment ressemblant à une grange à une centaine de mètres devant elles. Par la grande porte ouverte, on distinguait effectivement une faible lueur.

— Serait-ce notre scène de crime ? demanda Anette en plongeant sous une branche sèche sans attendre de réponse.

Elles s'approchèrent à pas prudents. Arrivées au niveau de la porte, elles se postèrent tout près du large mur de planches, pour que la lumière de l'intérieur ne les trahisse pas. Elles perçurent des voix, basses, mais furieuses. Anette regarda Ditte. Aucune d'elles n'appartenait à Jeppe.

Anette se pencha lentement, aussi lentement qu'elle le pouvait, et jeta un œil dans l'ouverture.

Elle vit un grand espace rempli de machines désaffectées, poussiéreuses et délabrées. Les voix se firent à nouveau entendre, mais Anette ne repéra personne. Ces gens devaient se trouver quelque part au milieu du hall, cachés par les rails et les cages métalliques cabossées.

Elle dégaina son arme, fit signe à Ditte de la suivre et se glissa à l'intérieur.

À mesure qu'elles se rapprochaient, le niveau sonore augmentait. On aurait dit qu'une dispute était en cours.

— Ce n'était *pas* ce que nous avions convenu ! Putain de merde !

— Mais j'y peux rien s'il a débarqué ici d'un coup. Y a rien d'autre à faire !

Anette s'agenouilla et avança à quatre pattes vers la lumière.

Derrière elle, Ditte fit de même.

Son pistolet cliqueta contre le sol, Anette changea sa prise et continua à ramper. Ses mains touchaient du sable, des vis, des cailloux et des flaques de liquide collant. Par une ouverture entre deux caissons métalliques, la source des voix lui apparut.

Anette s'allongea sur le ventre et se glissa dans l'interstice pour mieux voir. Deux hommes, un grand avec une casquette et une barbe blonde striée de gris, et un autre plus petit, avec des cheveux noirs et de mauvaises dents.

Le grand tenait une hache à la main. Devant lui, Jeppe était agenouillé, les yeux fermés.

Anette jura en silence.

Le visage de Jeppe était ensanglanté, il avait l'air d'avoir été battu à mort. Étaient-elles arrivées trop tard ?

— Il n'y a rien d'autre à faire ! s'écria l'homme à la casquette en levant la hache au-dessus de sa tête. Je ne retournerai pas en prison, putain. Et toi ?

À cet instant, Jeppe ouvrit les yeux et leva son visage vers son bourreau. Malgré le sang, la saleté et sa barbe mal taillée, Anette reconnut son partenaire. Un partenaire intransigeant, sensible, sacrément agaçant, qui ne fléchissait pas sous une hache levée. Il était encore là. Des éclairs jaillissaient de ses yeux.

Le coup de feu résonna avant qu'elle n'ait eu le temps de réfléchir.

Jeppe s'effondra sur le côté, la hache tomba sur le sol et le type aux cheveux foncés partit en courant.

— Que se passe-t-il ? cria Ditte derrière elle, mais Anette n'avait pas le temps de s'expliquer.

Elle se faufila hors du trou et entra à l'intérieur du cercle de lumière. L'homme à la casquette jurait en se tenant l'épaule. Le sang coulait sur son T-shirt sale, qui avait dû être blanc autrefois.

— Police, mettez vos mains en évidence !

Anette se redressa et pointa son arme en même temps dans un geste fluide, mais lorsqu'elle regarda le long du canon, l'homme avait disparu.

— Aide-moi à me relever, putain, dit une voix depuis le sol. Ils sont partis par là.

Jeppe se tortillait dans tous les sens pour se mettre sur ses pieds.

Anette l'attrapa par l'aisselle pour le soutenir.

— Ça va, Kørner ?

Elle voyait qu'il était loin d'aller bien. Mais elle le connaissait suffisamment pour savoir que cela ne l'arrêterait pas.

— Nikolaj a essayé de me découper en deux, sinon ça va très bien. Viens, il faut qu'on les attrape avant qu'ils ne disparaissent à nouveau !

Jeppe essaya de s'appuyer sur son pied blessé.

— Qui est l'autre ?

— Louis Kofoed.

Il cracha par terre et serra les dents de douleur.

Ditte les rejoignit et jeta un coup d'œil choqué au visage ensanglanté de Jeppe, avant d'allumer sa radio et de demander du renfort.

Anette hésita. Oserait-elle laisser Jeppe ici seul, pendant qu'elle et Ditte poursuivaient ces hommes ?

Ou devrait-elle foncer seule dans le maquis ?

Elle n'avait que deux secondes pour se décider.

Au même instant, le rugissement d'un moteur retentit et des phares balayèrent le mur éventré du bâtiment.

Anette courut vers la porte et regarda la voiture qui cahotait sur le chemin accidenté menant à la route. Les feux arrière rouges clignotaient dans l'obscurité. Entre les deux, sur la carrosserie gris métallisé, Anette reconnut le logo italique caractéristique d'une Porsche Boxster.

CHAPITRE 24

— Va récupérer ma voiture et reviens me chercher avec ! Ta collègue va rester ici pour attendre les renforts et nous deux on part à leur poursuite.

Jeppe lança ses clés de voiture à Anette qui le regardait, bouche bée.

— Mon pick-up est tout-terrain et j'ai une idée de l'endroit où ils vont.

— Mais… ta jambe, protesta-t-elle.

— C'est toi qui conduis. Allez, Werner, ils vont nous échapper !

Anette hésita une seconde puis partit en courant. Une minute plus tard, elle gara le pick-up devant la porte.

— Monte !

Il se hissa avec difficulté sur le siège passager.

— Je te jure, Kørner, si tu te plantes, je te scierai moi-même en deux morceaux.

Jeppe s'appuya contre la portière de la voiture. La douleur était atténuée par la vague d'adrénaline qui fusait dans ses veines, amplifiée par une fureur fulgurante. Il avait survécu !

Ces petites blessures n'étaient rien qu'un bon bandage et une dose de morphine ne pourraient réparer. Mais pas question que ces connards en réchappent ! Il voulait les attraper, même si c'était la dernière chose qu'il ferait.

Anette appuya à fond sur l'accélérateur. Le pick-up cahota sur le terrain accidenté et menaça de s'embourber à plusieurs reprises, mais elle maintint sa vitesse et les fit sortir sans encombre sur la route secondaire, avant d'emprunter la route principale et de prendre la direction du nord.

— Alors, on va où, Sherlock ? demanda Anette en augmentant encore l'allure.

— Allinge.

— Comment sais-tu que c'est là qu'ils se rendent ?

Anette tourna à gauche en troisième, faisant patiner les roues.

— Je ne sais pas vraiment. Mais nous sommes sur une île, ils ne peuvent pas en partir sans prendre l'avion ou le bateau. Et on ne peut pas voler sans autorisation. Ils doivent avoir un bateau qui les attend. Allez, accélère, putain, ou ils vont nous échapper !

Anette laissa échapper un rire.

— Après toutes ces années à être un homme de raison, tu montres finalement que tu as le tempérament d'un Italien. Qui l'aurait cru ?

La forêt se transforma en prairies, et la lune, qui avait émergé de sa couverture de nuages, éclairait les champs. Ça avait presque l'air divin.

— C'est une supposition, admit-il. Mais Allinge est au nord et donc proche de la côte suédoise. De plus, Louis habite à Allinge et ça doit être lui qui a organisé leur fuite.

Anette tendit sa radio de police à Jeppe.

— Préviens Ditte Vollmer pour qu'elle sache où nous allons. J'espère que tu as raison !

— Oui, ce serait… ennuyeux sinon.

Anette ne put s'empêcher de rire à nouveau.

— Exactement : terriblement ennuyeux !

Pendant que Jeppe criait leur destination dans la radio, elle lâcha son volant un instant et dégaina son pistolet de son holster.

— Si c'est Nikolaj qui vient d'essayer de te tuer, qui se trouve donc dans les valises ?

— Je parierais sur le propriétaire de la Porsche que nous poursuivons. Marco Sonne.

— Mais il est vivant ?! Je ne sais pas combien de personnes lui ont parlé ces derniers temps. Sa propre famille !

Anette ralentit quelque peu en passant à travers un Klemensker plongé dans l'obscurité et mit la gomme lorsqu'ils quittèrent le village.

— Mais lui ont-ils vraiment parlé ?

Anette lui lança un coup d'œil.

— Peut-être que les gens ont juste échangé des SMS avec lui…

— Si Nikolaj a la voiture de Marco, il peut très bien être en possession de son téléphone et envoyer des messages en son nom.

Anette ouvrit et ferma la bouche sans trouver les mots.

— Mais… il a bien des collègues et des amis à Londres. Ne s'inquiéteraient-ils pas s'il avait disparu depuis plusieurs mois ?

— Pas s'ils recevaient des messages de Marco disant qu'il était obligé de prolonger son séjour sur l'île, suggéra Jeppe. Ce n'est pas difficile de trouver une excuse plausible. Que son père était tombé malade par exemple, personne ne s'en étonnerait.

Elle porta la main à son front.

— J'ai la tête qui tourne. J'ai tellement de questions que je ne sais pas par où je dois commencer.

— Alors attrapons-les pour qu'ils nous donnent des réponses !

Anette accéléra encore, et l'étroite route de campagne fila sous leurs roues pour disparaître derrière eux. Le paysage devenait graduellement plus ouvert et nu, avec de la bruyère et du sable à la place des arbres, des rochers à la place de l'herbe. Lorsqu'ils atteignirent la côte, de petites maisons peintes commencèrent à apparaître comme pour signaler qu'ils s'approchaient de Tejn.

— Ralentis, je vais garder l'œil ouvert ! Il y a trois ports sur cette portion : Tejn, Allinge et Sandvig. Si j'ai raison, ils sont dans un de ceux-là. Ils n'ont vraisemblablement pas allumé de lumière, alors ils seront difficiles à repérer. Par contre, ils sont pressés, et quand on l'est, on commet des erreurs. Peut-être qu'ils n'ont pas eu le temps de cacher la voiture.

— *Yes, boss !*

Anette descendit la vitre du côté de Jeppe avec un petit salut sarcastique.

Le port était désert et plongé dans l'obscurité. Quelques bateaux de pêche, un voilier recouvert d'une bâche et un banc vide sous un lampadaire.

Jeppe plissa les yeux et balaya le quai du regard.

— Tout a l'air calme ici. Je crois qu'il n'y a personne. Continue jusqu'à Allinge !

Anette avala les cinq petits kilomètres vers le nord en autant de minutes.

— Tu vois quelque chose ?

— Ralentis, on va trop vite !

Le genou de Jeppe s'agitait nerveusement sous la boîte à gants.

— Hmm, on dirait qu'il n'y a aucun bateau dans l'eau et ils ont tous l'air abandonnés.

— Tu en es sûr ?

— Non, putain, et toi ?

Il lui fit signe de continuer.

Anette sortit d'Allinge et continua vers Sandvig, le petit port d'Orla.

Jeppe scruta la ligne côtière avec une sensation de paralysie dans tout le corps. S'il se trompait, si Louis et Nikolaj s'étaient dirigés vers l'un des nombreux autres ports de Bornholm, ils seraient bientôt sur l'eau, en route vers le néant.

Ils passèrent devant Nordlandet, l'hôtel mondain sur la côte, et arrivèrent au minigolf où Anette tourna sur la petite route près de chez Jeppe qui menait au port de Sandvig. Il remarqua par automatisme qu'il y avait de la lumière chez Orla et se demanda comment le monde pouvait fonctionner normalement, alors qu'ils se trouvaient tous deux en plein Ragnarök. Juste avant qu'ils n'atteignent le bas de la colline, il l'aperçut.

La Porsche gris métallisé était la seule voiture garée sur le petit parking.

Anette tira le frein à main et coupa le moteur ; elle leva son Heckler & Koch en guise de salutation silencieuse puis sortit.

Jeppe la vit disparaître en bas de la colline et réalisa trop tard dans quelle situation précaire il les avait placés. Elle allait affronter seule deux hommes désespérés, tandis que lui restait assis passivement dans la voiture, avec une cheville cassée.

Hors de question ! Si un danseur de ballet pouvait danser trois actes avec des orteils et des jambes cassées, il pouvait bien aider sa partenaire à procéder à une arrestation.

Il ouvrit la boîte à gants et s'empara du couteau suisse dont il se servait dans la forêt. La petite lame était tout à fait insuffisante, mais il n'avait rien d'autre pour se défendre.

La portière de la voiture s'ouvrit silencieusement et il s'appuya dessus pour descendre. Il tendit l'oreille, mais ne perçut rien en provenance du port situé cinquante mètres plus loin. Juste le fracas des vagues et les cris des mouettes.

Il jeta un coup d'œil sur le plateau du pick-up, où il vit la tronçonneuse entre les cordes, les coins à fendre et tous les autres équipements forestiers. Sans réfléchir, il retira le protège-chaîne, attrapa la tronçonneuse et la brandit, la lame devant lui.

Il savait ce que les hommes en bas étaient capables de faire. Si lui et Anette voulaient avoir une chance, ils étaient obligés de leur montrer de quoi eux aussi étaient capables.

De quoi *il* était capable ?

Jeppe se traîna en bas de la colline. Il se força à laisser douleur et doutes près de la voiture, parcourant la courte distance avec une seule pensée en tête : que Nikolaj et Louis ne devaient pas s'échapper. Lorsqu'il atteignit le quai, il entendit des cris provenant de la droite et les aperçut.

Jeppe accéléra le pas.

Un seul lampadaire éclairait faiblement le petit port et révélait deux hommes qui se tenaient dans un canot noir. Louis s'efforçait de démarrer le moteur accroché à l'arrière, pendant que Nikolaj essayait de pousser le bateau loin de la jetée en pierre. Sur une échelle accrochée au quai, Anette était suspendue par un bras et les visait avec son arme de service.

— Putain de merde, ne m'obligez pas à tirer !

La réponse fut rapide comme l'éclair. Louis balança quelque chose qui ressemblait à un pare-battage ; Anette, surprise, ne parvint pas à esquiver et son pistolet tomba de sa main. L'arme vola en arc de cercle au-dessus de l'eau sombre et disparut dans une éclaboussure.

Louis retourna au moteur ; d'un mouvement rageur, il parvint enfin à le mettre en route. Nikolaj donna un dernier coup sur la jetée et le bateau s'éloigna doucement.

Jeppe passa devant l'échelle qu'Anette était en train de remonter, et continua d'avancer le long de la surface irrégulière du débarcadère. Il mit la tronçonneuse en marche et sortit son couteau de poche. Ce n'était pas du tout compliqué de bloquer le frein de la chaîne, si bien que la tronçonneuse tournait toute seule.

Il se mit à courir. Il ne sentait pas sa jambe, il n'entendait pas son cœur battre, il courait simplement, la tronçonneuse rugissante entre les mains. Le canot longeait la digue, dans une minute il serait en pleine mer.

Jeppe se força à accélérer la cadence et continua vers le long brise-lames du port. La tronçonneuse se balançait devant lui, ses jambes pulsaient, il avait un goût de sang dans la bouche. Derrière lui, il entendait le bruit des sirènes s'approcher.

Il lui fallut encore cinq pas pour arriver à la hauteur du bateau. Avec ses dernières forces, il leva la tronçonneuse et la jeta de toutes ses forces. Elle tomba, grondante d'une colère mécanique et atterrit lourdement au fond du canot, où la lame tournant sur elle-même força les hommes à se hisser sur le bastingage. Quand une tronçonneuse devient folle, il est difficile de l'arrêter.

Nikolaj et Louis se tenaient chacun à une extrémité du bateau et criaient quelque chose. Louis fut le premier à perdre l'équilibre et à basculer dans l'eau. Sa chute fit osciller l'embarcation, Nikolaj vacilla alors et agita les bras. Un instant, il donna l'impression de s'en sortir, puis, en jurant, il culbuta à son tour par-dessus bord et disparut sous la surface de la mer.

*

Fin novembre, la température de l'eau au Danemark est d'environ six degrés. La mer n'est pas froide au point de risquer l'hypothermie pendant la première heure, mais elle l'est suffisamment pour qu'on soit frigorifié en quelques instants.

Heureusement, Ditte Vollmer avait pris Jeppe au sérieux et envoyé les services d'urgence sur la côte nord afin de fouiller les ports. Ils atteignirent Sandvig trente secondes après que Nikolaj Dybris fut tombé à l'eau et eut commencé à nager sans but vers le large. Il ne fallut pas plus de cinq minutes à deux agents pour le récupérer en bateau.

Louis retourna de son plein gré sur terre et se laissa envelopper dans une couverture de survie tout en regardant Nikolaj d'un air renfrogné et niant avoir quoi que ce soit à voir avec l'affaire.

Jeppe fut conduit aux urgences de l'hôpital de Bornholm, où la plaie à l'arrière de sa tête fut recousue grâce à six points de suture et une botte plâtrée fut posée autour de sa cheville et de son péroné fracturés.

Anette le ramena ensuite chez lui, l'aida à se mettre au lit et s'assura qu'il était suffisamment sédaté et à moitié endormi avant de se glisser hors de sa chambre.

Avant qu'elle ne referme la porte derrière elle, il chuchota :

— Werner ! Tu rentres à la maison demain ?

Elle passa une tête à l'intérieur.

— Oui, c'est ce que je compte faire.

— Tu m'emmènes ?

Jeppe était allongé, les yeux fermés, le pied sur un oreiller et avait l'air d'être déjà loin. Anette ne put s'empêcher de sourire.

— Tu peux compter sur moi. Dors bien !

Lorsque Anette arriva au commissariat de Rønne, Nikolaj Dybris et Louis Kofoed avaient enfilé des vêtements secs et été placés chacun dans une salle d'interrogatoire. Le bâtiment n'en avait que deux, heureusement qu'ils n'avaient pas démantelé un réseau criminel plus important.

Ditte était assise à son bureau et rédigeait les rapports, mais quand elle aperçut Anette, elle se leva aussitôt et brandit une photo imprimée.

— Jakobsen a trouvé cette photo de Nikolaj sur le ferry. Maintenant, nous avons la preuve que c'était lui qui conduisait la camionnette à Copenhague. J'ai pensé que toi et moi nous pourrions l'interroger pendant que les collègues s'occuperaient de Louis. D'accord ?

— D'accord !

— J'ai parlé à Camille Sonne et je lui ai demandé d'appeler les contacts de son frère. Elle n'avait que le numéro du bureau, mais de là ils ont pu nous aider. Pour l'instant, nous n'avons parlé qu'à son propriétaire et deux employés. Ils disent tous la même chose : Marco n'est jamais rentré à Londres après ses vacances d'été. Il avait envoyé un message annonçant que son père était malade, et qu'il devait rester à Bornholm. Personne ne lui a parlé de vive voix depuis la fin août, juste à travers des mails et des SMS.

— Les techniciens ont-ils déjà trouvé quelque chose à la scierie désaffectée ?

Ditte acquiesça.

— Le téléphone de Marco, son ordinateur et son portefeuille avec son passeport, son permis de conduire et sa carte d'assurance maladie.

Anette prit une profonde inspiration et constata que l'anxiété dans son diaphragme avait fait place au sentiment de satisfaction qu'elle associait normalement avec son travail. Le sentiment de mettre les coupables devant leurs responsabilités, de voir que la justice serait faite, et que les victimes pourraient trouver la paix. Cette fois, ce sentiment était accompagné d'une certaine fierté. Ils avaient touché au but, et c'était elle qui les avait conduits ici. Non sans un peu d'aide, bien sûr, mais avec elle à la barre.

Elle frappa dans ses mains.

— On y va ?

Nikolaj était assis seul à la table de la petite salle d'interrogatoire. Il avait jusqu'à présent refusé d'avoir recours à un avocat – selon l’argument que « de toute façon, ça ne sert à rien » – et il tenait sa casquette à la main, ressemblant à un homme battu par la vie.

Ses cheveux blonds striés de gris et sa barbe n’avaient visiblement pas vu l’ombre d’une paire de ciseaux depuis des mois, et la peau sur son cou était noire de crasse incrustée. À côté de lui se trouvait le gobelet en papier froissé du café qu’il avait accepté en arrivant au commissariat.

— Bonjour, Nikolaj, je m’appelle Anette Werner, je suis de la Criminelle de Copenhague, et voici l’inspectrice Ditte Vollmer. Nous aimerions vous poser quelques questions.

— Oui, oui, allez-y, l’interrompit-il d’une voix fatiguée.

— Vous êtes averti que nous enregistrons cette conversation sur vidéo et avez été informé de vos droits en tant qu’accusé ?

— Oui, putain !

Ditte posa la photo du ferry sur la table.

— Voyez-vous de qui il s’agit ?

— On dirait moi.

— *C’est* vous. Elle a été prise durant la traversée vers Ystad, le 30 août à 8 h 30. Vous conduisiez la camionnette de Hedegaard, où alliez-vous ?

Il haussa les épaules.

— Je devais livrer quelque chose, je suppose ? Je livre de la viande aux restaurants de Copenhague.

Ditte mit un nouveau cliché devant lui. Elle montrait la camionnette sur Esplanaden et le conducteur en train de sortir, emportant une valise.

— La même nuit, cette photo a été prise. Est-ce vous aussi ?

— Je ne pourrais pas le dire.

— La valise n’a été retrouvée que plus de deux mois plus tard dans les douves du Kastellet, poursuivit-elle. Elle contenait la moitié d'un corps humain. Cela vous dit quelque chose ?

Nikolaj entrelaça ses doigts et s'appuya sur ses coudes.

— J'ai été absent du pays pour raisons professionnelles ces derniers mois et je n'ai pas suivi les actualités.

Ditte lança un coup d'œil à Anette, et la laissa prendre le relais.

— Nos médecins légistes doivent encore collecter les échantillons nécessaires avant que nous puissions tirer des conclusions, dit Anette, mais tout porte à croire que le corps dans la valise est celui de votre vieil ami Marco Sonne. Est-ce que ça vous dit quelque chose ?

Il baissa les yeux.

— Marco, dont vous conduisiez la voiture ce soir et dont les affaires se trouvent dans la même scierie désaffectée où mon collègue Jeppe Kørner a failli être découpé en deux il y a quelques heures… (Anette se pencha et essaya de croiser son regard.) Non ? Ça ne vous dit toujours rien ?

— Je n'ai aucune idée de ce dont vous me causez, marmonna-t-il.

— Alors contentons-nous de parler de la voiture. Comment est-ce possible que vous conduisiez la Porsche de Marco ?

Il ne répondit pas.

Les techniciens étaient déjà en train d'analyser la scie à la recherche de sang et d'empreintes digitales. Les preuves étaient accablantes. Sans parler du fait que Nikolaj avait été pris en flagrant délit, la hache levée au-dessus de la tête de Jeppe. En vérité, ils n'avaient besoin d'aucun aveu.

— Qui était Isola ?

Nikolaj la regarda. Ses pupilles tremblaient d'une émotion inavouée, mais il ne dit rien.

— Isola Ratsche Jensen, poursuivit Anette. Votre petite amie qui est morte le jour de votre fête d'anniversaire, il y a trente et un ans, vous vous souvenez d'elle ?

Nikolaj fit une grimace. Ses yeux vacillèrent.

— Elle était enceinte de votre enfant. Pas franchement le cadeau d'anniversaire dont on rêve pour ses dix-huit ans, je suppose. Que s'est-il passé ? Vous l'avez tuée ?

— NON !

Le hurlement sortit de nulle part. Nikolaj serra les poings sur la table.

— J'étais sur la plage en train de fumer, putain, ce n'était pas moi. Je n'aurais jamais…

Il s'affaissa en avant et leva les mains devant son visage. Ses épaules tremblaient. Si c'était simulé, c'était particulièrement convaincant.

— Marco n'a jamais rien dit. (La voix de Nikolaj était rauque de douleur.) Durant toutes ces années, il m'a laissé porter le chapeau. Les gens me montraient du doigt et me traitaient de meurtrier derrière mon dos. Quel effet ça fait, d'après vous ? D'être soupçonné d'une chose pareille ? Il a foutu ma vie en l'air ! Après ça, rien n'a jamais réussi pour moi. Lui, il a déménagé à Londres et s'est enrichi, devenant une sorte de héros. Il jouait à être mon ami lorsqu'il condescendait à rentrer chaque été pour se pavaner. Sans dire un mot.

— Jusqu'à cette année ? (Anette croisa ses yeux bleus.) Que s'est-il passé ?

— On traînait à la scierie. À Almindingen. C'est là qu'on allait depuis des années, vous savez… pour allumer un feu et nous amuser en paix. C'était son dernier soir et on avait bu. Peut-être un peu sniffé aussi. Il m'a dit qu'il avait un cadeau pour moi.

Nikolaj s'essuya les joues avec sa manche.

— Il a sorti son poing fermé de derrière son dos et l'a ouvert, on aurait dit un jeu de gosses. Et là, il y avait la chaîne d'Isola. Alors j'ai su… C'est lui qui l'a tuée. Il a fait comme s'il m'avait *aidé*. Comme s'il m'avait rendu un putain de service ! Vous vous rendez compte de la perversité du type ?! Je…

Il s'arrêta et se reprit.

— Je ne me souviens plus.

— Vous ne vous souvenez pas que vous avez attaché Marco et que vous l'avez scié en deux morceaux ?

Il secoua la tête.

— Non, je ne me souviens de rien.

— Vous ne vous *souvenez* de rien ?

— Vous pouvez me demander autant de fois que vous le voudrez, je ne vous donnerai pas d'autre réponse. De toute façon, je veux un avocat.

Il leva les yeux vers Anette. La seconde d'après, son visage se tordit sous les pleurs.

— Et si vous avez trouvé la chaîne, j'aimerais la récupérer.

Nikolaj posa la tête sur la table et sanglota.

SAMEDI 23 NOVEMBRE

CHAPITRE 25

La somnolence causée par la morphine se dissipa à peu près en même temps que l'aube perça la couverture de nuages au-dessus d'Allinge-Sandvig. Jeppe se réveilla avec des élancements dans le pied comme s'il allait exploser et dut boiter jusqu'à la salle de bains chercher des analgésiques avant même d'envisager de faire pipi ou se passer de l'eau sur le visage.

Son reflet dans le miroir le choqua. Pas tant les égratignures et les ecchymoses, pas même les restes de sang dans sa barbe mal entretenue, mais son regard vide. Hier, il avait affronté la mort les yeux dans les yeux, cela devrait bien conduire à une forme de prise de conscience. Un choix ?

Jeppe serra une poignée de comprimés dans sa main et les contempla, sachant qu'ils ne calmeraient pas seulement la douleur aiguë, mais aussi tout le reste. L'anxiété, la solitude, le chagrin d'amour.

Il ouvrit le robinet. Le referma. *Quand on est le genre de personne pour qui la porte est soit ouverte, soit fermée, s'anesthésier peut parfois être une nécessité. Ou peut-être qu'il faut une fois pour toutes apprendre à trouver un juste milieu*, pensa-t-il en jetant les comprimés dans la poubelle sous le lavabo.

Il prit une paire de ciseaux à ongles dans l'armoire de la salle de bains et partit en guerre contre sa barbe. Le résultat n'était pas très homogène, mais elle était plus courte. Quant à ses cheveux, il ne pouvait rien y faire pour l'instant. À l'aide d'une béquille empruntée à l'hôpital, il réussit à entrer dans la douche, passa son pied plâtré à l'extérieur du rideau et y demeura un long moment. En réalité, il savait très bien ce qu'il voulait. La question était s'il avait le courage de se lancer.

Jeppe empila pêle-mêle des vêtements de rechange dans un sac et se prépara du café. Le moindre mouvement lui rappelait la déchéance de son corps, mais aussi la renaissance de son esprit – la douleur était la bienvenue.

Pendant que le café coulait, il se rendit en clopinant jusque chez son voisin et frappa à la porte.

Orla ouvrit et le regarda avec surprise.

— Mais que s'est-il passé ?

— Longue histoire. Nous avons retrouvé Nikolaj.

— Eh bien, c'est un soulagement.

Orla fit entrer Jeppe et essaya de l'aider jusqu'au canapé, même s'il avait lui-même du mal à marcher tout seul.

— Il va bien ?

Jeppe hésita. Il ne voulait pas se lancer dans ce qui serait tout au long de l'hiver au cœur des conversations des insulaires. C'était trop proche et trop lourd. De plus, il y avait encore beaucoup de choses qu'il ne savait pas. Orla devrait attendre pour assouvir sa curiosité.

— En tout cas, il est en vie.

— C'est une bonne nouvelle. (Orla eut l'air un peu perplexe, mais n'en demanda pas davantage.) Et que t'est-il arrivé, à toi ?

— Un accident dans la forêt. Et c'est pire que ça en a l'air.

— Tu veux un café ?

— Non, merci. Je venais juste te dire que je pars à Copenhague.

Jeppe déplaça son pied plâtré et fit une grimace.

— Pour le week-end ?

Jeppe se mordit la lèvre.

— Peut-être plus longtemps. J'ai quelque chose à régler. (Il ne s'étendit pas plus sur le sujet.) Mais peux-tu me promettre de m'appeler s'il y a quoi que ce soit ? Ou si tu veux juste discuter ?

Orla eut un pâle sourire.

— Je n'ai jamais aimé parler au téléphone. Va faire ce que tu dois faire et on se reverra quand tu reviendras.

Jeppe se leva, s'appuya sans le faire exprès sur le mauvais pied et se plia en deux de douleur.

— Excuse-moi, il faut que je m'habitue à mon pied bot.

Il se redressa et aperçut *Les Folles Aventures du vrai Robinson Crusoé* sur la table basse.

— Tu as fini ton livre ?

— Oui, mes vieux yeux ont réussi à le lire. Une histoire passionnante.

Jeppe sourit.

— Il a été sauvé ?

Orla lui rendit son sourire.

— Oh que oui ! Il est revenu en Écosse, s'est marié et a fondé une famille. Le temps qu'il a passé sur l'île est resté à jamais gravé en lui, mais il ne s'est pas laissé abattre pour autant.

Orla prit le livre et le feuilleta jusqu'à une page cornée.

— Écoute ça, c'est le moment où le navire passe à côté de l'île et où Selkirk décide de se laisser sauver. Je trouve que c'est si beau :

> « Il savait qu'il ne devait pas laisser ce navire lui échapper. Il ne pouvait pas se le permettre. Il jeta du bois sur le feu qui brûlait sur la plage et qui se mit à flamber, illuminant l'île[1]. »

---

1. Extrait des *Folles Aventures du vrai Robinson Crusoé*, p. 130.

*

L'appel de la police arriva tôt le matin. Esther se leva aussitôt lorsque Ida frappa à sa porte.

Ida accueillit la nouvelle que son frère était en vie, mais accusé de meurtre, avec le tourbillon de sentiments contradictoires auxquels on pouvait s'attendre. Soulagement, choc, tristesse et un immense besoin de ne pas être seule.

Esther fit asseoir Ida sur une chaise de la cuisine, prépara du café et fit griller du pain, qu'aucune d'elles ne parvint à avaler. Elle mit une couverture sur les épaules d'Ida, la serra dans ses bras. Le fait que la mystérieuse disparition de Nikolaj soit élucidée lui donnait l'impression d'être libérée d'un énorme poids. Même si la raison en était insupportable.

La puanteur du salon avait disparu, et il en était de même avec le doute : maintenant elles pouvaient respirer librement. C'est ainsi qu'Esther voyait les choses, comme un défi commun. Sans bien comprendre elle-même ce qui avait changé, il lui semblait naturel d'être dans la maison. Oui, plus que cela, cela semblait nécessaire.

— Je sais bien que mon frère a fait quelque chose d'abominable. D'incompréhensible. (Ida resserra la couverture autour d'elle.) Je n'essaye pas de l'excuser, ni même de le comprendre, mais ça m'aide de savoir que c'est Marco qui en est à l'origine. Est-ce que j'ai le droit de le dire ?

Esther lui prit la main.

— Ici, tout est permis.

— Il a tué une jeune femme innocente et a détruit la vie de mon frère.

La voix d'Ida se brisa, et elle but une gorgée de l'eau qu'Esther avait posée devant elle.

— Si seulement je l'avais su, j'aurais peut-être pu… faire quelque chose.

— Nikolaj lui-même ne connaissait visiblement pas toute la vérité jusqu'à aujourd'hui, bien des années plus tard. Et lui et votre mère avaient eu de bonnes raisons de vouloir laisser cet épisode derrière eux. Juste oublier toute cette histoire.

Ida secoua la tête.

— Mais ce n'est pas possible. Les péchés du passé nous rattrapent toujours. Et quand ils le font, ils n'en sont que plus grands.

Son téléphone sonna.

— C'est l'avocat, j'essaye d'organiser la défense de Nikolaj.

Esther se leva et alla dans le salon pour laisser Ida tranquille durant sa conversation. Elle contempla le mur couvert de lettres, d'invitations et de cartes postales. Elle en connaissait certaines par cœur, tandis qu'elle en voyait d'autres pour la première fois. *Quelle chance quand même*, pensa-t-elle, *que Margrethe ne soit pas là pour vivre tout cela. Quelle mère peut supporter que son enfant assassine quelqu'un d'une manière aussi bestiale ?*

Au même instant, elle songea que c'était peut-être précisément avec cette peur que Margrethe avait vécu depuis la mort d'Isola en 1988. La peur que ce soit son fils qui ait tué sa petite amie enceinte. Et en une fraction de seconde, le temps d'une courte respiration, elle comprit la colère de Nikolaj. Ce soupçon injuste, qui avait détruit sa vie avant qu'elle n'ait commencé.

Elle avança vers le bureau tout en lisant les feuillets. Des vœux d'anniversaire cédaient la place à de brèves lettres de l'électricien, puis à des salutations bleu-mer de Capri. Un écrit attira son attention. C'étaient les couleurs qui le distinguaient des autres, gris sur gris plutôt que de l'encre noire ou du stylo à bille bleu. Comme du papier carbone. Comme les brouillons.

Esther retira la punaise, décrocha le pli du mur et parcourut les premières lignes avec un agréable frisson dans le cou. Les pages manquantes de la toute dernière lettre de

Margrethe à Elias ! La première qu'Esther avait lue lorsqu'elle était arrivée le lundi. Elle porta les papiers jusqu'au bureau et retrouva rapidement la première page, datée du 11 janvier 2017.

Mon E.,
J'ai longtemps repoussé ce moment.

La dernière ligne disait :

mais peut-être pourras-tu comprendre mes choix, voire, me pardonner ?

Et la phrase tout en haut de la page suivante :

Je ne peux rien faire d'autre qu'espérer.

Elles allaient ensemble ! Les doigts tremblant d'excitation, elle posa les feuillets devant elle et commença à lire.

*

— On décolle ? Le ferry n'attend pas.

Anette frappa impatiemment sur le siège passager pour que Jeppe s'installe dans la voiture. Il était obligé de se tenir à la portière et de s'introduire à reculons. Cela prenait un certain temps.

— Tu es sûr que tu ne veux pas que je t'aide ?

— Ça va aller. Mais tu ne veux pas me passer ma béquille ? Je n'arriverai pas à l'attraper sans ressortir.

Anette leva les yeux au ciel et râla tout en faisant le tour de la voiture. Mais lorsqu'elle claqua la portière et démarra la voiture, ce fut avec un sourire.

— Alors, tu n'as pas pu t'empêcher de participer à mon enquête : chassez le naturel, il revient au galop !

— Qu'est-ce que tu racontes, c'est toi-même qui m'as demandé de l'aide ?! Je te tiens personnellement responsable de mes blessures d'ailleurs, physiques et psychologiques. Tu auras des nouvelles de mon avocat un de ces jours, rétorqua Jeppe avant de ricaner.

— Et si je t'offre un hot-dog sur le ferry ? proposa-t-elle.

— Avec un lait chocolaté pour aller avec ?

— Marché conclu, rit-elle. Mais dans ce cas, on sera quittes.

Ils dépassèrent Hammershus et continuèrent vers le sud en direction de Rønne. Jeppe regardait la côte par la vitre du côté passager. De temps à autre, il se tortillait sur son siège et gémissait doucement.

— Ça fait mal ? demanda-t-elle.

Il grimaça.

— Un peu. Comment s'est passé l'interrogatoire hier ?

Anette décrivit le déroulement des événements de la soirée en quelques points. Depuis les nombreuses preuves que les techniciens avaient réussi à recueillir à la scierie d'Almindingen, jusqu'à la colère de Nikolaj quand elles l'avaient interrogé à propos d'Isola. Quand ils embarquèrent sur le ferry, Jeppe était à peu près à jour.

— Mais il n'a pas avoué le meurtre de Marco ?

Jeppe avançait dans la file d'attente de la cafétéria, le plateau dans une main et une béquille dans l'autre.

— Si on se considère comme une victime, c'est sûrement difficile d'assumer ses responsabilités, même s'il n'y a pas d'autre issue. Allez, laisse-moi prendre ce plateau, espèce de tête de mule. C'est moi qui régale.

Elle paya et l'aida à rejoindre une table libre. Le roulis du ferry n'aidait pas Jeppe à rester en équilibre.

— Le vent s'est levé, non ?

— Ils ont annoncé de la neige.

Jeppe se laissa tomber sur une chaise et tira le plateau devant lui.

— Ça fait des semaines qu'ils le disent, je n'y crois plus.

Elle prit une bouchée de saucisse et mâcha avec satisfaction.

Jeppe l'observa en fronçant les sourcils.

— D'où venait l'argent ?

— Nikolaj a volé entre autres la traite d'un prêt privé qu'Anton Hedegaard avait contracté. Cent mille couronnes en liquide. Mais les plus grosses sommes venaient de la société de Marco, expliqua Anette. Avec Louis, ils les détournaient sur une longue période, afin de ne pas éveiller l'attention, en transférant l'argent sur leurs propres comptes et au Forex d'Ystad, qu'ils retiraient ensuite en euros. Le plan était probablement d'amasser une fortune avant de disparaître, de rouler à travers l'Europe, de vendre la Porsche et de prendre un avion pour une destination très lointaine. C'était bien sûr avant que tu ne te montres et que tu les obliges à fuir dans leur bateau.

— Et pendant tout ce temps, Nikolaj s'est caché dans la scierie désaffectée ?

Anette répondit la bouche pleine :

— Les techniciens ont trouvé un sac de couchage, des vêtements, des bouteilles d'eau et un petit générateur dans l'un des bâtiments. Mais il semblerait qu'il se soit caché à la fois à la scierie et dans la maison de sa mère. Du moins jusqu'à ce que sa sœur arrive il y a une semaine. Après, il était plus compliqué pour lui d'être dans la maison…

— … où l'argent était caché. (Jeppe fouilla dans sa poche comme s'il cherchait quelque chose.) Et quel était le rôle de Louis ?

— Ils ne sont pas tout à fait d'accord sur ce point. Nikolaj prétend que Louis l'a forcé à participer à son escroquerie, et qu'il n'était pas au courant que Marco avait été tué.

— Alors Louis aurait découpé Marco en deux pour de l'argent ? Ça ne paraît pas très plausible.

Anette acquiesça.

— Il n'y a que des trous dans l'histoire de Nikolaj, une vraie dentelle. Par rapport à la sauvagerie du meurtre, il n'est pas un criminel très doué. (Elle but un peu de son lait chocolaté et regarda l'étiquette avec tendresse.) Louis a une tout autre vision de l'affaire, que je suis plus encline à croire. Selon lui, c'était Nikolaj qui menait la danse dans leur amitié, et Louis ne faisait que ce qu'on lui ordonnait. Il raconte que Nikolaj l'a appelé le jeudi 29 août au soir pour lui demander de venir immédiatement à la scierie.

— Est-ce que ça correspond au registre des appels du téléphone de Nikolaj ?

— Ouaip. Louis dit qu'il a trouvé un Nikolaj complètement paniqué qui avait tué Marco et qui venait de réaliser qu'il avait besoin d'aide pour se débarrasser du corps et s'enfuir.

— Alors Marco a été tué le 29 août ?

Anette hocha la tête.

— Il a choisi son dernier soir sur l'île pour avouer le meurtre d'Isola. Ce fut son dernier soir tout court.

— Marco a porté son secret durant toutes ces années, pourquoi a-t-il choisi d'en parler maintenant ?

Elle soupira.

— Nikolaj a suggéré que Marco semblait fier de son meurtre. Comme s'il avait rendu service à son ami en se débarrassant pour lui de sa petite amie enceinte.

— Une sorte de déclaration d'amour ?

Une ride apparut sur le front de Jeppe.

— L'amour a de nombreux visages, tu le sais bien. Certains d'entre eux sont hideux.

Anette sourit tristement.

— Une fois que Nikolaj a tué Marco avec la scie à ruban, il a compris qu'il n'irait pas loin sans complice. Alors il a proposé de l'argent à Louis, pour qu'en retour il lui apporte de la nourriture, fasse le plein de la voiture et qu'il s'occupe des questions pratiques, pendant que Nikolaj vidait les comptes de Marco. Louis a accepté.

Anette avala sa dernière bouchée de hot-dog et se demanda si elle devait en acheter un autre, au moment où Jeppe entamait le sien avec hésitation. Il avait beau avoir le physique d'un bûcheron, à l'intérieur, son partenaire était toujours un hypersensible fragile.

Elle lui tapota la main.

— Ça va, mon petit Jeppe ?

— Oui, pourquoi cette question ?

Il la regarda avec étonnement.

— Pour rien, répondit-elle avant de vider sa bouteille. Au fait, les techniciens ont trouvé un important transfert d'argent des Enfants de Zélote à la société de Marco Sonne au début du mois d'août. Une somme de plusieurs millions de couronnes, probablement destinée à la construction de l'église. Il semblerait qu'il était censé gérer l'argent et la construction pour eux.

— Tu crois qu'ils se doutaient de quelque chose ?

— Certainement. Finn n'a rien reçu d'autre de son fils que de brefs messages par SMS, et en même temps, Nikolaj avait disparu. Lui et le Père Samuel ont dû suspecter Marco d'être parti avec l'argent. Peut-être aidé par Nikolaj et Louis. Malheureusement, l'ampleur du désastre est bien pire que ce qu'ils auraient pu s'imaginer. L'hiver sera rude à Bornholm.

Jeppe soupira.

— Et l'affaire, qui va la faire avancer maintenant ?

— L'affaire est entre de bonnes mains avec le centre d'investigation local. J'ai promis à Ditte Vollmer de revenir la semaine prochaine pour l'assister, mais, en réalité, ils se débrouillent très bien sans nous.

Anette repensa à leur séparation du matin même. Ditte était venue de bonne heure à l'auberge de jeunesse pour lui dire au revoir, ce qu'elle n'était pas obligée de faire. Avec sa façon bien à elle, Ditte lui avait tendu la main et l'avait officiellement remerciée pour leur bonne collaboration. *Quel drôle de petit numéro !*

Le haut-parleur du ferry annonça qu'ils allaient bientôt accoster, et Anette se leva.

— Eh bien, pépère la béquille, il va falloir choisir si tu veux abandonner ta saucisse ou être abandonné sur le ferry.

— Oublie la saucisse, j'ai absolument besoin de fumer avant de reprendre la route.

Dans la voiture, Jeppe s'endormit peu après le débarquement. Anette alluma la radio et le laissa dormir. Ce n'est que lorsqu'ils atteignirent Copenhague qu'elle le poussa doucement.

— On est arrivés. Tu es vraiment sûr que tu veux que je te dépose ici ? Je rentre dans une maison vide, je ne suis pas pressée.

Jeppe se réveilla, regarda par la vitre et lui sourit.

— C'est parfait. Merci, Werner.

Il ouvrit la portière de la voiture et glissa vers le trottoir.

Anette sortit à son tour, prit le sac de Jeppe dans le coffre et le posa à côté de lui. Elle avait envie de lui demander plein de choses. S'il avait l'intention de revenir en ville, dans la police, à leur vie professionnelle commune, mais elle savait que ce n'était pas le bon moment. Au lieu de cela, elle l'attira dans l'une de leurs rares étreintes et lui tapota doucement le dos.

— Prends soin de toi, mon petit Jeppe !

Puis elle sauta dans sa voiture, klaxonna et rentra chez elle, à Greve Strand.

Ce ne fut qu'à mi-chemin de sa propre allée qu'elle découvrit qu'elle n'était pas vide. Leur voiture familiale, carrée et pratique, y était déjà garée.

Elle se rangea derrière, claqua la portière et remarqua qu'elle retenait son souffle. Les aboiements des chiens furent la première chose qu'elle entendit avant que la porte d'entrée ne s'ouvre et qu'ils se jettent avec ravissement sur elle, sautant et se laissant caresser à tour de rôle. Svend les suivait de près, portant leur fille.

Gudrun tendit ses petits bras potelés vers elle et poussa un petit cri de joie. Anette leur fit un câlin commun. Elle resta longtemps enlacée avec son mari à respirer l'odeur des cheveux de son enfant, avant de se dégager.

— Mais je croyais que vous ne rentriez que demain ?!

Sa voix trahissait son émotion.

Svend sourit.

— On ne pouvait pas se passer de toi plus longtemps.

*

Bølshavn, mercredi 11 janvier 2017

Mon E.,

J'ai longtemps repoussé ce moment. Au risque de paraître trop sentimentale, j'écris pour te faire mes adieux. Et pour t'expliquer. Mes forces s'amenuisent. La fin approche, mais ce n'est pas grave.

C'est l'hiver, le froid et l'obscurité règnent et dehors tout est gelé. C'est une période de l'année propice aux adieux. L'aide à domicile a du mal à venir à cause des congères et je ne chauffe que dans la cuisine et la chambre. Ce sera un soulagement de lâcher prise. Je suis prête à mourir, quoi que cela signifie, mais d'abord je dois confesser mes péchés, comme on dit.

J'espère que j'aurai le temps de tout coucher sur le papier avant qu'il ne soit trop tard et que tu me liras avec mansuétude.

Si je regrette une chose dans cette vie, c'est d'avoir déménagé à Bornholm – ou que nous n'en soyons pas partis à temps. Je croyais fermement que c'était la bonne chose à faire, qu'en m'installant ici avec les enfants, je pourrais leur donner une enfance heureuse et sûre. Si j'avais su à l'époque ce que je sais aujourd'hui, nous ne serions jamais venus ici. Mais je ne peux pas changer le passé, ni faire en sorte que les choses évoluent différemment, quand bien même je le souhaiterais. Il est possible que j'aie échoué en tant que personne et en tant que mère, mais peut-être pourras-tu comprendre mes choix, voire, me pardonner ?

Je ne peux rien faire d'autre qu'espérer.

Mes journées ont commencé à toutes se ressembler. Une longue suite de matins et de soirs avec des repas réchauffés au micro-ondes et des lettres qui se brouillent et disparaissent. Je déteste vieillir. On court partout toute sa vie entre les enfants qui pleurent et les réunions à l'université, on aspire à seulement cinq minutes de calme pour lire le journal en paix, et tout à coup on se retrouve avec un océan de temps et plus rien pour le remplir. Qu'est-elle devenue, l'amazone, la femme droite et indignée que j'étais autrefois ?

J'ai la cataracte et je ne peux pas lire plus d'une demi-heure d'affilée, alors je reste le plus souvent assise ici, à mon bureau et je regarde la mer. Je fais le compte de mes péchés. J'écris des lettres.

Je me demande souvent si j'ai fait du bon travail. Cela dépend probablement de la personne à qui l'on demande.

Ida dirait oui, je l'espère. Nikolaj serait plus réticent à faire l'éloge de sa mère. Il m'en veut toujours de ne pas avoir quitté Bornholm lorsque tout s'est effondré. Pourquoi sommes-nous restés ?

Parce que je croyais en la communauté. Et parce que nous n'avions pas les moyens de déménager. Pas si je voulais pouvoir continuer à financer mes recherches sur le terrain.

La vérité, c'est que j'ai toujours consacré trop d'énergie à mon travail et trop peu à mes enfants. On croit que la reconnaissance professionnelle donne de l'énergie et du courage ; c'est le cas, mais seulement par petites flambées qui s'éteignent rapidement. L'ambition est un feu qui anéantit toutes relations de la vie, jusqu'à ce qu'on se retrouve seule. Complètement seule.

Pourquoi ne t'ai-je pas écrit avant, serais-tu en droit de te demander ?

Ma réponse est malheureusement vague. Comme le sont en fin de compte toutes les décisions humaines.

Parce que je n'ai pas osé. Parce que le temps a passé. Parce que je ne voulais pas faire de différence entre mes enfants. Tu vois, je n'ai pas ce genre de renseignements sur Nikolaj, et donner à Ida une information aussi essentielle sans pouvoir offrir la même chose à Nikolaj m'a arrêtée à maintes reprises. J'ai essayé de prendre contact avec toi il y a un an, par l'intermédiaire d'une connaissance commune à l'université, mais au dernier moment j'ai hésité à franchir le pas.

Mais c'est surtout que je savais qui tu étais, et que j'ai gardé ce savoir pour moi. Peut-être aussi par la crainte imaginaire d'être moins une mère pour Ida si elle connaissait ton existence. Ils ont toujours su tous les deux qu'ils étaient adoptés, et nous avons bien vécu comme une famille recomposée sur cette base, sans pères. J'espère que tu pourras me pardonner ma décision, quand tu sauras ce dont je t'ai privée.

Le 27 mars 1966, j'ai été contactée par la préfecture de Copenhague, et on m'a proposé d'adopter un nourrisson, une petite fille. J'avais épousé un ami, et sur la demande nous étions donc inscrits comme couple marié, sinon je ne crois pas que j'aurais eu beaucoup de chances. Mais cela a fonctionné !

Quelques jours plus tard, je tenais Ida dans mes bras pour la première fois. Je te ferai grâce des descriptions sentimentales, laisse-moi juste te dire que j'ai tout de suite su que je ferai tout pour lui donner la meilleure éducation possible.

Je me souviens encore de la sensation de me promener dans la rue sous le soleil de printemps en tant que nouvelle maman, mon bébé dans son landau. Avec elle, on m'avait donné deux couches en tissu, un drap de rechange propre et une copie de son acte de naissance. C'est pour cela que je connais sa date d'anniversaire précise – le 18 mars 1966 (Nikolaj, qui est un enfant trouvé, n'a pas ce même luxe) – et c'est pour cela que je connais ton nom.

Pour des raisons que j'ignore, tu n'as pas pu élever ta fille toi-même. Je l'ai fait aussi bien que j'ai pu, et que ce soit mon influence ou non, elle est devenue une personne merveilleuse.

Ida Dybris.

J'espère que tu prendras contact avec elle et que tu la laisseras apprendre à te connaître.

Ma chère Esther de Laurenti, je n'ai jamais trouvé le courage de te rencontrer et de te raconter la vérité en face. Je ne peux qu'espérer que tu seras plus courageuse que moi.

Avec toute ma gratitude,

Margrethe Dybris.

Esther lâcha la lettre et la laissa tomber sur le sol. Elle ferma les yeux et s'agrippa au bord du bureau pour ne pas chuter. Son univers était bouleversé. Margrethe ne l'avait pas contactée pour qu'elle écrive sa biographie, mais pour quelque chose de bien plus important. La plus importante au monde.

Tout se figea, peut-être même son cœur. Elle était pétrifiée, c'était trop, que pouvait-elle faire maintenant ?

La main sur son épaule était légère et chaude.

Les lèvres d'Ida bougèrent avec inquiétude, mais Esther ne parvenait pas à entendre ce qu'elle disait.

Elle était trop occupée à regarder les yeux bleus de sa fille.

*

Jeppe s'imprégna des odeurs de Copenhague. Les embruns marins et les gaz d'échappement, l'asphalte abîmé par le gel et les effluves de friture. Très loin des rochers salés et du parfum de la forêt de Bornholm, plus complexes et épuisantes. Mais aussi quelque chose de fermement enraciné et de profondément personnel, l'odeur d'un chez-soi. *Avoir un chez-soi n'est pas une chose facile. Mais c'est là où les choses difficiles se résolvent*, pensa-t-il en plaçant laborieusement son sac sur son épaule.

Il avait encore du mal à se servir de sa béquille, le chemin à parcourir était court, juste traverser la rue jusqu'à l'entrée principale.

Il voyait de la lumière aux fenêtres. La circulation du week-end à Christianshavn était paresseuse et clairsemée, et il prit son temps pour franchir la route et la piste cyclable.

Devant la porte, il s'arrêta et regarda vers le ciel. Le premier flocon de neige de l'année tomba et atterrit sur son front. Le temps qu'il fonde, il fut remplacé par un nouveau.

Jeppe sourit. La neige était finalement arrivée.

Il hésita, le doigt sur l'interphone. Il n'avait pas préparé de grand discours, pourtant il n'était pas nerveux. Soit, en le voyant, elle comprendrait aussitôt, soit elle ne comprendrait jamais. Il n'allait pas tenter de la convaincre de quoi que ce soit, il savait juste qu'elle était le navire qu'il ne pouvait pas laisser s'éloigner.

La serrure bourdonna et la porte s'ouvrit. Jeppe entreprit l'éprouvante montée de l'escalier avec sa béquille s'entrechoquant contre la rampe. Il n'était pas arrivé bien loin lorsqu'elle vint à sa rencontre.

Sara.

Son visage passa de la surprise à la joie puis de nouveau à la surprise. Il la regarda. Ses yeux, la courbe de ses lèvres, ses boucles rebelles. La femme qu'il aimait.

— Jeppe ?

Elle allait lui demander quelque chose – et Dieu sait qu'il y avait beaucoup de choses à demander –, mais elle secoua la tête et descendit les dernières marches pour qu'ils soient au même niveau.

Il lui tendit la main, elle la prit.

— Jeppe, répéta-t-elle.

Cette fois, ce n'était pas une interrogation.

MERCI !

Ce livre a été terminé durant la crise du Covid, où les concepts tels que la solitude et l'isolement sont soudainement devenus particulièrement tangibles pour la plupart d'entre nous. Se sentir seul est la pire sensation au monde. Merci à ceux qui tendent la main et construisent des ponts, offrent le café et sonnent à la porte d'un voisin qui habite seul. De petits gestes qui font toute la différence.

Merci à mon Bornholm bien-aimé et à tous les gens de cette île ensoleillée qui sont les plus gentils et les plus adorables du Danemark. J'espère que vous me pardonnerez d'avoir amplifié et tordu le côté obscur de l'île dans ce livre et d'avoir laissé des monstres y habiter. Merci en particulier à Jørgen Christensen de Hallegaarden et à Lone et Hans-Henrik Kofoed de la scierie d'Østerlar, dont l'œuvre de toute une vie a été réécrite et déformée de façon grotesque, à Danny Christensen, qui sait tout ce qu'il y a à savoir sur Allinge, à l'inspecteur Jørgen Gorm Poulsen de la police de Bornholm, à Olsker Antik, Susanne et Torven Lov, Signe et Sebastian Frost et à mon cher ami Henrik Stender pour les conseils d'initiés sur Bornholm.

Un grand merci au professeur de médecine légale Hans Petter Hougen, qui est un mentor inestimable pour nous, les auteurs danois de romans policiers, à l'acéré Sebastian Richelsen pour avoir partagé avec moi son expérience des corps, à Frederik Harløf pour les échanges créatifs en lien avec le documentaire *Les Auteurs de polars*, au garde forestier Asger Thyge Pedersen pour les informations essentielles sur le bûcheronnage, à mon ami Kenneth Søndergaard pour les astuces sur les tronçonneuses et au maître de conférences Zachary Whyte pour son aide sur les détails anthropologiques. La moindre erreur factuelle est à mettre sur le compte de mon incompétence et la mienne uniquement, et non de leurs conseils.

Un remerciement chaleureux à la famille Dybris qui m'a autorisée à utiliser leur nom de famille pour les personnages de ce livre. C'est un grand honneur. Pour faire bonne mesure, je voudrais souligner que toute ressemblance entre les personnages du livre et les membres réels de la famille Dybris est involontaire et pure coïncidence.

À ma mère, Sysse Engberg qui ne m'a pas seulement appris à aimer la littérature, mais qui, aujourd'hui encore, lit patiemment mes premiers brouillons et les traductions. Merci à Anne Mette Hancock pour ses encouragements, son écoute et son soutien constants.

À mon agent, Federico Ambrosini, qui me met en contact avec de merveilleuses maisons d'édition dans le monde entier et à l'ensemble de la Salomonsson Agency – vous êtes les meilleurs !

Merci à la passionnée maison d'édition de mon cœur, Alpha, et à mon éditrice, rédactrice et âme sœur Birgitte Franch. Vers les étoiles !

Et enfin, merci à Timm et à Cassius, sans qui mon monde serait infiniment solitaire.

RÉFÉRENCES

La citation de la page 61 est extraite de la chanson *Shoulda*, texte et musique Jamie Woon, John O'Kane et Steven Camden, interprétée par Jamie Woon, 2011.

La citation de la page 96 est extraite de la chanson *Black Betty*, texte et musique Huddie Ledbetter, interprétée par Ram Jam, 1977.

Les citations des pages 126-127, 187, et 361 sont extraites de l'ouvrage *Les Folles Aventures du vrai Robinson Crusoé* (*Selkirk's Island*) de Diana Souhami, Éditions Autrement, traduction de l'anglais par Mélanie Marx, 2006. Katrine Engberg a fait le choix de ne pas citer les passages dans l'ordre de l'ouvrage original.

La citation de la page 216 est extraite de l'ouvrage *Du balai !*, (*Cop Hater*) d'Ed McBain, publié dans le *87e District, Intégrale*, *Tome 1*, Les Presses de la cité, collection « Omnibus », traduction Jacques Chabot et Raoul Amblard, 2020.

Les citations des pages 293 et 294 sont extraites de la chanson *Free Fallin'*, texte et musique Jeff Lynne et Tom Petty, interprétée par Tom Petty, 1989.

Composé par Facompo, Rouen

Pour plus d'information :

#lisez engagé!

www.lisez.com

Imprimé sur du papier issu de forêts gérées durablement.

CET OUVRAGE
A ÉTÉ ACHEVÉ D'IMPRIMER
SUR ROTO-PAGE
PAR L'IMPRIMERIE FLOCH
À MAYENNE EN JUIN 2024

N° d'impression : 105074
R15761/01
Imprimé en France